Zu diesem Buch

Man nennt ihn den «Schwarzen Falter». Ein Spieler, der seine Schulden nie selbst bezahlt, ein Schurke, der nichts mehr als skandalöse Amouren, Erpressung und Duelle liebt und selbst vor Mord nicht zurückschreckt. So kennt und fürchtet die noble englische Gesellschaft Ende des 18. Jahrhunderts Seine Durchlaucht, den Herzog von Andover. Elegant in Schwarz und Silber, geschmückt mit Diamanten und begabt mit amüsanter Boshaftigkeit, beherrscht er Freunde und Feinde, Schmeichler und Kumpane. Raffiniert bedient er sich der Reize seiner schönen Schwester. Unerbittlich verfolgt er seinen bedrängten Schwager mit einer alten Ehrenschuld. Als er jedoch siegesgewohnt die bezaubernde und jungfräuliche Diana auf sein Schloß bringen will, stellt sich ihm mutig Jack Castares mit blankem Degen entgegen. Denn der aus der Verbannung zurückgekehrte Lord erkennt in dem «Schwarzen Falter» endlich den lang gesuchten und lang gehaßten Feind.

Die Engländerin Georgette Heyer, geboren am 16. August 1902, schrieb mit siebzehn Jahren ihren ersten Roman, der zwei Jahre später veröffentlicht wurde. Seit dieser Zeit hat sie eine lange Reihe charmant unterhaltender Romane verfaßt, die weit über die Grenzen Englands hinaus Widerhall fanden. Ihre Bücher erreichten eine Gesamtauflage von mehreren Millionen. 1925 heiratete Georgette Heyer und ging mit ihrem Mann nach Ostafrika. Dort lebte sie bis 1928 und reiste dann für ein Jahr nach Jugoslawien. Dann übersiedelte sie nach London, wo sie am 5. Juli 1974 starb.

Von Georgette Heyer erschienen als rororo-Taschenbücher: «Die bezaubernde Arabella» (Nr. 357), «Die Vernunftehe» (Nr. 477), «Die drei Ehen der Grand Sophy» (Nr. 531), «Geliebte Hasardeurin» (Nr. 569), «Der Page und die Herzogin» (Nr. 643), «Die spanische Braut» (Nr. 698), «Venetia und der Wüstling» (Nr. 728), «Penelope und der Dandy» (Nr. 736), «Die widerspenstige Witwe» (Nr. 757), «Frühlingsluft» (Nr. 790), «April Lady» (Nr. 854), «Falsches Spiel» (Nr. 881), «Serena und das Ungeheuer» (Nr. 892), «Lord ‹Sherry›» (Nr. 910), «Ehevertrag» (Nr. 949), «Liebe unverzollt» (Nr. 979), «Barbara und die Schlacht von Waterloo» (Nr. 1003), «Der schweigsame Gentleman» (Nr. 1053), «Heiratsmarkt» (Nr. 1104), «Die galante Entführung» (Nr. 1170), «Verführung zur Ehe» (Nr. 1212), «Die Jungfernfalle» (Nr. 1289), «Brautjagd» (Nr. 1370), «Verlobung zu dritt» (Nr. 1416), «Damenwahl» (Nr. 1480), «Die Liebesschule» (Nr. 1515), «Skandal im Ballsaal» (Nr. 1618), «Ein Mädchen ohne Mitgift» (Nr. 1727), «Eskapaden» (Nr. 1800), «Findelkind» (Nr. 1837), «Lord Ajax» (Nr. 1900), «Herzdame» (Nr. 1954), «Junggesellentage» (Nr. 4009), «Zärtliches Duell» (Nr. 4125), «Lord John» (Nr. 4560), «Königliche Abenteuer» (Nr. 4785) sowie die Detektiv-Romane «Ein Mord mit stumpfer Waffe» (Nr. 1627), «Der Mörder von nebenan» (Nr. 1752), «Mord ohne Mörder» (Nr. 1859), «Der Tip des Toten» (Nr. 1919), «Der Tote am Pranger» (Nr. 1971), «Mord vor dem Dinner» (Nr. 4026), «Der Trumpf des Toten» (Nr. 4069), «... und sie fanden einen Toten» (Nr. 4162), «Warum den Butler erschießen?» (Nr. 4217) und «Mord beim Bridge» (Nr. 4325).

Gesamtauflage der Werke von Georgette Heyer in den rororo-Taschenbüchern: Über 4,1 Millionen Exemplare.

Georgette Heyer

Der schwarze Falter

Roman

Rowohlt

Titel der Originalausgabe «The Black Moth»
Aus dem Englischen übertragen von Hanna Lux
Umschlagentwurf Eva Kausche-Kongsbak

1.–100. Tausend 1974–1980
101.–105. Tausend Januar 1982

Veröffentlicht im Rowohlt Taschenbuch Verlag GmbH,
Reinbek bei Hamburg, Februar 1974

Satz Aldus (Linofilm-Super-Quick)
Gesamtherstellung Clausen & Bosse, Leck
Printed in Germany
680-ISBN 3 499 11689 8

Für
G. B. H.

Prolog

Wie üblich mit erlesener Sorgfalt ganz in Schwarz und Silber gekleidet, das rabenschwarze Haar ungepudert, Diamanten an den Fingern und der Krawatte, saß Hugh Tracy Clare Belmanoir, Herzog von Andover, am Schreibtisch in der Bibliothek seines Stadthauses und schrieb.

Er hatte kein Rouge aufgelegt, und die beinah unnatürliche Blässe seiner Wangen schien durch einen kleinen dunklen Fleck unter dem rechten Auge wie mit Absicht hervorgehoben. Brauen und Wimpern waren schwarz, wobei die ersteren leicht schräg nach oben strebten, doch die katzenhaften Pupillen unter den schweren Lidern funkelten grün und hatten einen seltsam durchdringenden Blick. Der Anflug eines spöttischen Lächelns kräuselte die Mundwinkel seiner dünnen Lippen, während seine leichenblasse Hand über das Papier glitt.

... allem Anschein nach verfügt die liebliche Schöne über einen Bruder, der meine Verliebtheit zum Anlaß nahm, mich zu fordern, was dem überheblichen Bürschchen eine gehörige Tracht Prügel eintrug, und damit endet die Affäre. Da Du, mein lieber Frank, besagter Dame ebenfalls ein gewisses Interesse entgegenbrachtest, will ich Dich hiermit ausdrücklich davon in Kenntnis setzen, daß ich ihr keineswegs zu nahe getreten bin, und das auch in Zukunft nicht zu tun beabsichtige. Demzufolge solltest Du nicht mit dem Gedanken spielen, es sei Deine Ehrenpflicht, Dich wieder mit mir zu schlagen – ein Vorhaben, das ich gestern wohl unmißverständlich in Deinen Augen las. Ich fände es außerordentlich bedauerlich, Dir ein zweites Mal auf diese Weise begegnen zu müssen, da ich es in diesem Fall als meine Pflicht erachten würde, Dir eine nachdrücklichere Lektion zu erteilen als vorher, und das möchte ich schon der Zuneigung wegen, die ich für Dich empfinde, vermeiden.

Das, Frank, rät Dir in aller Freundschaft

Dein sehr ergebener «Teufel»

Seine Gnaden hielt inne, die Feder unentschlossen in der Hand. Dann glomm ein schwaches, hämisches Leuchten in seinen Augen auf, und er schrieb weiter.

Falls Du beabsichtigst, Dein Glück bei meiner vormaligen Angebeteten zu versuchen, gestatte mir, Dich vor dem Knirps von Bruder zu warnen, einem Raufbold, wie er im Buche steht, dem es ein Vergnügen wäre, sowohl aus Dir als auch mir Kleinholz zu machen. Ich hoffe, Dich Donnerstag auf der Queensberry Rout zu sehen, wo Du wieder einmal Gelegenheit für Deine Bemühungen finden wirst, mich armes schwarzes Schaf auf den Dornenpfad der Tugend zu führen.

Der Herzog überflog das Postskriptum mit einem zufriedenen, ein wenig zynischen Lächeln. Dann faltete er das Blatt zusammen, brachte sein Siegel an und betätigte gebieterisch die neben ihm stehende Tischglokke.

Als Sir Frank Fortescue eine halbe Stunde später die Nachschrift las, entlockte sie auch ihm ein Lächeln, allerdings von anderer Art. Seufzend warf er den Brief ins Feuer.

«Und damit endet wieder eine Affäre ... Ich frage mich, ob du die Unverschämtheit besitzt, bis zum Äußersten zu gehen ...» sagte er leise, während er zusah, wie das Papier zusammenschrumpfte und in Flammen aufging. «Wollte Gott, du würdest dich ernsthaft verlieben – damit dich eine Frau vor dir selbst schützen kann – mein armer Teufel!»

1
Im Chequers Inn, Fallowfield

Chadber war der Name des Wirts von blühender Gesichtsfarbe, stattlichem Körperbau und hochtrabend weltmännischem Gehaben. Seine Welt lag einzig innerhalb der Mauern des Gasthofes, den sein Urgroßvater bereits im Jahre 1667 erworben hatte, als noch ein leutseliger Stuart auf Englands Throne saß und man sich die hannoverischen Kurfürsten nicht einmal träumen ließ.

Mr. Chadber war ein eingefleischter Tory. Kein anderer brachte dem kleinen Deutschen soviel Erbitterung entgegen, und sicherlich hatte niemand inbrünstiger auf die Ankunft des tapferen Charles Edward gehofft als er. Allerdings – wer wollte es ihm schon verargen, daß sein Patriotismus sich darin erschöpfte, auf den Erfolg von Prinz Charlies Feldzug zu trinken? Und wenn ein paar Whigs auf ihrem Weg zur Küste im Chequers einkehrten, nach einer Flasche Rheinwein riefen und Mr. Chadber geboten, selbst ein Glas auf die Gesundheit Seiner Majestät zu leeren – wer konnte es ihm da wiederum verübeln, wenn er gehorchte? Was bedeutete eine so lächerliche Geste schon für einen Mann, der zwei Anhängern Seiner Hoheit, des Stuart, tatkräftig zur Seite gestanden war!

Es war Mr. Chadbers heimlicher Stolz, dem er nur vor seinen bewundernden Nachbarn, die seine politische Einstellung teilten, Ausdruck verlieh, daß er ohne Rücksicht auf die ihm drohende Todesstrafe zwei Überlebenden der verhängnisvollen «Fünfundvierziger Schlacht», die es damals auf der Flucht in das ruhige Nest Fallowfield verschlug, Unterschlupf gewährt hatte. Zwar gab es dafür keine Zeugen, doch das war kein Grund, das Wort eines ehrbaren Schankwirts zu bezweifeln. Nebenbei bemerkt – es hätte ohnehin niemand daran gedacht, irgendeine Behauptung Mr. Chadbers in Frage zu stellen, dazu genoß der Wirt vom Chequers Inn ein viel zu hohes Ansehen in seinem Heimatort – konnte er doch lesen und schreiben und war in jungen Jahren sogar weit nach Norden, bis London gereist, wo er sich zehn Tage aufhielt und keinen Geringeren erblickte als den berühmten Herzog von Marlborough höchstpersönlich, als der hohe Herr über den Strand nach St. James ritt.

Außerdem ließ sich schwerlich die Tatsache übersehen, daß Mr. Chadbers selbstgebrautes Ale besser schmeckte als jenes, das sein Konkurrent am anderen Ende des Dorfes verkaufte.

Im großen und ganzen war er ein höchst bedeutender Mann, und niemand war sich dieses Umstandes bewußter als der ehrenwerte Mr. Chadber selbst.

Leute «vornehmen Geblüts», die er, wie er beteuerte, auf den ersten Blick erkennen konnte, behandelte er mit fast kriecherisch anmutender Höflichkeit, an Schreiber und Gehilfen jedoch, oder Menschen, denen kein Zeichen von Wohlhabenheit anhaftete, verschwendete er keinen einzigen Beweis seiner Ehrerbietung.

So kam es auch, daß ein kleiner, grüngekleideter Rechtsgelehrter, der eines Tages der Postkutsche entstieg und die Schankstube des Chequers betrat, hochnäsig und mit kaum verhohlener Geringschätzung begrüßt wurde.

Offensichtlich war der Fremde nervös und ziemlich aufgeregt. Er erzürnte Mr. Chadber gleich zu Beginn, als er ihm zu verstehen gab, er sei gekommen, um sich hier mit einem Herrn zu treffen, der möglicherweise ein wenig schäbig gekleidet, recht knapp bei Kasse und sogar von etwas anstößigem Rufe sein könnte. Mr. Chadber betonte daraufhin unmißverständlich, Gäste, auf die eine solche Beschreibung paßte, seien in seinem Etablissement völlig unbekannt.

Der Rechtsgelehrte hatte etwas Geheimnisvolles an sich und erweckte beinahe den Anschein, als wolle er den Wirt auf die Probe stellen. Mr. Chadber zügelte seinen Unmut und setzte eine zurückhaltend hochmütige Miene auf.

Als der Neuankömmling offen zu fragen wagte, ob er in letzter Zeit mit Straßenräubern in Berührung gekommen wäre, wies er ihn streng zurecht und schien ernsthaft beleidigt.

Der kleine Mann legte plötzlich seine Nervosität ab. Er musterte Mr. Chadber nachdenklich, während er eine Prise Schnupftabak an eine feine Nüster hielt.

«Vielleicht logiert hier bei Ihnen ein gewisser – äh – Sir – Anthony – Ferndale?» fragte er zögernd.

Der leicht gekränkte Ausdruck Mr. Chadbers verschwand. Gewiß sei das der Fall – besagter Herr sei gestern eingetroffen, um hier seinen Anwalt zu erwarten.

Der kleine Rechtsgelehrte nickte.

«Das bin ich. Wenn Sie nun die Freundlichkeit hätten, Sir Anthony meine Ankunft zu melden.»

Mr. Chadber verbeugte sich tief und beschwor ihn, doch nicht im zugigen Gastzimmer zu bleiben. Sir Anthony würde es ihm niemals verzeihen, wenn er seinem Anwalt erlaubte, sich in dieser Stube nur eine Minute länger als notwendig aufzuhalten. Ob er ihm nicht in Sir Antho-

nys Privatsalon folgen wolle?

Ein kaum merkliches Lächeln überzog das hagere Gesicht des Anwalts mit Fältchen, als er hinter dem Hausherrn den Gang entlangschritt.

Er wurde in ein niedriges, freundliches Gemach geführt, dessen Fenster den Blick auf die ruhige Straße freigaben, und blieb allein zurück, während sich Mr. Chadber auf die Suche nach Sir Anthony machte.

Plafond und Wände dieses Raumes waren in Eiche getäfelt. Blaue Vorhänge hingen vor den Fenstern, blaue Kissen säumten die hohe Lehne der Sitzbank vor dem Kamin. Auf dem weißen Tischtuch des Mitteltisches standen Gedecke für zwei Personen, ein kleinerer Tisch mit Stuhl und Schemel war an den Kamin gerückt.

Der Anwalt nahm schweigend seine Umgebung in Augenschein und sann dabei grimmig über den plötzlichen Umschwung im Verhalten des Wirtes nach. Offenbar war Sir Anthony im Chequers ein hochgeschätzter Gast.

Dennoch fühlte sich der kleine Mann ganz unverkennbar nicht wohl in seiner Haut und begann mit tief auf die Brust gesenktem Kopf und am Rücken verschränkten Händen rastlos auf und ab zu gehen. Er befand sich auf der Suche nach dem entehrten Sohn eines Earl und machte sich Sorgen, was er unter Umständen antreffen mochte.

Vor sechs Jahren hatte Lord John Carstares, ältester Sohn des Earl of Wyncham, seinen Bruder, Sir Richard, zu einem Kartenabend begleitet und war als ehrloser Mann zurückgekehrt.

Jack Carstares ein Falschspieler – das war so unvorstellbar, ja geradezu lächerlich, daß anfangs niemand dem Gerücht Glauben schenkte, das sich wie ein Lauffeuer verbreitete. Aber er hatte die Geschichte trotzig und schamlos bestätigt, bevor er fortritt – ins Ausland, nach Frankreich, wie man munkelte. Seinem Bruder Richard blieb es überlassen, so hieß es allgemein, die Frau zur Gemahlin zu nehmen, die sie beide liebten. Seither hatte man nichts mehr von Lord John gehört, und der empörte Earl verbot, seinen Namen in Wyncham zu erwähnen, wobei er schwor, er wolle den verlorenen Sohn enterben. Richard heiratete die schöne Lady Lavinia und führte sie heim in das Herrenhaus, das nun ohne Lord Johns faszinierende Gegenwart seltsam verlassen wirkte. Doch weit davon entfernt, ein strahlender junger Ehemann zu sein, schien er von den Flitterwochen eine unerklärliche Schwermut mitgebracht zu haben, so schweigsam und unglücklich war er.

Sechs Jahre gingen ohne irgendeine Nachricht von Lord John langsam vorüber, bis dann vor zwei Monaten Richards Kutsche auf der Rückfahrt von London nach Wyncham überfallen wurde – von einem Wegelagerer, der sich als niemand anderer herausstellte als der mißratene Peer.

Man kann sich Richards Gefühle ausmalen. Lord John dagegen zeigte sich lediglich von der grotesken Situation beeindruckt, und zwar in derart überwältigendem Maße, daß er in schallendes Gelächter ausbrach, was Richard wiederum die Kehle zuschnürte und seinem ohnehin wunden Herzen neuerlichen Schmerz zufügte.

Auf sein Drängen hin nannte John dem Bruder das Chequers Inn «für den Eintritt eines unvorhergesehenen Ereignisses» und sagte ihm, er solle nach «Sir Anthony Ferndale» fragen, falls er jemals seiner Hilfe bedürfe. Dann gab er nach einem herzlichen Händedruck seinem Pferd die Sporen und verschwand in der Dunkelheit . . .

Der Anwalt verhielt den Schritt und lauschte. Vom Gang her näherte sich das Tack-Tack hoher Absätze auf den Holzdielen, begleitet vom leisen Rascheln starrer Seide.

Der kleine Mann griff plötzlich an seine Krawatte. Angenommen, der gutmütige Lord John war gar nicht mehr gutmütig? Angenommen – aber er wagte nicht, irgendwelche Vermutungen anzustellen. Nervös zog er eine Pergamentrolle aus der Tasche und drehte sie zwischen den Fingern.

Eine Hand umfaßte mit festem Griff den Türknauf und drehte ihn energisch herum. Die Tür öffnete sich, um eine wahrhafte Erscheinung einzulassen, und fiel mit einem Schnappen wieder ins Schloß.

Der Anwalt stand verblüfft einem schlanken, ziemlich großen Herrn gegenüber, der sich tief vor ihm verneigte, wobei er mit einer Hand anmutig seinen eleganten Dreispitz schwenkte und mit der anderen graziös Spazierstock und das parfümierte Taschentuch festhielt. Er war nach neuester französischer Mode gekleidet – langschößiger, mit Silberborte verbrämter Rock von zartestem Lila, weiße Beinkleider und Strümpfe, dazu eine Weste aus geblümtem Satin. Die Füße staken in Schuhen mit hohen roten Absätzen und Silberschnallen, während eine wunderbar gepuderte und gelockte Perücke nach dem letzten Modeschrei, die ganz danach aussah, als stamme sie aus Paris, den schöngeformten Kopf schmückte. In der Spitzenkaskade seiner Krawatte funkelte eine Diamantnadel, und an der schlanken, von den üppig herabhängenden Spitzenmanschetten halb verdeckten Hand glühte und blitzte ein riesiger Smaragd.

Der Anwalt starrte ihn stumm an. Erst als ihn ein Paar tiefblaue, etwas nachdenkliche Augen mit einem spöttischen Blick musterten, fand er die Sprache wieder. Maßloses Erstaunen spiegelte sich auf seinem Gesicht, und er trat einen halben Schritt vor.

«Master Jack!» rief er ungläubig. «Master – Jack!»

Der elegante Herr hob tadelnd die Hand und kam näher. Das Schönheitspflästerchen neben seinem Mundwinkel zuckte, die blauen Augen glitzerten.

«Ich merke, daß Sie mich nicht kennen, Mr. Warburton», sagte er, und in seiner angenehmen, leicht schleppenden Stimme schwang Belustigung. «Gestatten Sie, daß ich mich vorstelle: Sir Anthony Ferndale, *à vous servir!*»

Auch in den Augen des Anwalts zeigte sich ein mutwilliger Schimmer, als er nun die ihm dargebotene Hand ergriff.

«Ich glaube, Sie kennen sich vielleicht selbst nicht, Mylord», bemerkte er trocken.

Lord John legte Hut und Stock auf den kleinen Tisch und schien etwas verblüfft.

«Was meinen Sie damit, Mr. Warburton?»

«Ich bin gekommen, Mylord, um Ihnen mitzuteilen, daß Ihr Herr Vater, der Earl, vor einem Monat gestorben ist.»

Die blauen Augen weiteten sich, wurden plötzlich starr und verengten sich wieder.

«Tatsächlich? Nun ja! Wohl ein Schlaganfall?»

Die Lippen des Anwalts zuckten verräterisch.

«Nein, Master Jack. Mylord starb an einer Herzschwäche.»

«Was Sie nicht sagen! Ach, du meine Güte! Aber wollen Sie nicht Platz nehmen, Verehrtester? Mein Diener wird den Küchenmeister sofort beauftragen, das Diner servieren zu lassen. Sie erweisen mir doch hoffentlich die Ehre?»

Der Anwalt murmelte einige Worte des Dankes und setzte sich auf die lange Kaminbank, wobei er den anderen verwirrt betrachtete.

Seine Lordschaft zog einen Stuhl für sich heran und streckte die Beine zum Feuer.

«Sechs Jahre, was? Es tut wirklich erstaunlich gut, Ihr Gesicht wiederzusehen, Mr. Warburton . . . Und ich bin jetzt also der Earl? Earl und Familienoberhaupt, Gott steh mir bei!» Er lachte leise.

«Ich habe hier die Dokumente, Mylord . . .»

Carstares musterte die Rolle durch sein Monokel.

«Ich sehe es. Und nun seien Sie so gut und stecken Sie das Ding wieder in die Tasche.»

«Aber es gibt gewisse gesetzlich vorgeschriebene Formalitäten, Mylord –»

«Genau dieses Thema lassen Sie uns bitte vermeiden.»

«Aber, Sir!»

Der frischgebackene Earl zeigte ein besonders liebenswürdiges und gewinnendes Lächeln.

«Zumindest bis nach dem Essen, Warburton! Statt dessen erzählen Sie mir lieber, wie Sie mich gefunden haben.»

«Mr. Richard sagte mir, wohin ich mich wenden muß, Sir.»

«Ah, natürlich! Ich hatte ganz vergessen, daß ich ihm mein – Absteigequartier – genannt habe, als ich seine Kutsche überfiel.»

Den Anwalt überlief unwillkürlich ein Schauder, als Mylord so fröhlich und unverblümt seine unehrenhafte Tätigkeit erwähnte.

«Ähem – sehr wohl, Sir. Mr. Richard wartet ungeduldig auf Ihre Rückkehr.»

Das hübsche junge Gesicht verdüsterte sich. Mylord schüttelte den Kopf.

«Unmöglich, mein Lieber. Ich bin überzeugt, Dick hat niemals einen so idiotischen Vorschlag geäußert. Gestehen Sie die Wahrheit! Das ist doch Ihre Idee!»

Warburton ging nicht auf den scherzhaften Ton ein, sondern antwortete bedächtig: «Auf alle Fälle glaube ich, Mylord, ist es sein dringender Wunsch, Schadenersatz zu leisten.»

Carstares warf ihm einen wachsamen, argwöhnischen Blick zu.

«Ah!»

«Ja, Sir, Schadensersatz.»

Mylord betrachtete unter halb geschlossenen Lidern angelegentlich seinen Smaragd.

«Aber warum – Schadenersatz, Warburton?» fragte er.

«Ist das nicht das richtige Wort, Sir?»

«Zugegeben, ich finde es unpassend. Anscheinend bin ich etwas schwer von Begriff.»

«Diese Eigenschaft ist mir völlig neu an Ihnen, Mylord.»

«So? Sechs Jahre verändern einen Menschen eben. Mr. Carstares ist hoffentlich wohlauf?»

«Ich denke schon, Sir», antwortete der Anwalt, verärgert über den geschickten Themawechsel.

«Und Lady Lavinia?»

«Ebenfalls.» Mr. Warburton sah ihn forschend an, und als Mylord den Blick bemerkte, funkelten seine Augen wieder vor vergnügtem Spott.

«Ich bin entzückt, das zu hören. Bitte überbringen Sie Mr. Carstares meine Grüße und ersuchen Sie ihn in meinem Namen, ganz nach seinem Ermessen über Wyncham zu verfügen.»

«Sir! Master Jack! Ich flehe Sie an!» rief der Anwalt bestürzt, indem er aufsprang und, die Hände hochwerfend, den Raum durchmaß.

Mylord richtete sich steif in seinem Stuhl auf. Er beobachtete besorgt die Zeichen äußerster Erregung an seinem Besucher, doch als er sprach, klang seine Stimme gelassen und kalt.

«Nun, Sir?»

Warburton drehte sich um und kam zum Kamin zurück. Es s Mühe zu kosten, sich zu beherrschen, während er auf Mylord hinab te, der mit gleichgültiger Miene dasaß.

«Master Jack, vielleicht wäre es besser, wenn ich Ihnen sage, was Sie sicher längst erraten haben. Ich bin im Bilde.»

Eine Augenbraue hob sich arrogant.

«Und worüber, verehrter Mr. Warburton?»

«Ich weiß, daß Sie es nicht getan haben!»

«Was nicht getan, mein Bester?»

«Beim Kartenspiel betrogen, Sir!»

Mylord entspannte sich und schnippte ein Staubkörnchen von seiner prachtvollen Manschette.

«Ich bedaure sehr, Sie diesbezüglich enttäuschen zu müssen.»

«Mylord, weichen Sie mir nicht aus, ich bitte Sie! Sie können mir doch vertrauen?»

«Ohne Zweifel.»

«Dann halten Sie diese Vorspiegelung falscher Tatsachen nicht auch mir gegenüber aufrecht – nein, und schauen Sie auch nicht so finster drein! Ich habe Sie von Geburt an aufwachsen sehen, und Master Dick ebenfalls, und ich kenne Sie beide durch und durch. Ich *weiß*, daß Sie weder bei Colonel Dare falschgespielt haben noch sonstwo! Ich hätte damals einen Eid darauf ablegen können – ja, als ich Master Dicks Gesicht sah, wußte ich sofort, daß er der Betrüger war und Sie nur die Schuld auf sich nahmen!»

«Nein!»

«Ach, Master Jack, machen Sie mir doch nichts vor! Können Sie mir in die Augen schauen und bestreiten, was ich soeben gesagt habe? Können Sie das? Können Sie das wirklich?»

Mylord saß schweigend da.

Mit einem Seufzer ließ sich Warburton wieder auf die Bank sinken. Seine Wangen waren gerötet, seine Augen glänzten, doch er sprach ruhig weiter.

«Natürlich bringen Sie das nicht übers Herz, denn meines Wissens haben Sie noch nie gelogen. Keine Angst, ich verrate Sie nicht. Ich habe dem gnädigen Herrn zuliebe all die Jahre geschwiegen, und ich werde auch jetzt erst sprechen, wenn Sie mir die Erlaubnis dazu geben.»

«Die bekommen Sie niemals.»

«Master Jack, überlegen Sie sich gut, was Sie da tun, ich beschwöre Sie! Jetzt, wo der gnädige Herr tot ist –»

…spielt keine Rolle.»

«Wie? Haben Sie es denn nicht um seinetwillen getan? Weil Sie wußten, wie sehr er Master Dick liebte?»

«Nein.»

«Dann wegen Lady Lavinia –»

«Nein.»

«Aber –»

Mylord lächelte traurig.

«Ach, Warburton! Und Sie haben behauptet, Sie kennen uns durch und durch! Für wen sonst hätte ich es tun sollen, wenn nicht für ihn selbst?»

«Das habe ich befürchtet!» Der Anwalt hob mit einer hoffnungslosen Gebärde die Hände. «Sie kehren also nicht zurück?»

«Nein, mein Entschluß steht fest. Dick kann meine Güter verwalten. Ich bleibe auf der Straße.»

Warburton unternahm einen letzten Versuch.

«Mylord!» rief er verzweifelt. «Wollen Sie nicht wenigstens die Schande bedenken, die Sie über Ihren Namen bringen, wenn man Sie fängt?»

Die Schatten verschwanden aus Mylords Augen.

«Mein Lieber, Ihr Geisteszustand macht mir allen Ernstes Sorgen! Glauben Sie vielleicht, ich hätte diese unerfreuliche Möglichkeit nicht in Betracht gezogen? Ich bin nicht dazu bestimmt, mit einem Strick um den Hals zu sterben, das versichere ich Ihnen!»

Der Anwalt wäre um eine Antwort nicht verlegen gewesen, hätte nicht der Eintritt eines Bediensteten, der ein beladenes Tablett trug, jeder vertraulichen Unterhaltung ein Ende bereitet. Der Mann stellte die Speisen auf den Tisch, zündete die Kerzen an und schob zwei Stühle zurecht.

«Das Dinner ist angerichtet, Sir.»

Mylord nickte und deutete mit einer fast unmerklichen Handbewegung auf die Fenster. Sofort zog der Mann die schweren Vorhänge zu.

Mylord wandte sich an seinen Besucher.

«Was soll es sein: Burgunder oder Bordeaux – oder bevorzugen Sie Weißwein?»

Sein Gast entschied sich für Bordeaux.

«Bordeaux, Jim», befahl Carstares und erhob sich.

«Ich hoffe, die Reise hat Ihren Appetit angeregt, Warburton, denn der brave Chadber wird furchtbar gekränkt sein, wenn Sie seinen Kapaunen nicht tüchtig zusprechen.»

«Ich will mich redlich bemühen, seine Gefühle nicht zu verletzen», erwiderte der Anwalt zwinkernd und setzte sich zu Tisch.

So viele Schwächen Mr. Chadber auch haben mochte, eines mußte man ihm lassen – er besaß einen ausgezeichneten Koch. Mr. Warburton speiste hervorragend, angefangen von einer fetten Ente bis zum letzten der vielen Gerichte, die darauf folgten.

Als der Tisch abgeräumt und der Bedienstete, nachdem er den Portwein bereitgestellt hatte, verschwunden war, bemühte sich der Anwalt, die Unterhaltung wieder auf das ursprüngliche Thema zu bringen. Doch er hatte die Rechnung ohne Mylord gemacht und ertappte sich nach kurzer Zeit mitten in einer Debatte über den kürzlich von Charles Stuart entfachten Aufstand. Er setzte sich mit einem Ruck auf.

«Apropos, Sir – es wurde verschiedentlich behauptet, Sie wären auf seiten des Prinzen gestanden.»

Carstares verschluckte sich fast vor Erstaunen.

«Ich?»

«Ja, tatsächlich. Ich habe zwar keine Ahnung, woher das Gerücht stammte, jedenfalls erreichte es eines Tages Wyncham. Der gnädige Herr verlor kein Wort darüber, aber Mr. Richard konnte es anscheinend kaum glauben.»

«Na, hoffentlich! Warum sollten mich die Leute auch plötzlich für einen Rebellen halten, mit Verlaub?»

Warburton runzelte die Stirn.

«Habe ich Sie richtig verstanden, Sir?»

«Ja doch, ich sagte Rebell. Schließlich habe ich unter Seiner Majestät gedient.»

«Die Carstares waren seit jeher Tories, Master Jack, und ihrem rechtmäßigen König treu ergeben.»

«Mein lieber Freund, den Stuartprinzen bin ich zu nichts verpflichtet. Ich wurde unter der Herrschaft König Georgs I. geboren und bin ein guter Whig, das möchte ich betonen.»

Warburton schüttelte mißbilligend den Kopf.

«In Ihrer Familie hat es niemals einen Whig gegeben, Sir.»

«Und Sie hoffen, das wird auch in Zukunft so bleiben, was? Übrigens – wie steht's mit Dick? Hält er mit dem Stuart?»

«Ich glaube, Mr. Richard interessiert sich nicht für Politik.»

Carstares zog die Augenbrauen hoch und verfiel dann in Schweigen.

Nach ein paar Minuten räusperte sich Mr. Warburton.

«Ich – ich nehme an, Sir – Sie denken nicht daran, Ihre – äh – Tätigkeit – aufzugeben?»

Mylord konnte ein leises Lachen nicht unterdrücken.

«Meiner Treu, ich habe ja erst damit begonnen!»

«Ja, aber – aber – Mr. Richard wurde doch schon vor einem Jahr –»

«Von mir überfallen? Stimmt, doch um die Wahrheit zu sagen, bin ich seit damals nicht sehr emsig gewesen.»

«Demzufolge sind Sie nicht – äh – allgemein bekannt, Sir?»

«Lieber Himmel, nein! Was für ein Gedanke! Warburton – haben Sie mich womöglich für eine Art Helden gehalten? Für ‹Gentleman Harry› vielleicht?»

Der Anwalt errötete. «Nun, Sir – ich – äh – ich dachte –»

«Sosehr ich es bedaure, ich muß Ihnen diese Illusion zerstören, denn ich bezweifle, daß man in der Bow Street jemals von mir gehört hat. Und ehrlich gestanden – das ist keine Beschäftigung, an der ich allzu großen Gefallen finde.»

«Aber warum wollen Sie dann nicht damit aufhören, Mylord?»

«Ich brauche einen Vorwand für mein Nomadendasein», verteidigte sich Jack. «Ich kann einfach nicht auf der faulen Haut liegen.»

«Sie sind nicht – gezwungen – äh – zu rauben, Mylord?»

Carstares runzelte fragend die Stirn.

«Gezwungen? Ah – ich verstehe, was Sie meinen. Nein, ich habe genug für meine Ansprüche – jetzt zumindest. Es hat einmal eine Zeit gegeben – aber das ist vorbei. Ich raube, weil es mir Spaß macht.»

Warburton blickte ihn fest an.

«Ich bin überrascht, Mylord, daß Sie, ein Carstares, daran – Vergnügen finden.»

John schwieg einen Augenblick, und als er endlich sprach, klang seine Stimme ungewohnt trotzig und verbittert.

«Meine lieben Mitmenschen haben mich nicht so freundlich behandelt, als daß mich Gewissensbisse peinigen könnten. Aber falls Sie das beruhigt – ich mime nur sehr selten den finsteren Bösewicht. Vor einer Weile sprachen Sie von meinem mutmaßlichen – äh – Ende am Galgen. Ich glaube, es wird Ihnen erspart bleiben, diese betrübliche Nachricht zu vernehmen.»

«Ich – ich muß gestehen, das ist mir eine große Erleichterung, Mylord», stotterte der Anwalt und verstummte dann verlegen. Nach einer langen Pause zog er zum zweitenmal die umfangreiche Pergamentrolle hervor und legte sie auf den Tisch, wobei er entschuldigend murmelte: «Die leidige Pflicht, Euer Gnaden!»

Carstares kehrte in die Wirklichkeit zurück und musterte das Bündel mit unverhohlenem Abscheu. Dann füllte er gemächlich die Weingläser. Als er damit fertig war, stieß er einen bekümmerten Seufzer aus, bemerkte Mr. Warburtons amüsiert glitzernden Blick, lachte hellauf und brach das Siegel.

«Da Sie darauf bestehen – tun wir, was Sie nicht lassen können.»

Mr. Warburton blieb die Nacht über im Chequers und reiste am nächsten Tag mit der Zweiuhrkutsche nach Wyncham zurück. Er spielte den ganzen Abend mit Mylord Pikett und Écarté und begab sich dann zu Bett, ohne Gelegenheit gefunden zu haben, seine Mission in erhoffter Weise zu erfüllen. Jedesmal, wenn er versucht hatte, der Unterhaltung eine entsprechende Wendung zu geben, war er sanft, aber nachdrücklich auf harmlosere Bahnen gedrängt worden, von denen eine Umkehr aus irgendeinem unerklärlichen Grund rein unmöglich schien. Mylord war ein ganz bezaubernder Gesellschafter von geradezu ansteckender Fröhlichkeit, aber über «Geschäftliches» zu sprechen, lehnte er strikt ab. Er ergötzte den Anwalt mit pikanten Histörchen und Anekdoten aus dem Ausland, doch erlaubte ihm kein einziges Mal, von Wyncham oder seinem Bruder zu erzählen.

Als Mr. Warburton sich schließlich zur Ruhe begab, fühlte er sich durch die gute Laune seines Sorgenkindes einigermaßen beruhigt, gleichzeitig aber bedrückte es ihn, daß sein Versuch, Carstares zu einer Rückkehr zu bewegen, so kläglich gescheitert war.

Am nächsten Morgen schlief er bis spät in den Vormittag hinein. Trotzdem kam er, als er um zwölf Uhr endlich sein Zimmer verließ, Seiner Lordschaft noch zuvor, da dieser erst erschien, als der Lunch – wiederum im eichengetäfelten Salon – serviert wurde.

Mylord betrat den Raum in seiner gewohnt lässig energischen Weise und begrüßte Mr. Warburton mit einem formvollendeten Kratzfuß. Dann entführte er ihn in die Stallungen, um ihm seine Stute Jenny zu zeigen, auf die er wahrhaft kindisch stolz war. Als sie zurückkehrten, stand der Imbiß schon bereit und der Anwalt merkte, daß ihm kaum Zeit blieb, sein Anliegen nochmals vorzubringen.

Mylords Diener lungerte im Zimmer herum und wartete ihnen auf, bis sein Herr ihm befahl, sich um das Gepäck des Gastes zu kümmern. Als er sich mit einer Verbeugung entfernt und die Tür hinter sich geschlossen hatte, lehnte Carstares sich in seinem Stuhl zurück und betrachtete Mr. Warburton mit einem kleinen, fast ein wenig traurigen Lächeln.

«Ich weiß, Sie wollen mir Vernunft einreden, lieber Freund, und wenn ich unbedingt muß, höre ich Sie auch an. Aber glauben Sie mir, es wäre mir bei weitem lieber, wenn Sie's bleiben ließen.»

Warburton spürte den Ernst, der sich hinter diesen leichthin gesprochenen Worten verbarg, und verzichtete klug auf seine letzte Chance.

«Ich verstehe, wie peinlich das alles für Sie ist, Mylord, und will Ihre Haltung gern respektieren. Ich bitte Sie nur um eines: sehen Sie Ihren jetzigen Entschluß nicht als endgültig an, sondern denken Sie in Ruhe noch einmal darüber nach!»

Seine sorgenvolle Miene rührte Carstares.

«Sie sind wirklich viel zu gut zu mir, Warburton. Ich kann Ihnen nur versichern, daß ich Ihre Güte – und Nachsicht – zu schätzen weiß. Und ich hoffe, Sie verzeihen mir mein scheinbar ungehobeltes Betragen und glauben mir, daß ich Ihnen von ganzem Herzen dankbar bin.»

«Ich wünschte, ich könnte mehr für Sie tun, Master Jack!» stammelte der Anwalt, den die leise Wehmut in der Stimme seines Lieblings ganz unglücklich machte. Doch es blieb ihm keine Zeit mehr. Die Kutsche wartete bereits, sein Gepäck befand sich schon auf dem Dach. Als sie vor dem Haus standen, konnte er nur noch die Hand Mylords ergreifen und sie fest zum Abschied drücken. Dann stieg er eilig ein, und die Tür wurde hinter ihm zugeschlagen.

Mylord machte seinen Kratzfuß und sah dem schweren Gefährt nach, wie es über die Landstraße davonrollte. Schließlich schlenderte er mit einem unterdrückten Seufzer auf die Stallungen zu. Sein Diener sah ihn kommen und eilte ihm sofort entgegen.

«Die Stute, Sir?»

«Ganz recht, Jim – die Stute. In einer Stunde.»

Er wandte sich zum Gehen.

«Sir – Euer Gnaden!»

Er verhielt den Schritt, blickte über die Schulter.

«Nun?»

«Sie lauern überall, Sir. Bitte seien Sie auf der Hut.»

«Das ist mir nichts Neues, Jim. Trotzdem – danke.»

«Sie – Sie würden mich nicht mitnehmen, Sir?» kam es flehend.

«Dich mitnehmen? Himmel, nein! Ich habe nicht die Absicht, dich in Gefahr zu bringen. Außerdem bist du mir viel nützlicher, wenn du hierbleibst, um meine Befehle auszuführen.»

Der Bursche verneigte sich gehorsam.

«Ja, Sir. Aber – aber –»

«Es gibt kein Aber, Jim.»

«Nein, Sir – aber Sie werden vorsichtig sein?»

«Natürlich, noch mehr als sonst, das verspreche ich dir.» Damit kehrte er ihm endgültig den Rücken und begab sich ins Haus.

Nach einer Stunde verließ er es als völlig anderer Mensch. Verschwunden waren Smaragdring und stutzerhafter Spazierstock; auch die lässig arrogante Art schien wie fortgeblasen, und was übrigblieb, war ein sehr sachlich wirkender, sportlicher junger Mann in Lederwams, wildledernen Reithosen und glänzenden Stulpenstiefeln. Eine einfache braune Perücke nahm den Platz des gepuderten Kunstwerks ein, und darauf thronte verwegen ein schwarzer Dreispitz.

Er blieb auf der verlassenen Freitreppe stehen und beobachtete, wie Jim sein Gepäck am Sattel festschnallte, wobei er ihm von Zeit zu Zeit gedämpft einen knappen Befehl zurief. Kurz darauf erschien Mr. Chadber mit dem Abschiedstrunk. Mylord leerte den Becher in einem Zug, ließ eine Guinee hineinfallen und gab ihn mit einem Dankeswort wieder zurück.

In der Schankstube rief jemand laut nach dem Wirt, was diesen sogleich veranlaßte, sich unter tausend Entschuldigungen zu verbeugen und ins Innere des Gebäudes zu verschwinden.

Jim warf einen letzten Blick auf den Sattelgurt und trat dann zu seinem Herrn, um ihm Handschuhe und Reitgerte zu reichen. Die Stute wartete inzwischen lammfromm auf der Straße.

Carstares nahm beides schweigend entgegen und klopfte dann mit der Gerte leicht gegen seine Stiefel, während er den Diener nachdenklich betrachtete.

«Also – du mietest eine Kutsche wie gewöhnlich», sagte er nach einer Weile, «und schaffst mein Gepäck nach –» er überlegte stirnrunzelnd – «nach Lewes. Dort besorgst du ein Zimmer im White Hart und bestellst das Dinner. Ich werde Aprikosenfarben tragen und – hm!»

«Blau, Sir?» wagte Jim hilfreich vorzuschlagen.

Um die Augenwinkel seines Herrn bildeten sich Fältchen.

«Du bist mir vielleicht ein Spaßvogel, Salter. Aprikosenfarben und Creme. Creme? Ja, kein schlechter Gedanke. Das wäre alles – Jenny!»

Die Stute drehte ihm den Kopf zu und wieherte ihm freudig entgegen. «Bist mein braves Mädchen!» Er stieg leichtfüßig auf und tätschelte ihren schimmernden Hals. Dann beugte er sich noch einmal zu Salter nieder, der das Pferd mit einer Hand am Zaum hielt.

«Mein Mantel?»

«Hinter Ihnen, Sir.»

«Perücke?»

«Ja, Sir.»

«Pistolen?»

«Fix und fertig geladen, Sir.»

«Gut. Ich werde rechtzeitig zum Dinner in Lewes sein – so Gott will.»

«Sehr wohl, Sir. Sie – Sie geben bestimmt acht?» fragte Jim besorgt.

«Das hab ich dir doch schon gesagt!» Mylord richtete sich im Sattel auf, trieb die Stute mit einem leichten Schenkeldruck an, nickte seinem Diener mit einem flüchtigen Lächeln zu und trabte vergnügt davon.

2
Mylord im White Hart

«Sir Anthony Ferndale» saß vor dem Toilettentisch in seinem Zimmer im White Hart und polierte müßig seine Nägel. Ein prachtvoller seidener Schlafrock hing über der Lehne seines Stuhles, und hinter ihm legte Jim letzte Hand an die Perücke seines Herrn, wobei er gleichzeitig mit Argusaugen über Rock und Weste wachte, die für Mylord bereitlagen.

Carstares ließ von seinen Nägeln ab und lehnte sich gähnend zurück – eine schlanke, geschmeidige Gestalt in Batisthemd und Kniehosen aus aprikosenfarbenem Satin. Er musterte prüfend seine Krawatte im Spiegel und hob langsam die Hand. Salter hielt den Atem an. Mit äußerster Behutsamkeit rückten die Fingerspitzen eine mit Diamanten und Smaragden besetzte Nadel eine Spur nach rechts, dann sank der Arm wieder lässig herab. Salter lenkte durch sein erleichtertes Schnaufen die Aufmerksamkeit seines Gebieters auf sich.

«Alles glatt gegangen, Jim?»

«Sozusagen wie geschmiert, Sir.»

«Bei mir auch. Es war geradezu läppisch einfach. Die Burschen hatten überhaupt keinen Mumm in den Knochen. Zwei Männer in einer Kutsche – der eine ein aufgeblasener Schuft von einem Kaufmann, der andere sein Schreiber. Gott im Himmel! Aber der kleine Tropf hat mir leid getan!» Er hielt inne, griff nach dem Rougetöpfchen.

Salter sah ihn fragend an.

«Ja», nickte Carstares, «ehrlich leid. Der Fettwanst schien ihn nämlich gewaltig zu schinden und zu tyrannisieren, wie es solche Leute mit ihren Bediensteten gern tun. Gab sogar ihm die Schuld an meinem Erscheinen, die feiste Memme! Ja, Jim, du hast recht – er stand mir nicht besonders zu Gesicht, dieser ‹Monsieur› Fudby. Also –» ergänzte er freimütig – «erleichterte ich ihn um seine Geldschatulle und zweihundert Guineen. Eine milde Gabe an die Armen von Lewes.»

Jim zuckte mürrisch die Schultern.

«Wenn Sie alles verschenken, warum tun Sie sich die ganze Arbeit dann überhaupt an, Sir?» fragte er unverblümt.

Über Mylords Antlitz huschte sein wunderliches kleines Lächeln.

«Weil es meinem Leben einen Sinn gibt, du Dummkopf. Ich weihe es gewissermaßen einem edlen Zweck. Außerdem amüsiert es mich, den Robin Hood zu spielen – den Reichen zu nehmen und den Armen zu geben», fügte er Salter zu Gefallen hinzu. «Aber um zu meinen Opfern zurückzukehren – wenn ich mir vorstelle, wie du gelacht hättest, als der kleine Mann aus der Kutsche fiel!»

«Fiel, Sir? Warum sollte er fallen?»

«Es bereitete ihm selbst Mühe, das zu erklären. Offensichtlich hatte ihm der Dicke befohlen, die Klinke festzuhalten, um mein Eindringen zu verhindern – daher plumpste er, als ich den Schlag aufriß, lieber auf die Straße, bevor er losgelassen hätte. Natürlich entschuldigte ich mich überaus höflich, und wir unterhielten uns ein wenig. Wirklich ein netter kleiner Kerl ... Trotzdem mußte ich lachen, als er wie ein Käfer im Staub herumkrabbelte!»

«Ach, da wär ich gern dabeigewesen, Euer Gnaden!» Jim schaute mit beträchtlichem Stolz auf seinen eleganten Herrn nieder. «Ich würde was drum geben, wenn ich mal sehen könnte, wie Sie 'ne Kutsche überfallen, Sir!»

Die Hasenpfote in der Hand, fing Jack im Spiegel seinen bewundernden Blick auf und lachte.

«Das glaub ich dir, mein Alter! Ich hab mir übrigens eine großartige Stimme dafür zugelegt – so leicht heiser und versoffen, und etwas laut, vielleicht – ah, aber grade richtig, um nachts davon zu träumen! Ich bezweifle zwar, ob sie's tun», fügte er grüblerisch hinzu, während er das Schönheitspflästerchen neben seinem Mundwinkel anbrachte.

«Was meinst du? Ein wenig tief? Na, es wird genügen – was ist denn da los?»

Unten auf der Straße herrschte plötzlich großer Lärm und aufgeregtes Durcheinander. Man hörte Pferdegetrappel, die Rufe der Stallknechte und das Rattern von Rädern auf dem Kopfsteinpflaster. Jim trat ans Fenster und reckte den Hals, um über den Balkon zu sehen.

«Eine Kutsche ist angekommen, Sir.»

«Soviel hab ich auch bemerkt», antwortete Mylord trocken aus einer Puderwolke.

«Ja, Sir. O Gott, Sir!» Er schüttelte sich vor Lachen.

«Was gibt's?»

«Hach, es ist zu komisch, Sir! Zwei Männer steigen aus – ein dicker und ein kleiner, dürrer! Der Kleine schaut ganz verschrumpelt aus, wie eine Spinne, und der andere erinnert mich fast –»

«An ein Nilpferd, vor allem im Gesicht?»

«Nun ja, Sir. So ziemlich. Und er hat lauter rote Sachen an.»

«Himmel, ja! Und zu der Purpursymphonie trägt er eine orangefarbene Weste!»

Jim spähte noch einmal.

«In der Tat, Sir! Aber woher wissen Sie das?» Noch während er die Frage aussprach, blitzte Verstehen in seinen Augen auf.

«Ich glaube fast, daß ich die Ehre hatte, diesen Herren bereits zu begegnen», erwiderte Mylord gelassen. «Meine Schnalle, Jim ... Ist es eine auffallend große Kutsche mit gelbgestrichenen Rädern?»

«Ja, Euer Gnaden. Die Reisenden wirken 'n bißchen zerfleddert.»

«Das ist durchaus möglich. Ist die Kleidung des kleineren Herrn – äh – nicht ganz sauber?»

«Ich kann's nicht sehen, Sir, er steht hinter dem Dicken.»

«Mr. Bumble Bee ... Jim!»

«Sir?» Jim fuhr herum, so scharf klang die Stimme.

Mylord hatte sich erhoben und hielt mit spitzen Fingern eine Weste, die ein erbsengrünes Muster auf gallgelbem Grund zeigte. Vor seinem strengen Blick schlug Jim die Augen nieder wie ein zerknirschter Schuljunge.

«Du hast diese – diese Monstrosität – für *mich* bereitgelegt?» fragte sein Herr im Tonfall eines Inquisitors.

Jim beäugte die Weste mit düsterem Blick und nickte.

«Ja, Sir.»

«Hab ich nicht cremefarben gesagt?»

«Ja, Sir. Ich dachte – ich dachte, es wäre creme.»

«Mein lieber Freund, es ist – es ist – ich kann nicht sagen, was es ist. Und erbsengrün!» Er schauderte. «Hinweg damit!»

Jim griff hastig nach dem anstößigen Kleidungsstück und schaffte es fort.

«Und bring mir den bestickten Satin. Ja, die ist richtig – eine Wohltat für die Augen!»

«Ja, Sir», stimmte der beschämte Jim zu.

«Dieses eine Mal will ich dir verzeihen», meinte Mylord zwinkernd. «Was tun unsere beiden Freunde?»

Salter beugte sich aus dem Fenster.

«Sie sind ins Haus gegangen, Sir. Nein, da kommt grade der kleine Weberknecht! Er scheint's eilig zu haben, Euer Gnaden!»

«Ah!» murmelte Seine Lordschaft. «Da – hilf mir in diesen Rock. Danke.»

Mit etlicher Mühe schlüpfte Mylord in das Prunkstück aus Satin, das sich nach getaner Prozedur wie eine zweite Haut über seinen Rücken spannte. Er schüttelte die Handkrausen aus und streifte stirnrunzelnd den Smaragdring über seinen Finger.

«Ich glaube, ich werde ein paar Tage hierbleiben», sagte er plötzlich. «Um – äh – jeglichen Verdacht zu zerstreuen.» Er warf Jim unter gesenkten Wimpern einen Blick zu.

Es war nicht Salters Art, seinem Herrn unnötige Fragen zu stellen oder sich über irgendeinen seiner Entschlüsse zu wundern. Es genügte ihm, seine Befehle zu empfangen und prompt auszuführen und ihn im übrigen mit rührender Ergebenheit zu verehren. Er folgte ihm blindlings, treu wie ein Hund, und war glücklich, ihm dienen zu dürfen.

Carstares hatte ihn – ziemlich heruntergekommen und arbeitslos, da ihn sein früherer Brotgeber wegen seines schwindsüchtigen Geldbeutels entlassen mußte – in Frankreich aufgelesen und als Kammerdiener engagiert. Seitdem begleitete er Mylord auf Schritt und Tritt und erwies sich bald als unschätzbare Errungenschaft, denn trotz seines dämlichen Gesichtsausdrucks war er keineswegs auf den Kopf gefallen, was ihn dazu befähigte, Lord John im Zuge seiner unrühmlichen und tollkühnen Laufbahn als Straßenräuber aus mehr als einer Klemme zu helfen. Vielleicht beruhte das gute Einvernehmen zwischen den beiden auch darauf, daß Jim seinen etwas unberechenbaren Herrn besser verstand als jeder andere. Auch jetzt erriet er dessen Absicht und erwiderte den Blick mit einem listigen Zwinkern.

«Die zwei haben Sie also heute gerupft, Sir?» fragte er, indem er mit dem Daumen zum Fenster hin deutete.

«Mhm, es scheint fast so – Mr. Bumble Bee und Gefährten. Ich glaube, ich weiß den ersteren nicht so recht zu schätzen, sein Betragen ist nicht unbedingt nach meinem Geschmack. Aber bitte – vielleicht denkt er von mir dasselbe. Ich sehe schon, ich muß diese Bekanntschaft fördern.»

Jim grunzte verächtlich, was ihm einen forschenden Blick eintrug.

«Du bist von unserem Freund nicht begeistert? Ich bitte dich – du darfst ihn nicht nach seinem Äußeren beurteilen. Wer weiß, vielleicht besitzt er eine schöne Seele. Aber ich kann's mir nicht vorstellen, nein, ich kann's mir beim besten Willen nicht vorstellen!» Mylord lachte leise. «Weißt du was, Jim? Ich habe das Gefühl, ich werd' mich heute abend köstlich amüsieren!»

«Darauf freß ich einen Besen, Euer Gnaden. Es wär für Sie ein Kinderspiel, den Dicken an der Nase rumzuführen.»

«Höchstwahrscheinlich. Aber mit ihm habe ich's voraussichtlich nicht zu tun, sondern mit den erlauchten Amtspersonen dieser reizenden Stadt. Kommt da nicht gerade der kleine Weberknecht zurück?»

Salter schaute aus dem Fenster.

«Ja, Sir – mit drei anderen.»

«Aha. Sei so gut und gib mir meine Schnupftabaksdose. Und meinen Stock. Danke. Es wird allmählich Zeit, daß ich in Erscheinung trete. Und bitte denk daran, daß ich direkt aus Frankreich komme und mit häufigen Unterbrechungen nach London reise. Jetzt tu mir noch den Gefallen und mach ein besonders einfältiges Gesicht. Ja, so ist's ausgezeichnet.»

Jim grinste entzückt. Er hatte nicht mit der Wimper gezuckt und war infolgedessen hocherfreut über diesen Scherz. Er riß mit Grandezza die Tür auf und blickte «Sir Anthony» nach, wie dieser durch den Gang zur Treppe stolzierte.

Im Kaffeesalon erzählte der reiche Geschäftsmann namens Fudby mit viel Pathos und so mancher eindrucksvollen Pause dem Bürgermeister, dem Stadtsyndikus und dem Gerichtsdiener von Lewes die Geschichte seines Mißgeschicks. Alle drei waren von Mr. Chilter, seinem Schreiber, auftragsgemäß herbeigeholt worden, denn je größer die Zuhörerschaft, desto besser wurde Mr. Fudbys Laune, wodurch sich ihm auch jetzt, trotz des Verlustes seiner kostbaren Geldschatulle, Gelegenheit bot, die Situation auf seine Weise zu genießen.

Auf Mr. Hedges, den Bürgermeister, traf das nicht zu. Er war ein zappeliger kleiner Mann, der an Verdauungsstörungen litt und den die Angelegenheit schon aus dem Grunde nicht interessierte, weil er viel zu hungrig war. Dieser Mensch hatte ihn nämlich vom Dinner aufgescheucht – möglicherweise fand er ihn deshalb so wenig sympathisch und sah keine Möglichkeit, etwas für ihn zu tun. Anderseits war ein Straßenraub doch eine ziemlich ernste Sache, die sich nicht einfach ignorieren ließ. Also lauschte er mit heuchlerischer Anteilnahme der epischen Schilderung des Ereignisses, schaute außerordentlich klug drein und stieß im jeweils richtigen Augenblick Laute aus, die sein Mitgefühl bekundeten.

Je mehr er von dem Dicken sah und hörte, um so weniger konnte er ihn leiden. Auch der Stadtsyndikus teilte diese Ansicht, denn Mr. Fudby hatte ohne jeden Zweifel etwas an sich, was ihn bei seinen Mitmenschen nicht gerade beliebt machte, besonders wenn sie einem niedrigeren gesellschaftlichen Rang angehörten. Der Gerichtsdiener machte sich keine großen Gedanken. Nachdem er – völlig zu Recht – beschlossen hatte, daß ihn der Tatbestand nicht das geringste anging, lehnte er sich in seinem Stuhl zurück und starrte gelangweilt zur Decke empor.

Mr. Fudbys Vortrag besaß überraschend wenig Ähnlichkeit mit der wahren Begebenheit, sondern war eine auf der Reise nach Lewes entstandene, phantasievoll ausgeschmückte Version seines Abenteuers, in der er sich durch bewundernswürdige Tapferkeit auszeichnete.

Er redete immer noch, als Mylord den Raum betrat. Carstares hob träge sein Monokel, um die versammelte Gesellschaft zu mustern, verbeugte sich leicht und ging zum Kamin hinüber, wo er sich in einen Lehnstuhl setzte, ohne die Anwesenden zu beachten.

Mr. Hedges hatte auf den ersten Blick erkannt, daß es sich hier um einen Grandseigneur handelte, und wünschte, Mr. Fudby würde seine Stimme etwas dämpfen. Aber dieses Individuum war so begeistert über den neuen Zuhörer, daß es noch um einen Grad lauter und mit viel Genuß das sattsam erörterte Thema weiter breittrat.

Mylord gähnte graziös und nahm eine Prise Schnupftabak.

«Ja doch, ja», sagte Mr. Hedges leicht gereizt, «man kann die Runners aus London kommen lassen, aber sonst wüßte ich wirklich nicht, wie ich Ihnen behilflich sein könnte. Bitte – wenn Sie damit einverstanden sind? Es muß natürlich auf Ihre Kosten gehen, Sir.»

Mr. Fudby fuhr auf.

«Auf *meine* Kosten? Sagten Sie, auf *meine* Kosten? Ich bin überrascht! Ich wiederhole – ich bin überrascht!»

«Tatsächlich, Sir? Ich kann natürlich auch dem Ausrufer befehlen, die Runde zu machen. Er könnte das Pferd beschreiben und – äh – eine Belohnung für die Ergreifung eines jeden anbieten, der ein solches Tier besitzt. Aber» – er zuckte die Achseln und blickte zum Stadtsyndikus hinüber – «ich verspreche mir davon keinen großen Erfolg. Was meinen Sie, Mr. Brand?»

Der Beamte spitzte die Lippen und hob bedauernd die Hände.

«Ich fürchte, Sie haben recht, ja ich bin sogar überzeugt, daß Ihre Vermutung stimmt. Ich würde Mr. Fudby raten, überall in der Umgebung eine Proklamation anschlagen zu lassen.» Er lehnte sich mit der Miene eines Mannes zurück, der seinen Teil zur Arbeit beigetragen hat und nicht beabsichtigt, noch weitere Hilfe anzubieten.

«Ho!» schnaufte Fudby und blies die Wangen auf. «Diese Ausgabe wird mich zwar empfindlich treffen, aber ich glaube, man muß sie riskieren. Allerdings kann ich mich des Gefühls nicht erwehren, daß es dem Schurken nie gelungen wäre, mir meine zweihundert Guineen zu rauben, wenn Sie, Chilter, sich nicht so erbärmlich feige benommen hätten – ja, erbärmlich feige, sage ich!»

Er schnüffelte ein bißchen und beäugte seinen heftig errötenden, aber schweigenden Sekretär mit einem vorwurfsvoll verächtlichen Blick. «Mein Kutscher wenigstens versichert mir, er würde das Pferd sofort wiedererkennen. Von dem Mann selbst hat er leider nicht viel gesehen. Chilter! Wie hat er den Gaul beschrieben?»

«Oh – äh – eine Fuchsstute, Mr. Fudby, braun, mit einer weißen, halbmondförmigen Blesse und einem weißen Vorderfuß.»

Jack spürte, daß es Zeit war, in das Spiel einzugreifen. Er drehte sich in seinem Stuhl um und richtete sein Monokel auf Mr. Chilter.

«Wie war das bitte?» fragte er affektiert.

Mr. Fudbys Augen strahlten auf. Ließ sich der feine Herr doch noch herab, ein wenig Interesse zu bezeigen! Er begann eilig, seine Geschichte noch einmal hervorzusprudeln. Carstares musterte ihn kalt, worauf Mr.

Hedges, der das bemerkte, den Redefluß hastig unterbrach.

«Äh – ja, Mr. Fudby – schon gut. Verzeihen Sie, Sir, aber ich habe nicht die Ehre, Ihren Namen zu kennen?»

«Ferndale», sagte Jack. «Sir Anthony Ferndale.»

«Äh – ja –» Mr. Hedges verneigte sich. «Bitte entschuldigen Sie, daß ich Ihnen mit unseren Belangen zur Last falle –»

«Aber keineswegs», erwiderte Mylord liebenswürdig.

«Oh – äh – es ist – die Sache ist nämlich die – diese – äh – Herren hatten das Pech, vor kurzem auf offener Straße überfallen zu werden.»

Sir Anthony betrachtete die ganze Runde durch sein Monokel. Auf seinen Zügen malte sich gelindes Erstaunen.

«*Alle* diese Herren?» fragte er höflich.

«Oh, nein, nein, nein, Sir! Nicht alle! Nur Mr. – äh –»

«Fudby», ergänzte dieser patzig und stellte fest, daß sich Sir Anthony frostig verneigte. Sofort stemmte er sich von seinem Stuhl hoch, stützte die Hände auf den Tisch und beugte langsam und mit sichtlicher Mühe sein Rückgrat. Sir Anthony neigte den Kopf, worauf Mr. Fudby – zum Ergötzen der übrigen – die qualvolle Übung ein zweites Mal und mit noch größerer Würde als zuvor zelebrierte. Mr. Hedges beobachtete ein krampfhaftes Zucken um Sir Anthonys Lippen. Er wartete, bis Mr. Fudby sich setzte, und fuhr dann fort: «Ja – Mr. Fudby und Mr. –»

«Mein Schreiber!» schnappte der Dicke.

Sir Anthony bedachte Mr. Chilter mit einem besonders reizenden Lächeln und wandte sich dann wieder Mr. Hedges zu.

«Ach so. Ein Überfall bei *Tag*, sagen Sie?»

«Am hellichten Tag!» trompetete Mr. Fudby.

«Äh – ja, ja», bremste ihn der Bürgermeister, der einen neuerlichen Ausbruch befürchtete. «Vielleicht haben Sie zufällig so ein Tier gesehen, wie es Mr. – äh – Chilter beschrieben hat?»

«Tja, das ist in der Tat höchst merkwürdig», sagte Carstares gedehnt, «aber ich habe gerade heute ein solches Pferd gekauft.» Er zog eine Augenbraue hoch und blickte mit einem forschenden Lächeln auf die verblüfften Gesichter.

«Na bitte!» japste Mr. Fudby. «Na bitte!»

«Lieber Himmel, Sir, was für eine seltsame Fügung des Schicksals! Darf ich fragen, wo und von wem Sie es erworben haben?»

«Die Stute ist noch keine zwei Stunden in meinem Besitz. Ich habe sie auf dem Weg hierher einem ziemlich schäbig aussehenden Landstreicher abgekauft. Dabei fand ich es noch eigenartig, wie der Kerl zu einem Vollblut kam, und wunderte mich, warum er es so eilig hatte, das Tier loszuwerden.»

«Wohl deshalb, weil er wußte, daß er auf einem lebenden Steckbrief saß», erklärte Mr. Fudby zuvorkommend.

«Ach, natürlich. Vielleicht möchten Sie das Pferd gern sehen? Ich werde meinem Diener sofort –»

«Oh, nein, ich bitte Sie!» rief der Bürgermeister. «Wir würden uns nicht im Traum einfallen lassen, Ihnen eine solche Mühe –»

«Es wäre mir ein Vergnügen», sagte Jack mit einer Verbeugung, wobei er inständig hoffte, Mr. Fudby möge nicht verlangen, Jenny zu besichtigen, denn er war sicher, sie würde ihn durch ihre unverkennbare Zuneigung verraten.

«Nein, nein, Sir Anthony, das ist wirklich nicht nötig. Ich danke Ihnen vielmals. Mr. Fudby, wenn Sie nun die Güte haben wollen, auch den Mann zu beschreiben, damit ich die Verlautbarung aufsetzen kann.»

«Beschreiben Sie ihn, Chilter!» befahl Mr. Fudby verdrießlich. Der kleine Schreiber lächelte plötzlich.

«Aber gern, Sir!» antwortete er bereitwillig. «Es war ein richtig wüster Bursche, ungeheuer groß –»

«Wie groß?» unterbrach ihn der Stadtsyndikus. «Sechs Fuß?»

«Oh, leicht!» log Mr. Chilter. «Und dick.»

Jacks Schultern zuckten.

«Dick, sagen Sie?» fragte er sanft.

«Sehr», versicherte Mr. Chilter. «Und ein schrecklicher Lümmel! Diese derbe Sprache – nur so gespickt mit Flüchen!»

«Sein Gesicht konnten Sie vermutlich nicht sehen?»

Mr. Chilter zögerte.

«Nur Mund und Kinn», sagte er, «und da fiel mir eine lange Narbe auf, die sich von der Unterlippe zum – äh – Hals hinzog.»

Unwillkürlich streichelte Carstares sein makelloses Kinn. Entweder war der Kleine ein geborener Aufschneider, oder er wollte aus irgendeinem Grund verhindern, daß man den Räuber faßte.

«Nun, Sir Anthony?» fragte der Bürgermeister. «Paßt diese Beschreibung auf Ihren Mann?»

Mylord runzelte nachdenklich die Stirn.

«Groß», überlegte er bedächtig, «und dick – Sie sagten doch dick, nicht wahr, Mr. Chilter?»

Etwas übereifrig bekräftigte dieser seine Behauptung.

«Ah! Und mit einer langen Narbe – ja, das ist er bestimmt. Außerdem», fügte er keck hinzu, «schielt er auf dem linken Auge. Alles in allem ein ausgesprochen häßlicher Wicht.»

«Es scheint so, Sir Anthony», warf der Bürgermeister trocken ein. Er glaubte kein Wort von dieser letzten Bemerkung, sondern nahm an, daß der noble Herr sich auf ihre Kosten amüsierte. Trotzdem hütete er sich, die lästige Sitzung auch nur durch einen Mucks zu verzögern, und schrieb fein säuberlich die ganzen lächerlichen Einzelheiten nieder. Dann erklärte er noch, es könne nicht allzu schwierig sein, den Mann zu finden, und machte sich zum Aufbruch bereit.

Der Stadtsyndikus erhob sich ebenfalls und klopfte dem Gerichtsdiener auf die Schulter, worauf dieser aus seiner Pose meisterhafter Untätigkeit erwachte und folgsam hinter dem Bürgermeister aus dem Zimmer trottete.

Mr. Fudby stand auf.

«Ich bezweifle sehr, daß ich mein Geld jemals wiedersehen werde», sagte er bissig. «Chilter, wenn Sie nicht so –»

«Darf ich Ihnen eine Prise Schnupftabak offerieren, Mr. Chilter», fragte Mylord freundlich und bot dem Sekretär seine mit Juwelen besetzte Dose an. «Sicher möchten Sie jetzt gern meine Stute sehen, Sir?»

«Ich verstehe nichts von Pferden», schnaubte Mr. Fudby. «Es ist ja mein Schreiber, der anscheinend sämtliche Details behalten hat», ergänzte er mit einem ungemein höhnischen Grinsen.

«Dann erweisen *Sie* mir bitte die Ehre, mich zu den Stallungen zu begleiten, Mr. Chilter. Es wäre gut, in diesem Punkt Gewißheit zu haben. Mr. – äh – Fudby – Ihr ergebener Diener.»

«Und nun habe ich ein Hühnchen mit Ihnen zu rupfen, mein Lieber», sagte Carstares, während sie durch den kleinen Garten spazierten.

«Mit mir, Sir? Oh – äh – wirklich, Sir Anthony?»

Chilter blickte auf und sah, daß der fremde Herr lachte.

«Ja, ein ausgesprochen kapitales Huhn sogar! Sie haben mich als Fettwanst beschrieben!»

Chilter fiel beinahe in Ohnmacht.

«*Sie*, Sir?» fragte er atemlos. Er war starr vor Staunen.

«Von meinen gräßlichen Flüchen und der langen Narbe ganz zu schweigen!»

Mr. Chilter blieb starr mitten auf dem Weg stehen.

«*Sie* waren das, Sir – die ganze Zeit über? *Sie* haben uns überfallen? Waren *Sie* der Mann, der den Schlag aufriß?»

«Ja, ich bin dieser niederträchtige Schurke, der sich hiermit gleich noch einmal für seine unverzeihliche Unachtsamkeit entschuldigen möchte. Aber jetzt erklären Sie mir, warum Sie sich solche Mühe gaben, diesen Siebenschläfern Sand in die Augen zu streuen!»

Sie gingen langsam weiter.

«Ich – ich weiß nicht, Sir», stotterte der kleine Schreiber errötend. «Ich fand Sie einfach so sympathisch, und – und –»

«Verstehe. Sie haben mir wirklich sehr geholfen, Mr. Chilter. Haben Sie irgendeinen Wunsch, den ich Ihnen als Zeichen meiner Dankbarkeit erfüllen könnte?»

Wieder stieg dem kleinen Mann das Blut in die Wangen, und er hob stolz den Kopf.

«Ich danke Ihnen, Sir, aber das ist nicht nötig.»

Mittlerweile hatten sie den Stall erreicht. Carstares schob die Tür auf, und sie traten ein.

«Dann machen Sie mir die Freude, dies als Beweis meiner Hochachtung anzunehmen.»

Mr. Chilter starrte auf den Smaragdring, der ihm von der Handfläche Mylords entgegenglühte. Er hob den Blick zu den blauen Augen empor und stammelte: «Wirklich, Sir, ich – ich –»

«Er ist ehrlich erworben», drängte Jack. «Kommen Sie, Mr. Chilter, Sie werden mich doch nicht kränken wollen! Behalten Sie ihn als Andenken an einen Mann – einen dicken Rohling – der Sie rücksichtslos auf die Straße stieß.»

Der Schreiber nahm den Ring mit zitternden Fingern.

«Ich danke Ihnen ganz –»

«Aber nein, mein Lieber, ich habe Ihnen für Ihre Hilfe zu danken ... Und nun schauen Sie sich meine Jenny an! Na, mein Mädchen?» Die Stute hatte ihm, als sie seine Stimme hörte, sofort den Kopf zugewandt und wieherte und scharrte ungeduldig in ihrer Box.

«Ich begreife überhaupt nichts, Sir – weder daß Sie ein Straßenräuber sind, noch warum Sie gerade mich durch Ihr Vertrauen geehrt haben –, aber – ich danke Ihnen.»

Mit diesen Worten legte Mr. Chilter seine Hand in die Mylords und fühlte zum zweiten Mal in seinem Leben den festen, freundschaftlichen Druck dieser warmen Finger.

«Um Gottes willen, Euer Gnaden! Sie haben Ihren Smaragd verloren!»

«Nein, Jim. Verschenkt.»

«Sir!»

«Mhm. Dem kleinen Weberknecht.»

«A – aber –»

«Und dick hat er mich auch noch genannt.»

«*Wie* hat er Sie genannt, Sir?» fragte Salter verwundert.

«Ja, sogar ausgesprochen fett. Übrigens, damit du Bescheid weißt, ich habe Jenny heute in Fittering dem frechen Kerl abgekauft, der Mr. Bumble Bee überfallen hat.» Er schilderte Jim kurz, was sich unten ereignet hatte. Als er fertig war, schüttelte der Diener streng den Kopf.

«Sie werden auch nie gescheiter, Sir!»

«Ich? Was habe ich denn getan?»

«Warum haben Sie dem Weberknecht reinen Wein eingeschenkt? So eine Unvorsichtigkeit! Wahrscheinlich wird er's dem Dicken verraten, und dann haben wir die ganze Stadt auf dem Hals!»

«Da kennst du unsern Mr. Chilter aber schlecht», sagte sein Herr gelassen. «Reich mir den Puder.»

3
Sir Richard Carstares tritt auf

Wyncham! Ein prachtvolles altes Herrenhaus mit anmutigen Bogenfenstern, von Efeu überwucherte Mauern hoch über gewaltigen Steinterrassen ... Unendlich weiter Rasen, der sich sanft zum Fluß hinneigt, wo kristallklares Wasser blaufunkelnd unter den Arkaden überhängender Zweige dahinplätschert und den Blick auf die unzähligen Kiesel tief am Grund freigibt ... Rasen, der sich wie ein grünsamtener Teppich bis zu den fernen Obstgärten erstreckt, um am Horizont mit friedlichem Wiesenland zu verschmelzen ...

Strahlend weiß liegen auf zwei Seiten des Gebäudes die Terrassen im Sonnenlicht, Steinstufen führen hinab zu einem kleinen, von Wasserlilien übersäten Weiher, in dem sich winzige Fische fröhlich tummeln ...

Mit Fliesen ausgelegte Wege führen an leuchtend bunten Blumenrabatten vorbei und verlieren sich im Schatten uralter, majestätischer Bäume. Jenseits des Flusses beginnen die Wälder mit ihrem weichen, dunklen Moos, das sich im Frühling in ein Meer von Schlüsselblumen verwandelt. Doch selbst dann wirkt das dämmrige Dunkel kaum heller, so dicht sind die Laubkronen ineinander verflochten.

An den Mauern der Terrassen ranken sich Rosen empor, breiten ihre schwankenden rosaweißen und gelbroten Blütenwolken über die Brüstung, weben mit purpurner Waldrebe, Jasmin und blassem Geißblatt eine üppige Hecke bis hoch hinauf zu den Fenstern. Die Luft ist schwer von all diesem Duft, in den sich noch ein zarter Hauch Lavendel mischt, der vom Garten heraufweht, und darin versponnen scheint das alte Haus Dornröschenschlaf zu halten, bis auf den Pfau, der auf den Terrassenstufen sein Gefieder putzt ...

Generationen von Carstares haben hier gelebt. Earl war auf Earl gefolgt, um uneingeschränkt über dieses kleine Reich zu herrschen, und erst jetzt war die Tradition zum ersten Mal gebrochen, denn niemand wußte, wo sich der älteste Sohn des vor einem Monat verstorbenen Earl, sein rechtmäßiger Nachfolger, aufhielt. Sechs Jahre war er nun verschwunden, und man wagte kaum, seinen Namen zu flüstern, den Namen eines Entehrten, den der eigene Vater verstoßen hatte ... Doch die armen Bauern dachten oft an ihn und erzählten einander immer wieder von seinem tollkühnen Mut, seinem fröhlichen, gewinnenden Wesen, seinem Lächeln, bei dem einem das Herz aufging, seiner unendlichen Güte und seinem urwüchsigen Humor. Was für ein Reiter er doch gewesen war! Eine Augenweide, ihn zu Pferd zu sehen! Was für ein Fechter! Wißt ihr noch, wie er sich vor einem Haufen Zuschauer dort drüben am Waldrand mit dem jungen Mr. Welsh geschlagen hat? Ah, das war schon ein Teufelskerl, unser Master Jack! Schlug dem anderen den Degen glatt aus der Hand und blieb dann stehen und wartete, daß er ihn wieder aufhob! Und wie seine Augen dabei funkelten, und wie er lachte, einfach so – aus purer Lebenslust!

Sie fanden kein Ende mit ihren Geschichten, und die alten Leute schüttelten den Kopf und seufzten, weil sie sich danach sehnten, ihn wiederzusehen. Manchmal deuteten sie mit dem Daumen auf das große Haus und zuckten vielsagend die Schultern. Wer wollte schon Mr. Richard als Herrn? Sie jedenfalls nicht. Sicher, er war ein guter, freundlicher Mensch, aber man konnte ihn doch nicht mit Master John vergleichen! Der wäre heiter und guter Dinge und würde ab und zu mal einen Witz reißen und nie im Leben mit einer so sauertöpfischen Miene herumlaufen wie sein jüngerer Bruder.

In der Bibliothek von Wyncham ging Richard Carstares ruhelos auf und ab. Von Zeit zu Zeit blieb er stehen, um traurig zu Jacks Porträt aufzublicken, das über dem Schreibtisch hing. Dem Künstler war es gelungen, den eigenartigen Ausdruck jener blauen Augen einzufangen, und nun lächelten sie dem Betrachter in genau derselben schelmischen und zugleich ernsten, fast wehmütigen Weise zu, wie sie es früher in Wirklichkeit so oft getan hatten.

Richard war neunundzwanzig, doch er wirkte doppelt so alt. Er war groß und sehr hager. Tiefe Falten durchzogen sein gutgeschnittenes Gesicht, die grauen Augen schauten gehetzt und verhärmt drein, und um seinen hübschen Mund lag ein seltsam weicher, unentschlossener Zug. Er kleidete sich schlicht und ohne jenen Hauch von Eleganz, der ihn vor sechs Jahren ausgezeichnet hatte. Jetzt trug er Schwarz aus Trauer um seinen Vater, und es mochte diese, nur von einem weißen Spitzenjabot gemilderte Strenge gewesen sein, die ihn so frühzeitig gealtert erscheinen ließ. Die jungenhafte Unbekümmertheit seines Bruders fehlte ihm völlig. Sogar sein Lächeln wirkte gezwungen und müde, und in seinem Lachen schwang kaum jemals echte Fröhlichkeit . . .

Er zog seine Taschenuhr hervor und verglich sie mit der Uhr auf dem Kaminsims. Dann näherte er sich der Tür, öffnete sie vorsichtig einen Spalt und lauschte.

Kein Laut war zu vernehmen. Er ging zurück und nahm seine rastlose Wanderung wieder auf. Während er ungeduldig auf das Anschlagen der Glocke wartete, hallten plötzlich Schritte durch den Korridor. Gleich darauf klopfte es.

Mit zwei langen Sprüngen durchmaß Richard die Bibliothek und riß den Türflügel auf. Draußen stand der kleine Anwalt.

«Warburton! Endlich! Ich warte seit Stunden auf Sie!»

Der Anwalt entzog Richard seine Hand, nach der dieser hastig gegriffen hatte, und begrüßte ihn mit einer formellen Verbeugung.

«Ich bedaure, daß ich nicht früher kommen konnte, Sir», sagte er steif.

«Nicht doch, mein Lieber, ich bin sicher, Sie sind so schnell wie möglich zurückgekehrt – bitte, treten Sie ein.»

Der Besucher folgte der einladenden Handbewegung, und Carstares sorgte dafür, daß sie nicht gestört wurden.

«Setzen Sie sich, Warburton – so setzen Sie sich doch! Haben Sie John gefunden?»

«Ich hatte die Freude, Seine Lordschaft zu sehen, Sir», sagte der Anwalt mit einer neuerlichen Verneigung.

«Und wie geht's ihm? War er guter Laune? Finden Sie ihn verändert? Gealtert vielleicht, oder –»

«Seine Lordschaft ist kaum verändert, Sir.»

Richard stampfte vor Ungeduld fast mit dem Fuß auf.

«Also bitte, Warburton, bitte! Wollen Sie mir nicht endlich alles erzählen! Was hat er gesagt? Ist er mit meinem Vorschlag einverstanden? Wird er –»

«Seine Lordschaft war zuerst geneigt, generell zu verzichten, doch nach reiflicher Überlegung – äh – stimmte er zu, das Erbe, das ihm als ältestem Sohn zusteht, anzunehmen. Die Einkünfte aus dem Gut sollen Sie bitte nach Ihrem Gutdünken verwenden.»

«Ah! Aber Sie haben ihm hoffentlich erklärt, daß ich mich unter keinen Umständen an seinem Eigentum vergreife?»

«Ich habe versucht, Seine Lordschaft zu überreden, Sir, aber leider ohne Erfolg. Er bittet Sie ausdrücklich, über Wyncham zu verfügen.»

«Ich werde sein Geld nicht anrühren!»

Warburton zuckte unmerklich die Achseln.

«Wie es Ihnen beliebt, Sir.»

Etwas an diesem gleichgültig verbindlichen Tonfall ließ Richard aufhorchen. Er warf dem Anwalt von seinem Platz am Schreibtisch aus einen scharfen Blick zu. Argwohn flackerte in seinen Augen. Er schien etwas sagen zu wollen, doch da fuhr Warburton bereits fort.

«Ich glaube, in einem Punkt kann ich Sie beruhigen, Sir. Die finanzielle Situation Seiner Lordschaft ist befriedigend. Er verfügt über reichliche Mittel.»

«Aber – aber er lebt von seinen – Raubzügen!»

Warburtons dünne Lippen kräuselten sich ein wenig.

«Oder vielleicht nicht?» bohrte Carstares.

«Diesen Anschein möchte er gern erwecken.»

«Anschein? Es stimmt! Schließlich hat er mich überfallen!»

«Und Sie beraubt?»

«Was? Er konnte doch unmöglich seinen eigenen Bruder berauben!»

«Verzeihung, Sir – Sie haben recht. Seine Lordschaft konnte einem ihm so nahestehenden Menschen keinen Schaden zufügen. Dennoch kenne ich einen Mann, der zu einer solchen Handlung sehr wohl imstande war.»

Eisiges Schweigen. Das heimliche Mißtrauen in Richards Augen flammte wieder auf. Er wurde blaß und leckte sich nervös die Lippen. Fieberhaft versuchte er in der undurchdringlichen Miene des Anwalts zu lesen, während seine Finger so heftig eine Stuhllehne umkrampften, daß die Knöchel weiß hervortraten.

«John hat – John hat Ihnen –» begann er unsicher, dann versagte ihm die Stimme.

«Nein, Sir, Seine Lordschaft hat mir nichts erzählt. Seine Diskretion ist über jeden Tadel erhaben. Aber selbst im umgekehrten Fall hätte er mir nichts enthüllen können, was ich nicht schon wußte.»

«Wie meinen Sie das? Warum sehen Sie mich so an? Was sollen diese Andeutungen? Frei heraus, Warburton, wovon sprechen Sie?»

Der Anwalt erhob sich und preßte erregt die Handflächen zusammen.

«Ich weiß, was Ihr Gewissen belastet, Master Richard!»

«Ah!» Carstares streckte den Arm aus, als wolle er einen Schlag abwehren. Zum zweiten Mal senkte sich Schweigen über den Raum. Warburton rang um Beherrschung und trug gleich darauf wieder seine maskenhafte Teilnahmslosigkeit zur Schau. Auch Richard faßte sich, nachdem ihm dieser gequälte Aufschrei entschlüpft war. Er sank auf einen Schemel.

«Sie haben von John die Wahrheit erfahren . . . Wird er – wird er mich bloßstellen?»

«Nein, Sir. Er hat mir kein Wort verraten, und von ihm brauchen Sie auch nichts zu befürchten.»

Richard wandte den Kopf. In seinen Augen spiegelte sich dumpfer Schmerz, als er Warburton nun voll anblickte.

«Oh?» sagte er. «Dann also von Ihnen . . .?»

«Nein, denn ich habe Seiner Lordschaft mein Wort gegeben. Sehen Sie, all die Jahre habe ich Ihrem Vater zuliebe geschwiegen – und jetzt werde ich es um Mylords willen weiterhin tun.»

«Sie . . . haben John wohl sehr gern?» Noch immer diese apathische, müde Stimme.

«Gern? Mein Gott, Master Dick, ich liebe ihn!»

«Ich auch», sagte Richard leise.

Er erhielt keine Antwort und blickte auf.

«Sie glauben mir nicht?»

«Früher einmal war ich davon überzeugt, Sir. Aber jetzt –!» Er machte eine resignierte Geste.

«Trotzdem – es ist mein Ernst, Warburton. Ich würde alles tun, was in meiner Macht steht, um die verhängnisvollen Ereignisse jener Nacht ungeschehen zu machen.»

«Sie dürfen nicht erwarten, daß ich Ihnen das glaube. Immerhin liegt es nur an Ihnen, ob sein Name rehabilitiert wird oder nicht. Und Sie wollen offenbar nichts unternehmen.»

«Warburton, ich – ja, denken Sie womöglich, Johns Schicksal sei mir gleichgültig?»

Seine Verzweiflung stimmte den Anwalt ein wenig milder.

«Master Dick, es ist mein Herzenswunsch, nur das Beste von Ihnen anzunehmen. John weigerte sich, mir etwas zu erzählen. Wollen Sie nicht – können Sie mir nicht erklären, wie es dazu kam, daß Sie ihm erlaubten, den Sündenbock für Sie zu spielen?»

Richard schauderte.

«Es gibt dafür weder eine Erklärung noch eine Entschuldigung. Ich habe ihn dazu gezwungen! Meinen eigenen Bruder! Weil ich verrückt war vor Liebe zu Lavinia – oh, mein Gott, der Gedanke daran macht mich wahnsinnig! Zuerst bildete ich mir ein, ich könnte alles vergessen, aber dann – dann . . . Als ich ihn traf, wurde die Erinnerung wieder so lebendig, daß ich seit jenem Tag nicht wußte, wie ich auch nur einen Atemzug tun soll, ohne jedem die Wahrheit ins Gesicht zu schreien! Aber ich darf es nicht! Hören Sie, ich darf es nicht!»

«Sprechen Sie weiter», sagte Warburton eindringlich, gegen seinen Willen gerührt.

Richard vergrub den Kopf in den Händen.

«Die ganze Szene ist ein Albtraum . . . ich muß wie von Sinnen gewesen sein! Ich weiß kaum, was ich tat – ich –»

«Bitte beruhigen Sie sich, Sir. Sie müssen bedenken, daß ich fast gar nichts weiß. Was hat Sie dazu getrieben, die Karten zu kennzeichnen?»

«Meine Schulden an Gundry. Vater wollte sie nicht begleichen, und irgendwie mußte ich das Geld auftreiben. Allein die Vorstellung eines solchen Skandals – ich sagte Ihnen schon, ich war verrückt nach Lavinia. Ich konnte an nichts anderes denken! Sogar meine Zuneigung zu John litt darunter, weil ich glaubte, er wäre in sie verliebt. Und diese entsetzliche Blamage hätte sie mir für immer genommen! Dann kam der Abend bei Colonel Dare. Ich verlor unaufhaltsam, dabei besaß ich ohnehin keinen roten Heller mehr – mein Gott, und meine Schulden wachsen, und ich sehe, wie die Liste unter Milwards Ellbogen immer länger wird . . .

Jack hatte vor mir mit Milward gespielt und gewonnen. Ich weiß noch, wie alle lachten und sagten, jetzt sei ihm das Glück doch endlich gnädiger gesinnt – Sie wissen ja, was er sonst immer für ein Pechvogel war. Milward und ich benützten dieselben Karten – daneben war noch ein Tisch – Dare würfelte mit Fitzgerald, und Jack spielte hinter mir mit irgend jemand Pharo. Ich hörte, wie er zum Gaudium der anderen sagte, seine Glückssträhne sei anscheinend wieder vorbei – und die ganze Zeit über war ich am Verlieren . . .

Da fiel mir die Krawattennadel aufs Knie. Bestimmt hat es niemand bemerkt. Als ich danach griff, fuhr mir der Gedanke, die Karten zu zeichnen, wie ein Blitz durch den Kopf – oh, ich weiß, ich habe mich wie ein Schuft benommen! Ich hielt gerade das Treff As in der Hand. Die Versuchung war zu groß – da ritzte ich die Rückseite mit der Nadel – in einer Ecke. Es ging ganz leicht. Nach und nach markierte ich alle vier Asse und drei von den Königen.

Keinem Menschen war etwas aufgefallen, aber ich war so nervös, daß ich nicht wagte, es noch einmal zu versuchen. Also steckte ich die Nadel wieder an. Bald begann ich zu gewinnen – allerdings nicht sehr viel. Dann kam Tracy Belmanoir an unseren Tisch, um zu kiebitzen, und von diesem Augenblick an ging alles schief. Es war der Anfang der Misere.

Tracy stand hinter mir – er beobachtete uns – ich fühlte seine Gegenwart wie einen drohenden schwarzen Schatten, der über mir schwebt. Ich weiß nicht mehr, wie lange er so blieb – mir schienen es Stunden. Ich konnte spüren, wie sein Blick auf mir ruhte. Meine Hände fingen an zu zittern ...

Plötzlich bewegte er sich – ich hatte das Herz As ausgespielt – und sagte mit seiner sanften, bösen Stimme: ‹Einen Moment, bitte!›

Milward war überrascht. Ich versuchte mir einzureden, er könne unmöglich etwas bemerkt haben ... Der Kratzer auf dieser Karte war so schwach, daß ich ihn selbst nur ahnte. Wie sollte er ihn dann als bloßer Zuschauer erkennen? Aber er beugte sich vor – dabei streifte er meine Schulter – seine Diamanten funkelten im Licht ... Ich starrte wie betäubt auf die gleißenden Juwelen und dachte nur das eine: ‹Verfluchter Teufel! Verfluchter Teufel!› Und dann sagte ich mir, er ist zwar Lavinias Bruder, aber ich kann ihn nicht leiden, ich kann ihn einfach nicht leiden ... Lauter verrückte Nebensächlichkeiten fielen mir ein, und meine Kehle war ganz trocken – wie ausgedörrt.

Er streckte seine kalkweiße Hand aus ... drehte das As um ... hob sein Monokel und musterte die Karte mit seinen kalten Raubvogelaugen. Dann richtete er sich auf und zog seine Schnupftabaksdose heraus ... Auf dem Emaildeckel war eine Aphrodite ... ich kann mich noch so genau daran erinnern ... Ich hörte ihn zu Milward sagen, er solle sich das As anschauen ... Ich – ich wollte aufspringen und ihn erwürgen ...»

Richard hielt inne und bedeckte seine Augen mit zitternden Fingern.

«Milward sah den feinen Strich und rief laut, die Karten wären gezinkt! Plötzlich drängten sich alle um unseren Tisch und redeten aufgeregt durcheinander. Jack hatte eine Hand auf meine Schulter gelegt – er und Dare vergewisserten sich, ob es stimmte. Aber die ganze Zeit über konnte ich niemand anderen ansehen als Tracy Andover. Er kam mir so unheimlich vor in diesen schwarzen Kleidern, die er immer trägt, so böse ... Seine Augen waren fast geschlossen – sein Gesicht wachsbleich – Und er schaute mich unentwegt an! Er schien meine geheimsten Gedanken zu lesen ... Eine Sekunde lang dachte ich, er wüßte alles! Diese widerliche Fratze – ich wollte ihn anschreien, daß er sich irrt, daß er mich nicht so anglotzen soll –, da blickte er weg und fixierte statt dessen Jack mit seinem verfluchten zynischen Grinsen. Oh, ich hätte ihn dafür umbringen können! Ich glaube, Jack hat ihn verstanden – jedenfalls legte er die Karten nieder und starrte ihn an.

Alle Blicke waren auf die beiden gerichtet ... niemand achtete auf mich, sonst wäre die Wahrheit sicher sofort an den Tag gekommen! Jeder hing an Andovers Lippen und beobachtete ihn und Jack gespannt ...

Fitzgerald ließ sein Taschentuch fallen – das weiß ich noch, weil es mich so idiotisch faszinierte. Ich wunderte mich, warum er es nicht aufhob, als Tracy mitten in die Stille hinein sagte: ‹Und Carstares Blatt hat sich gewendet . . .?› Genau so, Warburton! Mit dieser leicht zweifelnden Betonung . . .

Bevor Jack etwas erwidern konnte, rief Dare Andover entrüstet ‹Pfui!› zu. Die übrigen lachten zwar, aber ich sah, wie sie Blicke tauschten . . . sie waren nicht sicher . . . Jacks überraschende Glückssträhne schien ihnen verdächtig, vor allem, daß er wieder verloren hatte, sobald er den Tisch verließ.

Milward – der arme, dumme Milward – gaffte Tracy an und stotterte, wir hätten bestimmt ein anderes Paket Karten verwendet. Ich getraute mich kaum zu atmen! Aber Tracy erklärte, eine Verwechslung sei ausgeschlossen – wie konnte er das wissen! Niemand außer ihm erinnerte sich daran oder hatte besonders darauf geachtet – nur er!

Ich sehe Jack noch vor mir, wie er hochaufgerichtet dort stand, den Kopf stolz erhoben.

‹Verstehe ich Sie richtig, Belmanoir – Sie wollen mich beschuldigen?› fragte er ruhig, doch seine blauen Augen blitzten vor Wut.

Tracy erwiderte kein Wort. Er warf mir nur rasch einen Blick zu und sah dann wieder fort.

Jacks Finger gruben sich hart in meine Schulter. Ich fühlte, wie zornig er war. Der Colonel rief, dieser Verdacht sei geradezu lächerlich, aber Tracy unterbrach ihn gelassen und fragte, ob das seine Karten wären. Ich habe seine sanfte, spöttische Stimme heute noch im Ohr!

Dare wurde purpurrot – Sie kennen ja seine Art, Warburton.

‹Sicher, und das Paket wurde in Ihrer Gegenwart an diesem Tisch geöffnet!› schrie er.

‹Von Carstares!› lächelte Tracy, und alle starrten ihn verwundert an, denn er hatte recht. Trotzdem fanden sie es seltsam, daß er als einziger so genau Bescheid wußte. Dare wandte sich an Jack, und er nickte zur Bestätigung, mit einer Arroganz, wie ich sie an ihm noch nie erlebt hatte.

Sie wissen, daß der Colonel sehr an Jack hing – er tat sein Bestes, um die Situation zu retten, aber vergeblich. Wir waren wie Marionetten – und an den Schnüren zog dieser Teufel, dieser Belmanoir! *Ein* Mann – aber er beherrschte die ganze gräßliche Szene . . . Kaltblütig wies er darauf hin, daß nur drei von uns die bewußten Karten benützt hatten: Jack, Milward und ich.

Jack lachte laut auf.

‹Als nächstes werden Sie Dick bezichtigen!› rief er verächtlich.

‹Einen von euch beiden auf jeden Fall›, lächelte Andover. ‹Oder Milward.›

Jetzt begriffen alle, daß einer von uns dreien der Betrüger sein mußte. Milward war fassungslos, aber es ging nicht um ihn – der Verdacht fiel auf Jack – oder mich.

Mein ganzes Leben werde ich diesen grauenhaften Augenblick nicht vergessen! Wenn man mich entlarvte, war Lavinia für immer verloren. Ich sage Ihnen, Warburton, in diesem Moment wäre ich zum Äußersten fähig gewesen – vor keinem Verbrechen wäre ich aus Angst um meine Liebe zurückgeschreckt! Sie wissen ja nicht, was mir Lavinia bedeutet!»

«Ich kann es mir denken, Sir», sagte der Anwalt ernst.

«Nein, o nein! Niemand kann ermessen, wie sehr ich sie liebe! Ich glaube, nicht einmal Jack ... Er zog die Hand von meiner Schulter – jetzt begann er langsam zu verstehen – ich hörte, wie er den Atem scharf zwischen den Zähnen ausstieß, als er die einzig mögliche Lösung erkannte ... Irgendwie stand ich auf, klammerte mich am Tisch fest und sah ihm ins Gesicht. Ich will mich nicht rechtfertigen – ich weiß, mein Verhalten war unaussprechlich feige. Ich schaute ihn an und sagte nur seinen Namen – als könnte ich meinen Ohren kaum trauen. So muß es jedenfalls für die anderen geklungen haben. Aber Jack wußte es besser. Er verstand, daß ich ihn anflehte, mich zu retten, und was ich ihm damit alles aufbürden wollte. Ein paar Sekunden lang war er sprachlos, und ich dachte – ich dachte – Gott verzeih mir, aber ich hoffte inständig, er möge die Schuld auf sich nehmen. Dann lächelte er, und als ich dieses ernste, schmerzliche Lächeln sah, wäre ich um ein Haar mit der Wahrheit herausgeplatzt. Aber ganz reichte es dazu doch nicht – mein Egoismus war stärker.

Jack verbeugte sich vor der versammelten Gesellschaft und dann noch einmal vor Dare und sagte: ‹Ich muß mich bei Ihnen entschuldigen, Sir.›

Der Colonel stürzte zu ihm hin, packte ihn an der Schulter und schrie, das könne doch nicht sein Ernst sein! Aber als Jack lachte, wich er vor ihm zurück, als hätte er die Pest ... Und mit ihm alle anderen! Mein Gott, ich sehe noch, wie sie sich abwenden und ihn keines Blickes würdigen! Und sein Gesicht wird immer blasser und härter ... Alle seine Freunde ... kehrten ihm den Rücken zu. Davenant – sogar Jim Davenant ging mit Evans zum Kamin hinüber.

Ich konnte Jack nicht anschauen – mir fehlte einfach der Mut. Und noch weniger konnte ich zu ihm hingehen, mich an seine Seite stellen – sogar dieses Recht hatte ich verwirkt. Ich mußte ihn dort mitten im Zimmer stehenlassen – ganz allein. Der Ausdruck seiner Augen schnitt mir wie ein Messer ins Herz – dann begann sich der Raum um mich zu drehen – ich fiel in meinen Stuhl zurück und verbarg mein Gesicht. Es war mir gleichgültig, ob sie mich verdächtigten. Aber sie taten es nicht! Sie wußten, wie sehr wir uns liebten, deshalb überraschte es sie nicht, daß ich zusammenbrach.

Ich hörte Andovers sanfte Stimme . . . er plauderte mit Dare. Oh, sie waren ja so wohlerzogen! Der peinliche kleine Zwischenfall wurde elegant überspielt, indem sie Jack völlig ignorierten. Ich ahnte, was es ihn kosten mußte, Haltung zu bewahren, und ich weiß noch jedes Wort, das er damals sagte: ‹Mr. Dare, Euer Gnaden, meine Herren – verzeihen Sie, daß ich zu einer so unangenehmen Affäre Anlaß gab, und gestatten Sie gütigst, daß ich mich empfehle.›

Sie schenkten ihm keine Beachtung. Ich hörte ihn zur Tür gehen – ich sah auch nicht hin, als er sie öffnete. Da hielt er inne . . . und sagte ganz leise nur ein einziges Wort: ‹Dick!› Der Himmel weiß, wie ich zu ihm gekommen bin! Auf jeden Fall warf ich meinen Stuhl um, und das erweckte Dares Aufmerksamkeit. ‹Sie wollen doch nicht schon gehen, Dick?› fragte er. Ich rief: ‹Ja!› Dann nahm Jack meinen Arm und führte mich hinaus.

Er – er machte mir keinen einzigen Vorwurf, sondern sagte nur: ‹Armer alter Dick!› . . . Und er hielt mich fest, als ich umkehren wollte, um alles zu gestehen – ja, Warburton, das wollte ich –, doch er ließ es nicht zu. ‹Denk an Lavinia!› sagte er . . .»

Warburton schneuzte sich heftig. Seine Finger zitterten.

«Sie wissen, was danach geschah. Mein Vater jagte ihn wie einen Bettler fort – seine Freunde mieden ihn, als wäre er ein Aussätziger . . . Sie haben miterlebt, wie sich meine arme Mutter grämte, wie wir ihn nicht finden konnte, als sie – als sie starb . . . Das Letzte, was er zu mir sagte, war: ‹Mach Lavinia glücklich und versuche, das alles zu vergessen.› Vergessen! Mein Gott! So sehr ich mich auch bemühte, etwas über ihn in Erfahrung zu bringen – es gelang mir nicht, bis – er mich dann vor zwei Monaten überfiel. Mir war, als hätte mir jemand einen Schlag auf den Kopf versetzt – aber er – er drückte meine Hand und *lachte*! Es war so finster, ich konnte ihn kaum sehen – und dann blieb mir gerade noch Zeit, ihn nach seiner Adresse zu fragen, als er seinem Pferd schon wieder die Sporen gab und über die Heide davongaloppierte . . . Ich glaube, sogar da – trug er mir nichts nach.»

«Das tut er auch jetzt nicht!» sagte Warburton scharf. «Aber, Master Dick, wenn das alles stimmt, was Sie mir erzählt haben – warum geben Sie ihm nicht wenigstens nach all den Jahren seine Ehre wieder? Sicherlich –»

«Nein – ich darf den Namen meiner Frau nicht durch den Schmutz ziehen! Verstehen Sie doch – wenn ich ihn rehabilitiere, ruiniere ich sie!»

Warburton wußte nichts darauf zu erwidern. Erst nach einiger Zeit räusperte er sich und sagte, er fühle sich durch diesen Vertrauensbeweis geehrt.

«Sie – äh – sprachen von der Rolle, die der Herzog von Andover an jenem Abend gespielt hat. Wäre es nicht denkbar, daß Ihre – sagen wir – überreizte Phantasie diesen Punkt in einem etwas übertriebenen Licht erscheinen ließ?»

«Das ist durchaus möglich», antwortete Richard gleichgültig. «Vielleicht war es die Ausstrahlung seiner ungewöhnlichen Persönlichkeit. Er kann nicht der Drahtzieher gewesen sein, wie ich zuerst dachte, denn wie wollen Sie einen Zusammenhang zwischen ihm und meiner Handlungsweise erklären? Trotzdem – damals fühlte ich, daß er mich beeinflußte, ja geradezu drängte, Jack zu beschuldigen. Ach, ich war bestimmt verrückt!»

Warburton betrachtete mitleidig das verhärmte Gesicht. Dann gab er sich einen Ruck und fragte förmlich:

«Sie sind also entschlossen, Sir, Mylords Angebot nicht anzunehmen?»

«Mr. Warburton, noch bin ich nicht so tief gesunken.»

«Seine Lordschaft überläßt Wyncham und alle dazugehörigen Güter Ihrer Verfügung. Er würde sich über Ihre Weigerung kränken.»

«Ich werde sein Erbteil nicht anrühren.»

Der Anwalt nickte.

«Ich gestehe, daß mich Ihre Entscheidung erleichtert, denn dadurch wird es nicht notwendig sein, sich nochmals mit Ihrem Bruder in Verbindung zu setzen. Meiner Ansicht nach wünscht er keinerlei Verkehr mit – seiner Familie. Es ist für ihn zu schmerzlich. Aber ich soll Ihnen meine Grüße übermitteln, Sir. Auch Ihrer Ladyschaft.»

«Danke . . . Sonst hat er Ihnen nichts mitgeteilt – ich meine, was ihn persönlich betrifft?»

«Er war sehr zurückhaltend. Aber ich glaube nicht, daß er unglücklich ist.»

«Auch nicht – verbittert?»

«Das auf keinen Fall, Sir.»

Mr. Warburton erhob sich. Zögernd folgte Richard seinem Beispiel.

«Sie haben mir nichts mehr von ihm zu berichten?»

«Ich bedaure, Sir – nein.»

Richard ging langsam zur Tür und öffnete sie.

«Mr. Warburton – ich danke Ihnen, daß Sie eine, wie ich weiß, für Sie so schmerzliche Aufgabe übernommen haben. Ich bin Ihnen dafür wirklich sehr verbunden.»

Der Anwalt verneigte sich tief.

«Sir, ich bitte Sie! Nichts, was ich für die Carstares tun darf, könnte mir etwas anderes sein als ein Vergnügen.»

Damit verbeugte er sich noch einmal und war im nächsten Augenblick verschwunden.

4
Lady Lavinia Carstares tritt auf

Richard ging langsam zu seinem Stuhl zurück, legte die Hände lose verschränkt auf das Schreibpult und starrte mit leerem Blick aus dem Fenster. Eine Weile blieb er regungslos so sitzen, dann griff er leise seufzend nach einem Federkiel, tauchte ihn in die Tinte, zog ein paar Blätter Papier zu sich heran und begann nach kurzem Überlegen zu schreiben.

Nach etwa zwanzig Minuten hielt er inne und schaute zur Tür. Lady Lavinia trat mit schwingenden Röcken ein, machte ihrem Gemahl einen schelmischen Knicks und ging zu einem hohen Lehnstuhl hinüber. Sie hob ihre entzückenden Grübchenhände, um ihn ins Licht zu rücken, zögerte und trippelte statt dessen zur Chaiselongue, wo sie sich brokatraschelnd niederließ und sorgsam ihr Kleid zurechtzupfte. Dann griff sie nach ihrer Stickerei und beschäftigte sich angelegentlich damit, die Nadel hastig und ruckweise durch den Stoff zu ziehen.

Richard beobachtete sie schweigend, doch diese friedliche Stille war offensichtlich nicht nach Myladys Geschmack, denn sie begann bald, mit einem zarten Fuß ungeduldig auf den Boden zu klopfen. Als er noch immer nichts sagte, sah sie ihn mit ihren strahlend porzellanblauen Augen fragend an.

«Warum so verdrossen, Dick? Warum sprichst du nicht mit mir?» Ihre Stimme war ziemlich hoch und kindlich, und sie hatte eine seltsame Art, jeden Satz mit erhobenem langgezogenem Ton zu beenden – eine für den Zuhörer faszinierende Gewohnheit.

Richard rang sich mühsam ein Lächeln ab.

«Verzeih, mein Schatz, aber ich habe über etwas nachgedacht. Warburton war gerade hier.»

Sofort verfinsterte sich ihre Miene, und die vollen Lippen verzogen sich schmollend.

«Er hat ihn gesehen.»

«Oh?» sagte sie gedehnt und bewußt desinteressiert.

«Jack will nichts annehmen. Er bittet mich, gleichsam als sein Verwalter frei über Wyncham zu verfügen. Ist das nicht sehr großzügig?»

«Ja, sehr – in der Tat. Und wirst du's tun?»

Er überhörte die Frage.

«Warburton meint, er hat sich kaum verändert.»

«Oh?» Wieder die langgezogene Silbe, begleitet von einem winzigen Gähnen.

«Er glaubt auch nicht, daß – Jack mir etwas verübelt –» Richard verstummte, als erwarte er eine Antwort, aber Lavinia betrachtete prüfend zwei Blumen, die sie aus einer neben ihr stehenden Schale ausgewählt hatte, um sie an ihrem Dekolleté zu befestigen. Carstares senkte resigniert den Kopf.

«Wenn es nicht deinetwegen wäre, meine Liebe, würde ich die Wahrheit sagen – sonst werde ich noch verrückt.»

«Dick! . . . Sie warf die Blumen achtlos auf den Teppich. «Dick!»

«Nein, nein, keine Sorge! Ich glaube nicht», ergänzte er bitter, «daß ich jetzt, nach sechs Jahren, den Mut aufbringe, die Sache aufzudekken.»

Lavinia rutschte unruhig hin und her und strich nervös mit der Hand über die Lehne des Sofas.

«Richard, du hast doch nicht im Ernst die Absicht – bitte versprich mir, daß du nicht mehr mit dem Gedanken spielst! Diese Schande kannst du mir nicht zumuten! Versprich mir, das nie zu tun!»

«Nein», sagte er bedächtig, ohne sie anzusehen. «Nein, das kann ich nicht versprechen.»

Sie sprang so heftig auf, daß ihr die Stickerei vom Schoß glitt.

«Das bedeutet, daß ich damit rechnen muß! Du *willst* mich also ins Unglück stürzen, und es ist dir ganz egal, wie entsetzlich ich unter dieser ständigen Drohung leide! Du –»

«Lavinia, um Himmels willen!» bat er. «Beruhige dich doch!» Er wußte, daß sie nahe daran war, einen ihrer plötzlichen Wutanfälle zu bekommen, und runzelte unwillkürlich die Stirn.

«Nein, ich will nicht! Halt mich meinetwegen für eine Xanthippe! Ah, du brauchst mich gar nicht so finster anzuschauen, denn du bist selber noch viel schlimmer! Nein, ich bin nicht still! Ich kann hundertmal ein gräßliches Frauenzimmer sein, aber du bist ein Betrüger – ein Betrüger – ein Betrüger!»

«Lavinia!»

«Nein, nein! Rühr mich nicht an! Du machst mich ganz elend! Einerseits erlaubst du mir nichts von all dem, was ich mir am meisten wünsche, und dann drohst du auch noch, mich zu entehren –»

«Das ist nicht wahr!» schrie Richard aufgebracht. «Ich will es dir nur nicht versprechen! Und was für einen Wunsch hab ich dir schon abgeschlagen, den ich dir irgendwie erfüllen konnte? Du versuchst weiß Gott dein Bestes, mich zu ruinieren!»

«Na bitte, da haben wir's! Jetzt bin ich an allem schuld! Vielleicht hast du die Güte, dich daran zu erinnern, wer deinen Vater überredet hat, sein Vermögen John zu hinterlassen! Dabei war dir völlig klar, daß du der Alleinerbe gewesen wärst, wenn du bloß den Mund gehalten hättest! Aber an mich hast du ja keine Sekunde gedacht –»

«Ich flehe dich an, sei still! Du weißt nicht, was du sagst!»

Sie preßte die Hände an die heißen Wangen.

«Ja, ja, ich weiß, ich bin unvernünftig – aber sprich es nicht aus, das kann ich nicht ertragen! Und schau mich nicht so vorwurfsvoll an, das macht mich wahnsinnig, einfach wahnsinnig!» Sie eilte im Zimmer auf und ab wie ein Tier in seinem Käfig und steigerte sich immer mehr in Wut.

«Sag etwas, Richard! *Tu* etwas! Steh nicht so ruhig da herum! Oh, wir hätten niemals heiraten sollen! Ich ärgere dich dauernd, und du machst mich schlechter als ich bin. Verstehst du denn nicht, daß ich ohne Vergnügen und ohne Geld nicht leben kann? Bin ich deshalb verachtenswert? Ja, vielleicht, aber was bist du? Warum hast du mir erst *nach* der Hochzeit gesagt, daß du damals falschgespielt hast?» Sie schluchzte zornig auf. Ihr Taschentuch lag zerfetzt auf dem Boden.

Carstares kehrte ihr den Rücken zu, damit sie nicht merkte, wie sehr sie ihn getroffen hatte, doch das stachelte sie neuerlich an.

«Dreh dich nicht weg! Hörst du? Du sollst dich nicht wegdrehen! Du machst mich rasend mit deinem schrecklichen Schweigen! Ach, wenn du mich nur wirklich lieben würdest!»

«Daran kannst du nicht zweifeln!» rief er, indem er sie hart an den Schultern packte und sie zwang, ihn anzusehen. «Du weißt, wie sehr ich dich liebe! Oder?»

Sie zitterte und stieß ein kleines, ersticktes Lachen aus. Ihre Wut war genauso schnell verraucht, wie sie gekommen war.

«Oh, ja, ja! Nicht wahr, du liebst mich wirklich, Dicky?» Sie schlang die Arme um seinen Hals und schmiegte sich an ihn.

«Gott steh mir bei, *ja*!» stöhnte er, während er sich von ihr löste. «Und du – du denkst an niemand, außer an dich selbst!»

«Nein, das ist nicht wahr!» rief sie und drängte sich wieder an ihn. «Das darfst du nicht sagen! Glaub mir, ich liebe dich! Aber ich kann ohne Frohsinn nicht leben – du weißt, daß ich das nicht kann. Sicher ist das sehr egoistisch, aber so bin ich nun einmal, und ich kann mich nicht ändern. Und jetzt hab ich dich gekränkt, dabei wollte ich es nicht. Bestimmt nicht!»

«Mein Liebling, das weiß ich doch. Wenn du nur versuchen würdest, ein bißchen weniger kindisch zu sein. Du bist so unbeherrscht, so –»

«Das habe ich erwartet», erwiderte sie tonlos. «Du verstehst mich nicht. Du willst eine brave, sanfte, geduldige Gattin, und das liegt eben nicht in meiner Natur.»

«Aber Lavinia, du brauchst deine Heftigkeit doch nur ein ganz klein wenig zu zügeln», sagte er begütigend.

«Nein! Das kann ich nicht! Wir Belmanoirs sind so, wie Gott uns geschaffen hat – verschwenderisch und vergnügungssüchtig und launenhaft!» Sie ging langsam zur Tür. «Aber statt das zu begreifen, bemühst du dich, eine gesetzte Matrone und gute Mutter aus mir zu machen – dabei vergehe ich fast vor Sehnsucht danach, zu *leben* und mich zu amüsieren! Zum Heimchen am Herde, das bieder seine Hausfrauenpflichten erfüllt, bin ich nicht geboren!» Sie legte die Hand auf die Klinke. «Und nun habe ich Kopfschmerzen, und du bist verstimmt und wirst gleich sagen, es liegt alles nur an meinem bösen Temperament, und ich möchte doch so gern, daß es dir leid tut und daß du bereit wärst, mir jede Freude zu bereiten, um mich zu trösten . . . Warum können wir nicht nach London fahren? Du weißt doch, wie lange ich mir das schon wünsche! Was soll ich hier in diesem düsteren Haus, wo es für mich nichts anderes zu tun gibt, als mich um meine Handarbeit und mein Kind zu kümmern? Ach, ich hab das alles so satt! So schrecklich satt!» Sie wollte gehen, aber Richard hielt sie zurück.

«Warte, Lavinia! Bist du denn wirklich so unglücklich?»

«Unglücklich?» fragte sie, indem sie sich ihm rasch zuwandte.

«Nein, ich bin dumm und schlecht aufgelegt und unzufrieden – was du willst! Also sei nicht traurig, Richard! Ich kann dich nicht so bedrückt sehen – oh, Liebling, warum müssen wir uns immer streiten!» Wie so oft wechselte plötzlich ihre Stimmung, und sie trat ganz nah vor ihn hin. «Gib mir einen Beweis für deine Liebe, Dick! Fahr mit mir nach London und mach dir nichts daraus, wenn ich dein Geld zum Fenster hinauswerfe! Sag, daß es dir egal ist! Sag, daß nichts eine Rolle spielt, wenn ich nur glücklich bin! Warum sagst du's nicht? Sind solche Dinge denn wichtig? Sei nicht so schwerfällig, Dicky! Sei ein bißchen vergnügt und leichtsinnig oder sonst irgendwas – nur bitte nicht so mufflig und alt!»

Ihre Arme umfingen ihn schmeichelnd. «Bring mich fort von hier!»

Carstares strich ihr zärtlich das seidige Haar aus der Stirn, doch der Blick, mit dem er ihr schönes Antlitz betrachtete, war ernst.

«Ja, mein Engel, wir fahren nach London, aber nicht von heute auf morgen. Schau, hier gibt es noch so viel zu tun. Wenn du nur ein wenig warten willst –»

«Ah, immer soll ich warten und ein folgsames Kind sein! Aber ich kann nicht! Oh, du verstehst mich nicht, Dicky – du verstehst mich nicht!»

«Es tut mir leid, Liebes. Ich verspreche dir, wir werden so bald als möglich nach London reisen und dort bleiben, so lange es dir gefällt.»

Ihre Arme sanken herab.

«Ich will aber gleich fahren!»

«Lavinia –»

«Schon gut – schon gut. Ich richte mich ganz nach dir, du brauchst mir keine Predigt zu halten.»

Er betrachtete sie besorgt.

«Du bist nervös, mein Schatz – und abgespannt.»

«Ja», stimmte sie gleichgültig zu, «ja, du hast recht. Ich sollte mich ein wenig ausruhen. Verzeih mir, Dick!» Sie hauchte einen Kuß auf ihre Fingerspitzen und berührte flüchtig seine Wange. «Eines Tages werde ich mich bessern.» Dann eilte sie ohne die Tür zu schließen aus dem Zimmer und lief die Treppe hinauf.

Richard blieb einen Augenblick stehen und blickte versunken auf die Unordnung, die an ihre Gegenwart erinnerte. Mechanisch bückte er sich, um ihre Stickerei und die Reste ihres Taschentuches aufzuheben. Die Blumen waren ganz kurz geköpft, und er warf sie fort. Dann ging er auf die sonnige Terrasse hinaus und genoß den Blick über die wundervollen Gärten in die blaue Ferne.

Ein Junge von vier oder fünf Jahren lief über den Rasen auf ihn zu und winkte ihm mit einer schmutzigen Hand.

«Papa!»

Richard beugte sich lächelnd über die Brüstung.

«Na, John?»

Der Kleine hopste die Terrassenstufen herauf, wobei er ihm schon von weitem seine Neuigkeit zurief.

«Onkel Andrew ist da! Er ist ganz allein zu uns geritten, und jetzt geht er durch den Garten und sucht dich.»

«Tatsächlich? Hat er sein Pferd im Stall gelassen?»

«Ja. Deshalb wollte ich's dir schnell sagen.»

«Das hast du gut gemacht. Dann werde ich ihm wohl entgegengehen. Willst du mich begleiten?»

Das rosige Gesicht strahlte auf vor Freude.

«Oh, darf ich?» rief er und schob seine kleine Hand in die seines Vaters.

Gemeinsam stiegen sie die Stufen hinunter und spazierten über den Rasen.

«Ich bin Betty davongelaufen», verkündete John stolz. «Siehst du, da kommt Onkel Andrew!» Er riß sich los und rannte auf die sich nähernde Gestalt zu.

Lord Andrew Belmanoir, der Bruder des gegenwärtigen Herzogs, war Richards Schwager. Er hatte John hochgehoben und ein Stück getragen, nun stellte er ihn wieder auf den Boden.

«Guten Tag, Dick! Einen ganz schön verzogenen Bengel hast du da!»

«Wem sagst du das! Erst vor ein paar Minuten ist er seiner Kinderfrau entwischt.»

«Großartig! Komm mit, John, wir werden die dicke Betty vertreten.» Er nahm Richards Arm. «Hast du Zeit, Dick? Ich muß nämlich dringend mit dir sprechen», fügte er mit einer kläglichen Grimasse hinzu.

John lief bereits auf den Wald zu. Ein großer Mastiff folgte ihm auf den Fersen.

«Wo drückt dich denn der Schuh?» fragte Richard und musterte das lebhafte, etwas leichtsinnig wirkende Gesicht.

«Diesmal kann es wirklich nicht mit rechten Dingen zugegangen sein», antwortete Seine Lordschaft, indem er reumütig den Kopf schüttelte.

«Schulden?»

«Leider Gottes! Gestern abend war ich bei Delaby, und es wurde um ziemlich hohe Einsätze gespielt. Alles in allem habe ich ungefähr dreitausend verloren – was ich Carew schulde miteingerechnet. Und der Teufel soll mich holen, wenn ich weiß, wo ich's hernehmen soll! Noch dazu mimt Tracy auf einmal den Heiligen und schwört, er würde lieber zusehen, wie ich in der Gosse ende, bevor er mir auch nur einen Penny gibt. Und ich fürchte, das ist kein dummer Scherz.»

Tracy war der Herzog, und bei dem Gedanken an ihn konnte Richard ein zynisches Schmunzeln nicht unterdrücken, denn Seine Hoheit hatte ihn erst neulich um tausend Guineen angepumpt, um damit eine «geringfügige Schuld» zu begleichen. «Ganz bestimmt nicht. Ich glaube, es würde ihm einige Schwierigkeiten bereiten, das Geld aufzutreiben.»

«Was? Aber das ist doch unmöglich! Tracy war vor knapp zwei Wochen in der Stadt und hatte eine unglaubliche Glückssträhne. An einem Abend hab ich ihn mit rund fünftausend fortgehen sehen. Und dann weigert er sich, mir lumpige drei zu geben! Gott, was für ein Bruder! Dazu liest er mir noch mit einer Engelsmiene die Leviten, als ob er nie beim Würfeln verloren hätte! Man hätte fast denken können, *ich* wäre der Schwindler, statt – Dick, es tut mir furchtbar leid! So eine verdammte Gedankenlosigkeit – ich hab dabei nicht im geringsten an Jo – es war nicht so gemeint – ach, ich bin ein dummer Kerl!»

Richard war zusammengezuckt. «Du kannst nichts dafür», sagte er und zwang sich zu einem Lachen. «Also hör auf, dich zu entschuldigen, und erzähl weiter.»

Sie hatten mittlerweile den Fluß erreicht und überquerten die kleine Brücke, die in den Wald führte.

«Oh, da gibt es nicht mehr viel zu berichten. Ich muß nur schleunigst etwas unternehmen, denn diese hagere Vogelscheuche von Carew will nicht länger warten und wird sicher recht unangenehm, wenn ich ihn drum bitte. Deshalb bin ich zu dir gekommen.»

Er ließ Richards Arm los und lümmelte sich ohne Rücksicht auf Samt und Spitzen auf einen umgestürzten Baumstrunk.

«Du hast wenigstens Verständnis und hältst einem keine Moralpauke wie Tracy – in der Hölle soll er braten! Außerdem spielst du selber hoch, oder vielmehr, du hast es getan. Es ist ja schon eine Ewigkeit her, daß ich dich mal anständig gewinnen oder verlieren sah! Na, und letzten Endes bist du Lavvys Mann – oh, verflucht, es fällt mir wirklich schwer, dich zu fragen, ob du mir was leihen kannst!»

Carstares lehnte an einem Baum und beobachtete den jugendlichen Lebemann belustigt.

«Pah, Andrew, nur keine Hemmungen! Frag mich ruhig, aber ich hab keine Ahnung, wo ich's herzaubern soll. Lieber Himmel, was für ein Leben! Auf der einen Seite kauft Lavinia dauernd Seiden und was weiß ich noch alles, und –»

«Sie war schon immer ein verschwenderisches Frauenzimmer», sagte Andrew mißbilligend.

Richard lachte.

«Du bist selbst nicht gerade sparsam!»

Andrew blickte sich nach einem Gegenstand um, den er nach seinem Schwager werfen konnte, und als er nichts fand, verfiel er wieder in tiefe Niedergeschlagenheit.

«Ja, du hast recht. Wir sind eine gräßliche Sippschaft. Ich glaube, schuld dran ist das Blut des alten Herrn, das in unseren Adern rollt, mit einem Schuß von Ihrer Hoheit, der Frau Herzogin. Du hast meine Mutter nie gekannt, Richard. Sie war Französin – Lavvy ist ihr Ebenbild. Und Tracy – potz Blitz, aber er ist der Satan in Person! Hast du jemals so ein Gesicht gesehen? Bestimmt nicht! Dieser tückische Mund und die grünen Katzenaugen – bei meiner Seele, ein Mensch mit so einem Bruder kann glatt vor die Hunde gehen! Ah, du hast leicht lachen, aber mir ist es bitterer Ernst!»

«Ja, ja, ich glaub's dir – sprich weiter!»

«Nun, der nächste Sproß dieser vertrackten Verbindung ist Bob – hol's der Kuckuck, aber Bobby tut mir leid! In der Armee kriegt man ja wirklich einen Hungerlohn, und er war nie einer, der sich was vom Mund abgespart hat. Deshalb heißt's auch jedesmal, wenn ich ihn treffe: ‹Leih mir hundert, Andy!›, und da komme ich noch verhältnismäßig billig weg. Und alles nur, damit er seiner Geliebten den Krimskrams kaufen kann, auf den sie sich kapriziert. *Das* ärgert mich so! Dabei sitzt er dauernd bei irgendeinem Weiberkittel in der Klemme, und der liebe Tracy nicht minder. Gott, wie's die beiden treiben! Ja, und dann ist da noch Lavinia, aber ich glaube, was sie betrifft, brauche ich dir nichts zu erläutern, und zuletzt meine Wenigkeit. Ich kann dir sagen, Dick, wenn das mit dem Wetten, dem Kartenspielen und dem Trinken so weitergeht, bin ich im Handumdrehen ein ruinierter Mann! Und der größte Jammer ist, daß ich mich nie ändern werde! Es liegt mir im Blut, also warum sollte ich versuchen, mich zu bessern?» Er legte seine Stirn in treuherzige Dackelfalten und stand auf. «Los, du kleiner Schlingel, wir gehen zurück.»

John, der sich damit beschäftigt hatte, in einiger Entfernung im seichten Uferwasser nach Kaulquappen zu jagen, nickte und lief voraus.

«Ich fürchte, meine Frau fühlt sich nicht wohl», sagte Richard zögernd. «Wolltest du sie sehen?»

Andrew zwinkerte mitfühlend. «Ein plötzliches ‹Migränchen›, wie? Oh, ich kenne meine Schwester. Keine Sorge, es macht mir nichts aus, wenn ich sie nicht treffe. Sie schätzt mich ohnehin nicht besonders, aber mit Tracy ist sie dick befreundet – oh, ich bin schon still.»

Sie schlenderten langsam zum Haus zurück. Andrew drehte zur Abwechslung einmal schweigend seinen goldbeschlagenen Stock zwischen den Fingern.

«Ich gebe dir die Summe natürlich», sagte Richard unvermittelt. «Wann willst du sie haben?»

«Oh, Dick, du bist ein verdammt guter Kerl – Ehrenwort. Aber wenn es dich irgendwie in Verlegenheit bringt –»

«Unsinn. Wann brauchst du sie?»

«Ich sollte Carew so bald als möglich zahlen. Markham kann warten, wenn –»

«Nein, nein. Mittwoch?»

«Das paßt ausgezeichnet. Dick, du bist ein –»

«Laß doch – ist ja nicht der Rede wert. Ich möchte gern deine Meinung über die Fuchsstute hören, die ich vergangene Woche gekauft habe. Du wirst sie vielleicht etwas langbeinig finden, aber sie ist ein schönes Tier.»

John war ins Haus gelaufen, und die beiden Männer gingen allein zu den Stallungen weiter. Andrew plauderte ununterbrochen und erzählte seinem Schwager die schmackhaftesten Skandalgeschichten, die zur Zeit in der Stadt kursierten. Daß Richard ihm nur mit halbem Ohr zuhörte, beeinträchtigte ihn in keiner Weise. Er erwartete sich keine Anwort und war auf jeden Fall viel zu gutmütig, um sich darüber zu ärgern, wenn er keine erhielt.

Bis sie die Stute entsprechend besichtigt hatten und zum Haus zurückkehrten, war es beinahe vier Uhr, und nicht nur zu Carstares Überraschung erwartete sie Lavinia vollständig umgezogen und mit frisch frisiertem und gelocktem Haar auf der Terrasse.

«Sie scheint sich rasch erholt zu haben», bemerkte Andrew, während sie die Treppe hinaufstiegen. «Aber so war sie schon immer – das reinste Chamäleon. Hallo Lavvy!»

«Tag, Andrew!» Sie reichte ihm nachlässig die Hand zum Kuß, schenkte aber ihrem Gemahl ein liebreizendes Lächeln. «Meine Kopfschmerzen sind viel besser», erklärte sie ihm, «und als ich erfuhr, daß Andrew zu Besuch gekommen ist, dachte ich mir, ich sollte ihn vielleicht begrüßen.» Sie wandte sich eifrig an ihren Bruder. «Ist Tracy zu Hause, Andy?»

«Gott, ja! Er ist gestern eingetroffen – der Teufel soll ihn holen! Willst du ihn sprechen?»

«Schrecklich gern», nickte sie. «Ich habe ihn schon eine Ewigkeit nicht mehr gesehen. Du könntest mich mitnehmen, wenn du dich auf den Heimweg machst.»

«Ist es nicht ein bißchen spät für so eine Fahrt?» warf Richard ein, wobei er sich bemühte, sein Befremden zu verbergen. «Kannst du nicht bis morgen warten?»

«Meiner Treu, das wirst du leider müssen, Lavvy. Heute geht's auf keinen Fall, denn ich reite von hier zu Fletcher weiter. Tracy kann dich ja morgen besuchen, wenn er Lust hat.»

«Meinst du?» fragte sie zweifelnd.

Andrew griff plötzlich an seine Westentasche. «Fast hätte ich darauf vergessen! Er hat mir einen Brief für dich mitgegeben. Soviel ich weiß, hat er die Absicht, dir ohnehin morgen seine Aufwartung zu machen. Gott, mein Hirn ist wirklich wie ein Ameisenhaufen!» Er zog eine Handvoll Briefe hervor und wählte einen aus, der mit einer schrägen lateinischen Handschrift adressiert war.

Lavinia stürzte sich freudig auf das versiegelte Schreiben und riß es auf. Andrew stopfte die restlichen Briefe wieder in seine Tasche und lachte kläglich.

«Mahnungen, Richard, nichts als Mahnungen!»

«Gib sie mir», bat sein Schwager und streckte die Hand danach aus.

«O nein, die hier sind ganz unwichtig. Vielen Dank, Dick.»

«Trotzdem – warum nicht alle auf einmal bezahlen und neu anfangen?» drängte Carstares.

«Du liebe Güte! Da wäre ich gleich so verdammt übermütig, daß ich noch am selben Abend einen Berg neuer Schulden am Hals hätte!»

«Soll ich dir tausend als Startkapital leihen? Könntest du nicht versuchen, keine Schulden mehr zu machen?»

«Keine Schulden? Unmöglich! Schau nicht so ernst drein, Dick. Ich hab dir schon gesagt, es liegt uns im Blut. Wir haben zwar nie einen roten Heller, aber wen juckt das schon? Das Glück wird mir bald wieder hold sein – schließlich kann der Mensch nicht immer verlieren. Dann bin ich in der Lage, dir alles zurückzuzahlen, aber natürlich werd' ich's nicht tun, sondern wie ich mich kenne, wird alles an den nächsten Tisch wandern!»

Er sagte das so freimütig, daß Richard ihm nicht böse sein konnte. Andrew besaß eine Unverblümtheit, die ihm gefiel, und obwohl er verschwenderisch und unbesonnen und ungeheuer egoistisch sein mochte, empfand er für ihn eine echte Zuneigung. Er hätte sich gern noch weiter über dieses Thema unterhalten, aber Lavinia faltete ihren Brief zusammen und verkündete: «Tracy kommt morgen nachmittag. Ist das nicht reizend?»

Richard stimmte zu, aber mit einem solchen Mangel an Begeisterung, daß es ihr sofort auffiel.

«Und er bleibt zum Dinner!» rief sie herausfordernd.

«Selbstverständlich, meine Liebe.»

«Mach doch keine solche Leichenbittermiene, Dicky! Warum kannst du Tracy nicht leiden? Er ist mein Bruder, du mußt ihn gern haben!»

«Ich hab ihn ja gern, Lavinia. Bitte sei nicht albern.»

«Entschuldige Liebling! Bist du mir böse?»

«Na, das sollte mich wundern, wenn du ihn magst», mischte sich Andrew ein. «Ich kann ihn nicht ausstehen! Ja, du kannst mich ruhig anfunkeln, Lavvy, das ist mir ganz egal.»

Lavinia öffnete den Mund zu einer schnippischen Bemerkung, aber Richard legte sich rasch ins Mittel. Er haßte diese Art von Geplänkel und konnte nie verstehen, wie seine Frau sich auf einen Streit mit dem aufsässigen Jungen einlassen konnte, der so offensichtlich versuchte, sie zu reizen.

Er führte die beiden ins Haus und kam sich dabei wie eine Gouvernante vor, der die undankbare Aufgabe zufiel, zwei widerspenstige Kinder zu bändigen.

5
Seine Gnaden, der Herzog von Andover

Am nächsten Nachmittag machte Lady Lavinia mit noch größerer Sorgfalt als sonst Toilette und trieb ihre Zofe mit ihrem Jähzorn und ihren ungeduldigen, widersprüchlichen Befehlen beinahe zur Verzweiflung. So lange dauerte die Prozedur, daß sie gerade erst ihr Boudoir betrat, als bereits Seine Hoheit, der Herzog von Andover, gemeldet wurde. Sie hatte keine Zeit, dem Diener zu sagen, sie lasse bitten, denn James war mit seinem Sprüchlein kaum zu Ende, als der Herzog schon auf der Schwelle erschien und sich, eines freudigen Willkomms gewiß, zur Begrüßung verneigte.

Er war seiner Schwester seltsam ähnlich und unähnlich zugleich. Beide hatten dieselben hohen Backenknochen und feinen, aristokratischen Nüstern, doch sein Mund mit den dünnen Lippen und die grünen Augen unter den schweren Lidern unterschieden sich von den ihren. Die Brauen strebten an den Schläfen leicht nach oben, und die stechend hellen Pupillen waren stets unter dem Schleier dichter schwarzer Wimpern verborgen. Er trug sein dunkles Haar ungepudert: dies und die von ihm bevorzugten schwarzsilbernen Gewänder hob die natürliche Blässe seines Gesichts zusätzlich hervor. Alles in allem war er eine eindrucksvolle Erscheinung, wie er so vor dem weißen Hintergrund der geschlossenen Tür stand und sich vor Mylady verneigte.

Lavinia eilte mit solcher Lebhaftigkeit auf ihn zu, daß ihre perlgrauen Brokatröcke schwangen.

«Oh, Tracy!» gurrte sie, indem sie ihm beide Hände entgegenstreckte.

«Ich freue mich, dich daheim anzutreffen, liebste Schwester.» In der wohltemperierten Stimme klang eine Spur Sarkasmus. «Wie du siehst, bin ich geritten», fügte er mit einer bezeichnenden Geste auf seine hohen Stiefel mit den bedrohlich wirkenden Spuren hinzu. «Andrew hat sicher vergessen, dir meinen Brief zu geben?»

«Nein, Gott sei Dank ist es ihm noch rechtzeitig eingefallen!» Sie schob zärtlich ihre Hand unter seinen Arm. «Ach, Tracy, ich hab mich schrecklich gefreut!»

«Was für eine Ehre», erwiderte er. «Übrigens komme ich in einer ziemlich wichtigen Angelegenheit.»

«Oh!» Sie zog die Hand enttäuscht zurück. «Geld!»

«Meine Liebe, dein Instinkt ist einfach bewundernswert, zumal es sich, wie du so unverblümt zu bemerken geruhst, tatsächlich um finanzielle Probleme handelt.»

Sie sank niedergeschlagen auf das Sofa, und er nahm auf einem Stuhl ihr gegenüber Platz.

«Dein überaus großmütiger Herr und Meister hat mir neulich eine unbedeutende Summe vorgestreckt – wirklich nur eine Bagatelle. Ich befinde mich wie gewöhnlich in großer Bedrängnis – und ausgerechnet jetzt muß unser kleiner Andrew auch noch Schulden machen.»

Mylady riß vor Überraschung die Augen auf.

«Willst du damit sagen, daß du Geld von Richard brauchst, um Andrews Schulden zu bezahlen?» fragte sie ungläubig.

«Nein. Sähe mir das ähnlich? Ich erwähnte das letztere lediglich am Rande.»

«Nun, auf jeden Fall hat er sich erst gestern dreitausend Guineen von Dick geborgt. Ich hörte ihn nämlich zufällig davon reden.»

Seine Hoheit zog in nachsichtiger Entrüstung die schwarzen Brauen hoch.

«Was für eine unnötige Transaktion! Aber typisch Andrew! Demnach ist dein ‹armer Mann› bereits ausgequetscht worden?»

«Sprich nicht so, Tracy!» rief sie. «Er ist gut zu mir!» Sie hielt seinem durchdringenden Blick tapfer stand.

«Jetzt wird die Sache interessant», näselte der Herzog. «Seit wann vertrittst du diese verblüffende Ansicht? Und warum diese plötzliche Loyalität?»

«Ich habe *immer* zu ihm gehalten! Das weißt du! Ich mache ihm dauernd das Leben schwer – und er hat wirklich eine Engelsgeduld.»

«Wie reizend von ihm!»

«Nein, sei nicht so spöttisch! Er hat mir versprochen, daß ich den ganzen Winter in London bleiben darf –»

Seine Hoheit lehnte sich behaglich zurück.

«Aha, ich verstehe», meinte er gelassen. «Zuerst fiel mir das etwas schwer.»

«Das ist nicht der Grund! Glaub mir, ich weiß es zu schätzen, wie freundlich er mich behandelt. Übrigens – wir haben uns schon wieder gestritten. Wir streiten ununterbrochen, und das ist ausschließlich meine Schuld.»

«Was für eine tröstliche Überzeugung.»

«Nein, nein! Es ist gar nicht tröstlich, weil ich meinen Charakter trotz der besten Vorsätze nicht ändern kann. Tracy, ich hasse Wyncham!»

«Du haßt Wyncham? Es hat einmal eine Zeit gegeben –»

«Ja, ich weiß, ich weiß! Aber ich hatte doch nie die Absicht, ständig hier zu leben – und noch dazu so! Ich will nach London!»

«Hast du nicht eben gesagt, du würdest –»

«Natürlich! Aber ich will mit jemand dort sein, der fröhlich ist und nicht – nicht –»

«Mit anderen Worten, du wünschst Zerstreuung, allerdings ohne deinen lieben Richard? Nun, ich kann mir vorstellen, daß die Ehe mit ihm wenig Anregung zu bieten vermag. Sicherheit geht meistens Hand in Hand mit Langeweile.»

«Ich wußte ja, du würdest mich verstehen! Siehst du, er will nicht, daß ich Karten spiele, weil ich nicht aufhören kann! Und er kann nicht begreifen, daß mich sein sogenanntes ‹Familienleben› anödet, wenn es auf der anderen Seite Feste gibt und ein bißchen Nervenkitzel und *richtiges* Leben! Er ist so – so gesetzt, Tracy, und so nüchtern!»

«Ein lobenswerter Zug an einem Gatten, Lavinia», sagte Seine Hoheit zynisch. «Dem Mangel solcher Eigenschaften verdanke ich es, noch ledig zu sein.»

Ihre Mundwinkel senkten sich verächtlich, denn sie kannte ihren Bruder.

«Nein, Tracy, darauf ist das nicht zurückzuführen! Du bist einfach ein Teufel! Keine Frau würde dich heiraten.»

«Deine Ausführungen fesseln mich ungemein, liebste Schwester», schnurrte er. «Aber bitte bemüh dich doch um ein bißchen mehr Originalität. Willst du nicht mit der Analyse von Richards lauterem Charakter fortfahren?»

«Ach, wenn wir nur nicht so verschieden wären», seufzte sie. «Bei mir muß immer alles rasch gehen – wenn mir etwas einfällt, will ich es sofort haben – sofort! Du weißt schon, was ich meine! Aber er will lieber warten und sich alles gründlich überlegen und – kurz und gut, es ist so lästig! Und dann werde ich schlecht aufgelegt und benehme mich wie eine hysterische Bourgeoise!» Sie stand auf und verschränkte die nervös flatternden kleinen Hände. «Wenn er in seiner sanften, vernünftigen Art mit mir spricht, könnte ich schreien! Tracy? Hältst du mich für verrückt?» Sie lachte mißtönend.

«Nein», antwortete er, «nicht ganz, aber fast – schließlich bist du eine Belmanoir. Vielleicht war es ein Fehler, daß du Richard geheiratet hast. Na, ein Trostpflaster bleibt dir immerhin – sein Geld.»

«Eben nicht!» schrie sie heftig.

«Nein? Was soll das heißen?»

«Tracy, genau darüber wollte ich mit dir sprechen! Du glaubst, Mylord habe sein Vermögen Dick hinterlassen?»

«Gewiß. Nach menschlichem Ermessen müßte er ungeheuer reich sein.»

«Gestatte, daß ich lache!»

«Aber, mein gutes Mädchen, die Ländereien müssen einen enormen Ertrag abwerfen – und sie gehören doch bestimmt ihm?»

«Nein, nein, nein! Sie gehören nicht ihm! Oh, ich könnte zerspringen, so oft ich nur dran denke! Stell dir vor, er hat den alten Herrn überredet, alles John zu vermachen. Dick hat nur den Anteil, der ihm als jüngerem Sohn zusteht.»

«Moment mal – du hast mir doch mitgeteilt, der Earl würde Richard alles hinterlassen?»

«Er hat sein Testament geändert!»

«Er – hat – sein – Testament – geändert? Dann mußt du deine Trümpfe sehr schlecht ausgespielt haben, meine Liebe!»

«Ich kann nichts dafür, Tracy – wirklich nicht! Bis zur Verlesung war ich völlig ahnungslos. Richard hat mir nie auch nur ein Wort davon gesagt! Und jetzt sind wir verhältnismäßig arm!» Ihre Stimme zitterte vor Empörung, aber Seine Hoheit pfiff nur leise durch die Zähne.

«Ich wußte natürlich immer, daß Dick ein Narr ist, aber bis heute habe ich das Ausmaß seiner Dummheit offenbar unterschätzt.»

«Er ist kein Narr!» brauste sie auf. «Er ist ein anständiger Mensch, und wir – ich betone wir – sind gemein und verachtenswert und geldgierig!»

«Das steht außer Zweifel, Lavinia, aber bitte reg dich deshalb nicht auf. Ich nehme an, er hängt nach wie vor an seinem hitzköpfigen Bruder?»

«Ja, ja – die ganze Zeit höre ich nur Jack, Jack, Jack, bis mir der Name schon zum Hals heraushängt, und –» Sie biß sich auf die Lippen.

«Und was?»

«Oh, nichts! Es ist nur alles so widerwärtig, Tracy!»

«Selbstverständlich ist diese Entwicklung der Dinge ausgesprochen unerfreulich. Anscheinend hättest du dich trotz allem doch lieber für John entscheiden sollen.»

Sie stampfte zornig mit dem Fuß auf.

«Spar dir deine frivolen Witzeleien! Was hat das jetzt für einen Sinn!»

«Meine liebe Lavinia, glaubst du, es wäre besser, Trübsal zu blasen? Ich finde die Situation entbehrt nicht der Würze. Wer hätte gedacht, daß

Und jetzt . . .

... sind wir verhältnismäßig arm, sagte Lavinia. Die Dienerschaft hinwiederum würde die Lady für verhältnismäßig reich halten – es kommt halt allemal auf die Perspektive an.

Bei der Betrachtung ihrer Habe wählen manche Leute von allen möglichen Standpunkten gerade den, von dem aus ihre finanzielle Lage am schiefsten wirkt.

der werte Richard alle meine Pläne so geschickt vereiteln würde!»

«Wenn *du* nicht gewesen wärst, hätte ich ihn nie geheiratet. Warum hast du es arrangiert, daß beide meinen Weg kreuzen mußten? Warum habe ich sie überhaupt jemals kennengelernt?»

«Es hätte eine gute Partie werden sollen, und wenn ich mich recht erinnere, war niemand für diesen Plan empfänglicher als du.»

Sie verzog schmollend den Mund und kehrte ihm den Rücken.

«Doch ich muß zugeben», fuhr er nachdenklich fort, «daß wir in Anbetracht der Tatsache, eine so gerissene Bande zu sein, die Sache anscheinend ganz schön verpfuscht haben.»

Lavinia fuhr herum.

«Mehr hast du dazu nicht zu sagen? Wie kannst du nur so gleichgültig sein! Läßt dich denn dieser Reinfall völlig kalt?»

Er rümpfte ausdrucksvoll die Nase.

«Ich werde zwar keine Tränen darüber vergießen, aber es ist schon eine verflixte Geschichte. Wir müssen eben versuchen, das Beste daraus zu machen – und das bringt mich wieder auf das ursprüngliche Thema. Trotz dieser bestürzenden Enthüllungen brauche ich Geld.»

«Du liebe Güte! Wieviel denn?»

«Fünfhundert würden genügen.»

«Sag einmal, bringen die Besitzungen eigentlich gar nichts ein?» fragte sie gereizt. «Außerdem weiß ich von Andrew, daß du erst vor vierzehn Tagen eine phantastische Glückssträhne gehabt hast.»

«Mittlerweile, meine Liebe, sind darauf drei phantastische Pechsträhnen gefolgt, und was die Güter betrifft, gibt es kein Fleckchen, das nicht mit Hypotheken belastet wäre, wie dir sehr wohl bekannt ist. Nun, und das Wenige, das uns zur Verfügung steht, müssen wir durch drei teilen. Dazu noch Robert mit seiner Extravaganz ...»

«Ich hasse ihn!»

«Mir ist er auch nicht besonders sympathisch, aber das ändert leider nichts an der Sachlage.»

«Wenn er doch bloß sterben würde – oh, nein, nein! Jetzt werde ich schon wieder bösartig – natürlich ist das nicht mein Ernst – ach, es ist nur – ich habe alles so satt! Du sollst das Geld so bald als möglich bekommen, aber sei vorsichtig, Tracy, bitte! Es ist nicht leicht, bei Dick etwas loszueisen.»

«Das glaube ich dir gern. So betrachtet haben wir es im großen und ganzen bisher ja recht gut gedeichselt.»

«Bisher hat er auch jede gewünschte Summe erhalten. Sein Vater hat ihm keine Bitte abgeschlagen.»

«Ja, wie ich schon sagte – die momentane Lage ist etwas prekär, aber man muß sich damit abfinden. Wo ist Dick?»

«Ich weiß nicht. Bleibst du zum Dinner, Tracy?»

«Mit dem größten Vergnügen.»

«Oh, fein! Ich kann dir gar nicht sagen, wie ich mich freue, dich wiederzusehen! Apropos – ich möchte dich bald in Andover besuchen. Wirst du mir erlauben, deine Gastfreundschaft ein paar Tage in Anspruch zu nehmen?»

«Die Frage ist, ob Richard nichts dagegen hat, wenn du dich so lange meinem schlechten Einfluß aussetzt?»

«Er würde mich nie davon abhalten», antwortete sie stolz. «Das könnte er nicht. Oh, woran liegt es nur, daß ich nicht mehr für ihn empfinde? Warum hab ich ihn nicht einmal so gern wie dich?»

«Meine süße Lavinia, weil du wie alle Belmanoirs in erster Linie dich selbst liebst und erst an zweiter Stelle den Mann, der dich bändigt. Und das ist dem guten Richard bis jetzt leider noch nicht gelungen.»

«Dabei liebe ich ihn ja! Ich liebe ihn, aber –»

«Genau. ‹Aber –!› Die große Leidenschaft hat dich noch nicht gepackt. Du bist viel zu selbstsüchtig.»

«Was? Das sind harte Worte!»

«Aber treffend! Du denkst einzig und allein an dich, an dein Vergnügen, deinen Charakter, deine Gefühle. Wenn du deine bezaubernde Person etwas in den Hintergrund stellen könntest, wärst du bestimmt weniger gereizt und vor allem nicht so unzufrieden.»

«Was bildest du dir eigentlich ein! Und was ist mir dir, wenn ich fragen darf? Bist *du* vielleicht so uneigennützig?»

«Ganz im Gegenteil, ich bin genau wie du. Ich habe auch nur angedeutet, daß du wahrscheinlich glücklicher sein würdest, wenn es dir gelänge, dein Ich zu entthronen.»

«Diesen Rat solltest du am besten selbst befolgen!»

«Falls ich das Bedürfnis nach größerem Glück verspüre, werde ich es zweifellos tun. Zur Zeit bin ich ganz zufrieden.»

«Du bist rücksichtslos», beklagte sie sich. «Und du machst dich über mich lustig.»

«Oh, ich bitte tausendmal um Verzeihung! Wenn dein ehrenwerter Gebieter damit einverstanden ist, bist du in Andover natürlich herzlich willkommen.»

Ihre Miene erhellte sich sofort.

«Ach, Tracy! Du ahnst ja nicht, wie ich mich danach sehne, wieder einmal fröhlich zu sein! Jetzt kann ich wegen dieser dummen Trauerzeit nicht einmal Besuche empfangen! Aber wenn ich bei dir bin, werden wir uns durch nichts beeinträchtigen lassen, und ich kann endlich schlecht aufgelegt sein, ohne daß ich Angst haben muß, jemand damit zu kränken. Komm, wir gehen gleich zu Dick – so komm doch!»

Er erhob sich gemächlich.

«Ich beginne zu begreifen, daß du Richards Geduld manchmal auf eine harte Probe stellst. Zum Glück stört mich dein Temperament nicht im geringsten. Also gut, begeben wir uns auf die Suche nach deinem Herrn Gemahl.»

Als sie ungefähr die Hälfte der Stufen des großen Treppenaufganges hinabgeschritten waren, entdeckte sie ihren Gatten und lief ihm entgegen.

«Richard, da bist du ja! Stell dir vor, Tracy hat mich für eine Woche nach Andover eingeladen, und er will noch mehr Leute bitten, ihn zu besuchen. Es wird eine richtige große Gesellschaft sein und sicher sehr lustig! Erlaubst du's mir? Sag ja, Dicky, sag ja – schnell!»

Carstares verneigte sich vor dem Herzog, der sie von der Treppe aus beobachtete und die Verbeugung mit übertriebener Höflichkeit erwiderte.

«So bald, Lavinia?» wandte Richard ein, indem er auf ihre Trauerkleidung wies, doch sie schüttelte seine Hand ab.

«Lieber Gott, spielt das eine Rolle? Was bedeutet das schon! Ich bitte dich ja nicht, mitzukommen –»

«Das merke ich, meine Liebe», sagte er halb traurig, halb belustigt.

«Nein, nein! Ich wollte dich nicht kränken – das darfst du nicht glauben! Nicht wahr, das glaubst du doch nicht, Dick?»

«Oh, nein, wie könnte ich», seufzte er.

«Braves Schätzchen.» Sie tätschelte schmeichelnd seine Wange. «Dann darf ich also fahren – ah, ja, ja, so hör mich doch erst an! Du weißt, wie trübsinnig und deprimiert ich bin – deshalb *brauche* ich eine Veränderung, und ich *will* nach Andover! Unbedingt!»

«Ja, Liebling, alles schön und gut, aber da mein Vater noch keine sechs Wochen unter der Erde liegt, finde ich es unschicklich –»

«Bitte, Dick, bitte! Sag nicht nein! Ich wäre todunglücklich! Oh, so streng kannst du gar nicht sein! Du wirst es mir doch nicht verbieten?»

«Ich *bitte* dich, darauf zu verzichten, Lavinia. Wenn du eine Veränderung brauchst, werde ich dich auf stille Art nach Bath bringen oder sonst irgendwohin. Quäl mich nicht damit, daß du gerade jetzt nach Andover willst.»

«Bath, Bath! Was soll ich um diese Zeit in Bath! Es ist zwar sehr nett von dir, mir das anzubieten, aber ich will zu Tracy! Schau, dort kann ich meine alten Freunde wiedersehen ... Ach, und ich will einfach fort von hier – es ist alles so düster nach – nach Mylords Tod.»

«Liebste, selbstverständlich lasse ich dich verreisen. Du mußt nur berücksichtigen, daß wir Trauer haben –»

«Aber genau das will ich ja vergessen! Oh, Dicky, bitte, bitte, bitte, sei kein Frosch!»

«Also gut, Liebes. Wenn du gehen mußt – dann geh.»

Sie klatschte freudig in die Hände.

«Oh, danke, Liebling, danke! Und du bist mir nicht böse?»

«Nein, natürlich nicht.»

«Ah! Jetzt bin ich glücklich! Es ist wirklich reizend von dir, Dicky, aber gib zu, daß du insgeheim froh bist, mich eine Woche loszuwerden! Hab ich nicht recht?» In strahlendster Laune breitete sie ihren Fächer aus und warf Richard einen koketten Blick zu. Er mußte lächeln.

«Ich fürchte, ich werde dich sehr schmerzlich vermissen, mein Schatz.»

«Oh!» Der Fächer schloß sich mit einem Ruck. «Aber denk doch daran, wie du dich darauf freuen wirst, mich wieder bei dir zu haben! Und ich erst! Nach den paar Tagen komme ich bestimmt so gern nach Hause zurück, daß ich monatelang brav sein werde wie ein Engel!»

Seine Stirn glättete sich, und er griff nach ihrer Hand.

«Liebling, wenn du mich wirklich vermissen solltest –!»

«Aber natürlich werde ich dich vermissen, Dick – oh, bitte gib auf mein Kleid acht! Was sagst du, Tracy – er wird mir doch sicher fehlen?»

Richard erinnerte sich plötzlich an die Gegenwart seines Schwagers und ging zum Fuß der Treppe.

«Du bist also entschlossen, mir meine Frau zu entführen?» fragte er lächelnd.

Tracy schritt lässig herunter und öffnete seine Schnupftabaksdose.

«Ja, ich brauche eine Gastgeberin, und ich habe –» er hielt inne – «meine Schwester dazu überredet, ihr Licht über Andover leuchten zu lassen. Werden wir das Vergnügen haben, dich dort – übrigens zu jeder Zeit – begrüßen zu dürfen?»

«Sehr liebenswürdig, aber danke, nein. Du wirst verstehen, daß ich nicht in der Stimmung für jene Fröhlichkeit bin, nach der meine arme Lavinia so sehr dürstet.»

Der Herzog quittierte die Antwort mit einer tiefen Verbeugung, und dann gingen alle drei auf die Terrasse hinaus. Lavinia lachte und plauderte so heiter, wie Richard sie seit Tagen nicht erlebt hatte. Sie war die Seele der kleinen Dinnerparty, während der sie mit ihrem ganzen bestrikkenden Charme mit ihrem Gatten flirtete und sich bemühte, ihm in jeder Weise zu gefallen. Sie hatte ihren Willen durchgesetzt und war mit sich und der Welt so überaus zufrieden, daß es sie nicht einmal aus der Fassung bringen konnte, als ein unachtsamer Diener Wein über ihr neues Kleid goß.

6
Bath, Queen Square 29

Herbst und Winter gingen ruhig vorüber, und der April fand die Carstares in Bath etabliert. Lady Lavinia hatte ihren Gatten so lange bestürmt, bis er, trotz seiner Sehnsucht nach Wyncham und dem kleinen John, einwilligte, dorthin zu fahren. Sie selbst verspürte kein Verlangen, bei ihrem Kind zu sein und war nur zu gern damit einverstanden, daß Richard gelegentlich zu Hause nach dem Rechten sehen wollte.

Im großen und ganzen hatte sie die Wintermonate genossen, da es ihr gelungen war, ihren Gatten zu überreden, die Stadtresidenz des Earl, Wyncham House in Mayfair, zu eröffnen, wo sie einige überaus erfolgreiche Gesellschaften und viele exklusive kleine Kartenabende gab. Verehrer umschwärmten sie in Scharen, und nichts gefiel ihrem eitlen kleinen Herzen mehr als männliche Bewunderung. Carstares konnte sein Haus nie betreten, ohne über irgendeinen neuen Anbeter zu stolpern, doch weil sie meistens zu der Kategorie gehörten, die er respektlos «Schoßhündchen» nannte, empfand er keine Eifersucht und duldete wortlos die Sturzflut, die sein Heim überschwemmte. Er war zufrieden, daß seine Frau glücklich war, und darüber hinaus gab es, wie er sich manchmal heimlich versicherte, wenn ihm die Nerven durchzugehen drohten, absolut nichts, was zählte.

Das einzige Wölkchen an Lavinias sonst so makellos blauem Himmel war der Mangel an Geld. Richard hielt sie zwar nicht knapp oder schlug ihr irgend etwas ab, was er ihr in vernünftigen Grenzen gewähren konnte – nur waren ihre Wünsche eben nie vernünftig. Zum Beispiel wollte sie eine neue, blaßblau gepolsterte Stadtkutsche, aber nicht, weil ihre eigene vielleicht schäbig oder abgenutzt war, sondern weil sie die roten Kissen plötzlich satt hatte. Oder sie begeisterte sich auf einmal für ein gerade modernes und gewöhnlich sagenhaft teures Spielzeug, und nachdem sie es erworben hatte, verlor sie nach ein paar Tagen das Interesse daran. Bereitwillig schenkte ihr Richard Schoßhündchen (diesmal echte), schwarze Pagen, Juwelen und unzählige Kinkerlitzchen, wofür sie ihn mit ihrem strahlendsten Lächeln und ihren zärtlichsten Liebkosungen belohnte. Doch als sie von ihm verlangte, Wyncham House im Stil des französischen Hofes neu einzurichten, mit anderen Worten, sämtliche Queen Anne Möbel, die Tapeten und die zahllosen alten Ziergegenstände, die alle zusammen so schön und so kostbar waren, wegzuwerfen, zeigte er sich zu ihrem Erstaunen von unerschütterlicher Härte. Jacks Haus durfte nicht verändert werden, auch wenn sie es sich in den Kopf setzte. Weder ihre Schmeicheleien noch ihre Tränen konnten Richard umstimmen, und als sie es mit Schmollen versuchte, wies er sie so scharf zurecht, daß sie erschrak und daraufhin nichts mehr sagte.

Eine Woche lang kreisten ihre Gedanken und Träume ausschließlich um vergoldete französische Stühle – dann schwand die Marotte wie schon so oft von einer Minute auf die andere und wurde vergessen. Ihre Schneiderrechnungen (für Manteaus) ließen Richard die Haare zu Berge stehen und kosteten ihn so manche schlaflose Nacht, doch er fand seine kleine Frau immer so bezaubernd in ihrer Zerknirschtheit, daß er es nicht übers Herz brachte, ihr böse zu sein. Und letzten Endes war es ihm, wie er manchmal überlegte, wesentlich lieber, wenn sein Geld für ihre – zwar exzentrischen – Bedürfnisse verschwendet wurde, als für die ihres Bruders. Ihr Verhalten ihm gegenüber wechselte von jäher Leidenschaft zu abweisender Kälte. Entzückte sie ihn heute mit ihrem Charme und ihrer anschmiegsamen Art, bekam er morgen wiederum nur schnippische, verdrießliche Antworten zu hören.

Zu Beginn der Saison führte er sie pflichtschuldigst auf Feste und Maskenbälle, aber bald begann sie stets nur mit Andrew oder Robert auszugehen, die sich beide in der Stadt aufhielten und deren nachlässige Betreuung sie der aufopfernden Fürsorge ihres Gatten bei weitem vorzog. Tracy blieb selten mehr als ein paar Tage in London, wodurch die beiden Carstares zu Richards großer Erleichterung nur wenig von ihm zu sehen bekamen. Konnte Dick schon Colonel Lord Robert Belmanoir nicht leiden, so verabscheute er den Herzog geradezu, teils wegen der herablassend spöttischen Art, mit der dieser ihn behandelte, teils des Einflusses wegen, den er unzweifelhaft auf Lavinia ausübte. In dieser Hinsicht war Richard in höchstem Grade eifersüchtig, und er zwang sich oft nur mit größter Mühe zu gesitteten Manieren, wenn Seine Gnaden Mylady besuchte. Ob zu Recht oder Unrecht – er gab jedenfalls ihm die Schuld an Lavinias verrückten Ideen und ihren regelmäßig wiederkehrenden Anfällen von schlechter Laune. Der schlaue Tracy brauchte nicht lange, um das herauszufinden, und begann daraufhin voller Schadenfreude ein intrigantes Spiel zu treiben, indem er seine Schwester in ihrer Extravaganz noch bestärkte und es sich angelegen sein ließ, so oft wie möglich bei ihr zu erscheinen.

Carstares mußte stets damit rechnen, ihn anzutreffen, denn er besuchte und verließ London ohne vorhergehende Ankündigung, so daß man nie länger als für einen Tag sagen konnte, wo er sich gerade aufhielt, und niemand war im geringsten überrascht, wenn er zufällig in London auftauchte, während er sich allen Berichten zufolge in Paris befinden sollte. Die Leute zuckten nur die Schultern, tauschten Blicke und murmelten: «Nun ja, Teufel Belmanoir!» wobei sie sich heimlich fragten, was für eine neue Bosheit er wohl wieder im Schilde führte.

Aus diesem Grund bedauerte es Richard auch durchaus nicht, als Mylady plötzlich der Stadt überdrüssig wurde und nach Bath zu übersiedeln wünschte. Insgeheim hatte er zwar gehofft, sie würden nach Wyncham zurückkehren, doch als sie diese Möglichkeit mit keinem Wort erwog, unterdrückte er sein Heimweh, schloß das Londoner Haus und brachte sie und ihr Gepäck nach Bath, wo sie sich in einem der elegantesten Häuser des Ortes am Queen Square einquartierte.

Lavinia war zuerst entzückt, die vertraute Umgebung wiederzusehen, bezaubert von ihrem Logis und schließlich hingerissen von der neuen französischen Putzmacherin, die sie nach kürzester Zeit entdeckte.

Aber die Rechnungen dieser Dame erwiesen sich bald als monströs, Lavinias Salon war nicht groß genug für die Gesellschaften, die sie zu geben gedachte, die Luft machte sie schlaff und müde, und sie litt dauernd unter dem Nebel, was ihr gesamter Haushalt ebenso schmerzlich verspürte wie sie. Das späte Aufbleiben verursachte ihr Kopfschmerzen, eine Qual, die sie in London nie gekannt hatte, und durch die Feuchtigkeit zog sie sich eine Erkältung zu. Außerdem bereitete ihr die Ankunft einer attraktiven und überaus reichen Witwe so manche bittere Stunde, ein Umstand, der sich höchst nachteilig auf ihre Gemütsverfassung auswirkte.

Eines Nachmittags lag sie mit Riechsalzfläschchen und zur Abwechslung einmal echten Kopfschmerzen auf einem Sofa in ihrem – leider – weißgoldenen Salon (der Fimmel nach französischen Möbeln war nämlich vorbei), als sich plötzlich die Tür öffnete und Tracy hereinspazierte.

«Lieber Himmel!» hauchte sie schwach und entkorkte das Flakon. Es war der erste Besuch Seiner Gnaden, seit sie nach Bath gekommen war, und die Tatsache, daß er höflich eine ihm übersandte Einladung abgelehnt hatte, nagte noch immer an ihr. Er beugte sich über die Hand, die sie ihm matt entgegenstreckte, und musterte sie prüfend vom Scheitel bis zur Sohle.

«Ich bedaure, dich so unpäßlich anzutreffen, liebe Schwester», sagte er sanft.

«Ach, es ist nichts – nur wieder meine dumme Migräne. Aber ich fühle mich hier ja nie wohl, und noch dazu ist dieses Haus entsetzlich muffig», antwortete sie verdrossen.

«Du solltest aus den Brunnen trinken», riet er, während er durch sein Monokel mißtrauisch den Stuhl beäugte, auf den sie einladend wies. «Dieses Stück macht aber keinen vertrauenerweckenden Eindruck, meine Gute. Ich glaube, ich setze mich lieber auf das Sofa dort.» Er begab sich zu einer kleineren Chaiselongue und nahm Platz.

«Wie lange bist du schon in Bath?» fragte sie spitz.

«Seit Dienstag voriger Woche.»

Lavinia fuhr auf.

«Was? Dann bist du also bereits zehn Tage hier und besuchst mich erst heute?»

Er schien gänzlich in die Betrachtung seiner rechten Hand versunken, die blaß durch die sie halb verdeckende schwarze Spitzenrüsche schimmerte.

«Ich hatte andere Dinge zu tun», sagte er kühl.

Ein Predigtenbuch, in dem sie zu lesen versucht hatte, fiel auf den Teppich, als sie gereizt ein Kissen zurechtklopfte.

«Und du kommst zu mir, wann es dir paßt? Wie konntest du so unhöflich sein, meine Einladung abzulehnen?» Ihre Stimme hatte einen nörgelnden Unterton, in dem er sofort die Warnung vor dem Sturm erkannte.

«Meine liebe Lavinia, falls du beabsichtigst, mir eine Kostprobe deines beklagenswerten Temperaments zu geben, werde ich dich unverzüglich verlassen, also sei auf der Hut. Ich dachte, du würdest verstehen, daß die Gesellschaft deines holden Gemahls, so förderlich sie auch sein mag, für meinen Geschmack viel zu deprimierend ist. Ehrlich gestanden war ich über deinen Brief überrascht.»

«Du hättest wenigstens mir zuliebe kommen können», meinte sie grämlich und ließ sich in das Kissen zurücksinken. «Aber vermutlich bist du um dieses Molesly-Weib herumscharwenzelt! Gott! Ihr Männer seid anscheinend alle verrückt geworden!»

Seine Gnaden begriff allmählich und lächelte tückisch.

«Ah, das ist es, was dich so aufregt! Ich fragte mich schon ...»

«Nein, keineswegs!» brauste sie auf. «Was bringt dich auf diese idiotische Vermutung? Ich persönlich finde sie absolut unerträglich, und die Art, wie die Männer sie umschwärmen, ist einfach ekelhaft! Ekelhaft! Aber es ist ja immer das gleiche, wenn eine Frau reich und ungebunden ist. Na? Warum sagst du nichts? Findest du sie so anziehend?»

«Um die Wahrheit zu gestehen, meine Liebe, habe ich die Dame kaum zu Gesicht bekommen. Ich war anderwärts in Anspruch genommen und bin mit allen Frauen für eine Zeitlang fertig, bis auf eine.»

«Ha, das höre ich nicht zum erstenmal! Wandelst du vielleicht auf Freiersfüßen? In diesem Fall wäre die Ärmste wirklich zutiefst zu bedauern!» Sie stieß ein höhnisches kleines Lachen aus, war aber offensichtlich interessiert.

Seine Gnaden bewahrte unerschütterlich die Fassung. «Ich denke nicht an Heirat, Lavinia, daher vergeudest du deine Sympathie. Ich habe ein Mädchen kennengelernt – besser gesagt ein Kind –, und ich werde nicht eher ruhen, bis das Täubchen in meinen Netzen zappelt.»

«Du grundgütiger Himmel! Wieder eine Unschuld vom Land?»

«Nein, teure Schwester, nichts dergleichen. Eine Dame.»

«Gott steh ihr bei! Wer ist sie? Wo lebt sie?»

«Sie lebt in Sussex. Ihren Namen verrate ich dir nicht.»

Mylady warf erzürnt ein Kissen auf den Boden und erklärte schnippisch: «Oh, wie es dir beliebt! Ich werde nicht vor Neugier sterben!»

«Ah!» Die zynischen Lippen kräuselten sich auf höchst impertinente Weise, und Lady Lavinia wurde von dem heftigen Verlangen ergriffen, ihr Riechfläschchen nach ihm zu schleudern. Aber sie wußte, daß es völlig sinnlos war, sich mit Tracy zu streiten, deshalb gähnte sie ostentativ und hoffte, ihn damit zu ärgern. Selbst wenn es ihr gelang, erntete sie keine Genugtuung, denn er fuhr gelassen fort: «Sie ist das Entzückendste, das man sich vorstellen kann, und ich möchte schwören, unter dem Eis verbirgt sich ein Vulkan!»

«Wäre es denkbar, daß die Kleine nichts von dir wissen will?» fragte Lavinia mit gekünsteltem Erstaunen und hatte das Vergnügen zu beobachten, wie sich seine Miene verfinsterte.

Die dünnen Brauen zogen sich über der Adlernase zusammen, und die Augen glitzerten ein bißchen, während Lavinia flüchtig zu sehen bekam, wie sich eine Reihe blendend weißer Zähne in eine sinnliche Unterlippe grub. Sie bemerkte, daß sich seine Hand um die Schnupftabaksdose krampfte, und frohlockte innerlich, ihn an einem wunden Punkt getroffen zu haben. Die Freude war jedoch nur von sehr kurzer Dauer, denn im nächsten Moment waren die Falten auf der Stirn verschwunden, der harte Griff seiner Finger lockerte sich, und er lächelte wieder.

«Ja, jetzt ist sie noch abweisend», gab er zu, «aber ich hoffe, sie wird mit der Zeit zugänglicher werden. Und ich darf wohl behaupten, etwas Erfahrung mit eurem charmanten, wenn auch kapriziösen Geschlecht zu haben.»

«Das will ich nicht bezweifeln. Wo hast du deine widerspenstige Schöne entdeckt?»

«In der Trinkhalle.»

«Hu! Beschreib sie mir.»

«Mit dem allergrößten Vergnügen. Sie ist größer als du, und ein dunkler Typ. Ihr Haar ist wie eine schimmernde schwarze Wolke und lockt sich auf verführerischste Weise um ihre Stirn und über ihre kleinen Ohren. Sie hat braune Augen, aber manchmal funkeln darin Lichter von reinstem Bernstein, und doch sind sie dunkel und samtig ...»

Mylady nahm Zuflucht zu ihrem Riechsalz.

«Oh, verzeih, ich ermüde dich. Aber ein verliebter Mann, meine gute Lavinia –»

Sie brauste neuerlich auf.

«Verliebt? Du? Unsinn! Unsinn! Unsinn! Du weißt nicht einmal, was das Wort bedeutet. Du bist wie ein – wie ein Fisch, mit genauso wenig Gefühl wie ein Fisch und genauso wenig Herz und –»

«Erspare mir den Rest, bitte. Ich will gar nicht leugnen, daß ich sehr kaltblütig bin, aber du wirst mir doch zumindest mehr Intelligenz als einem Fisch zubilligen?»

«Oh, in dieser Hinsicht bist du groß!» rief sie heftig. «Aber nur, wenn es darum geht, etwas Böses auszuhecken! Das räume ich dir gern ein!»

«Wirklich außerordentlich freundlich von dir –»

«Das, was du empfindest, ist nicht Liebe, sondern – sondern –»

«Pardon, teure Schwester, doch im Augenblick bin ich gerade besonders frei von allen stärkeren Emotionen, daher ist deine Bemerkung –»

«Ach, Tracy, Tracy, jetzt streite ich sogar schon mit dir!» rief sie verzweifelt. «Mein Gott, warum nur, warum?»

«Du beurteilst die Situation völlig falsch, meine Liebe. Wir tauschen lediglich Komplimente aus, und ich möchte dich unter keinen Umständen daran hindern, deinen Teil beizutragen.»

Ihre Unterlippe zitterte.

«Sprich weiter, Tracy, sprich weiter.»

«Nun gut. Ich glaube, ihre Augen habe ich schon beschrieben?»

«Auf das ausführlichste.»

«Ich will mich bemühen, mich kurz zu fassen. Ihr Mund ist das Küssenswerteste, das ich je gesehen habe –»

«Und darin besitzst du ja Erfahrung», murmelte sie.

Er verneigte sich ironisch.

«Alles in allem ist sie ein so feuriges Füllen, wie man es sich nur wünschen kann. Sie braucht nur noch jemand, der sie zähmt.»

«Zähmt man denn ein Füllen? Ich dachte eher –»

«Natürlich, du hast recht – wie immer. Zähmen ist der falsche Ausdruck. Man reitet es zu. Besten Dank für die Berichtigung meiner nicht ganz exakten Metapher.»

«Oh, bitte, nicht der Rede wert.»

«Da mir dein Wunsch Befehl ist, werde ich es nicht mehr erwähnen. Sie braucht also jemand, der sie bändigt, und diese Aufgabe müßte wahrhaftig ein Vergnügen sein.»

«Ja?» Sie blickte ihn neugierig an.

«Unbedingt! Und ich bin überzeugt, es ließe sich bewerkstelligen. Kurz und gut – ich will sie haben.»

«Und was gedenkst du zu tun, wenn *sie* dich nicht haben will?»

Plötzlich hoben sich die schweren Lider.

«Es bleibt ihr keine andere Wahl.»

Lavinia überlief ein leichter Schauder. Sie setzte sich auf.

«Donnerwetter, Tracy! Hast du denn keinen Funken Anstand im Leib?» fragte sie empört und fügte dann spöttisch hinzu: «Womöglich beabsichtigst du, das Mädchen zu entführen?»

«Genau», nickte er.

Sie schnappte nach Luft über soviel Unverschämtheit.

«Himmel! Bist du verrückt? Eine Dame entführen! Vergiß nicht, sie ist kein Bauerntrampel! Tracy, Tracy, bitte mach keine Dummheit! Wie könntest du's denn überhaupt bewerkstelligen?»

«Das, meine Liebe, ist eine Frage, die ich noch nicht entschieden habe. Aber ich rechne mit keinen allzu großen Schwierigkeiten.»

«Aber hat die Kleine denn niemand, der sie beschützt? Keine Brüder, keinen Vater?»

«Ja, einen Vater gibt es schon», sagte Tracy bedächtig. «Er war zu Anfang ihres Aufenthaltes hier. Für mich zählt er nicht, und außerdem halte ich ihn für einen Kriecher. Ich glaube, wenn ich mich ihm vorstellen würde, könnte ich das Mädchen innerhalb einer Stunde heiraten. Aber das will ich nicht – zumindest *noch* nicht.»

«Ja, bist du denn von allen guten Geistern verlassen? Bildest du dir vielleicht ein, wir leben noch im finstersten Mittelalter? Heutzutage kann man so etwas einfach nicht mehr machen! So denk doch wenigstens daran, daß du unsere Familie repräsentierst! Es wäre eine feine Sache, wenn es da zu einem Skandal käme!» Sie verstummte hilflos und sah zu, wie er einen Tabakkrümel von seiner Krawatte schnippte.

«Tracy! Du spielst wirklich ein gefährliches Spiel! Bitte sei vernünftig!»

«Ach, Schwesterherz, du bist unbezahlbar! Ich versichere dir ausdrücklich, daß ich durchaus in der Lage bin, mich selbst um meine Person und meine Ehre zu kümmern!»

«Jetzt machst du dich schon wieder über mich lustig! Du bist gemein!» schrie sie. «Manchmal glaube ich wirklich, daß ich dich hasse!»

«Dann fände ich dich nur *noch* amüsanter, meine Liebe.»

Sie strich sich mit einer charakteristischen Geste mit dem Handrücken über die Augen. «Mein Gott, bin ich schlecht aufgelegt», sagte sie und lachte unsicher. «Du mußt Geduld mit mir haben. Ehrlich, es geht mir gar nicht gut.»

«Du solltest aus den Brunnen trinken», wiederholte er.

«Oh, das tue ich ohnehin! Dabei fällt mir ein, ich muß mich nach deiner Schönen umsehen.»

«Wahrscheinlich vergeblich – sie erscheint nur sehr selten in der Öffentlichkeit.»

«Was! Ist sie vielleicht religiös?»

«Religiös! Warum, in drei Teufels Namen?»

«Aber wenn sie nicht in der Trinkhalle spazierengeht –»

«Sie befindet sich in Begleitung ihrer Tante hier, und die alte Dame war krank, deshalb gehen sie kaum aus.»

«Entsetzlich! Aber da du sie in der Halle kennengelernt hast, kann sie früher kein so zurückgezogenes Leben geführt haben?»

«Nein», bestätigte er kühl. «Sie meidet dieses Gelände erst seit damals.»

«Oh, Tracy, das arme Kind!» rief Lavinia in einer plötzlichen Anwandlung von Mitleid. «Wie kannst du sie belästigen, wenn sie dich nicht mag?»

«Das letztere stimmt nicht.»

«Nicht? Dann –»

«Sie hat Angst vor mir, doch ihre Neugier ist trotzdem geweckt. Ich belästige sie – wie du es nennst – zu ihrem und meinem Besten. Aber in ein paar Tagen verlassen sie Bath, und dann – *nous verrons!*» Er stand auf. «Was ist mit deinem redlichen Dick?»

«Nenn ihn nicht bei diesem ekelhaften Namen! Ich will das nicht!»

«Ekelhaft, meine Liebe? Ekelhaft? Das könntest du sagen, wenn ich ihn den *un*redlichen Dick nennen würde!»

«Nicht! Nicht!» rief sie, indem sie sich die Ohren zuhielt.

Seine Hoheit lachte leise.

«Oh, Lavinia, du mußt sehen, daß du deine ewige Migräne loswirst, denn glaub mir, es gibt nichts, was einem Mann mehr auf die Nerven geht!»

«Geh weg! Geh doch weg!» flehte sie. «Du neckst und quälst mich, bis ich es nicht mehr aushalten kann! Dabei will ich mich wirklich nicht mit dir zanken. Bitte, geh!»

«Ich bin eben im Begriff, mich zu verabschieden. Hoffentlich hast du dich etwas erholt, wenn ich dich das nächste Mal besuche. Ach ja – sei so gut, und bestelle deinem red – deinem verehrten Richard meine ergebensten Grüße.»

Sie reichte ihm die Hand.

«Komm bald wieder vorbei!» bat sie. «Morgen geht's mir sicher besser. Mir tut nur heute der Kopf so weh, daß ich vor Schmerzen schreien könnte! Nicht wahr, du kommst?»

«Leider beabsichtige ich, Bath in einigen Tagen zu verlassen. Sonst hätte ich deinem Wunsch mit dem größten Vergnügen entsprochen.» Er küßte ihr formell die Hand und empfahl sich. An der Tür blieb er stehen und blickte spöttisch über die Schulter. «Übrigens – sie heißt Diana.» Er verbeugte sich noch einmal und verließ dann fluchtartig den Raum, denn Lavinia vergrub ihr Gesicht in den Kissen und brach in bittere Tränen aus.

In dieser Verfassung fand Richard sie zwanzig Minuten später vor und war so rührend um sie besorgt, daß sich ihre Stimmung dadurch ein wenig hob, worauf sie einen ruhigen und für ihn wonnevollen Abend beim Pikett verbrachten.

Mitten im Spiel faßte sie ihn plötzlich ungestüm am Arm.

«Dicky – ich will nach Hause!»

«Nach Hause? Was meinst du? Doch nicht –»

«Ja, ja, Wyncham! Warum nicht?»

«Mein Liebling, ist das dein Ernst?» Seine Stimme zitterte vor freudiger Überraschung, und die Karten glitten ihm aus den Händen.

«Ja, wirklich! Aber bring mich rasch fort von hier, bevor ich's mir anders überlege! In Wyncham kann ich schlafen – hier liege ich nur die ganze Nacht wach und habe Kopfschmerzen. Bring mich heim, und ich will versuchen, dir eine bessere Frau zu sein! Oh, Dicky, war ich sehr unausstehlich? Ich wollte es nicht! Warum läßt du mir auch alles durchgehen!» Sie eilte um den Tisch und kniete neben ihm nieder, ohne darauf zu achten, daß sie ihre bauschigen Seidenröcke zerknitterte. «Ich war ein ganz böses, selbstsüchtiges Ding! Aber ich verspreche dir, ich werde mich bessern! Du darfst mir eben nicht erlauben, so launenhaft zu sein – hörst du, du darfst nicht!»

Er schlang die Arme um ihre rundlichen Schultern und zog sie eng an sich.

«Wenn wir erst daheim sind, werde ich dich von nun an ordentlich tyrannisieren, mein Schatz!» sagte er lachend, um seine tieferen Gefühle zu verbergen. «Du wirst sehen, ich mache noch eine vorzügliche Hausfrau aus dir.»

«Und dann lerne ich, wie man Butter rührt», nickte sie eifrig. «Dazu muß ich ein Baumwollkleid tragen mit einer Schürze und einem Häubchen aus Musselin. Oh, ja, ja – ein Baumwollkleid!» Sie sprang auf und tanzte im Zimmer herum. «Wird mir das nicht bezaubernd stehen?»

«Bestimmt, mein Engel.»

«Natürlich! Oh, wir fahren sofort nach Hause – sofort! Aber zuerst muß ich noch schnell ein paar neue Kleider bei Marguérite kaufen!»

«Zum Butterrühren, Liebste?» protestierte er.

Sie hörte ihm nicht zu.

«Ein Baumwollkleid – oder vielleicht lieber eines aus Flor mit einem gesteppten Unterrock? Oder beides?» zwitscherte sie. «Dicky, ich werde eine ganz neue Mode kreieren – den rustikalen Stil!»

Dicky seufzte ergeben.

7
Man lernt einige neue Persönlichkeiten kennen

Keine zwanzig Minuten von Lady Lavinias Haus am Queen Square entfernt lebte eine gewisse Madam Thompson, eine Witwe, die seit fast fünfzehn Jahren in Bath ansässig war, und bei ihr wohnte zur Zeit Miss Elizabeth Beauleigh mit ihrer Nichte Diana. Madam Thompson und Miss Elizabeth waren vor Jahren gemeinsam zur Schule gegangen und hatten seit damals ihre Freundschaft stets aufrechterhalten, indem sie einander hin und wieder besuchten oder sich – und das war des öfteren der Fall – damit begnügten, in weitschweifigen Briefen tausend unwichtige kleine Neuigkeiten und viel Klatsch auszutauschen, der nur auf Elizabeths Seite interessant war.

Es war daher eine große Freude für Madam Thompson, als sie einen Brief von Miss Beauleigh bekam, in dem diese die Bitte aussprach, sie mit ihrer Nichte für wenigstens drei Wochen in ihrem Haus in Bath aufzunehmen. Die gute Dame war entzückt, daß ihre seit langem bestehende Einladung doch noch angenommen wurde, und stimmte unverzüglich begeistert zu. Sie bereitete sogleich ihr allerbestes Zimmer für die Freundin vor, die, wie sie dem Schreiben entnahm, hauptsächlich wegen der Luftveränderung, die sie nach einer ziemlich schweren Krankheit brauchte, in den Kurort reisen wollte.

Die beiden Damen kamen zur festgesetzten Zeit an. Die ältere war sehr klein und zierlich und erinnerte mit ihren huschenden Bewegungen an einen Vogel, die jüngere dagegen war mittelgroß und anmutig wie eine Weide. Ihre großen braunen Kinderaugen blickten furchtlos in die Welt, und ein herber Mund, der ihr für gewöhnlich heiteres Gemüt Lügen strafte, verriet, daß sie manchmal dazu neigte, auch die Schattenseiten des Lebens zu betrachten.

Madam Thompson, die Diana bei dieser Gelegenheit kennenlernte, erwähnte den traurigen Mund ihrer Freundin gegenüber, als sie am ersten Abend, nachdem sich das junge Mädchen auf sein Zimmer zurückgezogen hatte, allein vor dem Kamin saßen.

Miss Elizabeth – oder Betty, wie sie häufiger genannt wurde – schüttelte geheimnisvoll den Kopf und prophezeite, ihre schöne Di würde eines Tages einen Mann so lieben, wie kein Mann es ihrer Meinung nach verdiente, geliebt zu werden.

«Und sie wird viel leiden müssen», sagte sie und klapperte energisch mit ihren Stricknadeln. «Ich kenne diese temperamentvollen Kinder!»

«Aber sie schaut so melancholisch aus», äußerte die Witwe zaghaft.

«Oh, da irrst du dich!» erwiderte Miss Betty. «Sie ist das sonnigste und reizendste Wesen auf der ganzen weiten Welt – Gott segne sie dafür! Doch ich will nicht leugnen, daß sie auch sehr ernst sein kann. Ja, tatsächlich! Einmal hat sie sich sogar wegen eines toten jungen Hundes fast die hübschen Augen ausgeweint. Doch für gewöhnlich überwiegt ihr fröhliches Naturell.»

«Ich fürchte nur, sie wird dieses Haus recht öde finden», meinte Madam Thompson bedauernd. «Wenn nur mein lieber Sohn George hier wäre, um sie zu unterhalten ...»

«Mach dir bitte diesbezüglich keine unnötigen Sorgen, meine Liebe. Ich versichere dir, sie wird nach dem turbulenten Leben, das sie diesen Winter mit der Familie ihrer Freundin in der Stadt geführt hat, überhaupt nichts gegen eine kleine Ruhepause einzuwenden haben.»

Was immer auch Diana selbst über diesen Punkt denken mochte, sie beklagte sich jedenfalls mit keinem Wort und paßte sich bald ganz zufrieden ihrer neuen Umgebung an.

Am Morgen pflegten sie alle drei bis zum Kurhaus zu spazieren, wo Miss Betty, flankiert von Madam Thompson und ihrer Nichte, würdevoll in der alten Trinkhalle hin- und herpromenierte und dem Heilwasser des Brunnens zusprach. Die Witwe hatte kaum Bekannte in Bath. Die wenigen Leute, mit denen sie verkehrte, waren alle in ihrem Alter und wagten sich nur selten in diese überlaufene, elegante Gegend, daher mußte sich Diana mit der Gesellschaft der beiden glücklich miteinander schwatzenden alten Damen begnügen, deren Gespräche sie allerdings ausgesprochen langweilig fand.

Mit heimlicher Sehnsucht beobachtete sie verstohlen die mondäne Welt. Sie sah, wie sich der stets makellos gekleidete Beau Nash im Kreise seiner Verehrerinnen wie ein Pfau drehte und wendete und sich mit seiner unnachahmlichen Galanterie verbeugte – trotz seines Alters und seiner rasch zunehmenden Körperfülle noch immer der absolute Alleinherrscher von Bath. Sie sah raffiniert geschminkte Damen in riesigen Reifröcken, mit so extravagant gelocktem und gepudertem Haar, daß sie wie groteske Paradiesvögel wirkten, wenn sie am Arm ihrer verschiedenen Kavaliere graziös dahintrippelten, ältliche Stutzer in wattierten Mänteln, um die eingefallenen Schultern zu verbergen, und fingerdicker Schminke im Gesicht, die ihre Runzeln verdecken sollte, alte Damen, die um ihrer Gesundheit willen hierhergekommen waren, Leute von Rang und Namen und einfacher Landadel – sie alle paradierten in einem kunterbunten Strom an ihr vorüber.

Ein paar junge Gecken versuchten mit ihr anzubändeln, was ihnen jedoch so zornige Blicke aus ihren klaren Augen eintrug, daß sie es nicht mehr wagten, sie zu belästigen. Aber meist schenkte niemand dem unbekannten und schlicht gekleideten Mädchen Beachtung.

Dann erschien der Herzog von Andover auf der Bühne.

Er erweckte Dianas Aufmerksamkeit vom ersten Moment an, als er die Trinkhalle betrat – ein schwarzer Falter, der sich in den fröhlichen Reigen schillernder Schmetterlinge verirrt zu haben schien. Auch er bemerkte sie sofort, als er den Blick über den Saal schweifen ließ. Irgendwie – genau konnte sie sich später nicht mehr daran erinnern – machte er sich mit ihrer Tante bekannt und gewann durch seine elegante Erscheinung und seine vornehmen Manieren alsbald ihr Wohlwollen. Es war nicht anzunehmen, daß Madam Thompson, die das Kurhaus nie besuchte, in dem einfachen Mr. Everard, als der er sich vorstellte, den berüchtigten «Teufel» Belmanoir erkennen würde.

Wie er seiner Schwester erzählt hatte, verhielt sich Diana abweisend und kühl. Seine hypnotische Persönlichkeit faszinierte sie zwar, doch gleichzeitig fühlte sie sich aus einem unerklärlichen Grund von ihm abgestoßen. Er hatte recht, wenn er sagte, daß sie sich vor ihm fürchtete. Seine Gegenwart machte sie nervös, und diese Nervosität rief Neugierde hervor. Nach kurzer Zeit begann sie, sein tägliches Erscheinen in der Trinkhalle teils aufgeregt, teils ängstlich zu erwarten. Oft beobachtete sie ihn, wie er, sich rechts und links mit jenem für ihn so charakteristischen Hauch von Arroganz verbeugend, durch die Säle schlenderte, und genoß die Gewißheit, daß er geradewegs auf sie zukam und keine der geschminkten Schönheiten, die ihm so deutlich schöne Augen machten und ihn einluden, sich an ihre Seite zu begeben, ihn davon abhalten konnte. Mit einem Schauder des Entzückens fühlte sie ihre Macht und lächelte Mr. Everard entgegen, reichte ihm die Hand zum Kuß und erlaubte ihm gnädig, neben ihr und ihrer Tante Platz zu nehmen. Er zeigte ihr unter den Vorüberschlendernden alle berühmten Persönlichkeiten von London und Bath, wobei er sie mit sorgfältig ausgewählten und noch sorgfältiger zensurierten Anekdoten ergötzte, und sie kam allmählich zu der Überzeugung, in Mr. Everard einen sehr amüsanten, eigentlich recht harmlosen Gesellschafter gewonnen zu haben. Langsam schmolz ihre Zurückhaltung, und sie gewährte ihm einen flüchtigen Einblick in ihr wunderlich zwiespältiges Wesen mit seiner bezwingenden Heiterkeit und dem leichten Hang zur Melancholie.

Seine Gnaden sah genug, um die unergründeten Tiefen ihrer Seele zu ahnen, und wurde zum Verehrer – eine Wandlung, auf die sie instinktiv abweisend reagierte und eine Mauer von Mißtrauen und Scheu zwischen ihnen errichtete. Dabei beunruhigte sie nicht, *was* er zu ihr sagte, sondern die Art, *wie* er plötzlich mit ihr sprach – jenes unbestimmte Etwas in seiner sanften, schnurrenden, eine Spur unheimlichen Stimme, das sie nicht beschreiben konnte, das nur ihr Herz unangenehm schnell schlagen ließ und ihr das Blut in die Schläfen trieb. Zuerst begann sie, die Morgenpromenade zu fürchten und dann, sie zu meiden. Einmal hatte sie Kopfschmerzen, am nächsten Tag tat ihr der Fuß weh, ein anderes Mal wollte sie an ihrer Stickerei arbeiten, bis ihre Tante, die genau wußte, wie sehr sie diese Beschäftigung haßte und welch beneidenswert robuster Gesundheit sie sich für gewöhnlich erfreute, das Kind beim Namen nannte und sie offen beschuldigte, nicht länger ausgehen zu *wollen*.

Die Unterhaltung fand im Schlafzimmer des Mädchens statt, während Diana vor ihrem Toilettentisch saß und das Haar vor dem Zubettgehen bürstete. Als ihre Tante die unerwartete Frage stellte, zögerte sie, verwikkelte eine lange Strähne in der Bürste und tat so, als sei sie ganz davon in Anspruch genommen, sie wieder zu entwirren. Die dichte Wolke lockigen Haares verdeckte halb ihr Gesicht, doch Miss Betty bemerkte, daß ihre Finger zitterten, und wiederholte die Frage. Da kam endlich das Geständnis. Mr. Everard sei unerträglich, seine Galanterie ekelhaft, seine dauernde Anwesenheit widerlich. Sie fürchte sich vor ihm, vor seinen schrecklichen grünen Augen und seiner sanften Stimme, und wünschte, sie wären nie nach Bath gekommen, und vor allem, sie hätten ihn nie getroffen. Er schaute sie an, als ob – als ob – oh, kurz gesagt, er war hassenswert.

Miss Betty war entsetzt.

«Das kann doch nicht dein Ernst sein! Ach je, ach je, ach je! Da denke ich, was für ein reizender Mensch er ist, und dabei drangsaliert der Schuft die ganze Zeit über meine arme Di! *Ich* kenne den Typ, mein Schatz! Und ich habe gute Lust, ihm ordentlich die Meinung zu sagen!»

«Oh, nein – nein!» flehte Diana. «Das darfst du nicht tun, Tantchen! Er hat mich mit keinem Wort beleidigt – es ist nur seine *Art* und wie – wie er mich ansieht. Nein, du darfst wirklich –»

«Unsinn, Kind! Natürlich werde ich nichts sagen. Es ärgert mich nur so fürchterlich, wenn ich dran denke, daß du armes Lämmchen von einem solchen Kerl gequält worden bist, daß ich ihm dafür wahrhaftig die Augen auskratzen könnte! Jawohl, dazu wäre ich imstande! Gott sei Dank reisen wir nächste Woche ab!»

«Ja», seufzte Diana, «ich kann mir nicht helfen, aber ich bin froh darüber, obwohl Madam Thompson sich so liebenswürdig um uns bemüht. Es wäre eben alles ganz anders, wenn wir einen Mann als Begleitung hätten.»

«Da hast du vollkommen recht, meine Liebe. Wir hätten darauf bestehen sollen, daß dein Vater bei uns bleibt, statt ihm zu erlauben, gleich wieder zu seinen verstaubten, modrigen Folianten zurückzuflüchten. Aber eines versichere ich dir – das soll mir eine Lehre sein! Auf jeden Fall gehen wir von jetzt an nicht mehr in die Kursäle.»

«*Ich* gehe nicht mehr», verbesserte Diana sie artig. «Du und Madam Thompson, ihr braucht doch meinetwegen nicht zu Hause zu bleiben.»

«Um die Wahrheit zu sagen», gestand Miss Betty, «wäre ich eigentlich recht dankbar, eine glaubwürdige Ausrede zu finden. Es ist zwar gar nicht nett von mir, aber ich kann mich des Eindrucks nicht erwehren, daß die gute Hester sich sehr verändert hat, seit ich sie das letzte Mal gesehen habe. Ununterbrochen spricht sie über Predigten und gute Taten!»

Diana, die nun ihr prachtvolles Haar zu einem langen Zopf flocht, lachte glucksend auf.

«Oh, Tantchen, ist es nicht deprimierend? Ich wunderte mich schon, wie du es aushältst! Sie ist so schrecklich ernst, die Ärmste!»

«Na ja», meinte Miss Betty nachsichtig, «schließlich hat sie viel Schweres durchgemacht, und was den ‹lieben George› betrifft, hege ich meine wahrscheinlich berechtigten Zweifel, denn nach allem, was man hört, soll er ein ziemlich nichtswürdiger junger Mann sein. Im Grunde genommen ist es abscheulich, was ich jetzt sagen will – aber ich freue mich schon auf zu Hause!» Sie stand auf und nahm ihre Kerze. «Ich finde Bath nämlich nicht halb so amüsant, wie es mir geschildert wurde.»

Diana begleitete sie zur Tür.

«Ja, wenn man keine Freunde hat, ist es überhaupt nicht lustig. Voriges Jahr war es viel netter – da war ich mit meinen Kusinen hier, und Papa hatte ein Haus an der Nordpromenade für die ganze Saison gemietet. Ich wünschte, du wärst damals dabeigewesen, statt dieser gräßlichen Tante Jennifer!»

Sie küßte die alte Dame zärtlich auf die Wange und leuchtete ihr über den Treppenabsatz bis zu ihrer Tür. Dann kehrte sie in ihr Zimmer zurück, streckte sich gähnend und schickte sich an, zu Bett zu gehen.

Ungefähr in diesem Augenblick betrat Seine Gnaden, der Herzog von Andover, den bereits überfüllten Spielsalon von Lord Avons Haus am Catharine Place, und wurde mit respektlosen Rufen wie «Oho, Belmanoir!» und «Wo ist die Dame, Teufel?» begrüßt.

Er trat gelassen in das volle Licht eines großen, von der Decke hängenden Kronleuchters und blieb direkt darunter stehen, so daß der diamantbesetzte Orden auf seiner Brust funkelte und glühte wie etwas Lebendiges. Die Diamanten an seiner Krawatte und seinen Ringen blitzten bei jeder seiner Bewegungen, bis es schien, als wäre er über und über mit gleißenden Juwelen bestreut. Wie immer war er ganz in Schwarz gekleidet, doch es gab niemand in diesem Raum, dessen Anzug kostbarer oder prächtiger gewesen wäre als sein schwarzer Satinrock mit den schweren silberdurchwirkten Spitzen und der schimmernden Weste. Ein Jabot aus Silberspitze schmückte seinen Hals, und dichte Rüschen aus demselben Material fielen über seine Hände. Obwohl die herrschende Mode vorschrieb, daß nur Schwarz verwendet werden dufte, um das Haar zusammenzubinden, hatte er zu diesem Zweck lange Silberbänder gewählt, die einen auffallenden Kontrast zu seinem ungepuderten Haupt bildeten.

Er hob sein Monokel und blickte mit dem Ausdruck arroganten Erstaunens in die Runde. An einem der Tische lehnte sich Lord Avon in seinem Stuhl zurück und drohte dem Herzog von weitem mit dem Finger.

«Belmanoir, Belmanoir, wir haben Ihre Schöne gesehen und erklären einhellig, daß sie viel zu bezaubernd für Sie ist!»

«Eigentlich find wir der Anficht, wir follten auch waf vom Lächeln der Dame abbekommen», lispelte jemand hinter ihm, und als Seine Hoheit sich umwandte, blickte er in das Gesicht des affektierten kleinen Vicomte Fotheringham – diesmal von Kopf bis Fuß in lachsrosa Satin und blaßgelben Samt gehüllt, mit Rockschößen, die so stark mit Fischbein versteift waren, daß sie wie zwei Flossen abstanden, und Schuhen mit so hohen Absätzen, daß er nur trippeln konnte.

Tracy verneigte sich lässig.

«Falls sie damit einverstanden ist, sollen Sie gern Ihren Anteil haben», schnurrte er und erntete mit dieser Bemerkung allgemeines Gelächter, während der Stutzer, bis über beide Ohren errötend, hastig in den Hintergrund trat.

Er gehörte zu jenen, die versucht hatten, Diana anzusprechen, und der klatschsüchtige Will Stapely, der damals dabeigewesen war, hatte die

Geschichte seiner Abfuhr mindestens einem halben Dutzend Bekannter erzählt, die sie mit ungeheurer Genugtuung über den Korb, den sich der hartnäckige Vicomte geholt hatte, sofort weiter in Umlauf setzten.

«Was hat doch gleich Selwyn gesagt?» näselte Sir Gregory Markham, der an Lord Avons Tisch die Karten mischte.

Davenant blickte ihn fragend an.

«George? Über Belmanoir? Wann?»

«Oh, eines Abends bei White – ich weiß nicht mehr. Jack Cholmondely war auch da, vielleicht kann er sich erinnern. Oder Harry Walpole. Es war irgendwas über ‹Teufel› und seine Liebschaften – wir fanden es alle sehr passend.»

Cholmondely sah auf.

«Sprecht ihr von mir?»

«Ja. Sag mal, kannst du dich entsinnen, was George an jenem Abend über Belmanoir gesagt hat, als Gilly diese lächerliche Wette mit Ffolliott abschloß?»

«Als Gilly – ah, ich weiß schon! Es war nur ein alter Hexameter, der auf seinen Namen anspielte: *Est bellum bellis bellum bellare puellis.* Er schien es für einen treffenden Wahlspruch für ein Herzoghaus zu halten.»

Die anderen lachten dröhnend, und Markham überschrie den Lärm mit der Frage: «Wer ist sie, Tracy?»

Seine Gnaden wandte sich ihm zu.

«Wer ist wer?» fragte er träge.

«Ach, kommen Sie schon, Belmanoir, so geht das wirklich nicht!» rief Lord Avon heiter. «Also, wer ist sie denn nun!»

«Ja, Belmanoir, heraus mit der Sprache! Wer ist die schwarzhaarige Schönheit, und wo haben Sie sie gefunden?» mischte sich Tom Wilding ein, indem er sich mit einem Glas in der einen und einer Flasche Portwein in der anderen Hand vordrängte. «Ich dachte, Sie zappelten in Cynthia Evans' Netzen?»

Tracy schaute einen Moment verwirrt drein, dann ging ihm ein Licht auf.

«Evans? Ah, ja! Die knusprige Witwe aus Kensington, nicht? Jetzt erinnere ich mich.»

«Er hat sie glatt vergessen!» schrie Avon und wieherte hellauf, was Mr. Nash schaudernd die erlauchten Augen schließen ließ.

«Sie werden mich noch mal auf dem Gewissen haben, Teufel! Bei Gott, das ist mein voller Ernst!»

«Oh, das hoffe ich nicht – danke, Wilding.» Er nahm das Glas, das Tom ihm reichte, und nippte genießerisch.

«Du bist uns noch eine Antwort schuldig!» mahnte Fortescue von einem anderen Tisch aus, wo er geschickt die Karten verteilte. «Heißt es vielleicht wieder: ‹Finger weg›?»

«Sicher», erwiderte Seine Gnaden. «Wie du weißt, heißt es das immer, mein lieber Frank.»

«Nur zu gut!» erwiderte Fortescue lachend und rieb sich den rechten Arm. «Du hast es mir mit einem eleganten Stich sehr deutlich zu verstehen gegeben!»

«Mit einem ungeschickten, Frank, mit einem ungeschickten. Man hätte die Angelegenheit viel schneller erledigen können.»

Der Vicomte, der dem Duell als Sekundant beigewohnt hatte, kicherte leise.

«Der kürfefte und fmerflofefte Fweikampf, den ich je fah, Ehrenwort! In weniger alf einer Minute war allef vorbei, Avon! Tatfache!»

«Meiner Treu, Sie haben mit Teufel gefochten, Frank? Was ist Ihnen denn da eingefallen!»

«Wahrscheinlich war ich noch verrückter als sonst», antwortete Fortescue mit seiner weichen, verträumten Stimme. «Ich kam Tracy bei seiner französischen Sängerin in die Quere. Daraufhin sprach er mir mit ausgesuchter Höflichkeit seine Mißbilligung darüber aus, und wir brachten es im Hyde Park ins reine.»

«Gott, ja!» rief sein Partner, Lord Falmouth. «Und ich war sein Sekundant! Aber das ist schon eine Ewigkeit her!»

«Zwei Jahre», nickte Fortescue. «Aber wie Sie sehen, meine Herren, habe ich es nicht vergessen.»

«Himmel, ich schon! Dabei war es das komischste Duell, das ich erlebt habe! Du warst ganz aus dem Häuschen, und Teufel kühl bis ans Herz hinan. Fechten war ja nie deine starke Seite, Frank, aber Gott ist mein Zeuge, an jenem Morgen hast du so wild herumgestochert, daß ich dachte, er würde dich aufspießen! Statt dessen piekt er dich sauber in den Schwertarm, und du platzt daraufhin beinahe vor Lachen! Und dann gingen wir alle kreuzfidel mit dir frühstücken. Na, das war vielleicht ein Kampf!»

«Ja, es war recht amüsant», gab Tracy zu, der neben Fortescue stand. «Spiel nicht aus, Frank!»

Der so Beratene warf seine Karten verdeckt auf den Tisch. «Hol dich der Kuckuck, Tracy! Du hast mir Pech gebracht!» sagte er ohne jede Erbitterung. «Bevor du kamst, hatte ich ein ganz passables Blatt.»

«Belmanoir, ich fetze meine Fuchf-ftute gegen Ihren neuen Grauen», lispelte der Vicomte, indem er einladend den Würfelbecher schwenkte.

«Gott bewahr mich, aber das ist doch zu arg!» schrie Wilding. «Gehen Sie nicht drauf ein, Teufel! Haben Sie das Vieh gesehen?»

Die vier Spieler hatten ihre Kartenpartie beendet und waren zu weiteren Taten bereit.

«Vertrauen Sie auf Ihr Glück, Belmanoir, nehmen Sie an!» riet Pritchard, der gern zusah, wie andere ihr Eigentum riskierten, während er wie eine Gluckhenne auf jedem Pfennig saß.

«Ja, nehmen Sie an!» wiederholte Falmouth.

«Tu's nicht!» warnte Fortescue.

«Natürlich nehme ich an», erwiderte Seine Gnaden gelassen. «Mein Grauer gegen Ihren Fuchs, und jeder hat drei Würfe. Wollen Sie anfangen?»

Der Vicomte schüttelte seinen Becher und stülpte ihn dann schwungvoll auf den Tisch – zweimal die Drei und einmal die Eins.

Eine Hand auf Fortescues Schulter und einen Fuß auf die Quersprosse seines Stuhles gestützt, beugte sich Tracy vor und würfelte – der Vicomte war um fünf Punkte geschlagen. Die nächste Runde gewann Fotheringham, aber die letzte fiel an Seine Gnaden.

«Verwünft!» sagte der Vicomte fröhlich. «Wollen Fie Ihren Grauen gegen meinen Terror fetzen?»

«Donnerwetter noch mal, Fotheringham! Sie werden ihn verlieren!» schrie Nettlefold warnend. «Setzen Sie ihn nicht!»

«Unfinn! Nehmen Fie an, Belmanoir?»

«Gewiß», antwortete der Herzog und eröffnete die nächste Serie.

«Oh, wenn du zum Spielen aufgelegt bist, werde ich mit dir um das Recht würfeln, mein Glück bei deiner dunkelhaarigen Schönen versuchen zu dürfen!» rief Markham durch den Raum.

«Was bietest du dafür?» fragte Fortescue.

«Was er will.»

Inzwischen hatte der Vicomte gewürfelt und verloren, und Seine Gnaden gewann den zweiten Wurf.

«Anscheinend ist mir das Glück heute hold», bemerkte er. «Ich setze meine Schöne gegen deine Güter, Markham.»

Sir Gregory schüttelte lachtend den Kopf.

«Nein, nein! Dann behalte sie lieber.»

«Das beabsichtige ich auch, verehrter Freund. Sie ist nicht dein Typ, und allmählich beginne ich mich zu fragen, ob sie meinem wohl hundertprozentig entspricht.» Er zog seine Schnupftabaksdose hervor und bot sie dem Gastgeber an, und als die anderen Männer merkten, daß ihm ihre Hänseleien nichts anhaben konnten, ließen sie das Thema fallen.

Im Laufe des Abends gewann Seine Gnaden dreitausend Guineen –

zweitausend beim Lomberspiel und den Rest beim Würfeln, verlor sein begehrtes graues Jagdpferd und gewann es von Wilding zurück, dem es zugefallen war. Schließlich brach er um drei Uhr morgens gemeinsam mit Fortescue auf. Beide waren vollkommen nüchtern, obwohl der Herzog eine beträchtliche Menge Burgunder und mehr Punsch getrunken hatte, als ein normaler Mann vertragen kann, ohne sich nachher arg mitgenommen zu fühlen.

Als Lord Avons Tür hinter ihnen ins Schloß fiel, wandte sich Tracy an seinen Freund.

«Gehen wir zu Fuß, Frank?»

«Gern, wir haben ja denselben Weg», erwiderte Fortescue und nahm seinen Arm. «Zuerst die Brock Street hinunter und dann über den Circus – so wären wir am schnellsten.»

Sie schlenderten eine Weile schweigend dahin. Ein Fackelträger kam vorbei, und Fortescue wünschte ihm freundlich eine gute Nacht, wofür ihm dieser im schönsten Bierbaß dankte. Der Herzog blieb stumm, und Frank musterte nachdenklich von der Seite sein finsteres Gesicht.

«Heute hast du Glück gehabt, Tracy.»

«Mäßig. Eigentlich hoffte ich, die Verluste der vergangenen Woche ganz wettzumachen.»

«Hast du Schulden?»

«Ich glaube.»

«Wieviel?»

«Mein lieber Freund, ich habe nicht die leiseste Ahnung und bin auch keineswegs erpicht darauf, mir darüber den Kopf zu zerbrechen. Sei so freundlich und verschone mich jetzt mit einer Predigt.»

«Keine Angst, ich verzichte. Ich habe alles gesagt, was es für mich zu diesem Thema zu sagen gibt.»

«Oft genug.»

«Ja, sehr richtig. Und es hat dich nicht mehr beeindruckt, als hätte ich mich überhaupt nicht dazu geäußert.»

«Sogar noch weniger.»

«Leider, ich betone leider – denn irgendwo steckt auch in dir ein guter Kern.»

«Welch seltsame Gedankenfolge verleitet dich zu diesem Schluß?»

«Nun», meinte Fortescue lachend, «meistens trifft das auch auf die schlimmsten Verbrecher zu. Darauf zähle ich – und auf die Gefälligkeit, die du mir gegenüber an den Tag legst.»

«Es würde mich interessieren zu erfahren, wann ich dir je eine Gefälligkeit erwiesen habe, außer damals, als ich gezwungen war, dir ein für allemal klarzumachen, daß du mich und meine Angelegenheiten in Ruhe lassen sollst.»

«Daran habe ich im Moment gar nicht gedacht», lautete die trockene Antwort. «Ich habe deine Handlungsweise nicht in diesem Licht gesehen. Nein, ich bezog mich auf etwas, das lange nach dieser Episode geschah.»

«Du könntest dich nicht wirkungsvoller verurteilen als durch diese Bemerkung», sagte Seine Gnaden kühl. «Aber wir schweifen ab. Wann habe ich dir also etwas Gutes getan?»

«Das weißt du genau. Als du mich aus dem verdammten Schuldgefängnis befreit hast.»

«Ah, ich entsinne mich. Ja, das war wirklich nett von mir – ich frage mich nur, warum ich mich derart engagiert habe.»

«Das möchte ich auch gern wissen.»

«Vermutlich warst du mir irgendwie sympathisch, denn für jemand anderen wäre mir das sicher nie im Leben eingefallen.»

«Nicht einmal für deinen eigenen Bruder», sagte Frank scharf.

Sie hatten den Circus überquert und gingen nun die Gay Street hinunter.

«Am allerwenigsten für einen dieser beiden Laffen», klang es gelassen aus dem Dunkel. «Du denkst an Andrews tragische Rolle? Höchst unterhaltsam, nicht wahr?»

«Du warst offensichtlich dieser Meinung.»

«Ganz recht. Ich wollte mich ja noch eine Zeitlang daran ergötzen, aber mein geschätzter Schwager kam dem jungen Dummkopf zu Hilfe.»

«Hättest *du* ihm denn geholfen?»

«Ich fürchte, am Ende wäre mir nichts anderes übriggeblieben.»

«Du mußt wirklich einen Vogel haben!» rief Fortescue. «Sonst kann ich mir dein merkwürdiges Benehmen nicht erklären!»

«Wir Belmanoirs sind alle halb irr», antwortete Tracy liebenswürdig. «Aber in meinem Fall handelt es sich, glaube ich, um konzentrierte Bosheit.»

«Nein, das kaufe ich dir einfach nicht ab! Du hast mir doch schon das Gegenteil bewiesen. Warum versuchst du nicht auch, *mir* alles abzunehmen, was ich besitze, wie all den bedauernswerten Grünschnäbeln, mit denen du spielst?»

«Verzeih, aber bei dir lohnt es sich nicht», entschuldigte sich Seine Gnaden.

«Außerdem machst du dich nicht in deiner abscheulichen Art über mich lustig. Warum?»

«Weil es mich nicht reizt. Ich mag dich eben.»

«Himmeldonnerwetter! Du mußt doch noch jemand anderen auf dieser Welt gern haben, außer mir?»

«Hm . . .! Mir fällt keiner ein. Übrigens bin ich nicht gerade begeistert von dem Sujet, auf dem du seit ein paar Minuten herumtrampelst. Wenn ich mir meine Brüder so ansehe, bin ich ehrlich entsetzt. Ich habe zwar auch viele Frauen geliebt und werde zweifellos noch viele lieben –»

«Nein, Tracy», unterbrach ihn Frank. «Du hast in deinem ganzen Leben noch keine Frau *geliebt*. Das wäre das einzige, was dich noch retten könnte – ich spreche jetzt nicht von der wollüstigen Leidenschaft, die *du* kennst, sondern von wahrer Liebe. Kannst du denn um Gottes willen kein anständiges Leben führen?»

«Bitte, reg dich nicht auf, Frank! Das bin ich nicht wert.»

«Ich bin aber zu der Ansicht gekommen, daß du es sehr wohl wert bist! Oft denke ich mir, wenn du als Kind mit mehr Liebe aufgewachsen wärst – wenn deine Mutter –»

«Hast du meine Mutter je kennengelernt?» fragte Seine Gnaden gelassen.

«Nein, aber –»

«Dann vielleicht meine Schwester?»

«Ah – ja –»

«Hast du sie schon mal in Rage gesehen?»

«Wirklich, ich –»

«Wenn dir dieser Genuß zuteil wurde, weißt du über meine Mutter Bescheid. Nur war sie noch zehnmal temperamentvoller. Ach ja, wir waren schon eine einmalige Familie . . .»

«Ich verstehe.»

«Du meine Güte! Tue ich dir womöglich leid?» rief Tracy spöttisch.

«Ja. Empfindest du das als Anmaßung?»

«Mein lieber Frank, wenn *ich* mir leid tue, dann darfst auch du mich bedauern, aber bis dahin –»

«Falls es einmal so weit kommt, werde ich kein Mitleid mehr mit dir haben.»

«Sehr schlau! Du glaubst, dann werde ich mich auf dem Weg der Besserung befinden? Ein hübscher Einfall! Zum Glück ist dieser erfreuliche Augenblick noch nicht eingetreten, und ich halte es auch für sehr unwahrscheinlich, daß du ihn jemals erleben wirst. Aha, wir sind da.»

Sie standen vor dem hohen Haus, in dem Fortescue wohnte. Frank legte seinem Freund die Hände auf die Schultern.

«Tracy, gib doch dieses verrückte Leben auf! Mach Schluß mit den Frauen und dem Trinken und dem übermäßigen Spielen! Hör auf mich! Eines Tages wirst du dich übernehmen und ein ruinierter Mann sein.»

Der Herzog löste sich aus der Umklammerung.

«Ich habe entschieden etwas dagegen, auf offener Straße mißhandelt zu werden!» beklagte er sich. «Zu deiner Rechtfertigung will ich annehmen, daß du es noch immer gut meinst. Du solltest dich bemühen, diesen Hang zu überwinden.»

«Ist dir eigentlich bewußt, wie unverschämt dein Ton ist?» fragte Frank ruhig.

«Natürlich. Sonst hätte ich in dieser Kunst nicht eine solche Perfektion erreicht. Aber gestatte mir bitte, dir meinen herzlichen Dank für deinen guten Rat auszusprechen. Du wirst es mir sicher nicht übelnehmen, wenn ich keinen Gebrauch davon mache. Ich bevorzuge nach wie vor den krummen Weg.»

«Den Eindruck habe ich auch», seufzte Frank. «Wenn du dich schon nicht auf den geraden, schmalen Pfad begeben willst, kann ich nur hoffen, daß du dich bald heftig und aufrichtig verliebst. Vielleicht gelingt es dieser Frau, dich vor dir selbst zu schützen.»

«Wenn es soweit ist, benachrichtige ich dich sofort», versprach Seine Gnaden. «Und jetzt – gute Nacht!»

«Gute Nacht!» Frank erwiderte die tiefe Verbeugung mit einem kurzen Nicken. «Sehen wir uns morgen – das heißt heute – im Badehaus?»

«Jeder Tag hat seine Plage», lächelte der Herzog. «Schlaf gut, Frank!» Er winkte ihm spöttisch zum Abschied zu und ging zu seinem Haus, das fast direkt gegenüber lag.

«Ja, ja – vermutlich wirst *du* so gut schlafen, als hättest du ein blütenreines Gewissen und hättest nicht gerade dein Äußerstes versucht, es dir mit deinem einzigen Freund zu verderben», sagte Frank verbittert in das nächtliche Dunkel hinein. «Der Teufel soll dich holen, Tracy, weil du so ein Schurke bist!» Er stieg die Stufen zu seiner Eingangstür hinauf und steckte den Schlüssel ins Schloß. Als auf der anderen Straßenseite eine Tür zuschlug, blickte er über die Schulter. «Armer Tracy!» murmelte er. «Armer, armer Tracy!»

8
Wer anderen eine Grube gräbt, fällt selbst hinein

Für John Carstares war der Winter völlig ereignislos verlaufen. Er hatte der Zahl seiner Überfälle ein paar weitere hinzugefügt, wobei ihm allerdings zwei grobe Fehler unterliefen – nicht vom Standpunkt des Räubers aus gesehen, sondern von dem des Gentlemans. Die erste böse Überraschung wurde ihm zuteil, als er einen luxuriös wirkenden Wagen anhielt, dessen Inhalt in zwei Damen samt Zofe und Juwelen bestand, und die nächste, als er in einer großen Reisekutsche zufällig auf einen alten Herrn stieß, der weit größeren Mut als körperliche Kraft besaß. Bei dem Zwischenfall mit der holden Weiblichkeit entbehrte Mylords Bestürzung nicht eines gewissen Zuges ins Lächerliche, was ihn dazu bewog, unter treuherzig gestammelten Entschuldigungen hastig den Rückzug anzutreten. In der Episode mit dem alten Herrn jedoch nahmen die Dinge insofern einen gänzlich unerwarteten Verlauf, als dieser ihm mit solcher Tapferkeit trotzte, daß er sich spontan entschloß, ihm eine seiner Pistolen anzubieten, worüber der Bedrohte derart verblüfft war, daß er die Waffe zu Boden fallen ließ. Dabei löste sich ein Schuß, der aber gottlob keinen Schaden, sondern nur eine sich rasch verflüchtigende Staub- und Rauchwolke verursachte. Carstares bat demütigst um Verzeihung, half dem alten Herrn, wieder in die Kutsche zu steigen und ritt davon, ehe der verblüffte Mr. Dunbar Zeit fand, einen klaren Gedanken zu fassen.

Johns Tätigkeit wurde nicht sehr konsequent ausgeführt, da er sich, wie bereits geschildert, nicht überwinden konnte, Frauen und alten Herren Schrecken einzujagen, so daß für seine Zwecke nur jene Vertreter des männlichen Geschlechts übrigblieben, die entweder jung oder mittleren Alters waren. Einem Exemplar der letzteren Gattung bot er sogar an, um den Besitz seiner Pretiosen zu kämpfen, eine Aufforderung, der das Opfer, das sich durch einen ausgeprägten Sinn für Humor auszeichnete, unverzüglich nachkam, da es in dem Anerbieten eine Chance sah, sein Eigentum zu retten. Diese Zuversicht wurde im Handumdrehen zum Schwinden gebracht, doch Carstares war so zufrieden mit einem besonders geschickten Treffer, den er erzielte, daß er auf die Hälfte der Beute verzichtete, worauf die beiden Herren den Inhalt der Schmuckschatulle friedlich am Straßenrand teilten. Der ritterliche Verlierer behielt jene Stücke, an denen er am meisten hing, das übrige gab er Jack. Danach schieden sie in aller Freundschaft, und der einzige Nutzen, den Carstares bei der Geschichte verbuchen konnte, waren die besagte kleine Fechtübung und der Erwerb einiger Edelsteine.

Als der Mai ins Land kam, durchstreifte er den westlichen Teil von Sussex in der Gegend von Midhurst, aber nicht, weil er hoffte, hier auf ein sehr einträgliches Gebiet zu stoßen, sondern weil er das Land kannte und liebte. Eines späten Nachmittags gegen Ende des Monats ritt er fröhlich in eines der kleinen Dörfer ein, die sich an den Fuß der Downs schmiegen, und trabte die stille Hauptstraße zum George Inn hinunter, wo er anhielt und aus dem Sattel stieg. Auf seinen Ruf kam ein betagter Stallknecht, den unvermeidlichen Strohhalm kauend, aus einem Seiteneingang gehumpelt. Nachdem er den Neuankömmling und sein Pferd sehr lange und sehr kritisch beäugt hatte, kam er offensichtlich zu dem Schluß, daß beide seine Aufmerksamkeit verdienten, denn er raffte sich zu der Bemerkung auf, es sei ein schöner Tag gewesen.

Jack stimmte ihm zu und erwiderte gefällig, falls man dem Sonnenuntergang trauen dürfe, würde auch morgen ein schöner Tag sein. Darauf erklärte der Knecht, daß er zum Beispiel sich nie auf Abendröte verließe, weil es seiner Meinung nach nichts Trügerischeres gäbe. Einmal habe er, so fügte er düster hinzu, ein Abendrot erlebt wie noch nie, und trotzdem goß es den ganzen nächsten Tag in Strömen . . . Ob der Herr wünsche, daß er die Stute versorge?

Carstares schüttelte den Kopf.

«Nein, danke. Ich bleibe nur ganz kurz. Aber ich glaube, sie ist durstig – hab ich recht, Jenny?»

«Soll ich Wasser bringen, Sir?»

«Für sie, ja. Was mich betrifft, so denke ich an einen Krug von eurem selbstgebrauten Ale. Steh, Jenny!» Er ging die Stufen zur Wirtshaustür hinauf.

«Einfach so woll'n Sie sie da warten lassen – ganz allein?» fragte der Mann überrascht.

«Aber ja, warum nicht? Sie ist ein kluges Tier.»

«Na, das ist wohl 'n riskantes Ding, so 'n Pferd, noch dazu so 'n scheues, frei auf offner Straße rumstehn zu lassen. Woll'n Sie's nicht doch lieber wo festbinden, junger Herr?»

Jack stützte die Arme auf die Balustrade und blickte auf die beiden hinunter.

«Nein, auf keinen Fall. Sie wäre sehr gekränkt über so eine Behandlung, nicht wahr, mein Mädchen?»

Jenny warf spielerisch den Kopf hoch, als wolle sie nicken, und der Knecht kratzte sich nachdenklich hinterm Ohr.

«Scheint fast so, als ob sie jedes Wort versteht, was Sie zu ihr sagen, Sir!»

«Natürlich versteht sie mich. Hab ich dir nicht gesagt, sie ist ein kluges kleines Frauenzimmer? Wenn ich sie jetzt rufe, kommt sie zu mir herauf, und kein Mensch auf der ganzen Welt kann sie daran hindern.»

«Probier'n Sie's lieber nicht aus!» rief der alte Mann zurückweichend. «Sie hat Sie wohl besonders ins Herz geschlossen?»

«Und dich würde sie noch viel mehr ins Herz schließen, wenn sie was zu trinken bekäme», winkte Jack mit dem Zaunpfahl.

«Ja, Sir! Bin schon unterwegs!» Während er hastig davonhumpelte, blickte er sich ein paarmal ängstlich nach der lammfrommen Stute um und verschwand schließlich durch ein offenes Tor in den Hof.

Als Carstares mit einem Becher Ale in der Hand aus dem Gasthaus trat und sich auf eine der an die Mauer gerückten Bänke setzte, trank die Stute durstig aus einem Eimer, den der Alte für sie hielt.

«Wirklich 'n wunnerschönes Tier», bemerkte er, nachdem er sie eine Weile sorgfältig betrachtet hatte.

Jack nickte freundlich und musterte Jenny unter halb geschlossenen Lidern.

«Das denke ich mir auch jedesmal, wenn ich sie anschaue.»

«Ich könnt mir vorstellen, daß sie 'n ganz schönes Tempo draufkriegt. Is sie vielleicht schon mal 'n Rennen gelaufen?»

«Nein, dazu ist sie nicht trainiert worden. Aber sie ist sehr schnell.»

«Das glaub ich, Sir. Hat sie gar keine Unarten?»

«O Gott, nein!»

«Ausschlagen tut sie auch nich?»

«Bei mir nicht.»

«Ah! Sie wiss'n immer, wer's ihnen durchgeh'n läßt und wer nicht.»

John leerte seinen Krug, stellte ihn neben sich auf die Bank und stand auf.

«Es würde ihr nicht im Traum einfallen, nach einem Freund zu treten. Jenny!»

Der Knecht beobachtete, wie die Stute auf ihren Herrn zutrabte, dabei kokett den Kopf schüttelte und schließlich die Stirn an seiner Schulter rieb. Langsam verzog sich sein Gesicht zu einem Lächeln.

«Ah, sie is schon wirklich 'n Augenschmaus – ehrlich, das is sie», sagte er, und Jack drückte ihm eine Guinee in die Hand, denn er wurde es niemals müde, einer Lobeshymne auf seine geliebte Jenny zu lauschen.

Er schwang sich in den Sattel, winkte dem Alten zum Abschied zu und ritt gemächlich die Straße hinunter, von der bald ein für diese Landschaft charakteristischer Pfad nach rechts abzweigte. Hier trabte er zwischen wild wuchernden Hecken dahin. Weißdornblüten verströmten ihren süßen Duft, und zu beiden Seiten dehnten sich die grünen Wogen weiter Felder, die in der Ferne mit den sanft ansteigenden Hängen welliger Hügelketten verschmolzen, über deren Kuppen sich schon die blaugrauen Schatten der Dämmerung senkten. Es war ein traumhaft schöner, milder Abend. Ein kaum spürbarer Westwind strich raschelnd durch die Büsche, und am dunklen Himmel schimmerte ein blasser Mond. Nur der gleichmäßige Hufschlag der Stute brach die friedliche Stille.

John ritt eine Zeitlang dahin, ohne eine Menschenseele zu treffen, und erst nach einer Stunde begegnete er einem Arbeiter, der sich nach einem langen Tag auf den Feldern auf dem Heimweg befand. Er wünschte ihm heiter einen guten Abend und sah ihm nach, wie er summend um die nächste Biegung verschwand.

Danach traf er niemand mehr. Die rasch zunehmende Dunkelheit hüllte ihn ein, während er Meile um Meile zurücklegte und dabei allmählich zu grübeln begann.

Seltsam, daß er gerade an diesem Abend an seine mittellose Zeit in Frankreich dachte. Er hatte entschlossen einen Strich unter seine düstere Vergangenheit gezogen und sich fest vorgenommen, sie zu vergessen, doch manchmal überkamen ihn einfach die Erinnerungen, und er konnte sie nicht unterdrücken, so sehr er sich auch bemühte.

Mit zusammengebissenen Zähnen dachte er daran, wie er, der Sohn eines Earl, sich in Paris als Fechtlehrer seinen Lebensunterhalt verdient hatte ... Plötzlich stieß er ein bitteres Lachen aus. Die Stute spitzte bei dem ungewohnten Klang die Ohren und tänzelte unruhig. Da ihr ausnahmsweise keine Beachtung geschenkt wurde, warf sie nervös den Kopf zurück und beschleunigte ihren Schritt ...

Es fiel ihm ein, wie er, der im Überfluß aufgewachsen war, geknausert und sich jeden Bissen vom Mund abgespart hatte, um nicht unterzugehen, wie er in einem der armseligeren Stadtviertel lebte, allein, ohne Freunde, namenlos ...

Dann gedachte er mit einem Anflug von Zynismus der Zeit, als er regelmäßig zu trinken begonnen hatte, immer mehr, bis er im letzten Augenblick den Abgrund erkannte, der sich gähnend vor ihm auftat.

Als nächstes kam die Nachricht vom Tod seiner Mutter ... John überging dieses Kapitel hastig, denn selbst jetzt noch erweckte der Gedanke daran in ihm all das alte Leid und die gleiche hilflose Verzweiflung.

Nun sah er sich in seiner Phantasie wieder in Italien. Mit seinen Ersparnissen war er nach Florenz gereist und von da immer weiter nach Süden, wobei er sich unterwegs die letzten Kniffe und Feinheiten der Fechtkunst aneignete.

Die neue Umgebung trug viel dazu bei, seine Lebensfreude wieder zu wecken. Seine leichtsinnige, draufgängerische Art kam zum Vorschein, und er begann mit dem bißchen Geld, das ihm geblieben war, zu spielen. Diesmal war ihm Fortuna gnädig und ließ ihn gewinnen, bis er das Vierfache der ursprünglichen Summe besaß. Dann lernte er Jim Salter kennen, den er als Diener engagierte. In ihm fand er den ersten Freund, seit er England verlassen hatte. Gemeinsam durchstreiften sie Europa, und während John von einem Spieltisch zum anderen zog, verwaltete Jim mit unnachgiebiger Härte die Kasse. Einzig seiner Wachsamkeit und Vorsicht war es zu danken, daß John sich nicht zugrunde richtete, denn das

Glück blieb ihm nicht immer hold, und es gab Tage, an denen er mit erschreckender Beharrlichkeit verlor. Doch Jim wachte sorgfältig über den Gewinn, so daß sie stets über einen gewissen Rückhalt verfügten.

Zuletzt wurde die Sehnsucht nach England und seinen Landsleuten so groß, daß John sich entschloß, in die Heimat zurückzukehren, wo er aber völlig andere Verhältnisse vorfand als in der Fremde. Hier bekam er es schmerzlich zu spüren, daß er ein Ausgestoßener war. Es war unmöglich, unter falschem Namen in London zu leben, wie er es gern getan hätte, weil ihn zu viele Leute kannten und sich bestimmt sofort an ihn erinnerten. Er sah, daß er entweder ein äußerst zurückgezogenes Leben führen mußte, oder – da kam ihm die Idee, sich als Straßenräuber zu versuchen. Ein Einsiedlerdasein paßte nicht zu einem Mann von seinem Temperament, das wußte er genau, aber das freie, abenteuerliche Umherziehen reizte ihn. Der Erwerb seiner Stute – J. die Dritte, wie er sie scherzhaft nannte – gab den Ausschlag. Er nahm die Rolle eines donquichottischen Schnapphahns an und durchkämmte seine geliebten südlichen Grafschaften. Noch nie in den vergangenen Jahren war er so glücklich gewesen. Nach und nach wurde er wieder so jung und unbeschwert wie früher, ein Gefühl, das ihn sein hartes Los fast hatte vergessen lassen . . .

Klipp – klapp, klipp – klapp . . . Mit einem Ruck kehrte er in die Wirklichkeit zurück und zügelte Jenny, um besser lauschen zu können.

Ja, es war unverkennbar das Geräusch klappernder Hufe, das sich da näherte, vermischt mit dem Knirschen, das rollende Räder auf sandigem Boden hervorriefen.

Der Mond stand jetzt strahlend hell am Himmel, doch dank der Tatsache, daß er sich fast ständig hinter den Wolken verbarg, war es ziemlich dunkel. Dennoch legte Jack mit einer raschen, geschickten Bewegung seine Maske an und zog den Hut tief in die Stirn. Er hörte, daß das Gefährt, welcher Art es auch sein mochte, auf ihn zukam, deshalb drängte er die Stute in das Gebüsch am Straßenrand, nahm seine Pistole aus dem Halfter und wartete, den Blick gespannt auf die Wegbiegung gerichtet.

Immer lauter wurde der Hufschlag, bis das Leitpferd um die Ecke bog. Carstares sah, daß es sich um eine gewöhnliche Reisekutsche handelte, und legte die Waffe an.

«Halt, oder ich schieße!» Er mußte den Schatten der Hecke verlassen und den Befehl wiederholen, bis man ihn bemerkte.

Der Wagen hielt an, und der Kutscher beugte sich vor, um nachzusehen, wer sie so gebieterisch aufforderte, stehenzubleiben.

«Was wollen Sie? Wer sind Sie? Ist irgendwas nicht in Ordnung?» rief er verdrießlich und starrte im nächsten Moment in den langen Lauf einer Pistole.

«Wirf die Waffen weg!»

«Ich hab keine, verflucht noch mal!»

«Ehrenwort?» Jack stieg ab.

«Ja! Wenn ich bloß welche hätte, dann würde ich dich zur Hölle schikken!»

In diesem Augenblick öffnete sich die Kutschentür, und ein Herr sprang leichtfüßig heraus. Soviel Carstares erkennen konnte, war er groß und schlaksig und bewegte sich mit lässiger Anmut.

Mylord richtete die Pistole auf ihn.

«Halt!» befahl er barsch.

Der Mond lugte hinter einer Wolke hervor und beleuchtete die kleine Gruppe, als wollte er erkunden, was hier eigentlich los sei. Das Gesicht des Reisenden lag im Dunkeln, aber Jacks Pistole nicht. Der Fremde starrte in die Mündung. Die eine Hand hatte er in die Tasche seines schweren Mantels versenkt, in der anderen hielt er eine kleine Pistole.

«Mein lieber Freund», sagte er mit starkem irischem Akzent, «vielleicht haben Sie übersehen, daß Ihre Waffe nicht geladen ist? Keine Bewegung! Sie stehen genau in meinem Schußfeld!»

Jacks Arm sank herab, er ließ seine Pistole fallen. Aber es war nicht Jims Pflichtvergessenheit, die ihm heftigen Schreck einjagte, sondern etwas viel Überwältigenderes: die Stimme, die er soeben vernommen hatte, war die eines Mannes, der vor sechs Jahren zu seinen besten Freunden gezählt hatte.

Als der Reisende nun ein wenig zur Seite trat, fiel das Mondlicht voll auf sein Gesicht, und Carstares sah deutlich die große Nase, den gutmütigen Mund und darüber die schläfrigen grauen Augen. Miles! Miles O'Hara! Diesmal fand Jack die Situation durchaus nicht zum Lachen. Es war einfach furchtbar, daß er seinem Freund in dieser Verkleidung begegnen mußte und sich ihm überdies nicht zu erkennen geben durfte. Plötzlich ergriff ihn das Verlangen, die Maske abzureißen und Miles die Hand zu drücken. Nur mit Mühe zwang er sich zur Beherrschung und lauschte O'Haras Worten.

«Wenn Sie die Liebenswürdigkeit hätten, mir Ihr Ehrenwort zu geben, daß Sie keinen Fluchtversuch unternehmen wollen, wäre ich Ihnen sehr verbunden. Ich versichere Ihnen, daß ich Sie bei der geringsten Bewegung sofort niederschieße.»

Jack machte eine hilflose Geste. Er war wie betäubt. Das alles schien ihm so grotesk – mein Gott, würde Miles nachher darüber lachen! Da überkam ihn die nüchterne Erkenntnis, daß es kein «Nachher» gab . . .

Miles würde es nie erfahren . . . Er würde ihn vor Gericht bringen, ohne zu ahnen, daß er Jack Carstares die Schlinge um den Hals legte . . . Und selbst wenn er es wußte, machte es ihm unter den gegebenen Umständen vielleicht nicht allzu viel aus – wer konnte schon voraussagen, was in einem Menschen vorging? Auch wenn er jetzt alles riskierte und sein Inkognito lüftete, war es möglich, daß ihm Miles voller Abscheu den Rücken kehrte, Miles, der sich nie zu einer unehrenhaften Handlung hinreißen ließ . . . Nein, dachte Carstares, alles andere konnte er eher ertragen als die Verachtung dieses Mannes . . .

«Spielen Sie bloß nicht den Stummen, ich habe Sie vorhin mit eigenen Ohren laut genug rufen hören! Geben Sie mir nun Ihr Ehrenwort, oder muß ich Sie fesseln lassen?»

Carstares faßte sich, biß die Zähne zusammen und schickte sich ins Unvermeidliche. An Flucht war nicht zu denken. Er war sicher, Miles würde schießen, und wenn man ihm dann die Vermummung abnahm, sah sein Freund, daß Jack Carstares nichts als ein ganz gewöhnlicher Wegelagerer war. Was immer auch geschah, das durfte nicht sein, schon um seines Namens und um Richards willen. Deshalb streckte er gelassen die Hände hin.

«Ja, ich gebe Ihnen mein Wort, aber Sie können mich auch binden, wenn es Ihnen beliebt.»

O'Hara starrte verblüfft auf die schlanken, gepflegten Finger seines Gefangenen. In seiner gewohnten nachlässigen Art hatte Jack vergessen, die Hände mit Ruß zu beschmieren, deshalb sah man, wie schön geformt und blaß und sorgfältig manikürt sie waren.

Miles umschloß sie mit festem Griff an den Gelenken und drehte die Handflächen nach oben, so daß das helle Mondlicht darauf fiel.

«Sind die nicht seltsam zart für einen Mann Ihres Berufs?» fragte er und packte härter zu, als Jack versuchte, sich zu befreien. «Nein, halten Sie nur schön still! Und jetzt haben Sie die Güte, einzusteigen, mein Freund.»

Jack zögerte einen Augenblick.

«Und meine Stute?» O'Hara merkte, wie besorgt er war.

«Darüber brauchen Sie sich nicht den Kopf zu zerbrechen», sagte er. «George!»

«Ja, Sir?»

«Siehst du die Stute dort? Du wirst sie heimreiten. Schaffst du das?»

«Ja, Sir.»

«Wohl kaum», murmelte Jack.

Jenny teilte diese Ansicht. Sie weigerte sich rundweg, den fremden Kerl in den Sattel zu lassen. Hier, an diesem Platz, hatte ihr Herr sie angehalten und war abgestiegen, und sie würde sich nicht von der Stelle rühren, bevor er ihr es nicht befahl. Da halfen weder gutes Zureden noch brutale Gewalt. Wie sie so schnaubend im Kreis herumtrabte, schien sie ein völlig verändertes Tier zu sein. Sie legte die Ohren flach zurück und knirschte mit dem Gebiß, bereit, bei der ersten Gelegenheit wütend auszuschlagen.

Jack beobachtete die vergeblichen Bemühungen des Dieners mit einem leisen Lächeln.

«Jenny!» sagte er ruhig, und O'Hara warf ihm stirnrunzelnd einen scharfen Blick zu. Unbewußt hatte Jack die Stimme nicht verstellt, und ihr Klang kam Miles eigenartig vertraut vor.

Mit einem Ruck ihres Kopfes riß Jenny dem schwitzenden Lakaien die Zügel aus der Hand und tänzelte zu dem Inhaftierten.

«Würden Sie mir 'nen Arm freigeben – Sir?» fragte dieser bescheiden. «Möglich, daß ich sie dann zur Vernunft bringe.»

Wortlos entsprach Miles seiner Bitte, und Jack trat zu dem nunmehr völlig ruhigen Tier und murmelte ihm undeutlich etwas zu.

Als O'Hara sah, wie die schöne Hand beruhigend über die Nüstern strich, runzelte er wieder die Stirn. Das war auf keinen Fall ein gewöhnlicher Straßenräuber.

«Probier's jetzt noch einmal!» rief Jack dem Diener zu und hielt vorsichtshalber die Zügel fest, als der Mann aufstieg. Dann tätschelte er Jennys Hals und wandte sich ab. «Nun hat's sich mit den Mucken, Sir.»

O'Hara nickte. «Alle Achtung, gut dressiert. Steigen Sie ein.»

Jack gehorchte. Gleich darauf sprang O'Hara in die Kutsche, und sie fuhren los.

Eine Zeitlang schwiegen beide, und Carstares bemühte sich, möglichst unbeteiligt zu wirken. Der Gedanke, daß er nach dieser kurzen Fahrt seinen Freund nie wiedersehen würde, war fast unerträglich. Dabei hätte er so gern diese starke Hand ergriffen . . .

Miles beugte sich vor und versuchte, das maskierte Gesicht in der Dunkelheit zu erkennen.

«Sie sind ein Gentleman?» fragte er ohne Umschweife.

Jack hatte mit etwas Derartigem gerechnet.

«Ich, Sir? Wie kommen Sie'n bloß auf die Idee?»

«Ich glaube Ihnen nicht. Sie dürfen nicht vergessen, ich habe Ihre Hände gesehen.»

«Was meinen Sie'n damit, Sir?» Der Tonfall unschuldigen Erstaunens war gut getroffen.

«Sie bilden sich doch nicht ein, ich würde Sie bei Ihrem Äußeren für einen normalen Wegelagerer halten?»

«Ich versteh Sie nicht, Sir!»

«Ah, papperlapapp! Morgen werden Sie schon verstehen!»

«Morgen, Sir?»

«Sicher. Sie könnten mir's genausogut jetzt sagen. Ich bin nicht so dumm wie ich aussehe, und wenn ich einen Herrn vor mir habe, erkenne ich ihn auch, gleichgültig, was für Töne er anschlägt.» Er kicherte. «Als Sie die Stute riefen, hatte ich das seltsame Gefühl, daß ich Sie sogar sehr gut kenne. Und ich möchte nur ungern einen Freund auf den Galgen schicken.»

Wie vertraut Jack diese sanfte, eindringliche Stimme war. Es kostete ihn gewaltige Anstrengung, gelassen zu erwidern: «Ich glaube nicht, daß ich Sie schon mal gesehen habe, Sir.»

«Das wird sich ja morgen herausstellen.»

«Was meinen Sie damit?» fragte Carstares unbehaglich.

«Oh, Sie werden die Ehre haben, vor mir zu erscheinen, lieber Freund.»

«Vor *Ihnen*, Sir?»

«Warum nicht? Ich bin Friedensrichter, mit Verlaub zu sagen!»

Eine atemlose Pause folgte, dann kam Jack die komische Seite der Situation zu Bewußtsein, und seine Schultern zuckten vor unterdrücktem Lachen. Diese Ironie des Schicksals war fast zuviel für ihn. Er, der Earl of Wyncham, sollte von seinem Freund, dem Friedensrichter St. Miles O'Hara, in aller Form verhört werden!

«Mann, was ist denn mit Ihnen los? Finden Sie das vielleicht komisch?» fragte Miles überrascht.

«O Gott, ja!» gluckste Jack und fiel in seine Ecke zurück.

9
Lady O'Hara greift ein

Als Lady O'Hara ihrem großen, lässigen Gemahl am nächsten Morgen beim Frühstück gegenübersaß, fand sie ihn ungewöhnlich schweigsam. Sie war noch nicht lange genug verheiratet, um sich, gleichgültig zu welcher Tageszeit, damit abzufinden, praktisch ignoriert zu werden, anderseits hatte die Erfahrung sie doch schon gelehrt, daß es, bevor sie zum Angriff überging, ein taktisch kluger Schachzug war, zuerst seinen Appetit zu stillen. Demnach versorgte sie ihn reichlich mit Kaffee und Eiern und beobachtete mit befriedigter, fast ein wenig mütterlicher Miene, wie er sich über ein saftiges Lendenstück hermachte. Sie war eine hübsche, zierliche kleine Frau mit großen Augen und weichen braunen Locken, die unter einer züchtigen, aber sehr kleidsamen Morgenhaube hervorlugten. Ohne Schuhe maß sie nicht mehr als fünf Fuß, was ihren hochgewachsenen Ehemann manchmal dazu anregte, sie seinen «süßen Zwerg» zu nennen. Es ist wohl überflüssig zu bemerken, daß sie ihn in keiner Weise zu dieser Keckheit ermunterte.

Sie beschloß, daß er nun endlich satt sein müßte, stemmte energisch ihre mit zwei charmanten Grübchen versehenen Ellbogen auf den Tisch, stützte das zarte Kinn in die Hände und betrachtete ihn mit dem Gesichtsausdruck eines neugierigen Kätzchens.

«Miles!»

Er lehnte sich in seinen Stuhl zurück, und beim Anblick ihrer rosigen Frische glättete sich seine Stirn.

«Ja, mein Schatz?»

Sie hob vorwurfsvoll den Finger und zog einen reizenden Schmollmund.

«Jetzt gib aber zu, daß du heute morgen schrecklich unhöflich warst. Zweimal hab ich dich angesprochen, und du hast dir nicht die Mühe genommen, mir zu antworten – nein, laß mich ausreden! Und einmal hast du mich angeknurrt wie ein alter Brummbär. Jawohl, das hast du!»

«Wirklich, Molly? Dann hältst du mich also für ein übelgelauntes Monstrum? Meiner Treu, dabei war ich in so ernsten Gedanken!»

Lady O'Hara stand auf und schlängelte sich an ihn heran. «Mogelst du auch nicht?»

Er schlang einen Arm um ihre Mitte und zog sie auf seine Knie.

«Ehrlich, Liebling, es stimmt.»

«Und glaubst du nicht, Miles, daß du mir dann lieber sagen solltest, was dich bedrückt?» schmeichelte sie und legte zärtlich die Hand auf seine Schulter.

Er lächelte zu ihr empor.

«Meine Güte, was für ein neugieriges Kätzchen du doch bist!»

Sie schob beleidigt die Unterlippe vor.

«Oh, so einladend darfst du deinen Mund nicht spitzen, wenn du nicht willst, daß ich dich küsse!» fügte er hinzu und ließ den Worten die Tat folgen.

«Aber natürlich will ich das!» rief Mylady, indem sie den Kuß leidenschaftlich erwiderte. «Und nun fang schon an zu erzählen!»

«Da du anscheinend die Absicht hast, mir unbedingt die ganze Geschichte aus der Nase zu ziehen –»

«Sehr richtig», nickte sie.

Er legte warnend einen Finger auf ihre Lippen und zog ein übertrieben finsteres Gesicht.

«Wollen Sie wohl aufhören, mich zu unterbrechen, Madam?»

Völlig unbeeindruckt biß sie zu, faltete dann die Hände im Schoß und verdrehte fromm die Augen.

Zwinkernd fuhr der Ire fort: «Nun, gestern abend war ich in einer geschäftlichen Angelegenheit bei Kilrog – dabei fällt mir ein, Molly, bevor ich dann ging, spielten wir noch ein bißchen Faro und dergleichen, und ich hatte jämmerliches Pech –»

Plötzlich wurde Mylady ernst.

«Wirklich, Miles? Und wahrscheinlich waren die Einsätze ungeheuer hoch? Bitte sag mir, wieviel hast du verloren?»

«Kein Grund zur Aufregung, Liebling – es war nur eine Kleinigkeit, glaub mir ... Also, wie gesagt, ich begab mich auf den Heimweg, und was konnte da wohl anderes passieren, als daß wir von einem dieser Straßenräuber angehalten wurden –»

Mylady riß vor Schreck die Augen auf und klammerte sich mit beiden Händen an das Revers seiner Jacke.

«Um Gottes willen, Miles!»

Er faßte sie enger um die Taille.

«Pst, Schätzchen, du siehst ja, daß ich noch lebe, um dir mein Abenteuer zu erzählen, obwohl ich nicht weit kommen werde, wenn du mich dauernd unterbrichst!»

«Aber, Miles, wie entsetzlich! Du hättest getötet werden können und hast mir kein Wort davon gesagt! Ich finde das unerhört!»

«Wie hätte ich's dir denn sagen sollen, wo du doch so fest geschlafen hast? Also willst du jetzt still sein und zuhören?»

Sie nickte gehorsam.

«Äh – wo war ich stehengeblieben? Ach ja – da stand also dieser Mann mitten auf der Straße und zielte mit seiner Pistole auf mich. Aber du wirst es kaum für möglich halten – seine Waffe war genausowenig geladen wie – meine!» Er schüttelte sich vor Lachen. «Gott, Molly, war das vielleicht komisch! Ich wußte, daß ich ihm ebensogut mit dem bloßen Finger hätte drohen können, und überlegte gerade, wie die – mit Verlaub – verdammte Chose weitergehen sollte, als mir die glorreiche Idee kam, den feinen Herrn zu bluffen. Na, ich sage ihm also auf den Kopf zu, daß das Ding, das er da in der Hand hält, völlig nutzlos ist, und er läßt sich doch tatsächlich überrumpeln! Sicher hatte er gar keine Zeit, sich zu fragen, woher zum Teufel ich das wußte! Er ließ die Waffe fallen, und denn –»

«Miles, du wirst schon wieder sehr irisch!»

«Pardon, mein Schatz! *Dann* war alles sehr einfach. Er gab klein bei und streckte mir die Hände hin, um sich fesseln zu lassen – und jetzt kommt das Eigenartige, Molly! – Ich bemerkte sofort, daß sie viel zu weiß und zart für einen gewöhnlichen Wegelagerer waren, und wies ihn auf diesen Umstand hin –»

«Oh, er war bestimmt ein verkleideter Gentleman! Bitte, Miles, mach's nicht so spannend!»

«Wirst du wohl den Mund halten, sonst verdirbst du mir den ganzen Spaß!»

«Entschuldige, Liebling! Von jetzt an nehme ich mich wirklich zusammen.»

«Hoffentlich. Ich wies ihn also darauf hin, und das brachte ihn einigermaßen aus der Fassung. Außerdem hörte ich, wie er mit seiner Stute sprach – es war unverkennbar der Tonfall eines vornehmen Herrn. Und die Stute – nein, ich sage dir, so etwas hast du noch nicht gesehen! Das edelste –»

«Ja, schon gut, schon gut, das interessiert mich nicht so sehr. Was war nun mit deinem mysteriösen Banditen? Ich zerplatze fast vor Neugier!»

«Ich bin ja schon dabei, Liebling. Obzwar sie wirklich ein wunderschönes – na ja. Jedenfalls – als ich ihn sprechen hörte, durchzuckte es mich wie ein Blitz, und ich hatte das Gefühl, daß ich ihn kenne – nein, wirst du wohl, Molly!» Er hielt ihr den Mund zu, und ihre Augen funkelten mutwillig. «Aber ich konnte mich nicht um alles in der Welt erinnern, wo ich diese Stimme schon gehört hatte – es ist ja auch nur ein einziges Wort gewesen, weißt du! Und als ich ihn am Handgelenk packte, spürte ich, daß er kein Fremder war . . . Trotzdem, es ist unmöglich! Dann befahl ich ihm, in die Kutsche zu steigen –»

«Was für eine Unvorsichtigkeit! Er hätte –»

«Scht! Ob es dir paßt oder nicht, ich befahl ihm, einzusteigen, und versuchte während der Fahrt, ihm sein Geheimnis zu entlocken, aber ohne Erfolg, und als ich ihm sagte, er müßte heute vor mir erscheinen, bekam er einen Lachkrampf, daß ich mich fragte, ob er bei Trost sei. Und danach bekam ich kein Wort mehr aus ihm heraus, außer ‹Ja, Sir› und ‹Nein, Sir›, und dennoch war ich überzeugt, einen Gentleman vor mir zu haben, deshalb –»

Sie umarmte ihn stürmisch.

«Mein süßer Miles! Du hast ihn entkommen lassen?»

«Das würdest du mir zutrauen? Wo ich obendrein Friedensrichter bin? Ich sagte den Leuten nur, sie sollten ihn nicht fesseln.»

«Oh, ich hätte mich so gefreut, wenn du ihm erlaubt hättest, zu fliehen! Aber wenn er wirklich ein Gentleman ist, wirst du's doch tun?»

«Fällt mir gar nicht ein. Ich stecke ihn bis zur Gerichtsverhandlung ins Gefängnis.»

«Dann bist du sehr, sehr grausam.»

«Aber, Liebling –»

«Und ich will nicht mehr auf deinem Knie sitzen, laß mich herunter!»

Er zog sie eng an sich.

«Ich will sehen, was man für deinen Schützling tun kann, Molly. Aber vergiß nicht, daß er darauf aus war, deinen unersetzlichen Mann zu ermorden!» Er beobachtete mit einem schelmischen Glitzern in den Augen die Wirkung seiner Worte, doch Mylady gab sich nicht so leicht geschlagen.

«Mit einer ungeladenen Pistole? Pfui, Miles! Darf ich mich hinter dem Paravent verstecken, wenn du ihn verhörst?»

«Nein!»

«Aber ich möchte ihn so gern sehen!»

O'Hara schüttelte mit einer Bestimmtheit den Kopf, die sie zur Genüge kannte. So gutmütig und umgänglich ihr Gemahl auch sein mochte, es gab gewisse Dinge, bei denen er sich von keiner Schmeichelei erweichen ließ. Daher gab sie mit der geheimnisvollen Andeutung, sie würde näher sein, als er glaubte, den Kampf auf, und machte sich auf den Weg ins Kinderzimmer, um Master David zu besuchen.

Eine Zeitlang hatte Carstares sich in seinem Verlies das Gehirn nach einer Möglichkeit zermartert, wie er am nächsten Tag fliehen könnte, doch so sehr er sich auch anstrengte, es fiel ihm nichts ein. Wenn ihn nur nicht ausgerechnet Miles verhören würde! Es war ziemlich unwahrscheinlich, daß man ihm gestattete, seine Maske aufzubehalten, doch darin lag die einzige Chance, sein Inkognito zu wahren. Er schickte ein Stoßgebet zum Himmel, daß O'Hara ihn durch einen gnädigen Zufall entweder nicht erkennen oder zumindest so taktvoll sein würde, diesen Anschein zu erwecken. Als er endlich zu dem Schluß kam, es wäre das gescheiteste, sich für den Augenblick in sein Schicksal zu fügen, streckte er sich auf der harten Pritsche aus und schlummerte so fest, als hätte er überhaupt keine Sorgen auf dieser Welt.

Am nächsten Morgen wurde er nach einer langen und wortreichen Auseinandersetzung mit dem Kerkermeister, die seine Maske betraf, im Triumphzug zum Haus geschleppt.

Als der kleine Trupp gerade die Stufen zum Haupteingang hinaufschreiten wollte, öffnete sich die Tür und Mylady O'Hara trat, ein Liedchen trällernd, mit einem Körbchen und einer Schere in der Hand heraus. Beim Anblick des Gefangenen verstummte sie jäh, dann formten ihre roten Lippen ein langgezogenes: «Oh!» Sie blieb regungslos auf der obersten Stufe stehen und starrte auf Mylord hinunter. Die beiden Aufseher traten zur Seite, um sie vorbeizulassen, da stürmte ein Windhund auf sie zu und sprang in überschwenglicher Freude an ihr hoch. Mylady verlor ihr ohnehin nicht allzu stabiles Gleichgewicht und taumelte. Das Körbchen fiel zu Boden, ihr Fuß verfehlte die nächste Stufe, und sie stürzte kopfüber – in Carstares Arme, die dieser in Gedankenschnelle ausgebreitet hatte, um sie aufzufangen. Er stellte sie behutsam wieder nieder. «Hoffentlich sind Sie nicht verletzt, Madam?» fragte er besorgt, bückte sich nach dem Körbchen und reichte es ihr.

Molly nahm es lächelnd entgegen.

«Ich danke Ihnen, Sir, gottlob nicht, obwohl ich fürchte, es wäre ohne Ihr rasches Eingreifen nicht so glimpflich verlaufen. Es war wirklich sehr liebenswürdig von Ihnen!» Sie streckte ihre kleine Hand aus und verschlang ihn dabei förmlich mit den Augen.

Mylord zögerte einen Moment, dann zog er schwungvoll den Hut und beugte sich tief über ihre zarten Finger.

«Es war mir ein Vergnügen, Ihnen behilflich zu sein, Madam», sagte er mit unverstellter, wohlklingender Stimme, «doch es ist nicht wert, daß Sie es erwähnen.» Er richtete sich auf, als sich ihm die Aufseher näherten, und stülpte den Hut wieder auf den Kopf.

Lady O'Hara sah ihnen nach, wie sie im Haus verschwanden. Ihre Wangen zeigten eine heftige Röte und ihre Augen einen verdächtigen Glanz. Plötzlich nickte sie entschlossen, eilte über den Rasen und betrat durch eine große Glastür ebenfalls das Haus.

Mylord wurde in die Bibliothek geführt, wo O'Hara ihn bereits erwartete. Jack machte keine Anstalten, sein Haupt zu entblößen, sondern steckte die Hände in die Taschen und schlenderte nachlässig auf O'Hara zu.

Der Kerkermeister musterte ihn mißbilligend und zuckte peinlich berührt zusammen, als Carstares sich bewußt flegelhaft an einen kostbaren geschnitzten Tisch lümmelte.

«Wie befohl'n ham wir den Gefangenen nich gefesselt, Sir», meldete er in einem Ton, der O'Hara zu verstehen gab, daß ihn selbst die Schuld an einem eventuell daraus entstehenden Schaden traf.

Miles nickte.

«In Ordnung», sagte er freundlich und betrachtete den vermummten Maskierten mißtrauischer denn je.

«Aber ich bedaure, 'n ausgesprochen störrisches Benehmen von seiten des Gefangenen melden zu müssen», fügte der Wächter eindringlich hinzu.

«In der Tat?» sagte Miles ernsthaft. «Wie das?»

Jack unterdrückte mit Mühe einen heftigen Lachreiz.

«Sie seh'n doch, Sir, was er für 'ne große Maske über'm Gesicht hat? Wie ich ihn aus der Zelle geholt hab, hab ich ihm gesagt, er soll das Ding runternehmen, aber er hat sich geweigert, und weil Sie mir, was das betrifft, keine Anweisungen gegeb'n ham, hab ich ihn nich gezwungen.»

«Ah! . . . Ihr Name?»

«John Smith, Sir», antwortete Carstares krächzend.

Das skeptische Lächeln, mit dem O'Hara diese Angabe niederschrieb, wollte Jack nicht recht gefallen.

«Vielleicht haben Sie jetzt die Güte, sich zu demaskieren?»

Schweigen.

«Warum, Sir? Ich dachte, ich darf sie aufbehalten?»

«So? Ich habe aber nicht die Absicht, Ihnen derartige Mätzchen zu gestatten.»

«Aber, Sir –»

«Keine Widerrede. Herunter damit!»

«Sir –»

«Wenn Sie nicht freiwillig gehorchen, werde ich diese Männer bitten, ein wenig nachzuhelfen», warnte Miles.

«Kann ich Sie nicht allein sprechen, Sir?» flehte Jack.

Jetzt hatte O'Haras Spannung den Höhepunkt erreicht.

«Nein! Zum letztenmal, herunter damit!»

Mit einem seltsamen kleinen Lachen, bei dem Miles unwillkürlich die Brauen runzelte, zuckte Jack resigniert die Schultern und führte den Befehl aus. Maske und Hut flogen auf den Tisch, und Miles starrte in ein Paar blaue Augen, die ihn halb trotzig, halb bittend anblickten. Er zog scharf die Luft ein, und der dünne Elfenbeinstab, den er in der Hand hielt, zerbrach knackend zwischen seinen Fingern. In diesem kritischen Moment wurde hinter ihm eine bisher nur angelehnte Tür aufgestoßen, und Lady O'Hara trippelte ins Zimmer.

Ihr Gatte und die beiden Aufseher fuhren überrascht herum, während Jack, der sie zwar sofort erkannte, aber keine Ahnung hatte, wer sie war, angelegentlich mit dem Taschentuch seine Stiefel zu polieren begann.

O'Hara erhob sich, und seine Miene verhieß nichts Gutes.

«Was –» begann er und verstummte verblüfft, als Mylady, ohne ihm auch nur einen Blick zu schenken, geradewegs auf den Gefangenen zulief und dabei entzückt «Harry, Harry!» zwitscherte.

Jack begriff blitzschnell, daß diese Begrüßung ihm galt, und machte Mylady einen formvollendeten Kratzfuß.

Im nächsten Augenblick zupfte sie ihn heftig an seinen Rockaufschlägen und schaute strahlend zu ihm auf.

«Harry, du *böser* Junge!» rief sie und fügte fast unhörbar hinzu: «Ich heiße Molly!»

Mylords Augen funkelten schelmisch, und er bedachte sie mit seinem bezaubernden Lächeln.

Verdutzt sah O'Hara zu, wie er einen Arm um ihre Taille legte, die andere Hand unter ihr Kinn schob und sie ungeniert mitten auf den Mund küßte. Dabei hörte er Jack Carstares Stimme sagen: «Pfui, Molly, du Spielverderber! Es hat mich so viel Mühe gekostet, Miles zum Narren zu halten! Ehrenwort, er weiß nicht einmal jetzt, wen er vor sich hat!»

Mylady löste sich errötend aus seiner Umarmung.

«Oh, Miles, du kennst doch Harry – meinen Kusin Harry!»

O'Hara brachte seine etwas durcheinandergeratenen fünf Sinne in Ordnung und zeigte sich der Situation gewachsen.

«Natürlich kenne ich ihn, meine Liebe. Er hat mir nur vorhin derartigen Schrecken eingejagt, daß ich sprachlos war. Du verrückter Kerl, wie kannst du uns nur so einen Streich spielen! Der Teufel soll dich holen!» Er packte Jack an den Schultern. «Wie kommst du denn auf diese Wahnsinnsidee?»

Jacks Gehirn arbeitete den Bruchteil einer Sekunde fieberhaft.

«Aber, Miles, du wirst doch nicht unsere Wette vergessen haben! Hab ich nicht geschworen, ich würde dir eins auswischen, um mich für den Abend bei Jasper zu revanchieren? Doch du mußt natürlich merken, daß meine Pistole nicht geladen ist, und mir damit alles verderben! Dennoch – am nächsten Tag bei meiner Demaskierung dein Gesicht zu sehen, war mir eine Nacht im Gefängnis wert!»

O'Hara schüttelte ihn lachend und wandte sich dann an die beiden erstaunten Aufseher. Der ältere erwiderte seinen heiteren Blick mit eisiger Entrüstung und rümpfte die Nase.

«Meine lieben Freunde», sagte Miles schleppend, «ich bedaure unendlich, daß euch mein junger Kusin hier Ärger bereitet hat. Wie es scheint, ist es ihm gelungen, uns alle an der Nase herumzuführen, aber da die Sache ja nun geklärt ist, erübrigen sich alle weiteren Maßnahmen, obwohl ich gute Lust hätte, ihn hinter Schloß und Riegel auf die nächste Gerichtsverhandlung warten zu lassen!» Er drückte in jede mit überraschender Bereitwilligkeit aufgehaltene Hand eine Guinee und erwiderte die arrogante Verbeugung des Kerkermeisters mit einem liebenswürdigen Nicken. Schweigend sah er ihnen nach, wie sie, über die unbegreiflichen Grillen des Adels den Kopf schüttelnd, aus dem Zimmer stapften, dann drehte er sich um und blickte Carstares an.

10
Lady O'Hara zieht sich zurück

Ein paar Sekunden lang herrschte Schweigen, denn alle drei an der kleinen Komödie Beteiligten lauschten dem Geräusch der schweren Schritte, das sich draußen im Gang verlor.

Carstares Arm lag noch immer um Myladys Mitte. Sein Gesicht war blaß und angespannt, und Molly fühlte instinktiv, daß etwas in der Luft lag, von dem sie nichts wußte. Als sie nun zu ihm aufschaute und den eigenartigen Ausdruck sah, mit dem seine blauen Augen ihren Gatten anblickten, wandte sie sich diesem unwillkürlich zu und stellte verblüfft fest, daß Miles den Fremden anstarrte, als sähe er einen Geist. Sie wollte etwas sagen, um den Bann zu brechen, doch ihre Kehle war wie zugeschnürt, und sie konnte nur atemlos die weitere Entwicklung der Dinge abwarten. Schließlich trat O'Hara langsam auf die beiden zu. Während er in Johns Miene zu lesen schien, verschwand sein anfängliches Erstaunen immer mehr, und plötzlich, als fühlte er die Seelenqualen seines Freundes, lächelte er und legte ihm noch einmal die Hände auf die breiten Schultern.

«Jack, du alter Halunke, was denkst du dir eigentlich dabei, vor meinen Augen ungeniert meine Frau zu herzen und zu küssen?»

Erst jetzt kam Molly zu Bewußtsein, wo sich «Kusin Harrys» Arm befand. Sie schnappte nach Luft und entwischte ihm.

Mylord streckte die Hände aus und versuchte, O'Hara auf Distanz zu halten.

«Miles, vergiß nicht – vergiß nicht – was ich bin!» sagte er gepreßt, aber mit stolz erhobenem Kopf.

«Potztausend, Mann! Scher ich mich vielleicht darum, was du bist oder nicht? Ach, Jack, Jack, ich freue mich so sehr, dich wiederzusehen, und kann es kaum glauben, daß du leibhaftig vor mir stehst! Seit wann bist du denn wieder in England, und was zum Teufel soll diese Kostümierung?» Er deutete mit dem Kinn in die Richtung des Tisches, auf dem Johns Maske lag, und schüttelte ihm dabei die Hand, als wollte er sie nie wieder loslassen.

«Ich bin schon seit einem Jahr hier, und was die Maske betrifft –!» Mylord zuckte die Achseln und lachte.

«Entschuldigt, bitte, aber ich verstehe kein Wort!» warf Lady O'Hara vorwurfsvoll ein.

Carstares beugte sich über ihre Hand.

«Madam, gestatten Sie mir, Ihnen für Ihre freundliche Intervention zu danken – und Ihren Gatten bei dieser Gelegenheit zu seiner Wahl zu beglückwünschen.»

Auf ihren Wangen erschienen zwei reizende Grübchen, und sie erwiderte das Kompliment mit einem graziösen Knicks. Miles faßte sie um die Taille.

«Was, zu dieser kecken Range gratulierst du mir? ‹Mein Kusin Harry›, meiner Treu! Dein Glück, Süße, daß es niemand anderer als Jack war, sonst wäre ich jetzt ernsthaft böse auf dich, denn alles was recht ist – du hast mir einen ganz üblen Streich gespielt!»

Sie tätschelte vergnügt seine Hand und lächelte Jack zu.

«Aber, Liebling, das hätte ich doch nie im Leben getan, wenn ich nicht gewußt hätte, daß es sich hier um einen wahren Gentleman handelt – der mich noch dazu vor einem plötzlichen Tod gerettet hat!» fügte sie, einem nachträglichen Einfall folgend, hinzu.

Miles blickte bestürzt von ihr zu Carstares.

«Was soll denn das nun wieder heißen?»

«Mylady übertreibt ein bißchen», lächelte Jack. «Ich hatte lediglich die Ehre, sie aufzufangen, als sie heute morgen die Treppe hinunterfiel.»

O'Hara wirkte erleichtert. «Du bist doch nicht verletzt, Liebste?»

«Guter Gott, nein! Aber ich mußte etwas tun, um meine Dankbarkeit zu zeigen – und ich war sicher, du würdest auf keinen Fall zugeben, daß *ich* schwindle, deshalb – aber», unterbrach sie sich im gleichen Moment, als ihr der Gedanke kam, «du scheinst meinen edlen Raubritter zu kennen!»

«Natürlich kenne ich ihn, Molly. Er ist niemand anderer als Jack Carstares, von dem ich dir so oft erzählt habe.»

Sie sah Mylord mit vor Erstaunen weit aufgerissenen Augen an.

«Ja – ist es die Möglichkeit, daß Sie der beste Freund meines Mannes sind – Lord John?»

Jack verbeugte sich errötend.

«Das war einmal, Madam», sagte er steif.

«Sie sprechen in der Vergangenheit?» fragte sie verwundert. «Wenn Sie nur hören könnten, welche Töne er anschlägt, wenn von Ihnen die Rede ist! Aber ich will Sie nicht länger an einer Unterhaltung mit ihm hindern. Vielleicht wird Ihnen die Praxis mehr Vergnügen bereiten. Ich weiß, ihr habt einander eine Menge zu sagen, deshalb ziehe ich mich jetzt wohl lieber zurück.» Sie lächelte liebenswürdig zu ihm auf, warf ihrem Gatten eine graziöse Kußhand zu und huschte aus dem Zimmer.

Carstares schloß die Tür hinter ihr und näherte sich O'Hara, der wieder in seinem Stuhl Platz genommen hatte und mannhaft versuchte, seine Gemütsbewegung zu verbergen.

«Komm, setz dich, Jack, und erzähl mir alles von Anfang an.»

Mylord legte sein langes Cape ab und schüttelte die bis jetzt hochgekrempelten Handkrausen aus. Dann zog er aus der Tasche seines eleganten scharlachroten Reitrockes eine Schnupftabaksdose, die er lässig öffnete. Während sein mutwillig funkelnder Blick auf O'Haras Antlitz ruhte, nahm er affektiert eine Prise und stolzierte daraufhin wie ein Gockel durch den Raum.

Miles lachte hellauf.

«Was soll das darstellen?»

«Das, mein lieber Freund, ist Sir Anthony Ferndale, Baronet.» Er zelebrierte einen formvollendeten Kratzfuß.

«Du siehst ganz danach aus. Doch nun, verehrter Sir Anthony Ferndale, nehmen Sie gütigst Platz und erstatten Sie mir endlich Bericht.»

Jack setzte sich auf die Schreibtischkante und schlenkerte mit einem Bein.

«Ich glaube kaum, daß es noch viel zu berichten gibt, was dir nicht ohnehin bereits bekannt ist. Zum Beispiel weißt du sicher über den Kartenabend bei Dare vor genau sechs Jahren Bescheid?»

«Über eben diesen Punkt bin ich nicht unterrichtet.»

«Das überrascht mich! Ich dachte, die Geschichte sei weit verbreitet.»

«Komm, Jack, hör schon auf, so geziert mit mir zu reden. Vergiß nicht, ich bin dein Freund –»

«In der Tat? Wenn du die Wahrheit über mich weißt, hast du dann wirklich noch Lust, mich Freund zu nennen?»

«Es hat nie eine Zeit gegeben, wo ich nicht stolz darauf gewesen wäre, und wenn du dich nicht von deinem verdammten jugendlichen Ungestüm hättest leiten lassen, wüßtest du das! Selbstverständlich habe ich diese verrückte Geschichte von der Kartenpartie gehört, aber bildest du dir ein, ich hätte sie geglaubt?»

«Es lag auf der Hand, das zu tun.»

«Vielleicht, aber immerhin kenne ich dich doch etwas zu gut, um jedes Lügenmärchen für bare Münze zu nehmen, das man mir über dich auftischt. Und selbst wenn ich so dumm gewesen wäre, es zu glauben, denkst du, ich würde dich deshalb verleugnen? Da wäre ich wirklich ein schlechter Freund!»

Jack starrte schweigend auf seine rechte Stiefelspitze.

«Ich weiß, daß sich an jenem Abend hinter den Kulissen mehr getan hat, als wir Außenstehenden vermuteten. Ich persönlich hege einen ganz bestimmten Verdacht, aber das ist deine Angelegenheit, und du wirst sicher gute Gründe für deine Handlungsweise gehabt haben. Aber warum in drei Teufels Namen bist du einfach sang- und klanglos verschwunden?»

Carstares hob den Blick nicht von seinem Stiefel.

«Miles – hättest du – an meiner Stelle – nicht dasselbe getan?»

«Nun –»

«Ach, gib es zu. Sollte ich mich dir zu einem solchen Zeitpunkt aufdrängen? Was hättest du da wohl von mir gedacht!»

O'Hara schlug ihm kräftig mit der Hand aufs Knie.

«Auf jeden Fall hätte ich dich für weniger verrückt gehalten! Ich hätte meine Siebensachen gepackt und wäre mit dir gegangen – ohne Rücksicht auf Verluste!»

Jack blickte ihn offen an.

«Ich weiß», sagte er. «Es war der Gedanke daran, der mich abgehalten hat, zu dir zu kommen, und – und – meine eigene Unsicherheit. Woher sollte ich wissen, ob du mich überhaupt empfangen würdest? Gestern abend – gestern abend – hatte ich schreckliche Angst ...»

Die Hand auf seinem Knie packte stärker zu.

«Mein Gott, du dummer Junge! Du dummer, dummer Junge!»

Nach und nach entlockte er Carstares die Geschichte der vergangenen sechs Jahre, und obwohl es eine sehr gemäßigte Version war, verstand Miles seinen Freund gut genug, um zwischen den Zeilen zu lesen.

«Und jetzt», sagte Jack, als er seine Beichte beendet hatte, «erzähl mir von dir. Wann hast du das bezaubernde Wesen geheiratet, das ich vorhin geküßt habe?»

«Du Schurke! Ich habe Molly vor drei Jahren heimgeführt – und oben wartet ein kleiner Bursche auf dich – dein Patenkind.»

«Du Glückspilz! Mein Täufling, sagst du? Hast du niemand Würdigeren dafür finden können? Ich möchte ihn sehen.»

«Sofort. Hast du Richard getroffen?»

«Vor einem Jahr habe ich zufällig seine Kutsche überfallen. Es war dunkel, und ich konnte ihn kaum ausnehmen, aber ich fand trotzdem, daß er gealtert wirkte.»

«Gealtert! Du würdest ihn nicht wiedererkennen! Er ist ein Greis geworden – was mich übrigens bei dem Frauenzimmer, das er da im Haus hat, nicht wundert. Dank dem Herrgott auf den Knien, daß nicht *du* Mylady in die Klauen geraten bist!»

Carstares strich nachdenklich über seinen blanken Stiefelschaft.

«Lavinia? Was fehlt ihr?»

«Nichts, soviel ich weiß, außer einer ordentlichen Tracht Prügel, um ihr die Flausen auszutreiben. Der arme Dick führt ein wahres Hundeleben neben ihr.»

«Willst du damit sagen, daß sie ihn nicht liebt?»

«Schwer zu beurteilen – manchmal ist sie ganz zärtliche Gattin, dann wieder reizt sie ihn bis aufs Blut. Und das Geld, das sie ausgibt! Sie hat ihn sicher nur aus purer Berechnung geheiratet. Was anderes als ein finanzieller Vorteil hat bei ihr ja nie gezählt.»

Jack saß sehr still da.

«Und jeder hätte das begriffen – außer einem jungen Dummkopf wie dir!»

Ein belustigtes Funkeln glomm in den ernsten blauen Augen auf.

«Wahrscheinlich. Du selbst, zum Beispiel?»

O'Hara kicherte.

«O ja, ich wußte es! Sie war von vornherein hinter seinem Vermögen her, von dem jetzt aber allem Anschein nach nicht allzu viel vorhanden ist, weil Dick keinen Penny anrührt, der dir gehört.»

«Mhm. Warburton hat es mir gesagt. Ich finde es idiotisch.»

Ein Grunzen war die einzige Antwort.

Jack kniff ein wenig die Augen zusammen, als er nun aus dem Fenster sah.

«Also hat Lavinia sich nie etwas aus ihm gemacht? Gott, was für ein Durcheinander! Und er?»

«Er liebt sie leider noch immer.»

«Armer alter Dick! Der Teufel soll das kleine Biest holen! Tyrannisiert sie ihn? Ich kenne seine Art – immer zum Nachgeben bereit.»

«Da bin ich nicht so sicher. Ich möchte jedoch schwören, wenn John nicht wäre, hätte er überhaupt nichts, woran er sich klammern kann. Er vermißt dich sehr, Jack.»

«John? Wer ist das?»

«Hat dir Warburton nichts gesagt? John ist der hoffnungsvolle jüngste Sproß des Hauses. Er ist viereinhalb und der verzogenste Bengel, den man sich vorstellen kann.»

«Dick hat einen Sohn? Guter Gott!»

«Jawohl, Dick hat einen Sohn und du hiermit einen Neffen!» Er hielt inne und blickte ihn eindringlich an. «Kann man dieses Geheimnis nicht endlich lüften, Jack? Willst du wirklich nicht zurückkehren?» Er faßte nach der Hand des Freundes, doch Carstares entzog sie ihm. Seine Miene wirkte plötzlich gelangweilt und kalt.

«Ich weiß von keinem Geheimnis.»

«Sei vernünftig, alter Junge – oder vertraust du mir nicht mehr?»

Ein leises Lächeln spielte um den gutgeschnittenen Mund.

«Sprechen wir vom Wetter, Miles, oder von meiner Stute – worüber du willst, nur nicht über dieses heikle Thema.»

O'Hara stieß ungeduldig seinen Stuhl zurück und trat ans Fenster. Jack sah ihm mit ernstem Blick nach.

«Wenn du mir nicht vertraust, sind wir fertig miteinander!» sagte Miles heftig. «Anscheinend schätzt du deine Freunde nicht besonders hoch ein!»

Mylord erwiderte kein Wort, nur seine Hand, die auf dem Schreibtisch ruhte, krampfte sich zusammen.

«Entschuldige, Jack, ich hab's nicht so gemeint!» O'Hara hatte sich umgewandt und kam auf ihn zu. «Verzeih mir meinen Jähzorn!»

Carstares glitt von der Tischkante, streckte sich und schob seinen Arm unter den des Iren.

«Pscht, Miles, wie du sagen würdest», lachte er. «Ich kenne das. Glaub mir, es ist kein Argwohn dir gegenüber, aber –»

«Ich verstehe. Am besten, wir reden nicht mehr davon. Beantworte mir statt dessen lieber diese Frage: Warum hast du uns mit ungeladenen Pistolen bedroht?»

Das Lächeln erlosch auf Jacks Gesicht.

«Oh, eine Nachlässigkeit, weiter nichts», erwiderte er kurz und preßte bei dem Gedanken an Jim unwillkürlich die Lippen aufeinander.

«Dann war es derselbe Grund wie bei mir!»

Jack starrte ihn an.

«Miles, sag mir jetzt bloß nicht, daß deine ebenfalls nicht geladen waren!»

«Natürlich! Also, das ist der beste Witz, den ich seit langem gehört habe!» Sie begannen beide zu lachen. «Natürlich war es ein Bluff von mir, als ich behauptete, du könntest deine nicht gebrauchen. Und als ich heute morgen meiner Frau alles erzählte, beschloß sie sofort, dich zu befreien. Wir waren ganz sicher, daß du kein gewöhnlicher Straßenräuber bist, obwohl ich es mir nie verzeihe, dich nicht gleich erkannt zu haben. Aber jetzt, wo ich dich erwischt habe, wirst du doch bei uns bleiben – Kusin Harry?»

«Ich kann dir nicht genug danken, Miles, aber das geht unmöglich. Ich muß zu Jim zurück.»

«Und wer zum Kuckuck ist Jim?»

«Mein Diener. Wahrscheinlich ängstigt er sich meinetwegen fast zu Tode. Nein, bitte dräng mich nicht, ich kann deine Einladung nicht annehmen, das mußt du einsehen – Jack Carstares existiert schließlich nicht mehr. Es gibt nur noch Anthony Ferndale.»

«Jack, Menschenskind, kann ich nicht –»

«Nein, Miles, danke, du kannst mir nicht helfen, obwohl ich überzeugt bin, daß du's gern tun würdest. Oh – da fällt mir ein, was ist mit meiner

Stute?»

«Teufel auch, das habe ich glatt vergessen! Dieser Idiot von meinem Diener hat nicht aufgepaßt. Es tut mir verdammt leid, aber sie hat sich ein Fußgelenk verstaucht.»

«Arme Jenny! Jedenfalls hat sie ihm keinen angenehmen Ritt beschert.»

«Eines ist sicher: Wenn ich sie öfter sehe, werde ich versuchen, sie dir abzukaufen – deine kleine Schönheit.»

«Mit dem Kaufen wirst du kein Glück haben, aber ich wollte dich bitten, ob ich sie eine Weile bei dir lassen kann, wenn –»

O'Hara faßte ihn rasch am Arm.

«Das genügt», unterbrach er ihn. «Ich bin ohnehin zu schwer für sie.»

«Genau wie der Satansbraten von Reitknecht, dem du erlaubt hast, sie zu besteigen.»

«Ja, ich weiß, ich bin ein Dummkopf.»

«Das ist mir nichts Neues.»

«Still jetzt, Jack! Wenn du nicht bei uns bleiben willst, wirst du wohl oder übel einen von meinen Gäulen nehmen müssen, bis Jenny wieder einsatzbereit ist. Glaubst du, daß du sie mir eine Woche lang anvertrauen kannst?»

«Na, ich weiß nicht, aber anscheinend bleibt mir nichts anderes übrig – oh, sei friedlich, ich nehme alles zurück! Du bist mir viel zu groß, und an einem so heißen Tag –, außerdem ist meine Krawatte so hübsch gebunden – ach, Miles, ich wünschte wirklich, wir wären wieder Jungen, und – hm, ja. Wann darf ich deinen Sohn und Erben besichtigen?»

11

Mylord spielt den rettenden Engel und kommt dabei um ein Haar wirklich in den Himmel

Am späten Nachmittag verließ Carstares Thurze House auf einem Pferd seines Freundes. Er winkte O'Hara und seiner Frau ein sehr bedauerndes Lebewohl zu, wobei er ihnen versprach, sie seinen zeitweiligen Aufenthalt wissen zu lassen und sie bald wieder zu besuchen. Miles hatte ihm das feierliche Versprechen abgenommen, daß er ihn, sollte er jemals in Schwierigkeiten geraten, unter allen Umständen verständigen müsse – «Denn ich erlaube dir auf keinen Fall, noch einmal auf Nimmerwiedersehen aus meinem Leben zu verschwinden, und das ist mein letztes Wort.»

Jack hatte im Grunde recht erfreut zugestimmt – es war ein schönes Gefühl, wieder einen Freund zu haben – und Miles Wirtshaus und Dorf genannt, wo er ihn finden konnte, denn O'Hara bestand darauf, ihm die Stute selbst zu überbringen. Als Carstares nunmehr Trencham und Jim entgegenritt, begleitete ihn die angenehme Erinnerung an einen sehr herzlichen Händedruck, und ein leises Lächeln spielte um seine Lippen, während ihm die Worte seines Freundes einfielen, als er zuerst gezögert hatte, das gewünschte Versprechen zu geben:

«Du störrischer Grünschnabel, du wirst tun, was ich dir sage, und keine Tricks, oder du verläßt dieses Haus nicht!»

Sechs Jahre lang hatte niemand in diesem Ton mit ihm gesprochen. Immer war er es gewesen, der die Befehle erteilte, und irgendwie machte es ihm Spaß, jemand zu gehorchen, besonders wenn dieser Jemand Miles O'Hara war.

Er bog in einen Heckenweg ein und fragte sich, wie Jim wohl zumute sein mochte. Er war sicher, daß er ihn im «Green Man» erwartete, denn so lautete sein Auftrag. Der Zwischenfall mit den, wie er mittlerweile festgestellt hatte, tatsächlich ungeladenen Pistolen trug nicht gerade dazu bei, daß er seiner allzu freundlich gedachte. Immerhin hätte diese Unachtsamkeit böse Folgen haben können, wenn ihn jemand anderer als O'Hara überrumpelt hätte, und abgesehen davon erweckte sträfliche Nachlässigkeit stets seinen Zorn. Dem guten Salter stand eine ziemlich peinliche Viertelstunde bevor.

Carstares ritt geraume Zeit dahin, ohne daß sich irgend etwas ereignete, und dann, plötzlich, als er um die Ecke einer verlassenen Straße bog – eigentlich war es kaum mehr als ein Feldweg –, bot sich ihm ein merkwürdiger Anblick. Neben einer Kutsche stand ein schäbig aussehender Bursche und hielt die Männer auf dem Kutschbock mit zwei großen Pistolen in Schach, während zwei andere Kerle in einen – wie es schien – Kampf auf Leben und Tod am offenen Schlag verwickelt waren.

Jack zügelte sein Pferd und richtete sich in den Steigbügeln auf, um besser sehen zu können. Als er erkannte, was der Grund für den Tumult war, blitzten seine Augen, und er pfiff leise durch die Zähne, denn offenbar versuchten die Kerle ein schlankes, anmutiges Mädchen von bestenfalls neunzehn oder zwanzig Jahren, das, soviel er aus der Entfernung feststellen konnte, dunkelhaarig und sehr schön war, in eine zweite Kutsche zu zerren.

Eine ältere Dame bemühte sich tapfer, in die Geschehnisse einzugreifen, indem sie, in einem Atemzug zeternd und flehend, auf einen der

Halunken einschlug und ihm mit ihren Nägeln zu Leibe rückte. Jacks Blick flog von ihr zu einer reglosen, schweigsamen Gestalt am Straßenrand, die der Schatten der Büsche halb verbarg – zweifellos der Inszenator des Überfalls. «Da muß ich wohl eingreifen», sagte er sich und lachte leise, als er seine Maske überstreifte und abstieg. Er band sein Pferd an einen jungen Baum, zog die Pistole aus dem Halfter und huschte lautlos im Schutz der Hecke näher, gerade als der Mann, der die beiden lärmend Widerstand leistenden Fuhrleute bedrohte, sich anschickte zu schießen.

Jacks Kugel traf ihn sauber in den Nacken, und er brach ohne einen Laut zusammen. Lediglich eine seiner Pistolen ging völlig harmlos los, als sie zu Boden fiel.

Mit einem Fluch fuhr der stille Beobachter herum – und sah sich der Spitze von Mylords funkelndem Degen gegenüber.

Carstares zog vor Überraschung scharf den Atem ein, als er das bleiche Antlitz des Herzogs von Andover erkannte.

«Fahr zur Hölle», sagte Tracy kalt, indem er, sein eigenes Rapier ziehend, zurücksprang.

«Ich stehe zu Diensten», erwiderte Jack freundlich. «*En garde*, M. le Duc!»

Tracy entblößte mit einem bösen Lächeln die Zähne. Seine Augen waren fast geschlossen.

«Gebt auf das Mädchen acht!» befahl er kurz über die Schulter. «Ich werde mich um diesen jungen Fant kümmern.»

Bei diesen Worten kreuzten sich klirrend ihre Klingen.

Jacks Augen glühten vor Kampfeslust, und seine Degenspitze tanzte mutwillig hin und her. Er kannte Tracy als einen ausgezeichneten Fechter und war daher auf der Hut.

Die Verfolger des Mädchens hielten es zwar an beiden Armen fest, doch ihre Aufmerksamkeit galt im Augenblick nur dem Duell. Die Männer auf dem Kutschbock brachten ungestört ihre Donnerbüchsen in Anschlag und machten sich bereit, zu schießen, falls es notwendig sein sollte. Das Mädchen selbst beobachtete, die roten Lippen vor Erregung halb geöffnet, atemlos den Kampf, und die alte Dame gar hüpfte temperamentvoll auf ihrem Sitz herum und feuerte Carstares aus voller Kehle an.

Ununterbrochen zischten die Klingen durch die Luft. Immer wieder stieß der Herzog wütend zu, doch jedesmal wurde der Schlag geschickt pariert. Tracy wirkte völlig gelassen, nur sein Mund war zu einem höhnischen Lächeln verzerrt. Er hatte nicht die leiseste Ahnung, mit wem er focht, doch er wußte, daß sein Gegner ihn erkannt hatte und daher rasch zum Schweigen gebracht werden mußte, deshalb kämpfte er eiskalt und mit grimmiger Entschlossenheit. Carstares dagegen hatte nicht die Absicht, Seine Gnaden zu töten. Zwar hatte er ihn früher nie besonders geschätzt, aber er war viel zu gutmütig, um ein ernstliches Blutvergießen zu erwägen. Tracys kleine Affären waren ihm noch so vertraut, daß es ihn nicht allzusehr überraschte, ihn in einer solchen Situation anzutreffen. Er legte sich nur ungern mit ihm an, doch anderseits konnte er unmöglich zusehen, wie eine Frau überfallen wurde. Sein Wunsch ging dahin, Belmanoir zu entwaffnen, denn dann war der Herzog im Nachteil und er konnte ihn zwingen, das Feld zu räumen. Da – eine schlaue Finte, ein Ausfall – Blut rieselte über die Hand des Herzogs, doch er zuckte mit keiner Wimper. Nur seine Lider flatterten den Bruchteil einer Sekunde, und er wurde noch vorsichtiger.

Dann schlug Tracy eine Terz, Jacks Schwertarm schwankte einen winzigen Moment, und schon breitete sich ein roter Fleck auf seinem Ärmel aus. Er beschränkte sich meist auf die Verteidigung, weil er warten wollte, daß der Herzog müde wurde. Und wirklich – bald begann Seine Gnaden schneller und unregelmäßig zu atmen, und kleine Schweißtropfen zeigten sich auf seiner Stirn. Trotzdem verlor er keinen Augenblick die Beherrschung, selbst das spöttische Lächeln blieb unverändert. Er hatte sich gut in der Hand, und obwohl Wut und Erbitterung sein Gesicht noch fahler als sonst erscheinen ließen, verriet sich keines dieser Gefühle in seiner Art zu fechten.

Nun änderte Carstares plötzlich seine Taktik und begann alle Kniffe anzuwenden, die er im Ausland gelernt hatte. Seine Muskeln schienen aus Stahl, so unermüdlich und geschmeidig war er. Immer wieder wich er durch einen geschickten Sprung Tracys Attacken aus und trieb ihn dabei die ganze Zeit über unaufhaltsam zurück. Sein Atem ging ruhig und gleichmäßig, und manchmal entschlüpfte ihm ein leises, glückliches Lachen. Die Wunde an seinem Arm blutete stark, doch der Herzog hatte den Eindruck, daß ihn das in keiner Weise beeinträchtige. Aber Jack wußte, daß seine Kräfte rasch nachließen und er ein Ende machen mußte.

Er versuchte seinen Gegner zu täuschen und trat zurück. Tracy erkannte seinen Vorteil und drängte nach, doch im nächsten Moment wurde ihm der Degen aus der Hand geschlagen, und er lag, zwar unverletzt, aber hilflos, auf dem Boden und starrte zu dem maskierten Gesicht empor. Es ging alles so blitzschnell, daß er nicht wußte, wie ihm geschah. Einer Sache war er sich allerdings ganz sicher: sein Bezwinger war ein wahrer Meister der Fechtkunst.

Mylord kicherte unterdrückt und wickelte ein Taschentuch um seine Wunde.

«Ick bin mir bewußt, M'sieur, daß dies 'öchst ungewöhnlich ist – und bei Duellen – verboten. Aber ick bin sicher, Milor' werden mir zustimmen, daß die Umstände ebenfalls – 'öchst ungewöhnlicher Natur sind – und unsere Überlegenheit beinahe – überwältigend!» Er wandte den Kopf nach den beiden Bewachern der jungen Dame, von denen nun einer ihren Arm losließ und einen Schritt auf ihn zutrat.

«O nein!» näselte Mylord und schüttelte den Kopf. «Noch ein Schritt, und ich ersteche deinen 'errn!»

«Bleib stehen», befahl Seine Gnaden gelassen.

«*Bien!* Nun werft eure Waffen 'ier vor meine Füße und – ah – gebt Mademoiselle frei!»

Als sie keine Anstalten machten zu gehorchen, zuckte Mylord gleichmütig die Schultern und setzte seine Degenspitze auf Tracys Kehle.

«*Eh bien!*»

Sie zögerten noch immer, warfen ängstliche Blicke auf den Herzog.

«Tut, was er sagt!» gebot dieser.

Daraufhin warfen die beiden je eine Pistole auf den Boden, wobei sie Jack tückisch ansahen. Das Mädchen lief schluchzend zu seiner Tante, die es sogleich zu beruhigen und zu trösten begann.

Mylord unterdrückte ein Gähnen.

«Ick 'abe nickt die Absicht, die ganze Nacht 'ier zu bleiben. Meine 'erren – ick bin weder ein Kind – noch ein Narr. *Dépêchez!*»

Belmanoir sah, daß der Kutscher seine Büchse angelegt hatte und nur darauf wartete, sie abzufeuern. Sein Spiel war verloren. Er wandte sich an seine widerstrebenden Diener, die ihn fragend anblickten.

«Legt alle Waffen ab!»

Zwei weitere Pistolen und zwei Dolche kamen zum Vorschein.

«Tausend Dank!» sagte Mylord mit einer Verbeugung, während er die Männer durchdringend musterte. «M. le Duc, ick bitte Sie, sich nickt zu rühren. So, du mit der großen Nase – ja, *mon ami*, du – heb ganz langsam die Pistole auf, die unserem verstorbenen Freund entfallen ist.»

Der Mann, auf den er wies, schlich zu dem Toten hinüber und warf noch eine Waffe auf den kleinen Haufen.

Mylord schüttelte ungeduldig den Kopf.

«*Mais non.* Ick 'abe doch gesagt, daß ick kein Narr bin. Die geladene Pistole, wenn ick bitten darf. Leg sie hierher, *doucement*. Sehr gut.»

Sein Blick schweifte zu dem Mann auf dem Kutschbock, der sich sofort an seinen Hut faßte und rief: «Ich bin bereit, Sir!»

«Ausgezeichnet. 'aben Sie die Güte und 'alten Sie diese 'erren in Schach, aber nickt schießen, bevor ick nickt den Befehl dazu gebe. Und nun zu Ihnen, M. le Duc. Geben Sie mir Ihr Ehrenwort, daß Sie unverzüglich dorthin zurückkehren werden, woher Sie gekommen sind, und diese Dame nickt mehr belästigen, wenn ick Ihnen erlaube, sich zu erheben?»

Tracy machte eine ungeduldige Geste.

«Ich habe keine Wahl.»

«Monsieur, das ist keine Antwort. 'abe ick Ihr Ehrenwort?»

«Ja, gehen Sie zum Teufel!»

«Aber gewiß», antwortete Jack höflich. «Bitte, stehen Sie auf.»

Er senkte den Degen und sah zu, wie Tracy mühsam auf die Beine kam.

Einen Herzschlag lang starrte ihn Belmanoir mit leicht verzerrtem Gesicht an, dann sagte er sanft: «Ich glaube fast, ich kenne Sie.»

Jacks französischer Akzent wurde eine Spur betonter.

«Das ist möglich. Ick wenigstens 'abe das Mißgeschick, Monsieur vom Ansehen zu kennen.»

Tracy überhörte die Beleidigung und fuhr sanft fort: «Eines ist sicher: Ich werde Sie wiedererkennen – wenn ich Sie treffe!»

Noch während er das sagte, sah Jack die Pistole in seiner Hand und sprang gerade rechtzeitig zur Seite, um einem Schuß zu entgehen, der seinem Kopf gegolten hatte. Statt dessen fuhr ihm die Kugel in die linke Schulter.

«Nicht schießen!» schrie er dem Kutscher zu und verbeugte sich vor dem Herzog. «Wie ick schon sagte, M'sieur, bitte zwingen Sie mich nickt, Sie festzuhalten.»

Eine Sekunde lang sprühten Tracys grüne Augen unverhohlenen Haß, dann senkten sich die schweren Lider, und er erwiderte die Verbeugung mit Grandezza.

«*Au revoir, Monsieur*», sagte er lächelnd und bückte sich, um seinen Degen aufzuheben.

«Wenn Monsieur vielleicht – auf seinen – Degen verzichten wollen», sagte Jack. «Ick möchte ihn gern – behalten – als Souvenir. Ja.»

«Wie Sie wünschen, Monsieur», erwiderte Tracy gleichgültig und begab sich, gefolgt von seinen Männern, zu seiner Kutsche.

Mylord lehnte sich schwer auf seinen Degen und sah ihnen nach. Erst als der Wagen außer Sichtweite war, gab er der Schwäche nach, die ihn die ganze Zeit zu überwältigen drohte. Er taumelte und wäre gefallen, hätten nicht zwei kühle Hände die seinen ergriffen und ihn gestützt.

Eine belegte, leicht bebende Stimme drang an sein Ohr.

«Sie sind verletzt! Mein Gott, Sir, um meinetwillen verletzt!»

Mit großer Anstrengung rang Jack die Ohnmacht nieder, die wie eine warme Welle in ihm aufstieg, und hob die Hände des Mädchens zitternd an seine Lippen.

«Es ist – mir – ein Vergnügen – Mademoiselle», stammelte er mühsam. «Jetzt – glaube ich – können Sie in Sicherheit – weiterfahren.»

Diana schlang einen Arm um ihn und warf einen ängstlichen Blick auf den Bedienten, der auf sie zueilte.

«Schnell!» rief sie. «Sir, Sie sind völlig erschöpft! Sie müssen meinem Diener erlauben, Ihnen in die Kutsche zu helfen.»

Jack zwang sich zu einem Lächeln.

«Es ist – nichts – ich versichere Ihnen – bitte, bemühen Sie –» Dann verlor er das Bewußtsein und sank in die starken Arme des Dieners.

«Trag ihn in die Kutsche, Thomas!» befahl Diana. «Aber sei vorsichtig! Tante, hast du etwas, womit man seine Wunden verbinden kann?»

Miss Betty trippelte hastig herbei.

«Was sagst du zu dieser Rettung, Kind! Ein so reizender, tapferer Gentleman! Gibst du auch bestimmt acht, Thomas? Ja, leg ihn hier auf die Sitzbank!»

Während Mylord behutsam in die Kissen gebettet wurde, überwachte Miss Betty ihn wie eine besorgte Gluckhenne. Diana wies mittlerweile den Diener an, das Pferd des fremden Herrn in Obhut zu nehmen, das weiter unten am Straßenrand ruhig das Gras abweidete. Sie bückte sich, um den Degen des Herzogs mit seinem seltsam geschmiedeten Griff aufzuheben, dann sprang sie in die Kutsche und half Miss Betty, Jacks Wunden zu versorgen.

Der Schnitt am Arm war nichts Ernstes, doch die Schußverletzung sah böse aus. Während sie sich darum kümmerte, lockerte die alte Dame seine Krawatte und nahm ihm die Maske ab.

«Di, schau nur, was für ein hübscher Junge! Ach, der Ärmste, er tut mir ja so leid! Trotzdem – was für ein Glück, daß er vorbeikam! Wenn das doch bloß zu bluten aufhören wollte ...» Unaufhörlich schwatzend kramte sie aufgeregt nach ihrem Riechsalz.

Diana betrachtete nachdenklich das schmale Gesicht, das sich blaß gegen die dunklen Kissen abhob. Mit einem kleinen Schauder des Entzückens sah sie den entschlossenen, schöngeschwungenen Mund, die aristokratische Nase, die zartgewölbten Brauen. Noch während des Duells, als sie mit jeder Faser ihres Herzens um ihren Retter bangte, hatte sie ihn zutiefst bewundert, und nun wurde dieses Gefühl durch den Anblick seiner feinfühligen, edlen Züge keineswegs verringert.

Sie hielt ihm das Riechfläschchen unter die Nase und wartete begierig auf ein Lebenszeichen. Doch er regte sich nicht, und sie mußte sich damit begnügen, es ihm so bequem wie möglich zu machen, damit ihm das Schaukeln der auf der unebenen Straße dahinholpernden Kutsche nicht zusätzliche Schmerzen verursachte.

Miss Betty hantierte geschäftig an seiner Wunde und tat alles nur Erdenkliche, um die Blutung zu stillen, und als sie Mylord nach bestem Wissen versorgt hatten, setzte sie sich auf den Platz ihm gegenüber und nickte mit Entschiedenheit.

«So – mehr können wir nicht tun, meine Liebe – oh, vielleicht tupfst du noch seine Stirn mit Lavendelwasser ab. Lieber Gott, was für ein Abenteuer! Ich muß gestehen, das hätte ich von Mr. Everard nie gedacht! Man könnte glauben, wir leben in der Steinzeit. Dieser Schurke!»

Diana schauderte.

«Ja, ich wußte zwar, daß er schrecklich ist, aber ich ahnte nicht, *wie* schrecklich! Wie kann er nur herausgefunden haben, wann wir Bath verlassen wollten – und warum überfiel er uns so nahe von zu Hause? Ich werde mich nie wieder sicher fühlen!»

«Unsinn, Kindchen! Du hast doch gesehen, wie leicht er überwältigt worden ist. Verlaß dich darauf, er wird erkennen, daß er einen groben Fehler gemacht hat, als er versuchte, dich zu entführen, und uns nicht mehr belästigen.»

Sie bekräftigte diese tröstliche Versicherung mit einem neuerlichen Nicken und lehnte sich zufrieden zurück, schloß aber nicht die Augen, sondern beobachtete die Samariterdienste ihrer Nichte mit fachmännischer, ein wenig amüsierter Miene.

12
Mylord diktiert einen Brief und empfängt Besuch

Mylord kam mit einem Seufzer wieder zu Bewußtsein. Er öffnete mühsam die Augen und wandte den Kopf. Gelinde Überraschung befiel ihn, denn er befand sich in einem ihm völlig unbekannten Zimmer, und am Fenster saß, über eine Handarbeit gebeugt, eine kleine alte Dame, die ihm irgendwie vertraut schien.

«Wer – sind – Sie?» fragte er und ärgerte sich, daß seine Stimme so schwach klang.

Die kleine Dame sprang auf und eilte an seine Seite.

«Gott sei Lob und Dank!» rief sie frohlockend. «Das Fieber ist überstanden.» Sie legte ihre magere Hand auf seine Stirn und erwiderte lächelnd seinen verwunderten Blick.

«Ganz kühl, mein lieber Junge. Was für ein Segen!»

Es war schon lange her, daß ihn jemand einen lieben Jungen genannt hatte. Jack lächelte kraftlos und schloß die Augen.

«Ich verstehe – überhaupt nichts», murmelte er schläfrig.

«Strengen Sie jetzt Ihren armen Kopf nicht an. Schlafen Sie.»

Einen Moment lang dachte er ernsthaft über diese Worte nach. Der Vorschlag klang recht vernünftig, und er war so unsagbar müde. Mit einem kleinen, zufriedenen Seufzer begab er sich wieder ins Land der Träume.

Als er am Morgen des nächsten Tages erwachte, schien die Sonne strahlend hell durchs Fenster und blendete ihn mit ihrem Licht. Jemand trat raschelnd auf ihn zu – es war die Dame, die ihm geboten hatte, zu schlafen.

Er lächelte ihr entgegen und zog eine sehr dünne Hand unter den Laken hervor.

«Aber – wer sind Sie?» fragte er etwas kläglich.

Miss Betty tätschelte begütigend seine Hand.

«Zerbrechen Sie sich noch immer Ihren armen Kopf deswegen? Ich bin Dis Tante Betty – obwohl Sie wahrscheinlich nicht wissen, wer Di ist!»

Allmählich begann es Mylord zu dämmern.

«Ah – Sie sind die Dame in der Kutsche – Tracy – ja, ich erinnere mich!»

«Nun, ich weiß zwar nichts von einem Tracy, aber ich bin die Dame in der Kutsche.»

«Und die andere –»

«Das war Diana Beauleigh, meine Nichte – der Schatz. Wenn es Ihnen besser geht, werden Sie sie sehen.»

«Aber – aber – wo bin ich, Madam?»

«Pst – so regen Sie sich doch nicht auf, lieber Junge!»

«Ich bin dreißig!» protestierte Jack mit einem schelmischen Zwinkern.

«Das hätte ich nicht gedacht, aber für mich sind Sie trotzdem noch ein Kind», erklärte Miss Betty zu seiner Belustigung. «Sie befinden sich in Mr. Beauleighs Haus – er ist Dis Vater und mein Bruder. Und hier werden Sie bleiben, bis Sie sich ganz erholt haben.»

Jack stützte sich auf den Ellbogen und schnitt sofort eine Grimasse, denn die Bewegung verursachte ihm starke Schmerzen.

«Wahrhaftig, Madam – bin ich schon lange hier?»

Er wurde mit großer Bestimmtheit in die Kissen zurückgedrückt.

«Werden Sie wohl Ruhe geben? Das fehlte noch, daß Ihre Wunde wieder aufbricht! Morgen ist es eine Woche, daß Sie bei uns sind. Du meine

Güte, was ist denn?»

Auf Jacks Gesicht malte sich ungläubiges Entsetzen.

«Eine *Woche?* Das ist doch nicht möglich!»

«Es stimmt aber, so wahr ich hier stehe. Und einen schönen Schrecken haben Sie uns eingejagt, als Sie eine Zeitlang mit dem Tode rangen und ununterbrochen von Ihren Dicks und Jims phantasierten!»

Mylord warf ihr einen scharfen Blick zu.

«Oh! Da habe ich also – gesprochen?»

«Nun ja – wenn Sie Ihr Gebrabbel in ausländischem Kauderwelsch so nennen wollen . . . Doch jetzt wird brav stillgelegen und gewartet, bis der Doktor kommt.»

Eine Weile starrte Carstares schweigend vor sich hin. Der Gedanke an Jim entlockte ihm ein leises Schmunzeln. «Ich hätte mir keine bessere Strafe ausdenken können», sagte er sich und runzelte dann die Stirn. «Armer Kerl! Er wird verrückt vor Angst um mich sein. Miss – äh – Betty?»

«Was, Sie schlafen noch nicht?»

«Schlafen, Madam? Auf keinen Fall!» meinte er würdevoll. «Ich muß einen Brief schreiben.»

«So? Das sollen Sie aber nicht!»

«Aber ich muß! Es ist ungeheuer wichtig!»

Sie schüttelte energisch den Kopf.

«Nicht, bevor es Mr. Jameson erlaubt», sagte sie mit Nachdruck.

Jack stemmte sich mit zusammengebissenen Zähnen hoch.

«Dann stehe ich auf», drohte er.

Blitzschnell war sie an seiner Seite.

«Nein, nein! Legen Sie sich zurück und seien Sie artig!»

«Ich will aber nicht!»

«Dann lasse ich Sie wochenlang keine Feder anrühren!»

Jack setzte eine äußerst gebieterische Miene auf und betrachtete sie mit einem furchterregend finsteren Blick.

«Madam, ich bestehe darauf, diesen Brief schreiben zu dürfen!»

«Sir, und ich bestehe darauf, daß Sie sich hinlegen.»

Es kostete ihn sehr viel Mühe, das Zucken seiner Mundwinkel zu beherrschen.

«Wehe Ihnen, Miss Betty, wenn Sie mir nicht Feder und Papier bringen!»

«Aber so seien Sie doch vernünftig, Junge! Sie könnten Ihren Arm ohnehin nicht gebrauchen!»

«Und ob!» antwortete Jack störrisch, sank jedoch im gleichen Moment in die Kissen zurück und schloß die Augen. Eine winzige Falte erschien zwischen seinen Brauen.

«Na, was habe ich Ihnen gesagt!» schalt Miss Betty nicht ohne eine Spur Triumph in ihrer Stimme und strich die zerwühlte Bettdecke glatt.

Die blauen Augen öffneten sich weit und flehend.

«Madam, es ist wirklich sehr wichtig.»

Diesem Blick konnte sie nicht widerstehen.

«Also gut», räumte sie ein, «ich lasse Sie zwar auf keinen Fall selbst schreiben, aber – könnten Sie mir nicht diktieren?»

Jack zog strahlend ihre Hand an die Lippen.

«Miss Betty, Sie sind ein Engel!»

«Ja, schon gut, schon gut!» Sie eilte fort, um die notwendigen Utensilien zu holen.

Als sie zurückkehrte, zupfte er düster vor sich hinstarrend am Laken.

«Ich bin bereit», verkündete sie.

«Danke, Madam, das ist sehr freundlich von Ihnen –»

«Unsinn!»

Er lachte schwach.

«Ich möchte, daß Sie meinem Diener schreiben und ihn beauftragen, mein Gepäck ins nächste Gasthaus zu bringen –»

«Fällt mir gar nicht ein! Ich werde ihm sagen, er soll es hierher bringen.»

«Aber, Miss Betty, ich kann unmöglich Ihre Gastfreundschaft derart in Anspruch nehmen –»

«Werden Sie wohl still sein? So dumme Reden will ich nicht hören!»

«Ich sehe schon, mir steht eine harte Zeit bevor», seufzte Jack und beobachtete dabei, wie ein Lächeln auf ihrem Gesicht aufstrahlte.

«Sie Kindskopf! Wollen wir anfangen?»

«Gern, Madam. Nein, ich hab es mir anders überlegt. Ich möchte einem Freund schreiben, bitte: ‹Lieber Miles ... Getreu meinem Versprechen ... will ich Dich über mein Schicksal ... nicht im unklaren lassen ... Falls Du Dir ... über mein Verschwinden ... Sorgen machen solltest, ich befinde mich in –› Bitte, Madam, wo befinde ich mich denn?»

«In Horton Manor, Littledean», antwortete sie und schrieb es nieder.

«Danke. ‹Ich hatte das Pech, mir die Schulter bei einer –›»

«Und den Arm», warf sie unerbittlich ein.

«‹Die Schulter und den Arm bei einer Auseinandersetzung zu verletzen ... und eine gewisse, sehr gütige Dame –›»

«Ich weigere mich, das zu Papier zu bringen! ‹Eine der Damen, die ich rettete –›»

«Lieber Himmel, das haben Sie doch hoffentlich nicht geschrieben», rief er entsetzt.

Sie lächelte beruhigend.

«Nein, schauen Sie, da steht: ‹Meine Krankenschwester schreibt das für mich.›»

«Madam, Sie haben einen verwerflichen Hang, andere Leute zu nekken», rügte Mylord sie. «Hm – ja . . . ‹Wenn Du Jenny nach Trencham bringst . . . sei so gut und sage Jim, er soll mein Gepäck . . . sofort hierherschaffen›. Haben Sie das, Miss Betty?»

«Ja.»

«‹Empfiehl mich bitte Lady Molly . . . und entschuldige mein langes Schweigen. Ich danke Dir im voraus . . .›» Er hielt inne. «Wenn Sie das bitte mit J. C. unterzeichnen. Der Brief geht an Sir Miles O'Hara, Thurze House, Maltby.»

«Sir Miles O'Hara! Ist er Ihr Freund, Mr. – Mr. – ich weiß Ihren Namen nicht.»

«Car-», begann Jack und biß sich auf die Lippen. «Carr», wiederholte er gelassen. «John Carr. Kennen Sie O'Hara?»

«Ich? Nein! Glauben Sie, er wird Sie besuchen kommen?»

«Wenn Sie es ihm erlauben, Madam?»

«Lieber Himmel! Ich werde Thomas sagen, er soll sofort mit dieser Nachricht hinüberreiten.»

«Miss Betty, Sie sind einfach wunderbar. Wie soll ich Ihnen jemals für alles danken –»

«Pst! Und was ist mit Ihnen, wenn ich fragen darf? Ich will gar nicht daran denken, was mit Di hätte passieren können, wenn Sie nicht gekommen wären! *Wir* sind es, die tief in Ihrer Schuld stehen.»

Jack errötete verlegen.

«Nein, Sie übertreiben wirklich –»

«Tatata! Nun schlafen Sie schön, bis ich zurückkomme. Und Sie werden bestimmt nicht versuchen, aufzustehen?»

Er schüttelte sich vor Lachen.

«Nein, ich schwöre! Selbst wenn Sie mich für immer im Stich lassen, bleibe ich hier liegen und sieche langsam dahin –» Doch er sprach ins Leere, denn sie hatte bereits mit einem entzückten Gackern das Zimmer verlassen.

Es war schon spät am Nachmittag, als O'Hara erschien. Er wurde nach einem kurzen Gespräch mit Diana und ihrem Vater in Mylords Zimmer geführt, wo ihn Miss Betty fröhlich und mit einem ruckartigen Knicks begrüßte.

«Ich hoffe, Sie werden Mr. Carr nicht aufregen», sagte sie, wurde aber sogleich von der zwar schwach, doch äußerst heiter klingenden Stimme des Patienten unterbrochen.

«Komm nur herein, Miles, und hör nicht auf diesen Zerberus! Nicht einmal meine Perücke durfte ich aufsetzen!»

O'Hara lachte laut über Miss Bettys schelmische Grimasse und begab sich ans Krankenlager.

«Du junger Nichtsnutz!» schalt er, indem er Mylords abgezehrte Hand ergriff und scheinbar erbost auf ihn hinabblickte. «Ist dir nichts Besseres eingefallen, als dich so zu ruinieren und deinen armen Diener fast verrückt vor Sorge um dich zu machen?»

«Pah! Hast du Jim gefunden?»

O'Hara wandte sich um und stellte fest, daß Miss Betty sich diskret zurückgezogen hatte. Er nahm behutsam auf der Bettkante Platz.

«Ja. Gleich nachdem ich deinen Brief bekam, machte ich mich mit der Stute auf den Weg – übrigens, einen schönen Schrecken hast du mir eingejagt, das kannst du mir glauben! Sie hat ihn erkannt, und daraufhin sprach ich ihn an.»

«Ich möchte wetten, du warst von ihm enttäuscht», sagte Mylord. «Hat er sehr dämlich dreingeschaut?»

«Um die Wahrheit zu sagen, ich hielt ihn zuerst für einen Halbidioten und überlegte schon, ob mir nicht ein Fehler unterlaufen sei. Aber schließlich brachte ich ihn soweit, mir zu glauben. Er hat die Stute übernommen und bringt heute abend dein Gepäck her. Ach ja, und ich habe ihm unsere Begegnung geschildert – sein Gesicht hättest du sehen sollen, als ich ihm sagte, daß deine Pistolen nicht geladen waren! Fassungslos ist nicht der richtige Ausdruck – es war ganz einfach unbeschreiblich!»

«Das kann ich mir vorstellen. Doch nun laß dir diese verdammt komische Geschichte erzählen.»

«Was ist denn nun eigentlich geschehen?»

«Das will ich dir ja gerade berichten. Also, nachdem wir uns verabschiedet hatten, ritt ich ungefähr eine Stunde lang ruhig dahin, dann stieß ich plötzlich auf Miss Beauleighs Kutsche, die drei Spitzbuben aufhielten, um das Mädchen in einen anderen Wagen zu zerren, der dem Anstifter der ganzen Sache gehörte. Natürlich stieg ich ab und sah nach, was man tun konnte.»

«Klar, du hast unbedingt deine Nase in eine Angelegenheit stecken müssen, die dich nichts anging. Vier Männer, und du hast die Tollkühnheit, sie alle anzugreifen? Du bist wirklich komplett verrückt!»

«Selbstverständlich hättest du dich an meiner Stelle aus dem Staub gemacht – oder vielleicht den Schuften geholfen?» fragte Mylord spitz.

O'Hara kicherte.

«Nur weiter im Text, Jack. Ich behaupte ja nicht, daß ich nicht gern dabeigewesen wäre.»

«Ja, ewig schade! Vermutlich hat dir Miss Beauleigh ohnehin schon alles erzählt, aber es gibt etwas, das du bestimmt noch nicht weißt, denn sie hat davon keine Ahnung: mein Gegner war Belmanoir.»

«Donner und Doria! Doch nicht der Herzog?»

«O ja, Tracy.»

«Sapperlot! Hat er dich erkannt?»

«Ich bin nicht sicher. Natürlich war ich maskiert, aber er sagte, er hätte das Gefühl, mich zu kennen. Genau in diesem Augenblick feuerte er seine Pistole auf mich ab.»

«Der dreckige Schuft!»

«Hm – ja. Das ist der Grund, weshalb ich annehme, daß er mich doch nicht erkannt hat. Verdammt noch mal, Miles, sonst hätte er das bestimmt nicht getan!»

«Glaubst du? Wenn du mich fragst, ich traue ihm alles zu.»

«Aber hör mal, das geht entschieden zu weit! Er konnte unmöglich versuchen, kaltblütig einen Mann zu töten, mit dem er einmal gejagt und gefochten hat – und – und – kein Mensch wäre dazu imstande!»

O'Hara schaute äußerst skeptisch drein.

«Weil du es selbst nicht fertigbrächtest, heißt das noch lange nicht, daß das auch für einen so erbärmlichen Schurken wie Belmanoir gilt.»

«Nein, das kann ich mir nicht vorstellen. Wir standen früher immer auf recht freundschaftlichem Fuß – wenn es nun Robert gewesen wäre –, nein, ich will das einfach nicht glauben. Und daß du mir ja keinen Ton darüber zu diesen Leuten sagst – sie kennen Devil nicht. Soviel ich Miss Bettys Schilderungen entnehmen konnte, nennt er sich Everard. Er traf das Mädchen – Diana – in Bath. Du kennst seine Art. Sie wollte nichts von ihm wissen – daher die Entführung.»

«Himmel, hat der Kerl einen miesen Charakter!»

«Was Frauen anbelangt, ja. Sonst ist er nicht so übel, Miles.»

«Ich habe für derlei Ungeziefer nichts übrig.»

«Oh, ich weiß nicht. Schließlich sind wir alle keine Heiligen.» Er wechselte abrupt das Thema. «Wie geht es Jenny?»

«Sie hat nicht viel Appetit, sicher vermißt sie dich. Ich habe sie bei deinem Diener gelassen. Er sollte eigentlich bald eintreffen, denn vermutlich wird er nicht viel Zeit vertrödeln.»

«Das denke ich auch. Der Ärmste, er muß sich schreckliche Sorgen um seinen nichtsnutzigen Herrn gemacht haben.»

«Na, jedenfalls war sein Gesicht genauso weiß wie deines, als ich ihm sagte, daß du verwundet bist.»

Carstares bewegte hastig den Kopf.

«Was redest du da von meinem Gesicht? Sei so gut und gib mir den Spiegel dort.»

O'Hara gehorchte lachend und beobachtete mit einigem Erstaunen, wie Mylord seine Züge einer sorgfältigen Prüfung unterzog.

Interessant, diese Blässe, lieber Freund, sehr interessant. Nichtsdestoweniger freue ich mich, daß Jim hierher unterwegs ist.»

Er fing O'Haras Blick auf und konnte ein Schmunzeln nicht unterdrükken.

«Du hältst mich wohl für sehr eitel?»

«Ist das wieder eine Pose von dir, John? Sir Anthony Ferndale, vielleicht?»

«Nein, ich glaube, das ist mein eigenes Ich. Siehst du, wenn man für sich allein lebt und immer nur an sich selbst denkt, macht man eben möglichst viel aus seiner Persönlichkeit. Deshalb lege ich solchen Wert auf mein Äußeres. Nimm den Spiegel wieder weg, bitte – mein Anblick beleidigt mich.»

«Wie Mylord belieben», antwortete O'Hara, indem er diesem Wunsch nachkam. «Ah, da fällt mir ein – wie heißt du jetzt eigentlich?»

«John Carr – um ein Haar hätte ich Carstares gesagt, aber ich beherrschte mich noch rechtzeitig. Aber ich höre meinen guten Geist zurückkehren – und – Miles!»

«Ja?»

«Komm wieder!»

«Ha, lieber Freund, diese Worte wirst du noch bereuen, denn ich habe die Absicht, dich jeden Tag zu besuchen.»

«Danke! Ich glaube, es wird dich beträchtliche Mühe kosten zu erreichen, daß ich deiner überdrüssig werde.» Er biß sich auf die Lippen und wandte den Kopf ab, als Miss Betty ins Zimmer trat.

«Sie müssen meinen Patienten leider verlassen, Sir Miles», sagte sie. «Für heute hat er sich genug angestrengt. Er sollte jetzt schlafen.» Sie warf einen fragenden Blick auf den wirren Haarschopf. «Ist er müde?»

Jack kehrte sich ihr lächelnd zu.

«Nein, Miss Betty, aber ich weiß, Sie werden mir nicht glauben.»

«Mein lieber Junge, wissen Sie, daß Sie dunkle Ringe unter den Augen haben?»

«Schon wieder eine Bemerkung über mein Gesicht», seufzte er mit einem Seitenblick auf O'Hara, der sich soeben erhob.

«Sie haben ganz recht, Miss Beauleigh, ich muß gehen. Darf ich morgen wiederkommen?»

«Natürlich», strahlte sie. «Wir werden entzückt sein, Sie begrüßen zu dürfen.»

O'Hara beugte sich über die Liegestatt.

«Also dann, *au revoir*, Jack. Ja, stimmt – meine Frau schickt ihrem ‹Kusin Harry› die allerbesten Grüße – das freche Kätzchen.»

«Wirklich? Das ist aber reizend von ihr! Willst du die Grüße bitte auf das herzlichste erwidern und ihr einen Kuß auf –»

«Ja?» fragte O'Hara gefährlich ruhig. «Wohin soll ich ihr einen Kuß geben?»

«Auf die Hände!» prustete Carstares. «Dann auf Wiedersehen, Miles, und danke –»

«Das genügt!» schnitt ihm O'Hara das Wort ab, verbeugte sich vor Miss Betty und verließ den Raum.

Die alte Dame huschte geschäftig zum Bett und schüttelte die Kissen auf.

«Nun, sind Sie zufrieden?»

«Danke, Madam, sehr zufrieden! Jetzt werde ich bald aufstehen können!»

Ein zweifelndes «Hm!» war die einzige Antwort, bevor sie ihn wieder seinen Grübeleien überließ.

Wie sie erwartet hatte, döste er ein wenig, doch seine wunde Schulter hinderte ihn daran, richtig einzuschlafen. Er lag in einer Art Dämmerzustand mit geschlossenen Augen da, und nur eine tiefe Furche zwischen den Brauen verriet seine Schmerzen.

Als die Tür leise geschlossen wurde, schreckte er auf. Er blinzelte in die Richtung, aus der das Geräusch kam, und sah Jim Salter mitten im Zimmer stehen, der ihn ängstlich betrachtete.

Mylord musterte ihn mit einem mürrischen Blick, doch je länger er dieses Häufchen Elend, das offensichtlich bereit war, den drohenden Sturm demütig über sich ergehen zu lassen, anschaute, desto mehr schmolz sein Herz, bis er schließlich lächelnd sagte: «Ich bin wirklich heilfroh, dich wiederzusehen, Jim.»

«Das – das kann nicht Ihr Ernst sein, Sir. Ich habe Ihre Pistolen nicht geladen.»

«Ich weiß. Verdammt nachlässig von dir, aber das ist eben doch etwas, was ich lieber selber tun sollte.»

Jim schlich näher.

«Heißt das, daß Sie mir verzeihen, Sir?»

«Aber natürlich! Ich hätte ohnehin nicht auf meinen besten Freund schießen können.»

«Nein, Sir, aber das macht es nicht besser.»

«Sicher nicht, und ich war auch ziemlich verärgert – ach, hol dich der Kuckuck, Jim, schau mich nicht so an! Ich lebe ja noch.»

«Wenn – wenn Sie getötet worden wären, Sir – wäre es meine Schuld gewesen.»

«Quatsch! Schließlich hatte ich noch einen Degen, nicht wahr? Um Himmels willen, hör endlich auf, dir deshalb Vorwürfe zu machen! Hast du mein ganzes Gepäck mitgebracht?»

«Ja, Sir. Und – es wird nicht wieder vorkommen, Sir.»

«Davon bin ich überzeugt. Wie geht es Jenny? Gut?»

«Großartig, Sir. Werden Sie mir Ihre Pistolen noch anvertrauen?»

Carstares stöhnte.

«Gibst du noch immer keine Ruhe? Es war ein dummer Zufall, und ich hab die Geschichte schon vergessen. Da – hier hast du meine Hand darauf!» Damit war die Angelegenheit für ihn aus der Welt geschafft.

«Mittlerweile hast du dich hoffentlich dieses schrecklichen Rockes entledigt, den du mir neulich zumuten wolltest?»

«Ich habe ihn dem Wirt gegeben, Sir.»

«Im Grunde hätte man das Ding verbrennen sollen – aber vielleicht hat er sich sogar darüber gefreut.»

«Ganz unverkennbar, Sir. Werden Sie jetzt versuchen zu schlafen?»

«Wenn dich deine Schulter wie Feuer brennen würde, fiele es dir sicher nicht ein, eine derart blödsinnige Frage zu stellen», antwortete Jack gereizt.

«Entschuldigen Sie, Sir. Kann ich etwas für Sie tun?»

«Ja, du kannst den Verband wechseln, wenn du willst. Der alte ist schon gräßlich heiß und unangenehm.»

Ohne ein weiteres Wort zu verlieren, machte sich Salter daran, seinen Herrn zu pflegen. Dabei malte sich auf seinem Gesicht soviel Teilnahme, und er behandelte die häßliche Wunde mit solcher Sorgfalt und Behutsamkeit, daß Carstares den Wunsch zu fluchen unterdrückte, als er zufällig eine besonders empfindliche Stelle berührte, und ihn zum Schluß mit einem Lächeln und einem zufriedenen Seufzer belohnte.

«So ist es viel besser», sagte er. «Du hast wirklich eine leichte Hand, Jim.»

Der Diener errötete vor Freude, doch er sagte nichts, sondern ging zum Fenster hinüber und zog die Vorhänge zu.

13
Mylord macht seine erste Aufwartung

Nach Jims Ankunft erholte sich Mylord rasch und machte Tag für Tag große Fortschritte, sehr zur Befriedigung des Doktors, der es niemals müde wurde, Mr. Beauleigh und Miss Betty zu beteuern, es sei einzig und allein seiner Behandlung zu verdanken, daß sich der Patient überhaupt noch am Leben befand. Da seine Therapie hauptsächlich darin bestand, John reichlich zur Ader zu lassen, womit er jedoch bald auf Miss Bettys erbitterten Widerstand stieß, gerieten die beiden des öfteren ziemlich heftig aneinander, was mit einer vernichtenden Niederlage für den guten Mr. Jameson endete. Miss Betty vertrat die Meinung, daß Mr. Carrs Genesung auf ihre Pflege zurückzuführen war, und sehr wahrscheinlich hatte sie damit recht. Auf jeden Fall stand Mylord kaum vierzehn Tage nach O'Haras erstem Besuch vor seinem Spiegel und betrachtete sich, den Kopf nachdenklich zur Seite geneigt, mit unzufriedenem Blick. Salter beobachtete ihn besorgt, denn er wußte, daß dies ein kritischer Moment war. In gewisser Weise war ihm sein Herr ein Rätsel. Die wichtigen Dinge im Leben schienen ihn nie zu berühren, doch bei der Wahl zwischen zwei Krawatten oder einer ähnlichen Nebensächlichkeit konnte er sich oft unglaublich alterieren.

Nachdem Carstares seine Erscheinung ein paar Minuten lang eingehend studiert hatte, sagte er stirnrunzelnd über die Schulter: «Ich hab's mir anders überlegt, Jim. Ich werde doch Blau tragen.»

Salter seufzte verzweifelt.

«Was Sie da anhaben, steht Ihnen aber sehr gut, Sir.»

Jack setzte sich trotzig auf einen Stuhl.

«Ich empfinde eine Abneigung – nein, geradezu einen Widerwillen – gegen Braun. Ich will Blau und nichts anderes.»

«Sir, ich flehe Sie an, hören Sie auf, sich dauernd umzuziehen! Sie werden müde sein, bevor Sie hinuntergehen, und Sie wissen ja, was der Doktor gesagt hat.»

Mylord wünschte den Arzt und seine weisen Ratschläge laut und deutlich an einen Ort, wo er sich wegen der großen Hitze, die dort herrschte, wohl kaum wohlgefühlt hätte.

«Sehr wohl, Sir, aber –»

«Mr. Jameson ist zwar ein verdienstvoller Mann, doch er versteht von der Kunst, sich zu kleiden, sogar noch weniger als du. Was weiß er von den Seelenqualen eines Menschen, der seinen Antrittsbesuch in Braun macht.»

«Aber –»

«Den blauen, goldverbrämten Rock.»

«Sir –»

«Das ist ein Befehl! Den blauen Rock, oder ich gehe wieder ins Bett!»

«Wie Sie wünschen, Sir.» Resigniert begab sich Jim zum Schrank hinüber.

Als Seine Lordschaft endlich zu seiner vollständigen Zufriedenheit Toilette gemacht hatte, war der heiße Juninachmittag halb vorbei, und Miss Betty klopfte an die Tür und wollte wissen, ob Mr. Carr nun hinunterkäme oder nicht.

Carstares schob seine Armschlinge zurecht, nahm seinen Hut und ging ein wenig zittrig auf die Tür zu.

Salter öffnete sie mit einem triumphierenden Blick auf die alte Dame, als ob alle Vorzüge Mylords ausschließlich sein Verdienst wären.

«Soll ich Ihnen helfen, Sir?» fragte er, indem er ihm den Arm bot.

Miss Betty sank in einen tiefen Knicks.

«Oh, Mr. Carr!»

John dankte mit einer feierlichen Verbeugung.

«Zu Ihren Diensten, Madam. Ich bin gerade im Begriff, ins Reich der Lebenden hinabzusteigen. Danke, Jim.» Er stützte sich schwer auf den Diener.

Miss Betty schritt bewundernd um ihn herum.

«Nein, also wirklich – sehr elegant! Doch Sie bringen mich in Verlegenheit!»

«In der Tat? Und warum?»

«Sie sind nicht so jung, wie ich dachte», antwortete sie freimütig.

«Bitte, halten Sie mir zugute, daß ich nie versucht habe, Sie zu täuschen. Ich bin ein betagter Mann.»

«Dreißig!» spöttelte sie und ging voraus. «Kommen Sie, Kindchen, aber fallen Sie mir nicht über die erste Stufe.»

Am Fuß der Treppe erwartete sie Mr. Beauleigh, ein mittelgroßer Mann mit dünnen Lippen und grauen Augen. Er trat John mit ausgestreckten Händen entgegen.

«Ich bin entzückt, Sir, Sie in einer soviel besseren Verfassung zu sehen. Ihre Schulter schmerzt Sie doch hoffentlich nicht mehr?»

Mylord schob Jim sanft zur Seite und ergriff die so herzlich dargebotene Rechte.

«Ich danke Ihnen, Sir, die Wunde ist fast verheilt. Wenn Miss Betty nicht wäre, die, wie ich fürchte, das Zeug zu einem echten Despoten hat, würde ich diese Schlinge nicht tragen.»

Mr. Beauleigh lächelte ein wenig.

«Ach ja, die liebe Betty kommandiert die ganze Familie. Aber wollen Sie nicht ein bißchen in den Garten hinausgehen? Auf dem Rasen stehen Stühle bereit – oh, und da ist auch schon meine Tochter.»

Er wies auf die Tür, und als Carstares sich umwandte, erblickte er Diana.

Das dunkle Holz der Täfelung umrahmte ihre schlanke Gestalt in dem Kleid aus bernsteinfarbener Seide, das an Ärmeln und Dekolleté mit kostbarer alter Spitze besetzt war. Ihr nachtschwarzes Haar fiel in kleinen Löckchen in die klare, weiße Stirn, doch die übrige schimmernde Pracht war, bis auf eine lange Seitenlocke, die sich kokett über eine Schulter ringelte, unter einer kleinen Spitzenhaube verborgen, die sie mit einem Band unter ihrem Kinn festgebunden hatte.

John starrte sie sprachlos an, und Diana ihrerseits betrachtete ihn mit ihren großen braunen Augen in beinah kindlicher Unschuld. Dann flatterten ihre Lider, und lange, geschwungene Wimpern verschleierten die samtene Tiefe ihres Blicks, während ihr langsam das Blut in die Wangen stieg.

Mylord entsann sich seiner guten Manieren und machte seinen schönsten Kratzfuß, als ihr Vater ihn vorstellte.

«Meine Liebe, das ist Mr. Carr –»

Diana knickste tief.

«– und, Mr. Carr, das ist meine Tochter, Diana.»

«Es ist mir eine große Ehre, Miss Beauleighs Bekanntschaft zu machen», sagte John, indem er ihre Hand an seine Lippen zog.

Die zarten, spitz zulaufenden Finger zitterten ein bißchen in den seinen, und bebende Lippen öffneten sich zum schüchternsten und anbetungswürdigsten Lächeln, das er je gesehen hatte.

«Im Grunde, Sir, sind wir bereits bekannt, denn ich werde doch meinen Retter nicht vergessen.»

«Ich bin glücklich, daß ich Ihnen behilflich sein konnte, Mademoiselle. Glauben Sie mir, es war eine hohe Auszeichnung, für Ihre Sache zu kämpfen.» Sein Blick ruhte auf dem faszinierenden Grübchen, das neben ihrem Mundwinkel erschien.

«Es ist sehr freundlich von Ihnen, das zu sagen, Sir, um so mehr, als wir Sie, wie ich fürchte, beträchtlich inkommodiert haben», erwiderte sie, auf seine Armschlinge weisend.

«Ich bitte Sie, Mademoiselle, das kann man nicht einmal als Lappalie bezeichnen. Im Gegenteil, *ich* bin Ihnen zutiefst zu Dank verpflichtet.»

Miss Betty trippelte geschäftig auf die beiden zu.

«So, ich denke, das reicht nun vollauf! Ich habe noch nie einen dümmeren Austausch von Komplimenten gehört. Sie sehen müde aus, Mr. Carr. Kommen Sie in den Garten, um sich ein wenig auszuruhen.»

Salter wollte zu seinem Herrn eilen, aber Diana gebot ihm mit erhobenem Finger Einhalt.

«Darf ich Ihnen meinen Arm anbieten, Sir?» fragte sie zaghaft.

Jack errötete.

«Wirklich, Miss Beauleigh, nein, ich kann nicht –»

«Ach, papperlapapp!» mischte sich Miss Betty ein. «Schluß jetzt mit dem Zeitvertrödeln! Führ ihn hinaus, Di.»

Mr. Beauleigh war bereits verschwunden. Seine Welt lag in seiner Bibliothek, der er nie lange fernblieb. Nun hatte er, als die Aufmerksamkeit seiner Schwester anderweitig in Anspruch genommen war, die Gelegenheit ergriffen, sich unauffällig zurückzuziehen, und als sie sich nach ihm umwandte, sah sie gerade noch, wie die Tür zur Bibliothek leise zugezogen wurde.

«Dein Papa hat sich schon wieder absentiert», bemerkte sie zu ihrer Nichte. «Ach Gott, ja, es ist wirklich schwer mit ihm.»

Sie folgte dem Paar ins Freie und half Carstares, sich in einem Liegestuhl unter einer großen Ulme niederzulassen, wobei sie ihm ein Kissen in den Rücken und eines unter seine wunde Schulter schob.

«Haben Sie es auch wirklich bequem?» fragte sie, während sie sich besorgt über ihn beugte.

«Bestimmt, Madam, danke», antwortete Jack lachend. «Aber wo nehmen Sie Platz?»

«Oh, ich setze mich auf diesen Stuhl, und Di auf ein Kissen –» sie warf eines auf den Boden – «zu meinen Füßen. So!»

«Ich sehe, Sie werden alle mit einem eisernen Besen regiert, Mademoiselle», sagte er ernsthaft und beobachtete, wie zitternd das Grübchen entstand.

«Ja, tatsächlich, Sir – es ist zu traurig.»

Miss Betty rollte kichernd ein Paket mit Seidengarn auf und warf es ihrer Nichte in den Schoß.

«Würdest du die Freundlichkeit haben, das für mich zu sortieren, Kindchen?» fragte sie und zog ihre Stickerei hervor.

«Bitte erlauben Sie mir, Ihnen behilflich zu sein!» bat John.

«Gern. Sie müssen aber sehr darauf achten, die verschiedenen Rosaschattierungen auseinanderzuhalten. Sehen Sie, das normale Rosa geben wir hierher, dann kommt Lachs, Dunkelrosa, Blaßrosa, und die Rottöne legen wir – ah, da ist kein Platz mehr – die legen wir in dieses Papier.»

«Einverstanden», stimmte Carstares zu. «Sollen wir die anderen Farben einstweilen außer acht lassen?»

Sie nickte und beugte sich über die Strähnen.

«Kommt Sir Miles heute nachmittag, Mr. Carr?»

«Stimmt, Miss Betty, jetzt, wo Sie es erwähnen, fällt es mir ein. Miss Beauleigh, ich bin nicht dafür, daß Sie dieses Garn auf den rosa Haufen legen. Es ist eine Spur zu dunkel.»

«Aber ich bin sicher, es paßt! Warten Sie, vergleichen wir es mit dem anderen.»

Carstares zog eine lange Strähne heraus und hielt sie an die ihre. Die beiden Köpfe, die sich darüber neigten, waren einander sehr nahe.

«Sie haben recht!» seufzte Diana. «Jetzt sehe ich den Unterschied, aber es ist wirklich nur ein Hauch!»

Miss Betty spähte ihnen über die Schulter.

«Gott im Himmel, was für ein Auge Sie haben! Ich kann beim besten Willen nichts entdecken!» Sie musterte die Reihe von Garnen, die auf Mylords weißer Satinhose ausgebreitet waren.

«Mr. Carr», sagte Diana plötzlich, «ich möchte Sie gern etwas fragen, worüber ich schon lange nachdenke.»

«Nur zu, Miss Beauleigh.»

«Warum haben Sie Mr. Everard M. le Duc genannt?»

Eine winzige Pause folgte. Mylord blickte in die goldgesprenkelten Augen und runzelte unmerklich die Stirn.

«So? Habe ich das?»

«Ja, ich erinnere mich genau. War es nur – eine Phrase?»

«Eine Phrase . . . Ja, so könnte man es nennen, Mademoiselle. Finden Sie nicht, daß er ziemlich vornehm aussieht?»

«Ich will überhaupt nicht an ihn denken. Ich hasse ihn!»

«Allmählich beginne ich diesen Mr. Everard beinahe zu bedauern.»

Das fürwitzige Grübchen zeigte sich wieder.

«Das wäre höchst ungalant!» rügte sie. «Kennen Sie ihn?»

«Ich habe ihn ganz gewiß früher schon einmal gesehen.»

Diana setzte sich auf ihre Fersen und musterte ihn verwundert.

«Ich glaube, Sie weichen mir aus. Sagen Sie, ist ‹Everard› sein richtiger Name?»

Mylord drehte unbehaglich den Ring an seinem Finger hin und her. Er fühlte sich nicht berechtigt, Belmanoir bloßzustellen, und wenn er seine wahre Identität verriet, war es ohne weiteres möglich, daß Mr. Beauleigh ihn aufsuchte, was wiederum bedeutete, daß unter Umständen sein eigenes Inkognito gelüftet wurde. Er blickte auf.

«Pardon, Mademoiselle, aber wozu dieses Kreuzverhör?»

Diana nickte gelassen.

«Ich dachte mir, daß Sie die Antwort verweigern würden, aber ich habe etwas entdeckt, das Sie in Verlegenheit bringen wird!» Sie erhob sich. «Ich gehe es holen.» Mylord blickte ihr nach, wie sie anmutig auf das Haus zuschritt.

«Jetzt will *ich* Sie etwas fragen», schreckte ihn Miss Bettys Stimme aus seiner Versunkenheit auf.

«Gnade, Madam! Sie haben einen hilflosen Rekonvaleszenten vor sich! Glauben Sie, man kann mir die Belastung zumuten?»

«Oh, ich bin überzeugt davon! – Ist es für einen Gentleman üblich, maskiert zu reiten?»

«Nein», meinte er lachend, «aber für die Herren der Landstraße ist es *de règle.*»

Sie zog soeben die Nadel durch den Stoff und erstarrte mitten in der Bewegung.

«Was soll denn das nun wieder heißen?»

«Das heißt, daß ich ein ganz gewöhnlicher Wegelagerer bin, Miss Betty.»

Eine Sekunde lang starrte sie ihn an, dann nahm sie ihre Arbeit wieder auf.

«So schauen Sie auch aus.»

Carstares blickte erstaunt an sich hinunter.

«Tatsächlich, Madam? Dabei schmeichelte ich mir stets, dies sei nicht der Fall.»

«Ich habe mir nur einen Scherz erlaubt. Sie erwarten doch sicher nicht, daß ich dieses Märchen glaube?»

«Ich fürchte doch», seufzte er. «Es ist nämlich leider wahr!»

«Oh, was Sie nicht sagen! Sie sind also nur irrtümlich ein Freund von Sir Miles O'Hara, der zufällig Friedensrichter ist – und von Mr. Everard?»

«Zumindest auf die Bekanntschaft des Letztgenannten kann man nicht stolz sein.»

«Ja, vielleicht. Meine kleine Di behauptet zwar, er ist irgendein großer Herr.»

«Ihre kleine Di ist offensichtlich von Natur aus mißtrauisch. Wie kommt sie auf diese Idee?»

«Sie werden schon sehen. Di, stell dir vor, Mr. Carr will mir gerade einreden, daß er ein Straßenräuber ist!»

Das Mädchen kam lächelnd auf die beiden zu.

«Ich habe den Verdacht, er neckt dich, Tantchen! Können Sie sich daran erinnern, Sir?» Damit legte sie den Degen des Herzogs von Andover in Jacks Hände.

Carstares nahm die Waffe verblüfft entgegen. Dann warf er einen Blick auf den Griff und stutzte.

«Ja, das ist sein Rapier. Und ich dachte, es läge noch an der bewußten Stelle am Straßenrand! Ist es—haben Sie es mitgenommen, Mademoiselle?»

Sie machte ihm lachend einen Knicks.

«Sind Sie überrascht, Sir? Ich hörte, wie Sie den Degen verlangten, deshalb nahm ich selbstverständlich an, daß Sie ihn brauchten. Bitte, er sei der Ihre!»

«Das war wirklich sehr aufmerksam von Ihnen! Ich wagte kaum zu hoffen, daß man ihn nicht vergessen hätte. Ich bin Ihnen zu großem Dank verpflichtet —»

«Dann bezeigen Sie uns bitte Ihre Dankbarkeit, indem Sie wieder Platz nehmen!» empfahl die ältere Miss Beauleigh. «Schließlich sind Sie das erste Mal auf — also Vorsicht!»

John setzte sich gehorsam und begann den Degen zwischen den Fingern zu drehen.

Diana zeigte anklagend auf den kunstvoll geschmiedeten goldenen Griff. «Wenn ich mich nicht täusche, ist das eine Krone.»

Mylords Blick folgte der rosigen Fingerspitze und verweilte grimmig auf dem Wappen von Andover. Diese Protzerei sieht Tracy ähnlich, dachte er.

«Ja, es hat ganz den Anschein», gab er vorsichtig zu.

«Außerdem sind das keine Similisteine, sondern echte Diamanten, und das hier ist ein Rubin.»

«Ich bestreite es nicht, Madam», sagte er demütig.

«Und ich glaube, der große Stein ist ein Smaragd.»

«Da haben Sie bedauerlicherweise recht.»

«Ein teures Spielzeug!» sagte sie, indem sie ihm einen scharfen Blick zuwarf.

«Ja, etwas überladen, aber eine ausgezeichnete Klinge», antwortete Mylord sanft, während er das Rapier auf einem Finger balancierte.

«Ein *sehr* teures Spielzeug!» wiederholte sie streng.

John seufzte.

«Zweifellos, Madam, zweifellos.» Dann erhellte sich seine Miene. «Aber vielleicht hat Mr. Everard einen kostspieligen Geschmack?»

«Das ist sehr gut möglich. Und ich neige zu der Ansicht, daß Mr. Everard mehr sein muß als ein einfacher Landedelmann, um sich einen solchen Geschmack leisten zu können.»

Carstares unterdrückte mit Mühe ein Lächeln, als er sich Tracy als biederen Landjunker vorstellte, und schüttelte traurig den Kopf.

«Wollen Sie damit andeuten, daß er auf unehrliche Weise in den Besitz dieses Degens kam?»

Das Grübchen zuckte und verschwand.

«Sir, ich glaube, Sie führen mich an der Nase herum», sagte sie mit großer Würde.

«Ich bin ganz zerknirscht.»

«So? Nun, das freut mich. Ich will lediglich andeuten, daß Mr. Everard wesentlich mehr ist, als er sich bemühte zu scheinen.»

«Dieser Spitzbube! Eine Dame zu täuschen!»

«Und ich will wissen, ob ich recht habe. Ist er vielleicht eine Persönlichkeit von Rang?»

«Ich kann Ihnen versichern, Madam, daß Mr. Everard kaum wahrhaften Rang besitzt.»

Miss Betty begann zu lachen.

«Gib es auf, meine Liebe! Erstens führt es zu nichts, und zweitens ist es unhöflich, den armen Mr. Carr derart zu befragen.»

Diana zog einen Schmollmund.

«Ich finde, er benimmt sich unausstehlich», sagte sie vorwurfsvoll.

«Ich bin zutiefst betrübt», seufzte Jack, doch seine Augen glitzerten.

«Und jetzt lachen Sie auch noch!»

«Aber, Mademoiselle, Sie doch auch!»

Sie schüttelte den Kopf und versuchte dabei verzweifelt, das Grübchen zu bekämpfen.

«Dann sehen Sie mich untröstlich.»

Die braunen Augen funkelten, und sie bemühte sich vergeblich, ihre Lippen zu einem herben Strich zusammenzupressen.

«Ach, Sie sind wirklich zu albern!» rief sie aufspringend. «Da kommt übrigens Sir Miles.»

O'Hara schritt über den Rasen auf sie zu, verbeugte sich vor den Damen und blickte dann fragend von einem zum anderen. «Nun, Sie scheinen sich ja gut zu amüsieren?»

«Nein, keineswegs», antwortete Diana. «Ich ärgere mich über Mr. Carr.»

«Was höre ich da? Inwiefern hat er Ihnen denn Anlaß dazu gegeben?»

«Ich werde dir sagen, worum es geht, Miles», mischte sich der Angeklagte ein. «Der wahre Grund ist der, daß Mistress Diana so neugierig ist!»

«Oh!» Diana errötete zornig. «Das ist eine unverschämte Bemerkung!»

«Nein, er ist tatsächlich kein Gentleman!»

«Im Prinzip war es ja gerade dieses Thema, nämlich ob Gentleman oder nicht, über das wir uns –»

«Gezankt haben», sprang ihre Tante hilfreich ein.

«Nicht einigen konnten», verbesserte Seine Lordschaft.

«Sehr richtig», nickte Diana. «Ich fragte ihn, ob Mr. Everard eine Persönlichkeit von Rang sei, und er wich mir aus.»

«Das ist eine Verleumdung!» rief Jack. «Ich sagte nur, daß Everard herzlich wenig Rang hat.»

«Na, bitte! Ist das vielleicht keine ausweichende Antwort, Sir Miles?»

«Finden Sie? Eigentlich stimme ich in diesem Punkt mit Jack überein.»

«Ach, Sie sind ja beide gegen mich im Bunde!» rief sie und kam damit der Wahrheit näher als sie dachte. «Was ich meine, ist, ob er vielleicht einen Adelstitel hat.»

«Aber woher soll mein bedauernswerter Freund das wissen?»

«Weil ich sicher bin, daß er ihn kennt – oder zumindest über ihn Bescheid weiß.»

«Hören Sie, Mistress Di», unterbrach sie Mylord, während er O'Hara einen warnenden Blick zuwarf. «Ich werde Ihnen alles über Mr. Everard sagen, und ich hoffe, meine Geschichte wird Sie zufriedenstellen.» Er hielt inne, schien angestrengt nachzudenken. «Zuerst einmal hat er natürlich einen Titel – warten Sie – ja, er ist Herzog. O ja, das ist er bestimmt – und ich bin mir nicht sicher, ob er nicht ein Mitglied des Königshauses ist –»

«Entschuldigen Sie, wenn ich lache!» rief Miss Betty.

«Jetzt halten Sie uns schrecklich zum besten», sagte Diana mit betont ernster Miene. «Zuerst tun Sie so, als wüßten Sie nichts über ihn, und dann erzählen Sie uns derart alberne Dinge. Ein Herzog, nein bitte! Allmählich glaube ich, daß Sie *wirklich* nichts über ihn wissen!»

Genau wie Carstares gehofft hatte, wollte sie die Wahrheit nicht glauben.

«Er neckt Sie, mein Kind», meinte O'Hara, der Jacks Erklärung verwundert gelauscht hatte. «Ich behaupte, er kennt gar keinen Everard – was, mein Freund?»

«Ja, das kann ich nicht leugnen», lachte Mylord.

«Aber – aber – Sie sagten doch –»

«Ach, das dürfen Sie nicht ernst nehmen, Miss Di. Er ist ein ganz gemeiner Kerl.»

Sie betrachtete ihn düster.

«Ja, ich möchte Ihnen fast recht geben.»

Trotz alledem sah man das kecke Grübchen, doch im nächsten Augenblick war es verschwunden, und Diana wandte sich mit melancholisch (oder wie Mylord dachte, anbetungswürdig) gespitzten Lippen an ihre Tante.

«Mr. Bettison», kündigte sie in verzweifeltem Tonfall an.

Jack sah daraufhin, daß sich Miss Bettys Stirn wie durch ein Zauberwort umwölkte, und hörte sie ungeduldig vor sich hin murmeln: «Zum Henker mit dem lästigen Menschen!»

Er blickte zum Haus hinüber, von wo ein kleiner, ziemlich untersetzter junger Mann besonders affektiert auf sie zustolzierte. Der Bursche sah gut aus, stellte er insgeheim fest, nur seine Augen lagen zu dicht beisammen. Und seine Art gefiel ihm nicht, nein, sie gefiel ihm ganz und gar nicht. Wie besitzergreifend er jetzt Dianas Hand küßte!

«Ich freue mich sehr, daß Sie wieder einmal zu uns gefunden haben, Mr. Bettison!» sagte die alte Dame mit ausgesuchter Liebenswürdigkeit. «Es ist ja schon eine Ewigkeit her, daß wir Sie zuletzt hier sahen!»

«Aber nein, Tantchen», widersprach Diana zuckersüß. «Mr. Bettison gab uns doch erst vor *ganz* kurzer Zeit die Ehre!» Sie entzog dem jungen Mann ihre Hand, die er anscheinend nur zu gern festgehalten hätte, und wandte sich an John.

«Ich glaube, Mr. Carr, Sie kennen Mr. Bettison noch nicht?» fragte sie. «Mr. Bettison, erlauben Sie mir, Sie mit Mr. Carr bekannt zu machen. Sir Miles ist Ihnen ja kein Fremder?»

Der Squire verbeugte sich steif und unverkennbar feindselig. Carstares verneigte sich ebenfalls.

«Entschuldigen Sie bitte, wenn ich mich nicht erhebe», bat er lächelnd. «Wie Sie sehen, bin ich etwas behindert.»

Bettison ging ein Licht auf. Das war also der Mann, der Diana gerettet hatte. Zum Teufel mit dem unverschämten Kerl! «Ah, natürlich, Sir! Ihr Arm, nicht wahr? Meiner Treu, ich wäre stolz auf eine solche Wunde!»

Carstares hatte den Eindruck, daß der freche Lümmel Diana viel zu vertraulich anlächelte.

«Es war in der Tat eine große Ehre, Sir. Mistress Di, ich bin mit dem grünen Garn fertig.»

Diana kniete sich wieder auf das Kissen und breitete ein paar weitere Strähnen über seine Knie.

«Wie schnell Sie gewesen sind! Jetzt machen wir die blauen.»

Bettison starrte. Dieser verfluchte Geck schien ja ungeheuer intim mit Diana zu sein! Er nahm neben Miss Betty Platz und richtete gönnerhaft das Wort an Seine Lordschaft.

«Lassen Sie mich überlegen – äh – Mr. Carr. Kann ich Ihnen in der Stadt begegnet sein? Bei ‹Tom› vielleicht?»

Du blöder Bauerntölpel würdest dort völlig fehl am Platz sein, dachte John wütend. Laut sagte er: «Das halte ich für höchst unwahrscheinlich, Sir, denn ich war einige Jahre im Ausland.»

«Oh, wie interessant! Die ‹grand tour›, nehme ich an?»

Mr. Bettisons Ton ließ in keiner Weise darauf schließen, daß er seine zuletzt geäußerte Vermutung ernst nahm.

John lächelte.

«Diesmal nicht. Das war vor sieben Jahren.»

Da der junge Mann Gerüchte über diesen Burschen gehört hatte, der, wie man munkelte, nichts als ein gewöhnlicher Straßenräuber war, konnte er sich nun die boshafte Frage nicht verkneifen: «Wirklich? Im Anschluß an Cambridge vielleicht?»

«Oxford», verbesserte Carstares ihn sanft.

So eine verdammte Frechheit!

«Warten Sie – vor sieben Jahren – da muß doch auch George unterwegs gewesen sein – ich meine Selwyn, Miss Beauleigh.»

Jack, der die traditionelle Europareise unmittelbar nach dem College mit ein paar anderen jungen Stutzern gemacht hatte – und zwar bis Paris in Begleitung des berühmten Witzboldes – hütete wohlweislich seine Zunge.

Alsbald verbreitete sich Mr. Bettison über seine eigene Kavalierstour, und als O'Hara sah, daß sein Freund restlos mit Miss Diana und ihren Garnen beschäftigt war, erachtete er es als seine Pflicht, den Gegner abzulenken, indem er sich verabschiedete und den Squire geschickt dazu brachte, seinem Beispiel zu folgen, wofür er ein dankbares Lächeln von Mylord und eine Kußhand von Mistress Di erntete, mit der er auf bestem Fuße stand.

14
Mistress Diana vergißt, was sich schickt

Die idyllischen Sommertage gingen rasch vorüber, und jedesmal, wenn Mylord von Abschied sprach, stieß er auf so entrüsteten und lautstarken Widerstand, daß er das Thema hastig fallenließ und sich entschloß, noch ein paar Tage zu bleiben. Der Zustand seiner Schulter hatte sich wohl bis zu einem gewissen Grad gebessert, doch nun wollte die Wunde nicht vollständig verheilen und verursachte ihm bei der geringsten Anstrengung sofort Schmerzen. So verbrachte er seine Zeit größtenteils im Freien in Gesellschaft von Mistress Di, der er im Garten und bei der Betreuung ihres Geflügels half – Diana züchtete nämlich mit wahrer Begeisterung Federvieh –, bis seine Gegenwart allmählich unentbehrlich wurde. Zu wem brachte man Fido, wenn er sich einen Splitter in die Pfote eingetreten hatte? Zu Mr. Carr. Wen holte man, wenn Nellie, die Spanielhündin, mit einem lebenden Kaninchen im Maul angetrabt kam? Mr. Carr, denn er wußte sicher Rat. Die beiden jungen Leute kamen einander immer näher, eine Entwicklung der Dinge, die Miss Betty voller Stolz auf ihren Liebling und mit großer Befriedigung, O'Hara dagegen nicht ohne Sorge beobachtete. Er wußte, daß sein Freund ahnungslos auf dem besten Weg war, sich zu verlieben, und fürchtete den Augenblick, in dem John das erkennen würde. In einem langen und sehr irischen Brief vertraute er diese Bedenken seiner Frau an, die mit dem kleinen David bei ihrer Mutter in Kensington zu Besuch weilte. Sie antwortete, er müsse versuchen, Mylord zu überreden, eine Zeitlang als ihr Gast zu ihnen zu kommen, dann würde ihr Charme den von Mistress Di sofort in den Schatten stellen, obgleich sie freilich nicht verstehen könnte, weshalb er so sehr dagegen war, daß Lord John sich verliebte, denn schließlich müsse er ja wissen, daß dies ein höchst angenehmes Gefühl sei, und wenn nicht, dann wäre er eben ein ausgesprochenes Ekel. Außerdem müsse sie ihm etwas ganz Wunderbares erzählen – David hätte ein Pferd gezeichnet, ja, wahrhaftig, ein richtiges Pferd! War er nicht ein kluges Kind? Und übrigens – wollte ihr herzallerliebster Miles sie nicht endlich holen? Mama war zwar reizend und beschwor sie, einige Wochen zu bleiben, doch sie konnte auf keinen Fall auch nur einen Augenblick länger als notwendig ohne ihren Gatten leben!

Kaum hatte O'Hara den Schluß dieses Briefes gelesen, als er auch schon Carstares und seine Liebesaffären beiseite fegte und schnurstracks nach London reiste.

Nach und nach entdeckte Mylord, daß er sehr in Diana verliebt war. Zuerst machte sein Herz vor Freude einen Sprung, doch dann schien es mit einem dumpfen Schlag vor Schrecken stillzustehen. Er erinnerte sich, daß er sie, entehrt wie er war, nicht um ihre Hand bitten konnte, und erfaßte sofort die Situation. Es blieb ihm nichts anderes übrig, als Horton Manor unverzüglich zu verlassen. Sein erster Weg führte ihn zu Mr. Beauleigh, um ihm seinen Entschluß mitzuteilen. Nach dem Grund dieser plötzlichen Eile befragt, erklärte er, daß er Diana liebe, sich jedoch außerstande sehe, die entsprechenden Konsequenzen zu ziehen. Mr. Beauleigh schnappte nach Luft und verlangte den Grund zu erfahren, worauf ihm Carstares antwortete, er sei von Beruf Straßenräuber. Der vorher so liebenswürdige und verbindliche Hausherr fuhr ärgerlich auf, erwiderte dann aber mit eisiger Höflichkeit, er verstünde Mr. Carrs Lage, und er – äh – wisse seine Entscheidung zu schätzen. Gleich nach der äußerst frostig beendeten Unterredung befahl John seinem Diener, so rasch wie möglich zu packen, damit er am nächsten Tag abreisen könne, und setzte Miss Betty widerstrebend von der bevorstehenden Trennung in Kenntnis. Sie fiel mehr oder weniger aus allen Wolken, da sie damit gerechnet hatte, daß er noch den ganzen Juni bleiben würde. Zwingende Umstände, so meinte er bedauernd, wollten es anders, doch er würde sich stets ihrer großen Güte erinnern und hoffte, sie könne ihm diesen brüsken Abschied verzeihen.

Als er Diana dasselbe sagte, starrte sie ihn mit weit aufgerissenen Augen an und drohte ihm dann lachend mit dem Finger.

«Sie scherzen wohl, Mr. Carr!» rief sie, machte auf dem Absatz kehrt und lief ins Haus.

Noch am selben Abend bestätigte ihre Tante Jacks Worte, hütete sich aber, weiter auf das Thema einzugehen, als sie sah, wie sehr sich das Mädchen darüber kränkte.

Am nächsten Morgen begegnete Diana Mylord im Garten.

«Wollen Sie uns wirklich heute verlassen, Mr. Carr?» fragte sie ernst.

«Ich muß, leider, Mistress Di.»

«So plötzlich? Dann war das gestern also kein Scherz?»

«Nein, Mademoiselle. Ich habe Ihre Gastfreundschaft ohnehin schon viel zu lange in Anspruch genommen.»

«Oh, nein, nein!» versicherte sie ihm. «Bestimmt nicht! Müssen Sie *wirklich* fort?»

Erbleichend las John in ihren großen Augen, daß sie seine Liebe erwiderte, und das machte alles nur noch schwerer. Wenn sie gleichgültig gewesen wäre, hätte er den Abschied leichter ertragen.

«Mademoiselle – Sie überwältigen mich – ich *muß* gehen.»

«Ach, das tut mir leid. Ihre Anwesenheit hier war für uns alle ein solches Vergnügen! Ich –» Sie hielt inne, blickte auf die Blumen.

«Ja?» entfuhr es Jack.

Mit einem leisen Lachen wandte sie sich ihm wieder zu.

«Ich bedaure natürlich, daß Sie uns verlassen müssen.»

Sie setzte sich unter einen Rosenstrauch und klopfte einladend auf den Platz neben sich – eine Geste von derselben unbewußten Freundlichkeit, mit der sie ihn immer behandelt hatte. Doch Mylord rührte sich nicht von der Stelle. Er stützte sich mit einer Hand auf einen Baumstamm, die andere spielte nervös mit seinem Monokel.

«Mistress Di – ich erachte es als meine Pflicht, die Erklärung, die ich Ihrem Vater gab, Ihnen gegenüber zu wiederholen. Ich sagte es vor einiger Zeit auch Ihrer Tante, doch sie wollte mir nicht glauben. Ich halte mich hier gewissermaßen unter Vorspiegelung falscher Tatsachen auf – mit anderen Worten, Sie täuschen sich in bezug auf meine Person.»

Diana verflocht und entflocht ihre Finger und glaubte, ihn zu verstehen.

«O nein, Mr. Carr!»

«Leider doch, Mademoiselle. Ich bin – ein gemeiner Verbrecher ... ein Straßenräuber!» Er stieß dieses Geständnis zwischen den Zähnen hervor, ohne sie anzusehen.

«Aber das wußte ich», sagte sie sanft.

«Wie?»

«Aber ja! Ich kam doch gerade dazu, als Sie es Tante Betty erklärten.»

«Und Sie haben mir geglaubt?»

«Ja, sehen Sie», entschuldigte sie sich, «ich fand es immer ein wenig sonderbar, daß Sie maskiert waren.»

«Und trotzdem erlaubten Sie mir zu bleiben –»

«Mr. Carr, ich bitte Sie! Es ist mir ganz egal, was Sie sind! Sie dürfen nicht vergessen, wieviel ich Ihnen verdanke!»

Er wandte sich ihr heftig zu.

«Madam, ich kann alles andere ertragen denn Dankbarkeit! Ist das der einzige Grund, warum Sie mich die ganze Zeit über hier duldeten?»

«Nun, Sir – ich –»

Der Glanz seiner Augen erlosch, und er richtete sich steif auf. «Ich bitte um Verzeihung», sagte er in einem Ton, dessen Schroffheit sie überraschte. «Man sollte mich dafür auspeitschen, daß ich es wagte, eine so unverschämte Frage zu stellen.»

Diana blickte halb erstaunt, halb entrüstet zu dem steinernen Gesicht empor.

«Ich glaube, ich kann Ihnen nicht ganz folgen, Sir.»

«Ach, es ist nichts, Mademoiselle», antwortete er mit trockenen Lippen. «Ich war nur so albern zu hoffen, daß Sie mich auch um meinetwillen ein bißchen sympathisch finden.»

Sie betrachtete seinen abgewandten Kopf mit einem wehmütigen kleinen Lächeln.

«Oh!» murmelte sie. «Oh!» Dann meinte sie seufzend: «Es ist wohl sehr schrecklich, ein Straßenräuber zu sein!»

«Ja, Mademoiselle.»

«Aber sicherlich könnten Sie diese Tätigkeit aufgeben?» fragte sie schmeichelnd.

Er wagte nicht zu antworten.

«Ich weiß, Sie könnten es. Bitte, tun Sie's doch!»

«Das ist nicht alles», preßte er hervor. «Es gibt noch Schlimmeres.»

«*Ja?*» fragte sie mit runden Augen. «Was haben Sie noch verbrochen, Mr. Carr?»

«Ich –» Himmel, war es schwer, das auszusprechen! «Ich habe einmal ... beim Kartenspielen ... betrogen.» Jetzt war es heraus. Er kehrte ihr den Rücken zu und schloß die Augen. Gleich würde sie ihm sagen, wie sehr sie ihn verachtete.

«Nur *einmal*?» fragte die sanfte Stimme voll ehrfürchtiger Bewunderung.

Er riß die Augen auf. «Mademoiselle –!»

Sie senkte betrübt den Kopf.

«Ich schwindle nämlich immer», gestand sie. «Ich hatte keine Ahnung, daß es ein so grobes Vergehen ist, obwohl Tantchen sich furchtbar darüber ärgert und beteuert, daß sie nicht mit mir spielen will.»

Er mußte lachen.

«Bei Ihnen ist es nichts Böses, Kindchen. Sie spielen nicht um Geld.»

«Oh, haben Sie –»

«Ja.»

«Dann war es wirklich häßlich», stimmte sie zu.

Er schwieg und versuchte verzweifelt, das Verlangen zu unterdrücken, ihr die Wahrheit zu sagen.

«Bitte – bitte schauen Sie nicht so ernst drein, Sir. Ich bin sicher, Sie müssen einen sehr triftigen Grund gehabt haben.»

«Keinen.»

«Und jetzt lassen Sie zu, daß das Ihr ganzes Leben ruiniert?»

«Von mir hängt das nicht ab», antwortete er bitter.

«Ist das nicht ein Jammer! Muß denn ein einziger unbesonnener Augenblick für immer alles zerstören? Das ist doch lächerlich! Sie haben es sicher – wie sagt man nur – gesühnt, das weiß ich.»

«Man kann die Vergangenheit nicht ungeschehen machen, Madam.»

«Da haben Sie natürlich recht», nickte sie mit weiser Miene, «aber man kann sie vergessen.»

Er streckte impulsiv die Hand nach ihr aus, ließ sie aber ebenso rasch wieder sinken. Es war hoffnungslos. Er konnte ihr nicht die Wahrheit sagen und sie bitten, seine Schande zu teilen. Nein, er mußte diese Last allein tragen, und vor allem durfte er nicht darüber klagen. Schließlich hatte er aus freien Stücken Richards Schuld auf sich genommen, und nun gab es keine Möglichkeit, den Folgen auszuweichen, denn er konnte diese Bürde nicht einfach abwerfen, sobald sie ihm zu schwer wurde – sie ruhte für immer auf seinen Schultern. Für immer – er zwang sich, die volle Tragweite des Gedankens zu erfassen. Das bedeutete, er würde stets allein sein. Sein Name würde nie von dem Makel reingewaschen werden, der an ihm haftete, und er durfte dieses süße Geschöpf, das ihn so sehnsüchtig und flehend anblickte, nicht bitten, seine Frau zu werden. Er betrachtete Diana traurig und versuchte sich dabei einzureden, es sei nur eine dumme Einbildung von ihm, daß sie etwas für ihn empfand. Jetzt fragte sie ihn mit ihrer klaren Stimme noch einmal:

«Kann man es nicht vergessen?»

«Nein, Mademoiselle. Es läßt sich nicht aus der Welt schaffen.»

«Wirklich nicht?»

«Es wird mir immer im Weg stehen.»

Ich tue es für Dick, dachte er in einem fort, für Dick . . . Ihm zuliebe muß ich schweigen . . . Dann riß er sich energisch zusammen.

«Wobei wird es Ihnen im Weg stehen?»

«Ich kann niemals um die Hand einer Frau anhalten», antwortete er.

Diana entblätterte spielerisch eine Rose und ließ jedes duftende Blütenblatt einzeln zu Boden flattern.

«Ich verstehe nicht ganz, wie Sie zu dieser Meinung kommen, Sir.»

«Keine Frau würde meine Schande teilen.»

«Nein?»

«Nein.»

«Sie scheinen sich sehr sicher zu sein, Mr. Carr. Haben Sie die Dame schon gefragt?»

«Nein, Madam.» Carstares war ebenso bleich wie sie blutübergossen, doch er hatte sich gut in der Hand.

«Warum –» sagte sie sehr leise, «warum tun Sie's dann nicht?»

Sie bemerkte, wie sich seine schlanke Hand, die auf dem Baumstamm ruhte, plötzlich verkrampfte. In seinem blassen Gesicht brannten dunkel die blauen Augen.

«Weil so nur ein – ein –»

«Nun, Mr. Carr?»

«Ein Schurke handeln würde! Ein Lump! Ein Schuft!»

Eine zweite Rose erlitt dasselbe Schicksal wie ihre Schwester.

«Ich habe aber gehört, daß manche Frauen eine Schwäche für – Schurken – und Schufte – und sogar Lumpen – haben», erklärte sie fast ein wenig herausfordernd und beobachtete durch die gesenkten Wimpern, wie Mylords Knöchel weiß an seiner geballten Faust hervortraten.

«Nein, die Dame, die ich liebe, nicht.»

«Oh? Wissen Sie das mit solcher Bestimmtheit?»

«Ja. Sie muß einen Mann heiraten, über dessen Ehre nicht der geringste Schatten liegt, keinen – keinen namenlosen Ausgestoßenen, der seinen Unterhalt – beim Würfelspiel – und – mit Straßenraub verdient.»

Er wußte, daß in den braunen Augen Tränen standen, doch er vermied es unerbittlich, sie anzusehen. Nun gab es keinen Zweifel mehr: Sie liebte ihn und wußte, daß er ihre Gefühle erwiderte. Er konnte sie nicht in dem Glauben lassen, daß er ihre Zuneigung mißachtete. Er durfte sie nicht verletzen, sondern mußte ihr verständlich machen, warum er ihr seine Liebe nicht erklären durfte. Mein Gott, wie schwer ihm das fiel, wenn sie ihn so todtraurig anblickte!

«Ist das Ihre Überzeugung, Sir?» fragte sie ihn nun mit zitternder Stimme.

«Ja.»

«Aber angenommen – angenommen – der Dame wäre das alles egal? Angenommen – sie – liebt Sie – und wäre bereit, Ihr – wie Sie sagen – ehrloses Dasein zu teilen?»

Der Boden zu ihren Füßen war über und über mit leuchtendroten Blütenblättern bestreut, und neben ihr und über ihr nickten und schwankten unzählige Rosen. Ein zarter Lufthauch bewegte ihre Locken und spielte mit dem Spitzensaum ihres Rockes, doch John beherrschte sich eisern, nicht hinzusehen, damit ihn nicht die Versuchung übermannte, sie in seine Arme zu nehmen. Sie wollte sich ihm schenken, wollte auf alles verzichten, nur um bei ihm zu sein. Ganz offen gab sie ihm das zu verstehen – und er mußte sie zurückweisen.

«Ein solches Opfer fände ich unbegreiflich.»

«Opfer?» Sie hielt den Atem an. «Ein Opfer nennen Sie das!»

«Was sonst?»

«Ich ... ich ... ich halte Sie nicht für sehr klug, Mr. Carr. Und ich glaube nicht ... daß Sie viel von Frauen verstehen. Sie würde es wohl kaum so auffassen.»

«Es spielt in diesem Fall keine Rolle, wie sie darüber denkt, Madam. Sie würde ihr Leben ruinieren, und das darf nicht sein.»

Ihre bebenden Finger zerpflückten eine weiße Rose.

«Mr. Carr, wenn die Dame ... Sie liebt ... finden Sie es dann richtig – ihr nichts zu sagen?»

Schweigen. Dann raffte sich Mylord auf.

«Ich hoffe, sie wird mich – mit der Zeit – vergessen», log er tapfer.

Diana saß völlig reglos da. Das Lüftchen wehte die Blütenblätter auf, streute sie über ihr Kleid. Ein Vogel sang in der Hecke, erhob seine jubelnde Stimme über den fröhlichen, zwitschernden Chor der anderen. Die Sonne tauchte den Garten in strahlendes Licht, doch für die Menschen inmitten dieser Herrlichkeit war die Welt dunkel und trostlos.

«Ich verstehe», flüsterte Diana schließlich. «Armes Mädchen!»

«Ich glaube, es war ein Unglückstag, als ich ihr zum erstenmal begegnete», stöhnte er.

«Vielleicht», sagte sie, zutiefst gekränkt

Er senkte den Kopf.

«Ich kann nur hoffen, daß sie nicht zu schlecht von mir denkt», murmelte er kaum hörbar. «Und daß sie es übers Herz bringt, auch – mich – zu bedauern.»

Sie stand auf und trat mit flehend ausgestreckten Händen auf ihn zu.

«Mr. Carr . . .»

Nein, er durfte nicht in diese goldgesprenkelten Augen schauen – Dick – er mußte an Dick denken!

Behutsam zog er ihre Fingerspitzen an die Lippen. Dann wandte er sich ab und ging hastig zwischen den Hecken auf die stillen Wälder zu, halb betäubt vor Leidenschaft und hilfloser Wut. Er mußte jetzt allein sein, um den Kampf mit dem Teufel auszufechten, der ihm zuraunte, die Wahrheit hinauszuschreien und um der Liebe willen seine Pflicht zu vergessen.

Diana aber stand sehr still und kalt auf ihrem bunten Rosenteppich und blickte ihm nach, Hoffnungslosigkeit in den Augen und großen Schmerz.

15
Sir Miles faßt einen Entschluß

Jim Salter faltete eine von Mylords Westen und legte sie sorgfältig in einen offenen Koffer. Dann nahm er einen Rock und breitete ihn auf dem Bett aus, um sich so die heikle Arbeit des Zusammenlegens, das auch nicht das kleinste Fältchen zur Folge haben durfte, zu erleichtern. Im ganzen Zimmer waren Kleidungsstücke seines Herrn verstreut: Handkrausen aus Brabanter Spitze und Krawatten zierten einen Stuhl, Seidenstrümpfe einen anderen. Prachtvolle Röcke hingen fein säuberlich auf ihren Bügeln; Schuhe aller nur erdenklichen Arten mit roten und weißen Absätzen, Reitstiefel und Pantoffeln standen in Reih und Glied bereit und harrten der Pflege. Perücken thronten kokett auf allen möglichen Vorsprüngen, und aus einer fast fertig gepackten Reisetasche lugten Stöße weißer Batisthemden.

Während Jim den Rock behutsam in den Koffer gleiten ließ und ihn liebevoll zurechtzupfte, überlegte er, wo sein Gebieter wohl bleiben mochte. Er war den ganzen Morgen verschwunden gewesen, und als er endlich auftauchte, hatte er so schlecht ausgesehen, daß Jim sich Sorgen machte und wünschte, sie würden mit ihrer Abreise aus Horton Manor noch eine Weile warten. Vor einer knappen Stunde hatte sich Mylord zu Mr. Beauleigh begeben, um sich mit ihm unter vier Augen zu unterhalten, und Jim vermutete, daß die Unterredung noch andauerte. Gerade als er im Begriff war, die Hand nach dem nächsten Rock auszustrecken, hielt er mitten in der Bewegung inne und hob lauschend den Kopf. Von der Treppe her kam das Geräusch hastiger, ungestümer Schritte, die sich gleich darauf in einem wütenden Stakkato durch den Gang näherten. Die Tür wurde aufgerissen, und Mylord stand auf der Schwelle. Jim musterte beunruhigt das müde Gesicht, und als er sah, daß die blauen Augen funkelten und die Lippen sich zu einem harten, verbissenen Strich zusammenpreßten, sank ihm das Herz. Auch die schlanke Hand, die den Türknauf umfaßt hielt, zuckte in einer für ihn höchst aufschlußreichen Weise; offensichtlich befand sich Mylord in einer sehr unberechenbaren Stimmung.

«Bist du fertig?» schnappte er.

«Noch nicht ganz, Sir.»

«Nimm gefälligst zur Kenntnis, daß ich noch heuer abzureisen gedenke!»

«Ja, Sir. Ich hab nicht gewußt, daß Sie's so eilig haben.»

Keine Antwort. Mylord trat ins Zimmer und streifte das Durcheinander mit einem mürrischen Blick.

«Wo ist mein Reitanzug?»

Jim schlotterten die Knie.

«Ich – äh – eingepackt, Sir. Wünschen Sie ihn?»

«Natürlich, oder soll ich mich vielleicht in meiner jetzigen Adjustierung aufs Pferd setzen?»

«Ich habe eigentlich gedacht, Sie würden die Kutsche nehmen, Euer Gnaden.»

«Nein. Den roten Anzug, und zwar blitzartig, wenn ich bitten darf.»

Er warf sich in einen Stuhl vor dem Toilettentisch und griff nach einer Nagelfeile.

Salter glotzte trübsinnig auf das Spiegelbild seines Herrn und machte keine Anstalten zu gehorchen.

«Was stehst du da noch herum?» fuhr Mylord ihn an. «Hast du nicht gehört, was ich gesagt habe?»

«Doch, Sir, aber – Verzeihung, Sir – halten Sie es für klug, heute zum erstenmal zu reiten?»

Die Feile knallte auf den Tisch.

«Ich reite heute nachmittag nach Horley!» sagte Seine Lordschaft mit drohendem Unterton.

«Euer Gnaden, das sind ungefähr fünfzehn Meilen. Sollten Sie nicht lieber –»

«Sei still, Jim, verdammt noch mal!»

Salter resignierte.

«Sehr wohl, Sir», meinte er seufzend und beförderte das Verlangte wieder ans Tageslicht. «Ich werde also das Gepäck der Kutsche mitgeben und die Stute und Peter satteln.»

«Peter nicht. Du nimmst die Kutsche.»

«Nein, Sir.»

«*Was?*»

Mylord starrte ihn an. Jims Weigerung hatte zwar respektvoll, aber endgültig geklungen. Mylord wurde eisig.

«Du vergißt dich, Salter.»

«Ich bitte um Verzeihung, Sir.»

«Du wirst auf meine Habseligkeiten aufpassen wie gewöhnlich.»

Jim verstaute mit verkniffener Miene einen Schuh in der Tasche.

«Hast du mich verstanden?»

«Ich verstehe Sie sehr gut, Sir.»

«Dann ist die Angelegenheit also erledigt.»

«Nein, Sir.»

Mylord ließ sein Monokel fallen.

«Was zum Teufel soll das heißen?»

«Entschuldigen Sie bitte, Sir, wenn ich anmaßend bin, aber ich kann und will Sie mit Ihrer frisch verheilten Wunde nicht allein reiten lassen.» Die Bemerkung wirkte weder trotzig noch frech, nur sehr entschlossen.

«So, du willst nicht, wie? Bildest du dir vielleicht ein, ich sei ein Kind?»

«Nein, Sir.»

«Oder hältst du mich für unfähig, auf mich selber achtzugeben?»

«Ich glaube, Sie sind schwächer als Sie denken, Sir.»

«Oh, was du nicht sagst!»

Jim trat auf ihn zu.

«Sir, erlauben Sie mir doch, Sie zu begleiten! Ich werde Ihnen bestimmt nicht lästig fallen. Ich kann mich ja hinter Ihnen halten, aber ich lasse Sie einfach nicht allein losziehen. Sie könnten ohnmächtig werden –»

«Ich werde aber sicher kein angenehmer Gefährte sein!» sagte Carstares mit einem zynischen kleinen Lachen.

«Aber, Sir, ich weiß doch, daß Sie etwas bedrückt. Darf ich nun mitkommen?»

Mylord blickte finster zu ihm auf, dann gab er plötzlich nach.

«Von mir aus, wenn du unbedingt willst ...»

«Danke, Sir.» Befriedigt ging Salter wieder an die Arbeit, verschnürte eine Tasche und stellte sie neben die Tür, füllte dann rasch die nächste. Die Wäschestöße wurden zusehends kleiner, bis sie schließlich ganz verschwanden. Nun tauchte Salter in einen Schrank und kam mit einem Arm voller Jacken und Hosen wieder zum Vorschein.

Geraume Zeit saß Mylord schweigend da und starrte ins Leere. Dann ging er zum Fenster, schaute hinaus, wandte sich endlich um und kehrte zu seinem Stuhl zurück. Jim beobachtete ihn verstohlen und stellte fest, daß der harte Glanz in seinen Augen erloschen war. Er wirkte erschöpfter denn je.

Carstares betrachtete ein paar Sekunden lang versonnen seine Nägel. Dann sagte er plötzlich:

«Jim.»

«Ja, Sir?»

«Ich werde in Kürze – wieder ins Ausland gehen.»

Jim hätte nicht weniger Überraschung zeigen können, wenn sein Herr eine Bemerkung über das Wetter gemacht hätte.

«Wohin gehen wir zuerst, Sir?»

John blickte ihn an. Die Spur eines Lächelns huschte über sein Gesicht.

«Du kommst mit, Jim?»

«Ich folge Ihnen, wohin Sie wollen, Sir.»

«Und was wird aus dem kleinen Mädchen in Fittering?»

Salter wurde krebsrot und verhedderte sich in hoffnungslosem Gestammel.

«Mein lieber Freund, seit wann bin ich denn blind? Hast du geglaubt, ich wüßte das nicht?»

«Nun, Sir – ich – äh – ja, Sir!»

«Selbstverständlich war ich im Bilde! Kannst du sie meinetwegen verlassen?»

«Ich könnte *Sie* ihretwegen nicht verlassen, Sir.»

«Bist du sicher? Ich will auf keinen Fall, daß du deinem Gefühl zuwiderhandelst.»

«Frauen sind nicht alles, Sir.»

«Findest du? Ich glaube, sie sind ... ziemlich viel», sagte Mylord gedankenvoll.

«Ich hab meine Mary ja schrecklich gern, Sir, aber sie weiß, daß ich mit Ihnen gehen muß.»

«So? Aber ist es auch anständig ihr gegenüber? Und ich habe eigentlich auch keine Lust, dich wieder quer über den Kontinent zu schleppen.»

«Sir, Sie werden mich doch nicht im Stich lassen? Das können Sie nicht tun! Sie – Sie haben doch nicht die Absicht, allein zu reisen? Das – das – das dürfen Sie nicht!»

«Ich kann dich leider nicht entbehren. Aber falls du deine Meinung ändern solltest, sag es mir. Einverstanden?»

«Ja, Sir. *Falls* ich meine Meinung ändere.» Salter lächelte sarkastisch.

«Ich bin so selbstsüchtig, zu hoffen, daß du bei deinem jetzigen Entschluß bleibst, denn ich glaube, niemand anders würde meine Launen mit soviel Gleichmut ertragen. Sei so gut und hilf mir aus diesem Rock, ja?»

«Ach, Sir, auf mich können Sie immer zählen. Und was Ihre Launen betrifft – als ob mir die was ausmachen würden!»

«Ich weiß, Jim – du bist wunderbar. Meine Hosen – so, danke.»

Die Beinkleider aus Satin glitten zu Boden, und Mylord stieg statt dessen in Reithosen aus weißem Wildleder. «Nein, nicht diese Stiefel, die anderen.» Er lehnte sich an den Tisch und trommelte mit den Fingern auf der Stuhllehne.

In diesem Moment klopfte es an die Tür. Mylord runzelte die Stirn und befahl Jim mit einem leichten Wink zu öffnen.

«Ist dein Herr da?» fragte eine wohlbekannte Stimme, bei deren Klang sich Carstares' Gesicht erhellte. Salter trat zur Seite. «Komm herein, Miles!»

Der große Ire folgte der Aufforderung, warf einen raschen Blick auf die herrschende Unordnung und Jacks Reitstiefel und zog fragend die Augenbrauen hoch.

Mylord stieß ihm mit dem Fuß einen Stuhl hin.

«Setz dich, Alter! Ich dachte, du bist in London?»

«War ich auch. Ich brachte Molly gestern nachmittag heim, und dann hörte ich, daß du heute von hier fort willst.»

«Ah?»

«Jawohl, und da ich nicht zulasse, daß du einfach wieder so mir nichts, dir nichts verschwindest, hielt ich es für besser, dich höchstpersönlich in

Gewahrsam zu nehmen. Was bleibt mir denn bei so einem Kerl wie dir anderes übrig?»

«Aber ich hätte dich doch unter allen Umständen einmal besucht.»

«Natürlich. Deshalb besuchst du mich vorsichtshalber gleich jetzt – auf längere Zeit.»

«O nein!»

O'Hara legte Hut und Reitgerte auf den Tisch und streckte seufzend die Beine aus.

«Gott, bin ich steif! Jim, draußen steht eine Chaise für euer Gepäck, du kannst es also sobald du willst hinunterbringen.»

«Nein, Jim, laß es nur hübsch stehen. Miles, das ist wirklich reizend von dir, aber –»

«Schenk dir deine Aber, lieber Freund. Mein Entschluß steht fest.»

«Und meiner ebenfalls. Ich kann unmöglich –»

«Hör zu, mein Junge, du kommst jetzt mit und bleibst bei uns, bis du dich vollständig erholt hast, und wenn ich dich an den Haaren nach Hause schleifen muß!»

Jacks Augen begannen vergnügt zu glitzern.

«Lieber Himmel, wie brutal! Aber mach doch nicht ein solches Getue wegen eines kleinen Kratzers! Mich erholen, daß ich nicht lache!»

«Du schaust noch immer krank aus. Ja, ja, du kannst ein noch so finsteres Gesicht schneiden, das hilft dir nichts. An meinem Entschluß ist nicht zu rütteln.»

Während Carstares den Kopf schüttelte, zog Jim leise die Tür hinter sich zu.

«Ich kann nicht, Miles, das mußt du doch einsehen.»

«Pah! Kein Mensch, der bei uns verkehrt, kennt dich oder weiß etwas von dir. Außerdem brauchst du meinetwegen überhaupt niemand zu sehen, aber kommen mußt du!»

«Aber, Miles –»

«Jack, sei kein Narr! Ich will dich bei uns haben, und Molly auch. Es ist keine Falle, also schau nicht so verschreckt drein.»

«Ich glaube dir ja, und ich bin dir wirklich sehr dankbar, aber – ich kann nicht. Ich reise nämlich demnächst ins Ausland.»

«Was?»

«Ja. Es ist mir Ernst damit.»

O'Hara setzte sich auf.

«Also ist es passiert! Ich habe es kommen sehen!»

«Was meinst du?»

«Du hast erkannt, daß du Mistress Di liebst.»

«Unsinn!»

«Und sie dich.»

Jack blickte ihn an.

«Oh, ich weiß, ich bin ein taktloser Lümmel mit grauenhaften Manieren, weil ich versuche, die Mauer, die du um dich aufgerichtet hast, zu durchbrechen. Aber eines sage ich dir, Jack, es tut verdammt weh, so auf Distanz gehalten zu werden! Ich will mich dir bestimmt nicht aufdrängen, aber behandle mich um Gottes willen nicht wie einen Fremden!»

«Entschuldige, Miles. Wenn man sechs Jahre lang allein war, fällt es einem verteufelt schwer, sich jemand anzuvertrauen.» Er schlüpfte in seinen Rock und rückte die Krawatte zurecht. «Wenn du die Wahrheit wissen willst – ich gehe wegen Diana.»

«Natürlich. Du bist in sie verliebt?»

«Es scheint fast so, oder?»

«Ja, zum Kuckuck, warum bittest du sie dann nicht um ihre Hand?»

«Warum? Weil sie keinen Namen tragen soll, an dem ein Makel haftet! Weil ich sie so sehr liebe, daß –» Er lachte wütend auf. «Wie kannst du mich überhaupt so etwas fragen? Ich bin wohl eine begehrenswerte Partie, was? *Nom d'un nom!* Wofür hältst du mich?»

O'Hara blickte auf und musterte gelassen das zornige Gesicht.

«Ach, mein galanter kleiner Ritter!»

Die einzige Antwort war ein kurzes, ärgerliches Lachen.

«Liegt es denn so nahe, daß ich sie bitten soll, mich zu heiraten? ‹Mademoiselle, vor Ihnen steht ein leichtsinniger Narr: in jungen Jahren betrog er beim Kartenspielen, und seit damals –› Oh, bald werde ich es selbst glauben! Ich scheine es schon so vielen Leuten gesagt zu haben. Und ich setze mich den Frechheiten von –» Er riß sich zusammen, dachte an das Gespräch, das er mit Mr. Beauleigh geführt hatte.

«Unsinn, Jack.»

«Nein, das ist kein Unsinn. Ich habe eine Empfehlung – eine einzige.»

«Meiner Treu, das ist ja enorm! Und die wäre?»

Mylord lachte bitter.

«Ich kleide mich ziemlich gut.»

«Und fichtst noch besser, soviel ich mich erinnere.»

«Dazu habe ich auch allen Grund, und das ist ein weiterer Punkt, mich zu verdammen. Welche Frau würde einen Fechtmeister heiraten? Oh, mein Gott, was für ein verpfuschtes Leben!» Diesmal mißlang ihm das Lachen jämmerlich.

«Ich könnte mir vorstellen, daß Mistress Di nicht abgeneigt ist.»

«Sie wird keine Gelegenheit haben, sich derart zu erniedrigen», lautete die stolze Antwort.

«Mein lieber Jack, du vergißt offenbar, daß du der Earl of Wyncham bist.»

«Ein feiner Earl! Nein, danke, Miles. Richards Sohn wird den Titel erben – nicht mein Sohn.»

O'Haras Faust landete krachend auf dem Tisch.

«Zum Teufel mit Richard und seinem Balg!»

Mylord nahm eine juwelenbesetzte Nadel, ging zum Spiegel hinüber und steckte sie an seine Krawatte. Miles musterte ihn mit einem brütenden Blick.

«Na, wieder zurück im Schneckenhaus?»

Carstares prüfte mit leicht schräg geneigtem Kopf die Wirkung des Schmuckstückes. Dann wandte er sich seinem Freund zu.

«Mein lieber Miles, der langen Rede kurzer Sinn ist der, daß ich ein unverbesserlicher Nörgler bin. Ich habe mir mein Bett gemacht, und nun muß ich wohl auch – äh – darauf liegen.»

«Und willst du mir nicht verraten, wer dir so erfolgreich dabei geholfen hat?»

Carstares setzte sich und machte sich ächzend daran, einen Stiefel anzuziehen.

«Ich sehe schon, wir werden einander in Kürze an die Gurgel fahren», prophezeite er fröhlich. «Habe ich dir übrigens erzählt, daß ich Mr. Beauleigh heute über meinen – äh – Beruf aufgeklärt habe?»

Miles vergaß vor Überraschung seinen Ärger.

«Du hast ihm doch nicht gesagt, daß du ein Straßenräuber bist?» rief er entsetzt.

«Aber sicher. Warum nicht?»

«Warum nicht? Warum nicht? Gott sei uns gnädig! Bist du übergeschnappt? Willst du das vielleicht überall ausposaunen? Anscheinend bist du wirklich total verrückt!»

Carstares seufzte.

«Ich fürchtete schon, du würdest mich nicht verstehen.»

«Nur ein Magier könnte das! Zweifellos hat dich wieder eine deiner galanten Anwandlungen dazu getrieben?»

«Gal–! Nein. Ich brachte es nur nicht übers Herz, ihn in dem Glauben zu lassen, ich sei ein ganz normaler, feiner Gentleman. Alles in allem hat er es verhältnismäßig ruhig aufgenommen und behandelt mich jetzt zwar frostig, aber immerhin höflich.»

«Höflich! Na, das will ich hoffen! Die alte Vogelscheuche! Schließlich hast du ihm seine Tochter gerettet! Hat er dich so wütend gemacht?»

Carstares lachte.

«Ja, aber bis zu einem gewissen Grad war es meine Schuld. Er hielt mir eine Moralpredigt über meine Verfehlungen – oh, nein, nein, er war dabei sehr freundlich –, aber es störte mich trotzdem.»

«Nun, wie die Dinge momentan liegen, kannst du ebensogut zu mir kommen.»

Mylord öffnete den Mund, erntete einen zornigen Blick und schwieg lieber.

«Irgendwas zu bemerken?» fragte O'Hara scharf.

«Nein, Sir», erwiderte Jack demütig.

«Du kommst also?»

«Ja, bitte.»

O'Hara sprang erfreut auf.

«Na, endlich! Himmel, war das ein schweres Stück Arbeit! So! Du ziehst dir möglichst schnell deinen zweiten Stiefel an, und ich sehe nach, wo dein Spitzbube von Diener steckt.» Er eilte aus dem Zimmer, um Jim zu suchen, der in weiser Voraussicht bereits damit beschäftigt war, das Gepäck in der Chaise zu verstauen.

Eine halbe Stunde später hatte Mylord den peinlichen Abschied hinter sich und befand sich mit O'Hara auf dem Weg nach Thurze House.

Eine Weile ritten die beiden schweigend dahin. Nur ab und zu fiel eine flüchtige Bemerkung über das prachtvolle Wetter und die gute Verfassung der Stute. Carstares war, wie sein Freund wohl wußte, in Gedanken noch bei all dem, was er hinter sich ließ. Sein Abschied von Diana war völlig alltäglich verlaufen, zumindest hatte man ihr in keiner Weise anmerken können, daß er ihr mehr bedeutete als eine zufällige Bekanntschaft, ja ihre Haltung erschien ihm sogar eine Spur reserviert, als habe sie sich ein wenig in sich selbst zurückgezogen. Als er ihre Hand küßte, lagen ihre Finger leblos und kalt in den seinen, und ihr Lächeln wirkte zwar liebenswürdig, doch kühl. Er wußte, daß er ihre Hand ein paar Sekunden länger festgehalten hatte, als es die guten Manieren erlaubten, und fürchtete, sich höchst unschicklich benommen zu haben, als er diese Hand leidenschaftlich an seine Lippen drückte. Während er sich jetzt fragte, ob es Diana aufgefallen war, konnte er natürlich nicht ahnen, daß sie noch lange nachdem er seinem Pferd die Sporen gegeben hatte, in der Erinnerung an diese Berührung erschauerte, und hätte er sehen können, wie sie aus Angst, ihre Lippen könnten die Stelle verfehlen, auf die er seine gedrückt hatte, jeden Finger einzeln zärtlich küßte, wäre sein Herz bestimmt leichter gewesen.

Es stimmte, daß sie sich, verletzt durch seine – wie sie es nannte – männliche Halsstarrigkeit, in ihr Schneckenhaus zurückgezogen hatte. Sie hatte ihr Herz vor ihm offenbart und sich ihm unmißverständlich angeboten, weil sie ohne Rücksicht auf das Gebot mädchenhafter Scheu verzweifelt um ihr Glück kämpfte. Als ihr später ihr Benehmen bewußt wurde und sie sich vorstellte, was er nun von ihr denken mußte, erfüllte sie tiefe Scham über ihren Mangel an Stolz. Der Gedanke, er könnte sie für aufdringlich halten, überwältigte sie derart, daß sie ihn mit größerer Kälte behandelte, als ursprünglich beabsichtigt. Doch wie sehr hatte sie dabei gehofft, er würde ihre Liebe fühlen und all das verstehen, was sie nicht aussprechen durfte!

Wie aber sollte der mit weiblicher Logik keineswegs vertraute John ihre zwiespältigen Gefühle erraten? Er wußte nur, daß er sie gekränkt hatte, und glaubte sie unwiderruflich verloren. Wie konnte *er* hoffen, sie zu begreifen, wenn sie sich selbst über ihre Empfindungen im unklaren war ...

Wenn er daran dachte, wie rasch sie sich ineinander verliebt hatten, konnte er sich einreden, daß wenigstens Diana ebenso rasch über die Enttäuschung hinwegkommen würde, und er sagte sich, daß diese Lösung bestimmt die beste für sie wäre. Gleichzeitig aber gestand er sich ein, daß dies das letzte sei, was er sich wünschte. Bei der bloßen Vorstellung, er könne ihr gleichgültig sein oder sie könnte gar einen anderen Mann heiraten, biß er sich heftig auf die Unterlippe und griff hart in die Zügel.

O'Hara warf so manchen verstohlenen Blick auf die düstere Miene seines Begleiters und fragte sich, ob Seine Lordschaft den anstrengenden Ritt durchstehen würde. Er kannte Carstares' unbezähmbare Energie gut genug, um es ihm zuzutrauen, doch er fürchtete, es würde sich als eine zu große Belastung für seinen geschwächten Gesundheitszustand erweisen.

Er hütete sich, ihn aus seiner Versunkenheit aufzuschrecken, und ritt schweigend neben ihm her, vorbei an Wiesen, auf denen kniehohes Gras die Heuernte erwartete, an Feldern mit Klee und Mohn, an hohen Hekken, über Berg und Tal – alles in tiefem Schweigen.

Plötzlich blieb O'Hara ein wenig zurück, um seinen Freund unauffälliger beobachten zu können. Er hatte Jack noch nie so schlechter Laune gesehen. Zwei scharfe Falten teilten die finster gerunzelten Brauen über der Nase, der Mund war ein blutleerer Strich, das Kinn ragte ein wenig vor, und die Augen, die über Jennys nervös spielende Ohren vorausblickten, erinnerten an die eines Blinden. Eine Hand umfaßte, in die Hüfte gestützt, seine Reitgerte, die andere lenkte völlig automatisch die Stute.

Unwillkürlich bewunderte O'Hara Jacks geschmeidige Anmut, seine Sicherheit und die vorbildliche Haltung, mit der er im Sattel saß.

In diesem Moment wandte Mylord den Kopf, als spürte er den prüfenden Blick. Er zuckte unmerklich die Achseln und schien damit seine bedrückte Stimmung abzuschütteln. Der finstere Ausdruck verschwand von seinem Gesicht und machte einem Lächeln Platz.

«Entschuldige bitte, Miles. Ich bin ein alter Griesgram.»

«Wahrscheinlich schmerzt dich deine Schulter», kam ihm O'Hara taktvoll zu Hilfe.

«N-nein, ich spüre sie kaum. Es sind eindeutig meine schlechten Manieren und noch schlechtere Laune.»

Damit begann er seinen Freund zu unterhalten, und wenn sein Lachen auch manchmal etwas gezwungen klang, so reichte doch zumindest sein Witz, O'Hara eine Zeitlang in recht vergnügte Stimmung zu versetzen.

Als sie in Thurze House ankamen, war Carstares verdächtig bleich um die Nase, und eine tiefe Falte furchte – diesmal vor Schmerz – seine Stirn. Doch er war noch imstande, Lady O'Hara mit gebührender Aufmerksamkeit zu begrüßen und sie mit drei geschmackvollen Komplimenten zu erheitern, ehe ihn O'Hara mit eisernem Griff am Arm nahm und ihn in sein Zimmer führte, wo er sich vor dem Dinner noch ein wenig ausruhen mußte.

Kurz danach traf auch Jim ein. Er war hochzufrieden mit seiner neuen Umgebung und Jennys Unterkunft. Nachdem er seine anfängliche Eifersucht überwunden hatte, akzeptierte er O'Hara nun als Freund und war eigentlich recht erfreut, daß sein Herr hier eine Bleibe fand, statt, wie beabsichtigt, kreuz und quer durch das Land zu streifen.

Mit dem Gongschlag um fünf Uhr schwebte Mylord in einem Gedicht aus Goldbrokat und Silberborten die Treppe herunter. Er war fest entschlossen, so fröhlich und beschwingt zu sein, wie es der Anlaß erforderte, als hätte es niemals eine Diana gegeben, deren Existenz dazu angetan war, soviel Unruhe in seinem Leben zu stiften.

Die vergangenen sechs harten Jahre waren nicht ohne Nutzen für ihn gewesen, denn sie hatten ihn gelehrt, seine Gefühle hinter einer undurchdringlichen Maske von Nonchalance und Geist zu verbergen, keine Sekunde lang zu verraten, daß er sich über etwas kränkte und unter keinen Umständen einen anderen Eindruck zu erwecken, als den eines Mannes, den auch nicht die geringste Sorge quälte. Diese so mühsam erworbene Beherrschung kam ihm nun sehr zustatten, und selbst O'Hara wunderte sich, ihn nach allem, was geschehen war, so strahlender Laune vorzufinden. Lady Molly dagegen war entzückt von ihrem Gast, seiner eleganten Erscheinung, seinen erlesenen Umgangsformen, und erlag im Handumdrehen seinem unwiderstehlichen Charme.

O'Hara stellte mit Genugtuung fest, daß seine kapriziöse kleine Frau von Mylord restlos begeistert war – eine hohe Ehre, da kaum jemand

Gnade vor ihren Augen fand und so manche seiner Bekannten wenn schon nicht mit unverhohlener Kälte, so doch ohne Spur von Herzlichkeit empfangen worden waren. Am Ende der Mahlzeit zog sie sich mit der Ermahnung zurück, sie sollten nicht zu lange bei ihrem Wein sitzen bleiben, und Miles möge Seine Lordschaft nicht ermüden.

O'Hara schob seinem Freund die Karaffe zu.

«Ich habe eine Neuigkeit für dich, die dich sicher interessieren wird.»

Carstares blickte ihn fragend an.

«Ja. Seine Gnaden, der Herzog von Andover, hat seine geschätzte Person nach Paris verfrachtet.»

Mylord hob eine Braue.

«Ich nahm an, daß er nach unserem kleinen Zusammenstoß das Bedürfnis verspüren würde, sich ein Weilchen im Hintergrund zu halten.»

«Steht ihm jemals der Sinn nach einer so bescheidenen Rolle?»

«Du kennst ihn wahrscheinlich besser als ich – nun, was meinst du?»

«Nein, der verfluchte Kerl muß sich immer in der vordersten Reihe hervortun!»

Mylord war gelinde überrascht.

«Warum regst du dich so auf? Hat er sich womöglich in deine Angelegenheiten gemischt?»

«In meine nicht, aber in die meines besten Freundes, und zwar mit gutem Erfolg.»

«Ich fürchte, der Fall liegt umgekehrt.»

«Nun, ich weiß zumindest, wie er mit Dick umspringt.»

Carstares stellte aufhorchend sein Glas nieder.

«Was ist mit Dick?»

O'Hara schien seine letzte Bemerkung zu bedauern.

«Nun, wenn du mich fragst – mir tut er nicht leid.»

«Was hat ihm Tracy angetan?»

«Ach, nichts von großer Bedeutung – nur daß er und sein nichtsnutziger Bruder versuchen, ihn auszusaugen.»

«Robert?»

«Andrew. Robert kenne ich kaum.»

«Andrew! Aber er war noch ein Kind –»

«Nun, jetzt ist er jedenfalls erwachsen und ein ausgesprochener Verschwender. Dick scheint ihre Schulden zu bezahlen.»

«Verdammt noch mal, wie kommt er denn dazu?»

«Weiß der Himmel! Vermutlich steckt Lavinia dahinter. Wir wußten alle, daß Tracy es nur aus diesem Grund arrangierte, daß ihr beide sie kennengelernt habt.»

«Unsinn! Wir gingen aus eigenem Antrieb hin. Sie war gerade erst von der Schule zurückgekehrt.»

«Genau. Und wer hat das so schön eingefädelt?»

Carstares riß die Augen auf, stützte beide Arme auf den Tisch und drehte den Stiel seines Weinglases zwischen den Fingern.

«Sind die Schulden hoch?»

«Das kann ich dir nicht sagen, weil ich es nur einem Zufall verdanke, daß ich der Sache überhaupt auf die Spur gekommen bin. Die Belmanoirs haben sich ja nie eines bescheidenen Lebensstils befleißigt.»

«Ebensowenig wie wir. Sei nicht so hart mit ihnen, Miles! . . . Ich wußte natürlich, daß ihr Gut mit Hypotheken belastet ist, aber ich hatte keine Ahnung, bis zu welchem Ausmaß.»

«Ich weiß es leider auch nicht, aber Dicks Geld dient nicht dazu, die Hypotheken abzutragen. Es wird samt und sonders am Spieltisch und für Weiber vergeudet.»

Mylords Stirn umwölkte sich drohend.

«Ja. Ich glaube, ich werde mit Tracy diesbezüglich ein Hühnchen rupfen müssen – hm! – eines Tages.»

Miles schwieg.

«Aber wie kommt Dick mit all dem zurecht, wenn er mein Geld nicht anrührt?»

«Was weiß ich!» O'Haras Ton gab deutlich zu verstehen, daß es ihm auch ziemlich gleichgültig war.

«Ich hoffe, er hat selbst keine Schulden gemacht», grübelte Carstares. «Ich könnte mir vorstellen, daß er in Schwierigkeiten ist. Wenn ich ihn doch bloß überreden könnte, die Einkünfte aus den Ländereien anzunehmen.» Er trommelte stirnrunzelnd mit den Fingern auf den Tisch.

«Ja, das sähe dir ähnlich!» explodierte O'Hara. «Laß ihn um Gottes willen in Frieden und zerbrich dir nicht den Kopf über einen erbärmlichen Schurken, der dir mehr Schaden zugefügt hat, als –»

«Miles, ich kann dir nicht erlauben, so von Dick zu sprechen! Du verstehst das nicht!»

«Oh, ich verstehe sehr gut. Du bist einfach viel zu anständig. Und hör endlich auf, mir diese alberne Komödie vorzuspielen! Ich weiß genauso gut wie du, daß Dick damals falschgespielt hat, und ich sage, es ist geradezu widernatürlich, daß du ihm nun auch noch dein Geld in den Rachen werfen willst, nachdem du seinetwegen deine Ehre und alles andere verloren hast!»

Carstares schlürfte ruhig seinen Wein und wartete gelassen, daß

Miles' Ärger verflog, was auch kurz darauf der Fall war. Dann blickte er sein düster vor sich hin brütendes Gegenüber belustigt an und sagte lachend: «Ach, Miles, laß mich doch meinen eigenen Weg gehen! Ja, ich weiß, ich stelle deine Nerven auf eine harte Probe. Aber ich will nicht», fügte er plötzlich ernst hinzu, «daß du so schlecht von Dick denkst. Du kennst ihn gut genug, um zu begreifen, wie das alles geschehen konnte. Du weißt, wie verschwenderisch er war, und wie oft er bis über beide Ohren in Schulden steckte – kannst du denn die Eingebung eines verrückten Augenblicks nicht verzeihen?»

«Das schon – aber was ich ihm nicht verzeihe, ist die unaussprechliche Gemeinheit, zuzulassen, daß du die Schuld auf dich nahmst.»

«Miles, er war in Lavinia verliebt –»

«Du auch.»

«Bei mir ging es nicht so tief, da war es eher eine Jugendschwärmerei, aber ihm war es ernst.»

O'Hara enthielt sich einer Antwort. Sein Gesicht hatte einen ungewöhnlich verbissenen Ausdruck.

«Versetz dich doch an seine Stelle», bat Jack. «Wenn du –»

«Danke!» Er stieß ein unangenehmes Lachen aus. «Nein, Jack, in diesem Punkt werden wir nie einer Meinung sein, also lassen wir das Thema lieber fallen. Aber zu deiner Beruhigung – ich glaube nicht, daß du dir seinetwegen Sorgen zu machen brauchst. Ich nehme nicht an, daß er verschuldet ist.»

«Hat er Glück mit seinen Rennpferden und beim –»

O'Hara lächelte grimmig.

«Dick hat sich sehr verändert, John. Er hält keinen Rennstall mehr, und er spielt auch nicht, außer, um die Form zu wahren.»

«Dick rührt keine Karten an? Was tut er denn dann?»

«Er verwaltet deine Güter und führt seine Frau auf Abendgesellschaften. Und wenn er in der Stadt ist –» die Stimme klang bitter – «bewohnt er dein Haus.»

«Nun, es gibt ja sonst niemand, der davon Gebrauch machen könnte. Aber ich kann ihn mir nicht als rechtschaffenen, besonnenen Familienvater vorstellen!»

«Wenn das Unrecht einmal geschehen ist, fällt es leicht, den Biedermann zu spielen.»

Mylord überhörte diese Bemerkung. Ein seltsames Lächeln zuckte um seinen Mund.

«Ach, Miles, ist es nicht komisch! Ich, der einstmals Anständige, bin jetzt das liederliche Subjekt: ich würfle, spiele und raube. Und Dick, der Tunichtgut, ist ein Heiliger. Er – äh – führt ein gottesfürchtiges und ordentliches Leben und wird – äh – von den Verwandten seiner Frau ausgeplündert. Im Grunde genommen beneide ich ihn nicht allzusehr.»

«Zumindest genießt du dein Leben entschieden mehr als er», sagte O'Hara grinsend. «Denn du brauchst dich nicht mit deinem Gewissen herumzuschlagen.»

Carstares' Miene war unergründlich. Er tupfte sich mit der Serviette die Lippen ab und lächelte.

«Was das erstere betrifft, so gebe ich dir recht – in bezug auf das letztere bin ich nicht ganz deiner Meinung.»

O'Hara lümmelte seitlich in seinem Stuhl, ließ einen Arm über die Lehne baumeln und warf John einen prüfenden Blick zu.

«Bist du beleidigt, wenn ich dich jetzt etwas frage?»

«Natürlich nicht.»

«Gut, dann – beabsichtigst du, dich wieder als Straßenräuber zu betätigen?»

«Nein.»

«Was willst du dann tun?»

«Um dir die Wahrheit zu sagen, Miles», erwiderte Mylord lachend, «darüber bin ich mir noch nicht im klaren. Das wird das Schicksal entscheiden – nicht ich.»

16
Mr. Bettison macht einen Heiratsantrag

Seit einiger Zeit wurde Mr. Bettison aus Diana nicht klug. Ihr zuerst so charmantes und fröhliches Verhalten war einer auffallenden Gleichgültigkeit, um nicht zu sagen Kälte gewichen. Selbst wenn er seine besten Anekdoten erzählte, schien sie kaum zuzuhören, und zweimal vergaß sie sogar, über einen wirklich gelungenen Scherz zu lachen. Es fiel ihm auf, daß sie ihn manchmal geradezu ärgerlich musterte, so als wäre sie mit seiner Anwesenheit in Horton House nicht einverstanden und hätte keine Lust, umworben zu werden. Aber Mr. Bettison war viel zu sehr von sich eingenommen, um etwas Derartiges zu glauben, sondern schob ihr verändertes Wesen einer Scheu zu, die er höchst schicklich fand. Er setzte seine Besuche fort, bis sie so häufig wurden, daß kaum ein Tag verging, an dem nicht Mr. Bettison geziert auf das Haus zuschritt und nach den beiden Damen fragte. Mr. Beauleigh, der heimlich hoffte, ihn als Schwiegersohn zu gewinnen, erlaubte ihnen nicht, sich verleugnen zu lassen, und riet Miss Betty überdies, sich nach der Begrüßung so bald möglich zurückzuziehen. So kam es, daß Diana den Squire wohl oder übel empfangen mußte und gezwungen war, seinen endlosen Monologen zu lauschen. Sie fertigte ihn ununterbrochen schnippisch ab, weil sie hoffte, den drohenden Heiratsantrag dadurch abwenden zu können, doch entweder fehlte ihren Worten der nötige Nachdruck, oder Mr. Bettison hatte eine zu dicke Haut, denn keine vierzehn Tage nach Mylords Abreise hielt er feierlich um ihre Hand an. Sie wurde ihm versagt, was ihn jedoch, da er die Weigerung als Koketterie auffaßte, nicht daran hinderte, seine Bitte noch verliebter und drängender zu wiederholen. Dabei wirkte er so selbstherrlich, daß Mistress Di die Beherrschung verlor. «Sir», erklärte sie heftig, «anscheinend haben Sie mein Benehmen Ihnen gegenüber mißverstanden!»

Mr. Bettison war sprachlos vor Staunen. Niemals wäre ihm der Gedanke gekommen, Diana könne ihm ernsthaft einen Korb geben. Als er nun den unmißverständlichen Tonfall ihrer Stimme vernahm, traute er kaum seinen Ohren und starrte sie mit offenem Mund an.

«Ich muß Sie leider bitten», fuhr Diana fort, «Ihre allzu häufigen Besuche bei uns einzustellen. Bitte, halten Sie mich nicht für unhöflich, aber ich finde die Art, wie Sie mich belästigen – ich kann es leider nicht anders nennen –, ermüdend – und – verzeihen Sie den Ausdruck – langweilig. Ich muß gestehen, ich bin überrascht, daß Sie nicht bemerkt haben, wie widerwärtig mir Ihre Aufmerksamkeiten sind.»

«Widerwärtig!» kreischte Mr. Bettison, der sich nach ein paar erfolglosen Versuchen von seiner Sprachlosigkeit erholte. «Ist das Ihr Ernst, was Sie da sagen, Miss Diana? Sie wollen mich nicht heiraten?»

«Sehr richtig», nickte sie.

«Und meine Aufmerksamkeiten sind Ihnen lästig? Nun, Miss Beauleigh, das ist stark! Wirklich stark!»

«Es tut mir leid, daß Sie mich mißverstanden –»

«Kein Wort mehr, Madam», unterbrach sie der Squire aufbrausend. «Wagen Sie vielleicht zu behaupten, Sie hätten mich *nicht* ermutigt, Sie zu besuchen?»

«Jawohl, und zwar ausdrücklich!»

«Oh, ich verstehe schon, was los ist! Sie können mich nicht täuschen! Bevor dieser Bursche hier auftauchte, waren Sie ganz anders!»

«Mr. Bettison, ich bin zwar außerstande, Ihnen zu folgen, aber ich möchte, daß Sie diesen Raum verlassen, bevor Sie etwas sagen, was Sie hinterher unter Umständen bedauern.»

Er achtete nicht auf sie. «Sie sind vernarrt in diesen aufgeputzten Lackaffen – diesen unausstehlichen Carr, der, soviel ich weiß, nichts als eine anrüchige Figur ist, und –»

Mit einer schwungvollen Bewegung hatte sich Diana erhoben und ging zur Klingelschnur, an der sie nun mit solcher Heftigkeit zog, daß man die Glocke im ganzen Haus hörte.

Dann blieb sie völlig reglos mit hocherhobenem Kopf und zornig zusammengepreßten Lippen stehen – eine Statue der Verachtung. Mr. Bettison verstummte und trocknete sich die Stirn.

Der bestürzte Thomas erschien auf der Schwelle.

«Sie haben geläutet, Madam?»

«Führ Mr. Bettison hinaus», lautete die stolze Antwort.

Der Squire erhob sich verlegen.

«Ich bin gern bereit, mich zu entschuldigen, wenn ich etwas sagte, was nicht der Wahrheit entspricht», murmelte er. «Ich hoffe, Sie werden mir meine Worte nicht übelnehmen –»

«Ich will versuchen, Ihre Beleidigungen zu vergessen, Sir», erwiderte sie. «Bitte, Thomas!»

Mr. Bettison ging hinaus, und sein Gang hatte etwas von seiner Selbstsicherheit eingebüßt.

Eine ganze Minute, nachdem sich die große Eingangstür hinter ihm geschlossen hatte, rührte Diana sich nicht vom Fleck, dann überzogen sich ihre Wangen plötzlich mit flammender Röte, und sie lief über die Treppe in ihr Zimmer hinauf, wo sie in einem heftigen Weinkrampf schwelgte, bis sie ein Klopfen und Miss Bettys Stimme, die wissen wollte, ob sie hier war, bei diesem Genuß störten.

Sie erhob sich unverzüglich und ordnete hastig ihre wirren Locken.

«Herein!» Es klang nicht ganz so heiter, wie sie beabsichtigt hatte, doch um den unbeschwerten Eindruck zu verstärken, begann sie, fröhlich vor sich hinzusummen.

«Hast du vielleicht meine Stickerei gesehen?» fragte ihre Tante. «Ich kann sie nicht finden, und ich bin sicher, du hast sie heute morgen aus dem Garten hereingetragen.»

«Ja – oh, ja – entschuldige!» antwortete Diana mit abgewandtem Gesicht. «Ich glaube, sie liegt auf dem Sessel dort in der Ecke.»

Miss Betty warf ihr einen schlauen Blick zu und setzte sich bequem auf dem Sofa zurecht.

«Was ist los, mein Schatz?»

Diana stöberte eifrig in einem Schrank herum.

«Nichts, Tantchen! Was sollte los sein?»

«Ich weiß nicht, das will ich ja eben herauskriegen», erklärte Miss Betty freundlich.

«Ich versichere dir, es ist alles in Ordnung!» Um die Wahrheit dieser

Behauptung unter Beweis zu stellen, setzte sie zu einem Lachen an, doch der Versuch scheiterte kläglich, und was dabei herauskam, erinnerte eher an ein Schluchzen.

«Aber, Kindchen, du brauchst doch *mir* nichts vorzumachen! Du weinst ja!»

«N-n-nein!» Diana kramte verzweifelt nach ihrem Taschentuch. «Ich bin nur seit drei Tagen schon so – so erkältet.»

«So? Ich fürchte, der Zustand dauert schon länger.»

«Ja – vielleicht – ich – Was meinst du?»

«Ich möchte wetten, deine Krankheit hat an dem Tag begonnen, an dem uns Mr. Carr verließ.»

«Bi-bitte, sei nicht albern, Tantchen!» fuhr Diana auf.

«Nicht doch, Kind. Komm, setz dich zu mir und erzähl mir alles», schmeichelte Miss Betty.

Diana zögerte, schnupfte einmal heftig (und sehr feucht) auf und gehorchte.

Die alte Dame zog begütigend den dunklen Lockenkopf des Mädchens an ihre Schulter.

«Aber, aber, wer wird denn so schrecklich weinen, mein Herzchen! Was ist denn passiert?»

«Dieser gräßliche Mr. Bettison!» schluchzte ihre Nichte. «Er hat doch tatsächlich die Frechheit gehabt, mich zu bitten, ihn zu hei-heiraten!»

«Was du nicht sagst! Habe ich mich doch nicht verhört, als ich mir einbildete, es sei jemand gekommen. Du hast ihn also hinauskomplimentiert?»

«Ja, a-aber vorher hat er mich noch beleidigt!»

«Er hat dich beleidigt? Di!»

«Er – er wagte es, darauf anzuspielen – nein! Er beschuldigte mich offen, in Mr. Carr vernarrt zu sein! Vernarrt!»

Über ihren Kopf hinweg betrachtete Miss Betty ihr eigenes Spiegelbild.

«Dieses Scheusal! Aber er hat doch recht?»

Keine Antwort.

«Oder nicht?»

Das Schluchzen wurde stärker.

«Na-natürlich hat er recht, aber de-deshalb darf er es noch lange nicht sagen!»

«Du, Schätzchen, bist du wirklich in diesen Jungen verliebt?»

«Ich – ich – ich hab ihn gebeten, er soll mich heiraten – und er wollte nicht!»

«Du grundgütiger Himmel!» Miss Betty war ehrlich entsetzt. «Aber

Diana!»

«N-nicht direkt, a-aber er hat es verstanden – und – er liebt mich! Und wenn ich könnte, würde ich es morgen wieder tun – ob es sich gehört oder nicht! Jawohl!»

«Ist ja schon gut», beschwichtigte Miss Betty sie hastig. «Erzähl mir das Ganze.»

«Das ist alles.» Diana hob den Kopf. «Und er liebt mich, das weiß ich genau!»

«Hat er es dir gesagt?»

«N-nein – aber ich kann es beschwören. Und ich liebe ihn» – Schluchzen – «und ich würde lieber sterben, als ohne ihn zu leben, und er will mich nicht fragen, weil – weil er keine makellose Ver-Vergangenheit hat, und weil er dann ein Schuft wäre und noch alles mögliche, und weil mein Mann kein – kein Ausgestoßener sein darf, und – und – dabei ist mir das völlig egal!»

Es kostete ihre verwirrte Tante einige Mühe, sich einen Reim auf dieses Geständnis zu machen.

«Er wäre ein Schuft, wenn er dich fragen würde, ob du ihn heiraten willst?» fragte sie stirnrunzelnd.

«Ja. Weil er ein Straßenräuber ist.»

«Was! Dann stimmt es also, was er gesagt hat? Nein, das hätte ich nie von ihm gedacht! Dieser nette Junge!»

Diana löste sich aus ihrer Umarmung. Ihre Augen funkelten drohend.

«Daß du mir kein Wort gegen ihn sagst!»

«Nein, nein – natürlich nicht! Ich war nur überrascht. Aber bei alledem bin ich ehrlich froh, daß wenigstens er vernünftig war!»

«Froh? Wie kannst du so grausam sein!»

«Meine Liebe, du kannst doch unmöglich einen – einen –»

«Verbrecher heiraten?» schluchzte Diana. «O doch, das kann ich!»

«Und weiß der Himmel, was er noch alles auf dem Kerbholz hat! Er hat doch selbst gesagt, er hätte eine fleckige Vergangenheit!»

Ihre Nichte kicherte unter Tränen.

«Na, was ist denn jetzt, Di?»

«Fleckig hat er nie gesagt!»

Miss Betty lächelte widerstrebend.

«Nun, dann eben eine zweifelhafte Vergangenheit.»

«Das glaube ich nicht!»

Ihre Tante spitzte die Lippen.

«Nein, ich glaube es nicht! Er kann nicht schlecht sein! Du vergißt, daß er mich gerettet hat!»

Miss Betty ließ sich erweichen.

«Nein, das vergesse ich nicht, mein Schatz. Und ich bin auch überzeugt, er ist ein lieber Junge, aber trotzdem halte ich es für richtig, daß er abgereist ist.»

Diana erstickte sie fast in einer stürmischen Umarmung.

«Tantchen, weißt du eigentlich, daß du ihn fast genauso liebst wie ich?»

«Das verbitte ich mir!» war die grimmige Antwort. «*Ich* werde ihn wohl kaum heiraten!»

Ein weiteres, noch äußerst wäßriges Kichern folgte auf diese Bemerkung, und Diana ging zum Toilettentisch hinüber, um ihr Haar zu ordnen.

«Ich glaube, ich werde ihn nie wiedersehen», sagte sie unglücklich. «Ach, Tantchen, wenn du nur wüßtest, wie traurig seine lieben Augen dreingeschaut haben!»

«Dummes Zeug! Was heißt, ihn nicht wiedersehen! Er wird uns in der Stadt seine Aufwartung machen – schon um den guten Ton zu wahren.»

«Du vergißt, daß er ein Straßenräuber ist, der sich kaum um einen Anstandsbesuch kümmern wird.»

«Nun, meine Liebe, wenn er dich wirklich so liebt, wie du behauptest, bemüht er sich bestimmt, einen anständigen Beruf zu ergreifen. Vielleicht tritt er in die Armee ein, oder was weiß ich. Warte nur ab!»

«Glaubst du wirklich, daß er kommt?» fragte Diana zweifelnd.

«Natürlich, Kindchen! Und wenn er nicht versucht, sich zu bessern, und du ihn tatsächlich nie wiedersiehst – na, dann braucht es dir nicht leid zu tun, denn dann ist er keine Träne wert!»

Diana seufzte und goß ein bißchen Wasser in eine Waschschüssel, um ihr Gesicht zu kühlen.

«Nun, ist das nicht ein vernünftiger Vorschlag?» meinte die alte Dame zwinkernd.

Diana schnitt eine unaussprechlich verächtliche Grimasse.

«Ich finde es außerordentlich dumm», sagte sie. Dann fiel ihre Würde von ihr ab. «Oh, mein Gott, sind alle Männer solche Einfaltspinsel?»

«Die meisten», nickte Miss Betty.

«Aber kann er denn nicht begreifen, daß ich so furchtbar unglücklich sein werde, und daß ich mein Leben nicht zerstören würde, wenn ich ihn heirate?»

«Meine Liebe, wenn einem Mann einmal eine fixe Idee in seinem Hirn herumspukt, ist es teuflisch schwer, sie ihm auszutreiben! Nicht, daß ich Master Jack für das Wahre halte, wohlgemerkt! Schließlich hatten dein lieber Papa und ich größere Pläne mit dir – was ist denn dieser Mr. Carr schon!»

«Der einzige Mann, den ich jemals heiraten werde! Daher könnt ihr eure großen Pläne ruhig begraben! Vermutlich habt ihr damit geliebäugelt, mich mit diesem Dummkopf, diesem Sir Denis Fabian, zu verkuppeln, den ihr dauernd einladet? Oder vielleicht mit dem galanten Mr. Bettison? Oder Mr. Everard? Wie kannst du nur so lieblos sein!»

«Das bin ich doch nicht. Aber ich könnte es nicht ertragen, zu erleben, wie du dich an einen Straßenräuber wegwirfst!»

Diana lief zu ihr hin und schlang die Arme um ihren Nacken.

«Mein einziges Tantchen, verzeih mir! Ich weiß, du willst nur mein Bestes! Aber versteh doch – ich *liebe* ihn.»

«Ich habe immer gesagt, die Liebe würde dir einmal viel Kummer bereiten», nickte Miss Betty betrübt. «Dabei ist kein Mann auch nur eine Träne wert.»

Das zuversichtliche, zärtliche kleine Lachen, mit dem Diana auf diese Feststellung antwortete, ließ die alte Dame überrascht aufblicken.

«Ach, du hast ja keine Ahnung, Tantchen», sagte sie, während ein weicher Glanz in ihre Augen trat. «Du hast einfach keine Ahnung.»

Bevor Miss Betty eine passende Antwort fand, klopfte es an die Tür, und Thomas meldete:

«Lady O'Hara wartet unten, Madam.»

Eine Sekunde lang starrten die beiden Damen einander an. Dann rief Miss Betty: «Verflixt und zugenäht! Und im Salon ist noch alles drunter und drüber vom Saubermachen!»

Diana nickte dem Diener zu.

«Wir kommen, Thomas.» Kaum war er verschwunden, wandte sie sich wieder erstaunt an ihre Tante. «Lady O'Hara! Aber warum?»

«Wahrscheinlich glaubt sie, uns besuchen zu müssen, nachdem Sir Miles so oft hiergewesen ist. Aber warum muß sie sich um Gottes willen ausgerechnet den Tag aussuchen, an dem im Salon alles auf dem Kopf steht? Es ist wirklich zu vertrackt!»

Diana puderte ihre kleine Nase und blickte ängstlich in den Spiegel, ob man von den Tränenspuren noch etwas merkte.

«Aber, Tantchen, es ist doch ohnehin alles in Ordnung. Oh, ich bin schon so neugierig auf sie – nach allem, was Sir Miles erzählt hat, muß sie sehr charmant sein. Bitte, beeil dich doch!»

Miss Betty steckte eine Nadel in ihr Haar und glättete ihr Kleid.

«Und ich hab noch dazu diesen alten Taftkittel an!»

«Das macht doch nichts!» rief Diana, indem sie die pfirsichfarbene Seide ihrer Röcke knisternd schwingen ließ. «Du siehst ganz bezaubernd aus – aber jetzt komm doch endlich!»

Miss Betty ließ sich mit wahrer Märtyrermiene zur Tür führen.

«Ja, ja, für dich ist das alles schön und gut, meine Liebe, in deinem neuen Kleid! Sei so gut, und wirf noch einen Blick auf meinen Unterrock.»

«Unsinn, du bist wunderschön! Komm nur!»

Gemeinsam schritten sie die Treppe hinunter und betraten den Salon.

Eine zierliche, sehr kleine Dame erhob sich von einem Stuhl und kam ihnen mit ausgestreckten Händen und einem so reizenden Lächeln entgegen, daß Miss Bettys schlechte Laune unverzüglich dahinschmolz und sie den tiefen Knicks ihrer Besucherin mit einer ihrer besten ruckartigen Verbeugungen erwiderte.

«Ich bin entzückt, Sie willkommen zu heißen, Madam», sagte sie förmlich. «Es ist zu gütig von Ihnen, diese lange Fahrt auf sich zu nehmen, um uns zu besuchen.»

Sie zog einen Stuhl für Mylady heran und stellte ihre Nichte vor. Lady O'Hara musterte das Mädchen mit einem raschen, prüfenden Blick und knickste wieder.

«Es ist mir ein großes Vergnügen, Sie endlich kennenzulernen, Miss Beauleigh», lächelte sie. «Mein Mann hat mir so viel von Ihnen erzählt, daß ich unbedingt persönlich Ihre Bekanntschaft machen mußte.»

Ihre Herzlichkeit nahm Diana sofort für sie ein.

«Auch wir haben von Sir Miles viel von Ihnen gehört, Madam, und wünschten uns nichts sehnlicher, als Sie einmal von Angesicht zu Angesicht zu sehen!»

Lady O'Hara setzte sich und nickte lebhaft.

«Ich nehme an, er hat Ihnen schreckliche Dinge über mich berichtet», sagte sie fröhlich. «Ich muß mich entschuldigen, Sie nicht früher besucht zu haben, aber vermutlich wissen Sie, daß ich einige Zeit verreist war, und als ich zurückkam – du meine Güte, da war das Unterste zuoberst gekehrt!» Sie lachte Miss Betty verschwörerisch zu. «Ich versichere Ihnen, ich hatte alle Hände voll zu tun, um das Haus wieder halbwegs in Ordnung zu bringen!»

Miss Betty zog ihren Stuhl näher heran, und bald waren sie in ein typisch weibliches Gespräch vertieft: die unglaublichen Schwierigkeiten, die man mit den Dienstboten hatte, die Hilflosigkeit der Männer, wenn man sie sich selbst überließ, und dann natürlich London mit seinen Geschäften und Parks, das neuste Theaterstück, das gerade in aller Munde war.

Lady O'Hara wurde gebeten, eine Tasse von Miss Bettys kostbarem

Boheatee zu trinken – wirklich eine hohe Ehre –, und als Mr. Beauleigh das Zimmer betrat, sah er seine Schwester und seine Tochter zu Seiten einer hübschen, temperamentvollen kleinen Dame sitzen, die er noch nie im Leben gesehen hatte. Die Damen plauderten angeregt bei Tee und Kuchen, worauf er sich hastig zurückzog und in seiner Bibliothek einschloß.

17
Ein Punkt für Lady O'Hara

Lady O'Hara warf einen strengen Blick auf ihren schlafenden Gatten. Er ruhte ausgestreckt in einem Stuhl unter einer riesigen Eiche, während sie etwas abseits mit ihrer Handarbeit beschäftigt war. Mylady runzelte die Stirn und hüstelte. Dann räusperte sie sich mit großem Nachdruck, was auch nicht ohne Wirkung blieb, denn ihr Gemahl klappte seinen Mund zu und öffnete träge ein Auge. Sofort setzte Mylady eine sanft traurige Miene auf. Das Zyklopenauge blinzelte ein bißchen und drohte, sich wieder zu schließen. Molly spähte vorwurfsvoll auf die entspannten Züge und sagte gekränkt:

«Ich finde es wirklich nicht sehr aufmerksam von dir, zu schlafen, wenn ich gern mit dir plaudern möchte.»

O'Hara riß hastig auch das zweite Auge auf.

«Aber, Liebling, ich habe nicht geschlafen! Ich – äh – habe nur nachgedacht.»

«So? Und pflegst du dabei den Mund offen zu lassen und – zu schnarchen?»

O'Hara fuhr auf. «Ich schwöre, ich habe nicht geschnarcht!» rief er. «Molly, du bist ein ganz böser Plagegeist!»

«Miles, und du bist ein ganz großes Baby!» äffte sie ihn nach. «Auf deiner Perücke sitzt eine Raupe, und sie ist schief.»

«Die Raupe?» fragte O'Hara verwundert.

«Nein, Dummerchen, die Perücke. Ich glaube, es ist besser, ich bringe das selbst in Ordnung.» Sie erhob sich, beugte sich über ihn und rückte seine Haarpracht zurecht. Dann entfernte sie das Tier geschickt mit Hilfe zweier Blätter und ließ sich zu Füßen ihres Gebieters nieder, aber nicht, ohne vorher einen Kuß auf seine Stirn zu drücken.

«Zuerst einmal hast du mich noch gar nicht gefragt, wo ich gestern den ganzen Nachmittag war.»

Da O'Hara sehr sorgfältig geschult worden war, wußte er nun, was sie von ihm erwartete. Deshalb fragte er betont interessiert:

«Und wo warst du also, mein Schatz?»

«Ich habe Miss Beauleigh und ihre Nichte besucht!»

Sie blickte triumphierend und ein wenig herausfordernd zu ihm auf.

«Den Teufel hast du!»

«Doch, verehrter Sir! Ich fühlte, daß etwas im Gange ist, und dann erinnerte ich mich, daß du mir in deinem Brief schriebst, Jack hätte sich in Diana verliebt. Also nahm ich mir vor, das Mädchen einmal persönlich kennenzulernen.»

Miles schaute halb nachsichtig, halb ärgerlich auf sie nieder.

«Und das hast du getan, mein Kätzchen?»

«Jawohl. Und ich stellte dabei fest, daß sie genauso verliebt in ihn ist, wie er in sie – natürlich.»

«Wieso natürlich?»

«Nun, wer könnte ihm schon widerstehen? Er ist derart bezaubernd, daß ich ihn selbst gern heiraten würde.»

Sie senkte den Kopf, um ihr spitzbübisches Lächeln zu verbergen.

«Habe ich recht verstanden?» fragte O'Hara bestürzt.

Mylady zeichnete mit dem Finger ein Muster auf sein Knie.

«Vorausgesetzt, ich wäre nicht schon mit dir verheiratet, Miles.»

Doch O'Hara war das Lächeln nicht entgangen. Er stieß einen abgrundtiefen Seufzer aus und sagte in kummervollem Ton:

«Na ja, schlimmstenfalls bleibt mir immer noch der Fluß, Madam.»

Myladys Finger schwankte und hielt mitten in einem Schnörkel inne. Ihre Hand stahl sich in die seine.

«Das ist aber kein netter Scherz, Miles.»

Er zupfte sie lachend an einer Locke.

«Sicher, aber hast du mich nicht mehr oder weniger dazu eingeladen?»

«Selbstverständlich nicht. Doch um von Jack zu sprechen –»

«Ich dachte, das tun wir bereits?»

«Miles, willst du wohl still sein und zuhören?»

«Ja, mein Liebes.»

«Also gut. Wie ich schon sagte, fuhr ich gestern nachmittag nach Littledean und machte die Bekanntschaft der beiden Fräulein Beauleigh.»

«Und was für einen Eindruck hast du gewonnen?»

«Oh, ich finde, Diana ist wunderschön – diese Augen! Und erst das Haar! Und die alte Dame ist auch ganz reizend, und vor allem so drollig! Ich trank eine Tasse Tee mit ihnen und brachte das Thema auf Jack –»

«Donner und Doria! Du hast ihn doch hoffentlich nicht Carstares genannt?»

«Nein, du Dummkopf, sei unbesorgt! Zufällig erwähnte ihn Miss

Beauleigh zuerst und nannte ihn Mr. Carr, und klug wie ich bin, tat ich es auch. Und ich merkte, daß sich Diana kaum am Gespräch beteiligte, als die Rede auf ihn kam, und wenn, dann gab sie sich betont kühl. Das hat mich restlos davon überzeugt, daß sie ihn liebt.»

O'Hara war offensichtlich verwirrt.

«Aber wie kannst du dir so sicher sein? Wenn sie sich so verhielt, wie du es beschreibst –»

«Das wirst du nie verstehen, mein Lieber, denn du bist eben nur ein Mann. Trotzdem – ich wußte gleich Bescheid. Ich war ganz hingerissen von Diana und beschloß, allein mit ihr zu sprechen, deshalb bewunderte ich die Rosen, und wirklich bot sie mir an, mich durch den Garten zu führen. Wir spazierten also gemeinsam herum, und ich glaube, ich muß ihr sympathisch gewesen sein, denn –»

«Unsinn!»

«Sei still, Miles! – denn plötzlich taute sie auf und wurde richtig freundlich. Daraufhin unterhielt ich mich sehr ausführlich mit ihr.»

Ein paar krampfhafte Zuckungen und ein unterdrücktes Husten ihres Gebieters ließen sie fragend die Augenbrauen hochziehen.

«Was ist?»

«Nichts, mein Engel – nichts. Sprich nur weiter – du sagtest gerade –»

«Daß ich mich sehr ausführlich mit ihr unterhielt.» Sie verstummte und blickte ihn trotzig an, dann senkte sie errötend die Wimpern.

«Ich habe nicht die Absicht, dir jedes Wort zu wiederholen –»

Er unterbrach sie mit einem erleichterten Seufzer.

«Und wenn du dich noch lange so gräßlich benimmst, erzähle ich dir überhaupt nichts mehr!»

Nachdem sie mit Genugtuung zur Kenntnis genommen hatte, daß er wohlweislich auf eine Antwort verzichtete, fuhr sie fort:

«Nach allem, was sie sagte, und was ich zwischen den Zeilen las, kam ich zu dem Schluß, daß Jack sie aus irgendeinem idiotischen Grund nicht bitten will, ihn zu heiraten.»

«Einem idiotischen Grund, Liebste?» fragte er.

«Oh, ich weiß, du hältst seine Entscheidung für richtig, aber ich versichere dir, es ist eine unerhörte Grausamkeit dem armen Kind gegenüber. Als ob sie sich wegen eines Straßenräubers graue Haare wachsen ließe!»

«Es war nicht so sehr aus dieser Überlegung, denke ich –»

«Ja, aber er könnte ihr doch sagen, daß er unschuldig ist! Ach, Miles, schau nicht so finster drein! Das ginge ohne weiteres! Allmächtiger, wenn du mich so behandelt hättest, wärst du mir nicht einen Schritt außer Haus gegangen ohne aufrichtige Reue zu zeigen! Ich habe gute Lust, mit Jack darüber zu sprechen.»

«Es wäre ein ergötzliches Schauspiel, aber du wirst so gütig sein, ihn mit Zartgefühl und Vorsicht zu behandeln.»

«Aber er versteht die ganze Sache völlig falsch. Ich *weiß*, daß sie stolz wäre, seine Frau zu werden –»

«Und du würdest es richtig finden, wenn Jack sie in seiner augenblicklichen Lage darum bitten würde?»

«Ich – oh, ich weiß nicht!»

«Nein, mein Herz, Jack hat schon recht: zuerst muß er seinen Namen reinwaschen.»

«Ja, du meine Güte, warum tut er es dann nicht endlich?» rief sie aufgebracht.

Diesmal war O'Hara an der Reihe, herablassend zu erklären:

«Nun, diese Frage wirst du kaum jemals verstehen – schließlich bist du eben nur eine Frau.»

Mylady überging die Herausforderung.

«Aber was kann man denn da machen?»

«Nichts. Er muß selbst damit fertigwerden. Wenn er mir nicht vor einiger Zeit das Versprechen abgenommen hätte zu schweigen, könnte es mich glatt reizen, ein Wörtchen mit Richard zu reden.»

«Wie ich diesen Richard hasse!» rief sie. «Er muß ein egoistischer, rücksichtsloser Mensch sein! Und jetzt behauptet Jack, er müsse so bald wie möglich fort – dabei hättest du Dianas verzweifeltes Gesicht sehen sollen, als ich erwähnte, er würde wieder ins Ausland gehen. Miles, wir sind geradezu verpflichtet, ihn möglichst lange hier festzuhalten! Ach, Liebling, ich mache mir schreckliche Sorgen!»

O'Hara drückte warnend ihre Hand, denn Mylord schlenderte über den Rasen auf sie zu.

«Ich bin furchtbar in Verlegenheit», sagte er. «Man ließ mich mit deinem tobenden Sprößling allein, Molly, und um ihn zu beruhigen, gab ich ihm die Perlenkette, die auf dem Tisch lag.»

«Meine kostbaren indischen Holzperlen!»

«Ja, ich glaube, sie waren es. Jedenfalls ging die Farbe ab, und als Jane zurückkam, sah David aus, als hätte er eine gefährliche Krankheit. Sie war sehr ungehalten.» Er setzte sich auf den Stuhl, von dem sich Mylady vor kurzem erhoben hatte, und wischte sorgfältig einen grünen Klecks von seinem Zeigefinger.

«Die Ärmste!» lachte die stolze Mutter. «Sie wird sich schön plagen müssen, ihn wieder sauber zu kriegen. Aber du kommst wie gerufen, denn wir sprachen gerade von dir.»

O'Hara stöhnte innerlich und versuchte, sie mit einem herrischen Blick zum Schweigen zu bringen.

«Tatsächlich? Wie schmeichelhaft! Darf ich fragen, wovon im Detail die Rede war?»

«Aber gern. Wir stellten einmütig fest, daß wir nicht mit deiner Absicht einverstanden sind, nach Frankreich zu reisen.»

O'Hara griff sich unbewußt an den Magen.

«Das ist sehr freundlich von euch. Ich bedaure die Notwendigkeit ja selbst.»

«Bist du sicher, daß es sich dabei um eine Notwendigkeit handelt? Du könntest genausogut an irgendeinem netten Ort hier in der Nähe leben, mit einer tüchtigen alten Haushälterin – und – und – Jim – und einer Menge anderer angenehmer Dinge.»

Mylord schüttelte den Kopf.

«Nein, vielen Dank!»

«Doch, doch! Und später könntest du dir eine süße kleine Frau suchen», fügte sie kühn hinzu.

«Niemals. Ich hätte keine Wahl, denn du würdest mich zwingen, die tüchtige alte Haushälterin zu heiraten.»

«Nein, im Ernst, Jack», lachte sie, «kannst du dich nicht hier irgendwo in der Nähe niederlassen?»

«Nicht mit dieser alten Frau, Molly.»

«Oh, hör auf damit! Nun, willst du es dir nicht überlegen? Niemand braucht dich zu kennen – vor allem brauchst du dich um niemand zu kümmern – und – oh, Jack! Schau nicht so trostlos drein! Miles, ist er nicht lächerlich?»

«Er stellt sich eben vor, was für ein langweiliges Leben er dann führen würde», kicherte O'Hara.

«Ich durchschaue deine Pläne, Molly. Du willst einen Einsiedler aus mir machen, und noch dazu soll ich meine Haushälterin heiraten. Mein Gott, werde ich hier schlecht behandelt!»

Mylady musterte ihn zweifelnd.

«Hättest du wirklich so viel gegen meinen Vorschlag einzuwenden?»

«Madam», antwortete er feierlich, «Sie würden am Ende der ersten Woche meine Leiche im Garten finden.»

«Hu, damit möchte ich mein Gewissen natürlich auf keinen Fall belasten», meinte sie. «Aber ich weiß nicht, was wir sonst für dich tun könnten. Oh, dabei fällt mir ein, ich fuhr gestern nach Littledean hinüber – Miles, Liebster, würdest du so nett sein und mir meinen Hut holen? Die Sonne –»

«Wir können ja weiter in den Schatten rücken», sagte ihr ungefälliger Ehemann.

«Oh, bitte! Übrigens, es ist zwar nicht so wichtig, aber ich hörte, Brown will mit dir über das neue Reitpferd sprechen –»

«Das ist wirklich sehr aufmerksam von dir, Molly, aber die Sache ist bereits seit einiger Zeit erledigt.»

Mylady resignierte.

«Wo war ich doch stehengeblieben? Ach ja, ich wollte gerade erzählen, daß ich einen Besuch in Horton House gemacht habe. Also dieses junge Mädchen, diese kleine Diana, ist wirklich eine ausgesprochene Schönheit!»

Carstares versuchte krampfhaft, etwas Passendes zu erwidern, und gab, als ihm das nicht gelang, ein unverbindliches Brummen von sich.

«Beide Damen baten mich, herzliche Grüße zu bestellen, und hoffen, daß es dir besser geht. Meine Güte, ist es hier schwül! Hast du nicht Lust, mich auf einem Spaziergang durch den Garten zu begleiten? Und würdest *du* so liebenswürdig sein, mir meinen Hut zu holen? Ich glaube, er liegt in der Halle. Vielen Dank!»

Sie wartete, bis Jack sie nicht mehr hören konnte, und wandte sich dann rasch an ihren Gatten.

«So, Miles, du wirst jetzt schön brav hierbleiben. Ich werde bestimmt nichts Taktloses sagen.»

«Molly, ich kann nicht zulassen, daß du ihn quälst –»

«Unsinn, diesbezüglich kannst du ganz beruhigt sein! Ich will ihn lediglich dazu bringen, nicht nach Frankreich zu reisen, denn ich bin sicher, wenn wir ihn überreden können, zu bleiben, wird etwas geschehen.»

«Was wird geschehen?»

«Nun, eben etwas.»

«Woher willst du das wissen?»

«Ich weiß es nicht, ich fühle es nur.»

«Also gut, mein Schatz. Wenn es dir gelingt, Jack herumzukriegen, werde ich dich auf Händen tragen.»

«Das wird zweifellos sehr amüsant!» gluckste sie und floh hastig aus seiner Reichweite.

«Oh, danke, John!» Sie setzte den Hut auf und legte ihre Hand auf Mylords Arm. «Mein fauler Miles begibt sich wieder zur Ruhe und da ich ihn so ungern schnarchen höre, schlage ich vor, wir gehen recht weit fort – am besten in den Rosengarten.»

«Nehmt euch bloß nicht zuviel vor», näselte O'Hara, der bereits die Augen schloß. «Ihr werdet euch überanstrengen.»

«Erlaubst du ihm eigentlich, so respektlose Bemerkungen zu machen?» fragte Jack, während er wartete, bis sie ein Steinchen aus ihrem Schuh geschüttelt hatte.

«Für gewöhnlich nicht, aber jetzt nützt er deine Anwesenheit aus.» Sie ließ das Steinchen auf O'Haras Kopf fallen und schlenderte mit Mylord davon.

Sobald sie um das nächste Gebüsch gebogen waren, ging sie sofort zum Angriff über.

«Ich möchte mit dir über Miles sprechen», gestand sie. «Er macht sich große Sorgen.»

«Tatsächlich? Das habe ich gar nicht bemerkt!»

Ich auch nicht, dachte sie schelmisch, fuhr aber mutig fort: «Doch, doch, sehr sogar!»

«Und was bedrückt ihn?»

«Du», seufzte Mylady traurig. «Der Gedanke, daß du uns verläßt. Mich bedrückt er übrigens auch.»

«Aber –»

«Er hat eben gehofft, du würdest lange bei uns bleiben – ich ebenfalls.»

«Das ist wirklich reizend von euch beiden, aber –»

«Ehrlich gesagt, ich weiß nicht, wie ich Miles trösten soll, wenn du fort bist. Er hat sich so auf die Zeit mit dir gefreut.»

«Molly –»

«Dein Entschluß ist tatsächlich eine große Enttäuschung für uns. Willst du es dir nicht doch noch anders überlegen?»

«Molly, deine Großzügigkeit beschämt mich . . . Ich kann doch nicht ewig bei euch wohnen.»

«Warum denn nicht? Du hast keine Ahnung, wie glücklich wir darüber wären! Miles wird sich zu Tode kränken, wenn du weiterhin so halsstarrig bist.»

«Oh, du kleine Schwindlerin!»

Sie konnte ein Lächeln nicht unterdrücken, hatte sich aber gleich wieder in der Gewalt.

«Es ist mein Ernst, Jack.»

«Was! Daß Miles sich meinetwegen zu Tode kränkt? Pfui, schäme dich!»

«Nun, vielleicht leidet er nicht ganz so arg», lenkte sie ein. «Auf jeden Fall aber ist er sehr beunruhigt . . . Ach, wenn du uns doch diesen Kummer ersparen würdest!» Sie betupfte ihre Augen mit einem winzigen Tüchlein, wobei sie ihn gleichzeitig verstohlen beobachtete. «Und David hat dich auch so ins Herz geschlossen! Und Miles ist so begeistert, daß er dich wiedergefunden hat – und *ich* habe dich auch sehr gern – und – und – du würdest uns wirklich schrecklich beleidigen, wenn du uns schon so bald verläßt, abgesehen davon, wie dumm es von dir wäre!»

«So? Ja, was soll ich da sagen? Langsam, aber sicher komme ich immer mehr zu der Ansicht, ich wäre ein undankbarer Spielverderber, wenn ich mich nicht erweichen ließe –»

Das Taschentuch verschwand blitzschnell.

«Dann bleibst du also? Schnell, versprich es!»

«Ich kann dir nicht genug für deine Güte –»

«Oh, so gefällst du mir! Bis zum Herbst? Komm, sag ja!»

«Molly, nein, wirklich –»

«Versprich es, oder ich fange sofort an zu weinen!»

«Unmöglich! Wie kann ich eure Gastfreundschaft so lange –»

«Sei nicht albern, Jack! Miles hat doch als Junge Monate in Wyncham verbracht –»

«Das kann man damit nicht vergleichen –»

«Und jetzt bist du so stolz, daß du dich weigerst, drei armselige kleine Monate bei uns zu bleiben?»

«Nein, nein, Molly, das ist nicht der Grund!»

«Gib zu, wenn Miles noch Junggeselle wäre, würdest du nicht zögern!»

Er schwieg verdutzt.

«Na siehst du! Nur weil er eine Frau hat, sitzt du ungnädig auf dem hohen Roß. Du kannst es in meiner Gegenwart sicher nicht aushalten –»

«Ich schwöre, du irrst dich!»

«Warum weigerst du dich dann?» fragte sie triumphierend.

«Molly, wirklich – ich –» Er lachte hellauf. «Du kleiner Satan setzt mich völlig außer Gefecht!»

«Dann erfüllst du mir meine Bitte?»

«Bist du ganz sicher –»

«Ganz sicher.»

«Bitte, dann bleibe ich gern. Ich weiß zwar nicht, wie ich mich für soviel Großmut bedanken soll ... Wenn du genug von mir hast, mußt du es sofort sagen.»

«Natürlich», versprach sie. «Oh, das wird ein wunderbarer Sommer! Und Miles – wie er sich erst freuen wird! Übrigens», fuhr sie leichthin fort, «ich bat die beiden Damen Beauleigh, uns am Mittwoch zu beehren, doch leider können sie nicht kommen. Aber vielleicht klappt es ein anderm –»

Sie hielt erschrocken inne, denn er packte sie nach der Art eines älteren

Bruders nicht gerade sanft an den Schultern.

«Hör zu, Molly. Ich weiß, du hast gemerkt, daß ich Diana liebe, und ich weiß auch, daß du glaubst, ein gutes Werk zu tun, wenn du uns beide zusammenbringst. Aber ich versichere dir, es wäre nicht gut, sondern nur sehr, sehr grausam. Wenn du ihr zusetzt, zu kommen, muß ich gehen. Verstehst du?»

Molly blickte in seine ernsten Augen, und ihre Unterlippe begann zu zittern.

«Es – es tut mir leid», stotterte sie.

Er zog ihren Arm wieder durch den seinen.

«Du brauchst dich nicht zu entschuldigen. Im Gegenteil, ich bin dir sehr dankbar für deine Bemühungen, mich glücklich zu machen. Aber bitte, laß das lieber sein!»

«Schön, ich verspreche es dir. Aber – aber findest du es nicht unfair –»

«Molly, beantworte mir einmal diese Frage: findest du es denn in Ordnung, daß du deinem Gatten nicht gehorchst?»

Die blauen Augen glitzerten.

«Was meinst du, Jack?» fragte sie mit einem unsicheren Lächeln.

«Hat Miles dir nicht ausdrücklich verboten, dieses Thema mir gegenüber anzuschneiden?»

Sie zog ihre Hand zurück, und ihr Mund formte ein stummes «Oh!»

«Du – du – du bist schrecklich!» rief sie und drohte ihm mit ihrer kleinen Faust. «Ich gehe!»

Später fand sie ihren Gatten in der Bibliothek, lief auf ihn zu und schmiegte sich in seine Arme.

«Halt mich ganz fest! Ich – ich bin in die Ecke gestellt worden!»

«Was?»

«Ja, im übertragenen Sinn – von Jack. Ich glaube, ich würde ihn vielleicht doch nicht so gern heiraten!»

«Was hat er denn angestellt?»

«N-nichts. Ich fürchte», sie polierte eifrig einen seiner Knöpfe mit dem Finger, «ich fürchte, es war eher meine Schuld.»

«Oh!»

«Ja – ich hatte wirklich *kaum* etwas über die Beauleighs gesagt, da verwandelte er sich plötzlich in einen Eisberg und kanzelte mich ab wie ein ungezogenes kleines Mädchen. Aber er bleibt trotzdem. Also, küß mich, Miles!»

18
Captain Harold Lovelace tritt in Erscheinung

Gegen Ende August verspürte Lady Lavinia, nachdem sie einen beschaulich ruhigen Sommer auf dem Lande verbracht hatte, plötzlich wieder Sehnsucht nach der für sie wesentlich reizvolleren Atmosphäre der Stadt. Sie wollte nicht auf Richard hören, der sie vor dem schauderhaften Zustand warnte, in dem sich die Straßen befanden, sondern erklärte, das mache ihr nicht das geringste aus, und sie müsse unbedingt nach London. Aus Erfahrung klug geworden, verzichtete er auf weitere Einwände und versprach, schon nächste Woche ihrem Wunsche nachzukommen, wobei er sich insgeheim glücklich pries, daß es ihm gelungen war, sie so lange bei verhältnismäßig guter Laune in Wyncham festzuhalten. Lavinia überschüttete ihn hocherfreut mit Küssen, schalt sich einen bösen Quälgeist und begann sofort mit den Vorbereitungen für die Reise.

Die Fahrt erwies sich noch schlimmer, als Richard prophezeit hatte. Zweimal stürzte die Kutsche beinahe um, und zahllos waren die Gelegenheiten, wo der schwere Wagen im Morast steckenblieb, woraus den Insassen große Unannehmlichkeiten entstanden. Carstares begleitete zu Pferd die behäbige Kalesche, in der seine Frau, ihre Zofe, der Schoßhund und unzählige Hutschachteln und kleine Gepäckstücke untergebracht waren. Doch trotz der Mühe, die diese fortwährenden unfreiwilligen Aufenthalte verursachten, genoß er die Reise, denn Lavinia nahm ihr Mißgeschick leichten Herzens hin und quittierte jeden, eine neuerliche Verzögerung ankündigenden Ruck mit übermütigem Gelächter und einer witzigen Bemerkung. Sogar als der Kamin ihres Schlafgemaches in einer der Herbergen, wo sie Rast machten, auf höchst ekelhafte Weise rauchte, bekam sie nicht, wie Richard mit Sicherheit erwartet hatte, einen ihrer Wutanfälle und weigerte sich, noch eine Sekunde unter diesem Dach zu verweilen, sondern erklärte nach einem Moment betrübten Überlegens mit sich erhellender Miene, sie würde eben mit ihm das Zimmer tauschen, selbst auf die Gefahr hin, ihren süßen Dicky am Morgen als gedörrten Räucherschinken vorzufinden. In bester Stimmung begab sie sich an seinem Arm zum Dinner hinunter, beteuerte im Laufe des Abends, die Rebhühner seien ausgezeichnet, die Pasteten schmeckten wahrhaft französisch und der Wein sei für einen so entlegenen Ort geradezu hervorragend, und ergötzte ihren Gemahl bis zur Schlafenszeit mit ihren Scherzen.

Nicht nur auf Grund der schlechten Straßen verlief die Reise notgedrungen sehr langsam, sondern auch deshalb, weil Mylady jedesmal, wenn sie in einer Hecke wilde Rosen entdeckte, dem Kutscher befahl, er möge anhalten, damit sie ein paar Blüten pflücken könne. Dann pflegten Richard und sie eine kurze Strecke zu Fuß zu gehen, wobei er sein Pferd am Zügel führte, und der Wagen ihnen im Schrittempo folgte. Mit einem Wort, ihr Beisammensein hatte eine sehr idyllische Note und gab Richard das Gefühl, im siebenten Himmel der Glückseligkeit zu schweben.

Als sie endlich in Wyncham House in Mayfair ankamen, stellten sie fest, daß die Diener bereits vor einer Woche eingetroffen waren und die gewonnene Zeit gut genützt hatten. Lavinia war begeistert: Noch nie hatte das Haus so einladend, so frisch und blitzsauber gewirkt!

Einer ihrer schwarzen Pagen überreichte ihr unter vielen Verbeugungen und mit strahlendem Grinsen einen kleinen Affen und murmelte dabei: «Ein Geschenk von Massa.»

Lady Lavinia dankte ihrem Dicky mit einer stürmischen Umarmung. Wie hatte er nur erraten, daß sie sich schon so lange nach einem Äffchen sehnte! Sicher hatte sie es doch nur ein- oder zweimal erwähnt? Oh, er war der beste, der liebste, der bezauberndste aller Ehemänner! Außer sich vor Entzücken tänzelte sie davon, um sich in ihren Gemächern häuslich einzurichten.

Die *beau monde* kehrte in die Stadt zurück, und als Carstares seine Frau ein paar Tage später zu Ranelagh führte, drängte sich in den Gärten eine bunte, fröhliche Gesellschaft. Obwohl es noch ganz hell war, brannten schon alle Lampen im Geäst der Bäume. Die Musikanten spielten pausenlos, im Hintergrund stieg zischend ein Feuerwerk empor, die Lauben waren frisch gestrichen und der Pavillon schimmerte in gleißendem Licht.

Das Bewußtsein ihrer Schönheit und der Eleganz ihrer seidenen Robe mit dem von einem Goldnetz überzogenen Unterrock trug beträchtlich zu Lavinias Vergnügen bei. Ihr sorgfältig gepudertes Haar umrahmte ihr Gesicht in kunstvollen Locken und war von zart durchbrochener Spitze halb verhüllt. Darüber trug sie noch die Kapuze ihres grauen Umhangs, der, mit Goldlitzen besetzt, genau zu ihrem Unterrock paßte und mit einer Rubinbrosche befestigt war. Rubine funkelten auch in ihren Ohrgehängen, deren Länge von den anderen Damen mit so manchem neidischen Blick bewundert wurde, und die schweren Armbänder, die sie über ihre langen Handschuhe gestreift hatte, strahlten in demselben dunkelroten Feuer. Zu alledem war sie diesmal auch mit Richards Erscheinung hochzufrieden. Wenn er nur wollte, konnte er eigentlich recht elegant wirken, dachte sie bei sich. Sein weinroter Samtanzug war ausgesprochen vornehm, und die goldbestickten Strümpfe, die er zu seiner Kniehose gewählt hatte, sahen geradezu hinreißend aus.

Sie hielten sich noch keine zehn Minuten in den Gärten auf, als sich bereits eine kleine Gruppe von Herren um sie versammelte, um ihrem Entzücken darüber Ausdruck zu geben, die schöne Lady Lavinia wieder begrüßen zu dürfen. Einer holte dienstbeflissen einen Stuhl für sie herbei, ein anderer brachte ihr einen Becher Glühwein, und der Rest umschwärmte sie wie die Bienen den Honig.

Das Antlitz ob ihres Triumphes von holder Röte äußerst kleidsam übergossen, reichte Mylady Mr. Selwyn ihre kleine Hand – er hatte einmal zu ihren glühendsten Verehrern gezählt –, lachte perlend über sein originelles Kompliment und erklärte, er sei ein schrecklicher Schmeichler, dessen glattzüngiger Beredsamkeit sie keinesfalls Gehör schenken würde.

Sir Gregory Markham, der ihr den Glühwein brachte, war, wie sie erfuhr, soeben erst aus Paris zurückgekehrt, worauf sie ihr Geplauder mit einem restlos bezauberten französischen Chevalier kurzerhand unterbrach, um die porzellanblauen Augen zu ihm aufzuschlagen und mit einer rührenden Geste die behandschuhten Finger ineinanderzuschlingen.

«Oh, Sir Gregory! Paris? Dann sagen Sie mir – bitte, sagen Sie mir – haben Sie meinen allerliebsten Devil gesehen?»

«Ja, natürlich, Madam», antwortete Markham, indem er ihr den Becher reichte. Sie nippte daran und übergab ihn der Obhut des Chevaliers.

«Oh, dafür liebe ich Sie!» rief Lavinia überschwenglich. «Was treibt er, und wann wird er endlich nach England zurückkehren?»

Sir Gregory lächelte.

«Wie soll ich das wissen? Ich fürchte, *monsieur s'amuse*!»

Sie entfaltete kokett ihren Fächer.

«Oh, Sie Böser! Wie können Sie es wagen, so etwas auszusprechen!»

«Belmanoir?» fragte Lord D'Egmont, sein Stöckchen schwingend. «Nach meinen Informationen ist er in die Pompadour verliebt – mit Verlaub, Lady Lavvy!»

Lavinia klappte mit einem Ruck den Fächer zusammen.

«In die Pompadour? Um Gottes willen, da sollte er aber vorsichtig sein!»

«Ich glaube, es hat seinetwegen ohnehin schon einige Mißhelligkeiten zwischen Seiner Majestät und der schönen Jeanne gegeben. Seither soll sie ihm die kalte Schulter zeigen.»

«*Ich* hörte, er sei ihrer überdrüssig», sagte Markham.

«Nun, wie dem auch sei, ich bin froh, daß die Episode zu Ende ist», entschied Lavinia. «Es ist ein viel zu gefährliches Spiel, mit Louis' Mätressen anzubändeln. Oh, *mon cher* Chevalier! Entschuldigen Sie, bitte! Aber ich bin überzeugt, Sie sagen ab und zu auch furchtbar boshafte Dinge über unseren George, habe ich nicht recht? Ach, Sie Ärmster, haben Sie womöglich die ganze Zeit über meinen Glühwein gehalten? Nein, wie aufmerksam von Ihnen! So, nun trinke ich ihn aus, und Julian ist so gut und bringt den Becher fort . . . *Voilà!*» Damit drückte sie das Gefäß D'Egmont in die Hand und klopfte mit dem Fächer leicht auf Mr. Selwyns Finger, der hinter ihrem Stuhl stand.

«Sie ungezogener Mensch!» Sie blickte schelmisch zu ihm auf. «Werden Sie es wohl lassen, mir ins Ohr zu flüstern? Ich will Ihre Frechheiten nicht hören! Nein, und auch nicht darüber lachen! Sir Gregory, Sie haben mir noch nicht geantwortet. Wann kommt Tracy zurück? Zur Cavendish Rout am Mittwoch in einer Woche vielleicht? Ach, sagen Sie ja!»

«Sicherlich sage ich ja, mein schöner Quälgeist! Aber um der Wahrheit die Ehre zu geben, Tracy erwähnte mit keinem Wort die Absicht, nach London zurückzukehren, als ich ihn traf.»

«Nun hasse ich Sie, Sir Gregory!» drohte sie schmollend. «Dabei ist er bereits seit Mai fort! Oh, Julian, schon zurück? Sie dürfen mich zum Feuerwerk begleiten. Mein Fächer, wo ist mein Fächer? Ich weiß, ich habe ihn fallenlassen – Selwyn, wenn Sie ihn genommen haben – oh, Dicky, du hast ihn! Danke! Ich gehe mit Julian, und du kannst Mrs. Clive den Hof machen, die ich gerade auf uns zukommen sehe – ja, gewiß darfst du das, und ich werde nicht eifersüchtig sein! Gut, Julian, ich komme! Chevalier, ich hoffe, Sie am nächsten Mittwoch auf der Rout zu sehen, doch Sie müssen mir vorher Ihre Aufwartung machen.»

Der Franzose strahlte.

«Madame sind zu gütig. Ich darf in Wyncham 'Ouse vorsprechen also? *Vraiment*, ich werde bis dahin fast vergehen!» Und in deutlich verständlichem Flüsterton vertraute er Wilding an: *«Miladi était ravissante! mais ravissante!»*

Am Arm ihres beglückten Kavaliers, begleitet von vielen Verbeugungen und bewundernden Blicken, schritt Lady Lavinia die Promenade hinunter, während ihr Gatte keineswegs ihren Rat befolgte, der schönen Kitty zu hofieren, sondern gemeinsam mit Tom Wilding und Markham in Richtung Pavillon davonschlenderte.

D'Egmont führte Mylady in eine der verschlungenen Alleen, die alsbald in eine große Rasenfläche mündete, wo sich ein buntgemischtes Völkchen ein Stelldichein gab. Eine bekannte Gestalt kam ihnen schneidig entgegen – Lavinias Bruder, Colonel Lord Robert Belmanoir in prächtiger Aufmachung. Als er seine Schwester sah, nahm sein blühendes Gesicht einen erstaunten Ausdruck an, und er begrüßte sie mit einem schwungvollen Kratzfuß.

«Das ist doch nicht möglich – Lavinia!»

Da ihn Mylady nicht besonders ins Herz geschlossen hatte, dankte sie ihm lediglich mit einem kurzen Nicken.

«Ich bin entzückt, dich zu sehen, Robert», sagte sie kalt.

«Das bloße Wort ‹entzückt› genügt nicht, um meine Gefühle auszudrücken», erwiderte er mit der schleppenden, ein wenig unangenehmen Stimme, die sowohl dem Herzog als auch ihm eigen war. «Ihr Diener, D'Egmont. Ich dachte, du wärst auf dem Lande, Lavvy?»

«Richard hat mich vergangenen Dienstag in die Stadt gebracht.»

«Wie unklug von ihm!» spottete der Colonel. «Oder hatte er keine andere Wahl?»

Sie warf ärgerlich den Kopf zurück.

«Mein lieber Robert, falls du beabsichtigst, dich von deiner unliebenswürdigen Seite zu zeigen, laß dich bitte nicht aufhalten!»

D'Egmont genierte dieser Austausch von Artigkeiten keineswegs, denn er kannte die Belmanoirs viel zu gut, um durch ein solches Geplänkel in Verlegenheit zu geraten.

«Sollen wir uns verabschieden?» fragte er Lavinia lächelnd.

«Ja», schmollte sie. «Anscheinend ist er entschlossen, ekelhaft zu sein.»

«Aber liebste Schwester! Im Gegenteil, ich hoffe, dir eine erfreuliche Nachricht zu überbringen. Lovelace ist in London.»

«Captain Harold?» rief sie ungläubig.

«Derselbe.»

«Oh, Bob!» Impulsiv zog sie ihre Hand von Julians Arm und legte sie auf den des Colonels. «Ich muß ihn sofort sehen! Der Gedanke, daß er nach all diesen Jahren zurückgekehrt ist! Schnell, Julian, mein Guter – suchen Sie ihn und sagen Sie ihm, daß Lavinia ihn zu sprechen wünscht! Sie kennen ihn doch, nicht wahr? Ja – ich dachte es mir. Schicken Sie ihn gleich zu mir – gleich!»

D'Egmont konnte seine Niedergeschlagenheit über das jähe Ende seines Spaziergangs mit der «Göttin» kaum verbergen, doch er mußte notgedrungen ihre Hand küssen und gehorchen.

«Ich habe damit gerechnet, daß du dich freuen würdest», bemerkte Lord Robert kichernd. «Erlaube mir, dich darauf hinzuweisen, daß sich unmittelbar hinter dir ein Stuhl – nein, zwei – nein, eine ganze Menge Stühle befinden.»

«Tatsächlich, es sind jetzt schon fünf Jahre, seit ich Harry das letzte

Mal sah!» sagte sie aufgeregt, indem sie sich setzte. «Hat er sich verändert? Gott! Womöglich bin ich für ihn eine alte Frau? Ob er lange in der Stadt bleibt? – Meine Güte, Bob, schau dir die beiden Frauenzimmer hinter dieser Bank an! Diese Haartracht! Und noch dazu kirschfarbene Bänder! . . . Wo hast du Harry Lovelace eigentlich getroffen?»

Der Colonel, der, weit davon entfernt, ihrem Monolog zu lauschen, einem offensichtlich verlegenen Mädchen, das am Arm seines in ein Gespräch mit einer korpulenten Witwe vertieften Papas hing, verliebte Blicke zugeworfen hatte, wandte seine Aufmerksamkeit nunmehr widerwillig seiner Schwester zu.

«Was meinst du, Lavvy?»

«Du bist unausstehlich! Warum hörst du mir nicht zu? Ich fragte, wo du Harold getroffen hast.»

«Wo ich ihn –? Ja, warte mal – wo habe ich ihn denn getroffen? Oh, jetzt erinnere ich mich! Im ‹Cocoa-Tree›, vor vierzehn Tagen.»

«Und ist er verändert?»

«In keiner Weise, verehrte Schwester. Er ist genau derselbe verrückte, leichtsinnige Teufelskerl wie eh und je. Und nach wie vor Junggeselle.»

«Großartig! Ich freue mich sehr, ihn wiederzusehen!»

«Du mußt ihn Richard vorstellen», grinste der Colonel. «Als alte Flamme.»

«Ja, ich muß die beiden wirklich bekannt machen», stimmte sie zu, ohne seinen Sarkasmus zu beachten. «Oh, da ist er schon! Schau! Er kommt direkt auf uns zu!»

Sie erhob sich, um den großen, blendend aussehenden jungen Gardeoffizier zu begrüßen, der ihr entgegeneilte, und knickste in ihrer unnachahmlichen, zugleich würdevoll stolzen und kokett graziösen Art, während sie ihm beide Hände reichte.

«Captain Lovelace!»

Der junge Mann beugte sich so tief über ihre Finger, daß die weichen, gepuderten Locken seiner wallenden Perücke sein Gesicht vollständig verdeckten.

«Lady Lavinia! – Zauberin! – Ich finde keine Worte! Das Entzücken raubt mir die Sprache!»

«Mir geht es ebenso!»

«In diesem Fall», näselte der Colonel, «darf ich auf keine allzu amüsante Gesellschaft hoffen. Wollt ihr mich bitte entschuldigen!» Damit verbeugte er sich und schlenderte mit einem besonders hämischen Lächeln auf den Lippen davon.

Lavinia und Lovelace begaben sich zu zwei Stühlen, die ein wenig abseits von den anderen standen, und nahmen angeregt plaudernd Platz.

«Ich glaube, Sie hatten mich schon ganz vergessen?» neckte sie ihn.

«Niemals!» beteuerte er wie aus der Pistole geschossen. «Obwohl Sie mir fast das Herz gebrochen hätten!»

«Nein, nein, davon kann keine Rede sein! Ich wollte Sie zu keiner Stunde kränken.»

Er schüttelte zweifelnd den Kopf. «Sie verschmähten mich, um einen anderen zu heiraten. War das denn keine böse Absicht?»

«Pfui, nun sind Sie ungezogen! . . . Und Sie selbst? Noch nicht in den heiligen Ehestand getreten?»

«Ich?» Auf den feinen Zügen malte sich Entsetzen. «Ich und heiraten? Wo denken Sie hin! Ich bin meiner ersten Liebe immer treu geblieben.»

Sie wippte entzückt mit ihrem Fächer.

«Oh! Oh! *Immer*, Harold? Gestehen Sie die Wahrheit!»

«Fast immer», berichtigte er.

«Schämen Sie sich! Sie geben also zu, daß Sie hin und wieder einen Fehltritt taten?»

«Nur einen ganz unbedeutenden, meine Liebe», entschuldigte er sich. «Und ich schwöre, daß ich mich als erstes nach meiner Ankunft in London nach Mayfair begab, um in Wyncham House vorzusprechen. Können Sie meine Enttäuschung – meine unermeßliche Trostlosigkeit (wo ich noch dazu bereits runde tausend beim Pharo verloren hatte) ahnen, als ich die Muschel leer vorfand, und Venus –»

Sie gebot ihm mit drohend erhobenem Fächer Einhalt.

«Sir! Sie sagten soeben, Sie hätten als erstes daran gedacht, mir Ihre Aufwartung zu machen!»

Er schüttelte lächelnd seine Locken aus der Stirn.

«Ich hätte es anders formulieren sollen: Mein erstes Unternehmen von Bedeutung war es, mich zu Ihnen zu begeben.»

«Die Tatsache, tausend Guineen zu verlieren, fällt bei Ihnen nicht ins Gewicht?» fragte sie schmachtend.

«Nun – kaum. Man muß das Leben genießen, und was sind schließlich schon tausend Guineen? Ich habe mich gut amüsiert – das zählt.»

«Ja!» seufzte sie mit funkelnden Augen. «Das ist auch meine Ansicht! Was hat ein Mensch schon von seinem Dasein, wenn er weder spielt noch sein Geld ausgibt? Nun ja!» Achselzuckend ließ sie das Thema fallen. «Haben Sie Tracy kürzlich gesehen?»

«Er war auf einem Hofball, den ich in Versailles besuchte, doch mir bot sich keine Gelegenheit, mit ihm zu sprechen. Ich hörte nur, er sei in Paris sehr beliebt.»

«Ja», meinte sie stolz. «Er hat französischen Stil ... Ich sehne mich sehr nach ihm, obwohl ich fürchte, daß er nicht an eine Rückkehr denkt. Ich weiß, daß er vor Monaten zur Rout der Herzogin von Devonshire eingeladen wurde – sogar bevor noch das Datum feststand, so vernarrt ist sie in ihn –, aber ich erwarte nicht, ihn dort zu sehen.» Seufzend trommelte sie mit einem Füßchen – es steckte in einem mit einer Diamantschnalle verzierten Schuh – auf den Boden. «Harry, mich fröstelt! Führen Sie mich in den Pavillon! Vielleicht tanzt man – und Dicky wird dort sein.»

«Dicky?» fragte er. «Dicky! Lavinia, es gibt doch nicht womöglich noch einen Bewerber um Ihre Gunst?»

«Oh, Sie böser, taktloser Mensch! Dicky ist mein Mann.»

«Ihr Mann! *Enfin* –!»

Sie warf ihm aus den Augenwinkeln einen halb vorwurfsvollen, halb koketten Blick zu.

«Das beruhigt Sie, nehme ich an?»

«Natürlich! Ein Ehemann! Pah, eine Bagatelle, weiter nichts!»

«Meiner ist aber keine Bagatelle», lachte sie. «Ich bin ihm sehr zugetan.»

«Das stimmt mich allerdings bedenklich», meinte er stirnrunzelnd. «Das ist doch sicher sehr altmodisch?»

Seine Augen glitzerten schelmisch, und sie schlug züchtig die Wimpern nieder.

«Captain Lovelace, Sie dürfen mich zum Pavillon begleiten.»

«Süße Peinigerin, nicht, wenn Sie mich mit dieser Anrede strafen.»

«Harold, mir ist wirklich kalt», sagte sie kläglich und entzog ihm ihre Hand, die er leidenschaftlich an seine Lippen preßte. «Nein, nein! Die Leute werden aufmerksam – oh, schauen Sie, da kommt mein verhaßter Bruder zurück! Ich werde auf keinen Fall bleiben, um mir seine gräßlichen, höhnischen Bemerkungen anzuhören! ... Kommen Sie!»

Gemeinsam spazierten sie, einander ununterbrochen neckend, über den Rasen, wobei sein Anteil an der Unterhaltung aus phantasievollen, mit mehr oder weniger fehlerhaften klassischen Anspielungen gespickten Komplimenten bestand, unterbrochen von ihrem entzückten Gelächter und ihren kaum ernst gemeinten Zurechtweisungen. In ausgezeichneter Stimmung erreichten sie den Pavillon, wo die Musikanten eifrig für die Tanzlustigen fiedelten und sich die Gesellschaft nun größtenteils versammelt hatte, denn im Freien machte sich die Abendkälte bereits bemerkbar. An einem Ende des Saales waren Spieltische aufgestellt, an denen Damen und Herren ihr Glück beim Würfeln und bei den Karten versuchten. Man prostete einander mit Burgunder oder Glühwein zu, was der holden Weiblichkeit reichlich Gelegenheit bot, tief zu knicksen und dabei ein Feuerwerk schelmischer Blicke zu versprühen.

Lavinia legte ihren Umhang ab und brachte ihre Toilette in Ordnung, indem sie unauffällig die Rüschen ihrer Röcke aufschüttelte und hie und da eine Falte zurechtzupfte. Dann rauschte sie mit hocherhobenem Kopf, die behandschuhten Finger ihrer linken Hand leicht auf den samtumhüllten Arm des Captains gelegt, mit der anderen den Griff ihres zu voller Spannweite entfalteten Fächers umfassend, in den Raum. Bei dem Raunen, das ihr Erscheinen begleitete, blickte Richard auf. Er kannte den Mann an ihrer Seite nicht, doch das Glänzen ihrer Augen und das glückliche Lächeln, das um ihre vollen Lippen spielte, genügten, um ihm zu verraten, daß es sich um jemand handeln mußte, der ihr bestimmt nicht gleichgültig war. Er hatte genügend Zeit, Lovelace eingehend zu mustern, während das stattliche Paar näher kam, und wider Willen mußte er das feingeschnittene, markante Gesicht mit den fröhlichen grauen Augen, dem schöngeschwungenen, heiteren Mund und dem energischen Kinn bewundern. Das war keines von Lavinias lispelnden, geschniegelten Schoßhündchen, denn trotz der etwas weibischen Locken konnte man unverzüglich erkennen, daß dieser Mann Charakter und Willensstärke und vor allem sehr viel Charme besaß. Er sah, wie ihm Lavinia errötend als Antwort auf eine Bemerkung mit dem Fächer leicht auf die Finger schlug, und sein Herz wurde schwer. Er stand auf, um sie zu begrüßen.

Mylady schenkte ihm ein liebreizendes Lächeln und tätschelte nicht ohne einen gewissen Besitzerstolz seinen Arm.

«Dicky, Liebster, ich habe einen alten Freund wiedergetroffen – einen sehr alten Freund! Ist das nicht nett? Captain Lovelace – Mr. Carstares.»

Die beiden Männer verbeugten sich, Richard mit merklicher Zurückhaltung, Lovelace mit lässiger Bonhomie.

«Sir, Sie sehen in mir einen Verehrer der Göttin, deren Hoherpriester Sie offensichtlich sind!» sagte er mit liebenswürdiger Unverschämtheit, indem er sich von neuem, diesmal vor Mylady, verbeugte.

«Sie sind einer von vielen, Sir», lächelte Richard.

Lady Devereux trippelte auf sie zu und küßte Lavinia übertrieben zärtlich auf beide Wangen. «Meine allerliebste Lavinia!»

«Liebste Fanny! Wie reizend, dich wiederzusehen!» gurrte Mylady, während sie verstohlen die pompöse Frisur der Freundin mit ihren Rollen gepuderter Locken und den künstlichen Blumen, die den Aufbau zierten, musterte.

«Aber, mein Engel!» rief Lady Fanny, einen Schritt zurückweichend. «Offenbar bist du krank gewesen?»

«Ist das nicht seltsam?» erwiderte Lavinia lächelnd. «Eben wollte ich dich dasselbe fragen, meine Gute! Das muß am Alter liegen ... Sind wir denn beide schon so gräßliche Vogelscheuchen?» Damit wandte sie ihr bezauberndes Gesichtchen mit einem flehenden Lächeln den Männern zu.

Ein Regen von Komplimenten prasselte auf sie nieder, und Lady Devereux, die sich wohl bewußt war, daß ihre eigenen farblosen Züge trotz Rouge und Puder neben Lavinias rosenhafter Frische noch farbloser wirken mußten, wandte sich ärgerlich errötend ab und bat ihre süße Lavvy, sie doch zum Pharo zu begleiten. Doch Mylady wollte anscheinend das Würfelspiel an Richards Tisch beobachten und schwor, sie würde ihm ganz besonderes Glück bringen.

«Das bezweifle ich nicht, mein Schatz», meinte ihr Gatte, «aber ich spiele heute abend nicht. Willst du deinen guten Einfluß nicht Bob zukommen lassen?» Er nickte in die Richtung, wo der Colonel mit dem Würfelbecher in der Hand umherschlenderte.

Lavinia schmollte.

«Nein, ich will, daß du spielst!»

«Es hat keinen Sinn, Lady Lavinia!» warf Sir Gregory ein. «Richard ist heute der wahre Teufel.»

Selwyn hörte auf, seinen Würfelbecher zu schütteln und starrte Markham mit dem Ausdruck unschuldigen Erstaunens an. Dann drehte er sich langsam Carstares zu und blickte mit noch größerem Erstaunen in dessen ernstes, beinahe finsteres Gesicht, ließ die Würfel wieder klappern und wandte sich mit gespitzten Lippen neuerlich an seinen Gegner.

«Tatsächlich?» fragte er mit gespielter Niedergeschlagenheit.

Sogar Lavinia stimmte in das allgemeine Gelächter mit ein, obwohl sie der Scherz als solcher weniger erheiterte als Georges komische Mimik und die Bedächtigkeit, mit der er die kleine Szene zum besten gegeben hatte.

Irgend jemand bot Lovelace von weitem ein Spiel an, in das dieser prompt einwilligte, und Lavinia folgte dem Captain mit glänzenden Augen an einen der Tische.

Richard holte eine Erfrischung für sie, und als er zurückkam, lehnte Lavinia, eine Hand auf Lovelaces Schulter gestützt, über dessen Stuhl und beteiligte sich eifrig am Würfeln. Nun klatschte sie gerade in die Hände und rief: «Mein Glück! Oh, mein Glück ist mir hold! Warten Sie, ich werfe noch einmal!»

In diesem Moment erblickte sie ihren Gatten, und ihre Miene wurde betreten.

«Hast du etwas dagegen, Dicky?» flehte sie.

Er hatte sehr wohl etwas dagegen, wollte jedoch vor versammelter Gesellschaft nicht kleinlich erscheinen. Deshalb schüttelte er lachend den Kopf und begab sich an ihre Seite, um ihr beim Spiel zuzusehen.

Als sie endlich aufhörte, war von ihrem Glück nicht viel übriggeblieben, und sie hatte eines ihrer kostbaren Rubinohrgehänge an Mr. Selwyn verloren, der das Schmuckstück sorgfältig in seine Westentasche steckte und beteuerte, er würde es bis an sein Lebensende an seinem Herzen tragen. Erst jetzt stimmte sie widerstrebend zu, die Spieltische zu verlassen, um sich in den Ballsaal zu begeben, und während der nächsten Stunde durfte Richard das Vergnügen genießen, sie dabei zu bewundern, wie sie mit verschiedenen jungen Kavalieren, meistens aber mit ihrem neuentdeckten Harry Lovelace, Menuett tanzte.

19
Seine Gnaden, der Herzog von Andover, taucht wieder auf

In den folgenden Tagen schien es Richard, als verließe Captain Lovelace das Haus der Carstares überhaupt nicht mehr. Wenn er das Boudoir seiner Frau betrat, lungerte mit Sicherheit Lovelace dort herum, während sie auf dem Spinett spielte oder im *Rambler* blätterte. Wenn Lavinia einen Ball oder eine Maskenredoute besuchte, zählte der Captain zu den Bevorzugten, die anwesend sein durften, wenn letzte Hand an ihre Toilette gelegt wurde und man mit äußerster Sorgfalt die diversen Schönheitspflästerchen anbrachte. Bat Carstares sie morgens, ihm Gesellschaft zu leisten, bedauerte sie zutiefst, ihm diesen Wunsch abschlagen zu müssen, denn Harry wolle sie heute nach Vauxhall oder Spring Gardens mitnehmen. Wenn er heimkam, fiel sein Blick unweigerlich als erstes auf einen mittlerweile wohlbekannten Dreispitz und bernsteingefleckten Spazierstock, und blickte er aus dem Fenster, glich es allmählich schon einem Wunder, wenn er nicht zufällig eine Sänfte halten sah, der Lovelace entstieg. Nachdem er diesen Zustand geduldig eine Woche lang ertragen hatte, empfahl er seiner Gattin höflich, sie möge ihren Freund nicht dazu ermutigen, jede freie Minute am Grosvenor Square zu verbringen. Die Antwort bestand in einem vorwurfsvollen Blick und der Frage nach dem Grund dieses Ansinnens, worauf er – ungern – erwiderte, er finde es einfach nicht schicklich. Mit weit aufgerissenen Augen entgegnete sie, was wohl schicklicher sein könne als die Besuche eines so alten Freundes? Richard meinte daraufhin mit einem Anflug von Belustigung, nicht Captain Harolds Alter störe ihn, sondern im Gegenteil seine Jugend. Dieser Bemerkung folgte augenblicklich die Beschuldigung, er sei eifersüchtig, ein Gedanke, den er, obwohl er genau zutraf, entrüstet von sich wies. Nun gut, dann sei er eben einfach albern! Er hätte schließlich überhaupt keinen Grund, verstimmt zu sein, denn Harry war nichts als ein sehr guter Bekannter. Übrigens – was meinte ihr süßer Dicky zu ihrer neuen Frisur? Doch Richard ließ sich nicht vom Thema ablenken: ob sie klar und deutlich verstanden habe, daß Lovelace seine Besuche einstellen müsse? Sie verstünde nur eines, nämlich, daß er heute besonders schlechter Laune und geradezu lächerlich sei. Und er dürfe sie nicht ärgern! Ja, sie würde gern sehr brav und nett sein, aber er müsse es auch sein! Und jetzt wolle sie einkaufen gehen, und dazu benötige sie zwanzig Guineen.

Trotz ihres Versprechens, «brav» zu sein, machte sie keine Anstalten, Lovelace durch ihr Benehmen zu zeigen, er möge seine Aufmerksamkeiten etwas einschränken, sondern schenkte ihm nach wie vor ihr bezauberndes Lächeln und winkte ihn stets von neuem an ihre Seite.

Es war am Morgen des Tages, an dem die Rout der Herzogin von Devonshire stattfinden sollte, als Carstares dieses Problem wieder zur Sprache brachte. Mylady lag im Bett. Das blonde Haar floß, noch ungepudert, lose über ihre Schultern, neben ihr stand auf einem kleinen Tisch eine Tasse Schokolade, und über das seidene Laken waren zahllose *billets doux* ihrer Verehrer verstreut. In der Hand hielt sie einen Strauß weißer Rosen, in dem ein Kärtchen steckte, das in kühnen, schwungvollen Buchstaben die Initialen «H. L.» trug. Vielleicht war es der Anblick dieser belastenden Lettern, der Richards Zorn erregte. Auf jeden Fall riß er ihr mit einer Heftigkeit, die seiner gewohnten höflichen Sanftmut gar nicht ähnlich sah, die Blumen aus der Hand und schleuderte sie in eine Ecke.

«Schluß jetzt mit diesem Unsinn!»

Lavinia stützte sich erstaunt auf einen Ellbogen.

«W-wie kannst du es *wagen*!» rief sie atemlos.

«Soweit ist es gekommen!» antwortete er ironisch. «Wie darf ich, dein Gatte, es wagen, dir irgend etwas zu verbieten! Ich sage dir, Lavinia, ich habe endgültig genug von deinen Marotten, und ich werde sie auch nicht länger dulden!»

«Du – du – Richard, um Himmels willen, weshalb ereiferst du dich denn so?»

«Deshalb!» Er deutete wütend auf den ramponierten Strauß. «Ich lasse nicht zu, daß dieser Laffe sich in meinem Haus einnistet! Und noch viel weniger, daß du dich seinetwegen zum Tagesgespräch von London machst!»

«Ich? Ich mache mich zum –? Was fällt dir ein! Bist du verrückt?»

«Ich ersuche dich in aller Form, diese dumme Laune aufzugeben. Es kann keine Rede davon sein, was *mir* einfällt. Was fällt vielmehr *dir* ein, mir nicht zu gehorchen, so wie die ganze letzte Woche?»

Unwillkürlich duckte sie sich ein wenig.

«Dicky!»

«Ja, ja, das kenne ich! Eine bewährte Taktik, doch diesmal vergeudest du nur deine Zeit. Manchmal habe ich wirklich das Gefühl, du hast überhaupt kein Herz! Wahrscheinlich bist du nichts als ein selbstsüchtiges, eitles, verschwenderisches Frauenzimmer!»

Die kindlichen Lippen zitterten, dann verbarg Lavinia schluchzend ihr Gesicht in den Kissen.

Carstares' Miene wurde milder.

«Verzeih mir, meine Liebe. Vielleicht war ich ungerecht.»

«Und grausam! Und grausam!»

«Ja, und grausam. Entschuldige.»

Sie schlang ihre weißen, samtweichen Arme um seinen Hals.

«Du hast es nicht ernst gemeint?»

«Nein. Aber trotzdem werde ich Lovelace auf keinen Fall erlauben, dauernd an deiner Kittelfalte zu hängen.»

Sie stieß ihn heftig von sich.

«Du hast kein Recht, das zu sagen! Schließlich kenne ich Harry viel länger als dich!»

Er zuckte zusammen.

«Soll das heißen, daß er dir mehr bedeutet als ich?»

«Nein! Obwohl du dich ganz danach benimmst, daß ich dich hassen möchte. Nein, natürlich habe ich dich am liebsten. Aber ich werde Harry nicht fortschicken!»

«Auch nicht, wenn ich es befehle?»

«Du willst mir befehlen? Befehlen? Nein, nein, tausendmal nein!»

«Nun gut, hiermit befehle ich es dir ausdrücklich!»

«Und ich weigere mich, dir auch nur zuzuhören!»

«Bei Gott, du brauchst eine Lehre!» fuhr er auf. «Ich habe gute Lust, dich noch heute nach Wyncham zurückzubringen! Und ich versichere dir, wenn du mir nicht gehorchst, *wirst* du London verlassen!» Mit diesen Worten stürzte er wutentbrannt aus dem Zimmer, während sie bleich und bebend vor Zorn in die Kissen zurücksank.

Sobald sie angekleidet war, begab sie sich hastig nach unten, um den leidigen Streit zu beenden, doch Carstares war ausgegangen und wurde nicht vor abends zurückerwartet. Im ersten Moment ärgerte sie sich, aber dann vertrieb ihr eine soeben abgelieferte Schachtel ihrer Putzmacherin rasch die schlechte Laune und zauberte sogar ein Lächeln auf ihr mürrisches Gesicht.

Richard erschien erst wieder, als es bereits Zeit war, mit den Vorbereitungen für die Rout zu beginnen, und begab sich schnurstracks in seine Gemächer, wo er sich den kundigen Händen seines Kammerdieners überließ, der ihn alsbald den üblichen heiklen Prozeduren unterzog: seine Fingernägel wurden zart getönt, die Leibwäsche mit Rosenwasser besprengt, die Brauen kunstvoll nachgestrichelt. Man kleidete ihn in Rostbraun und Gold, streifte Ringe über seine Finger, zog hauchdünne Seidenstrümpfe mit wunderbaren eingewebten seitlichen Verzierungen über seine Beine und befestigte eine Diamantspange in der großen schwarzen Schleife seiner Knotenperücke. Dann schritt er, gepudert, geschminkt und mit Schönheitspflästerchen versehen, gravitätisch in das Zimmer seiner Frau.

Lavinia, die den morgendlichen Zwischenfall mittlerweile völlig vergessen hatte, begrüßte ihn mit einem Lächeln. Sie saß im Unterkleid, ein zartes Déshabillé lose über die Schultern geworfen, vor ihrem Spiegel. Der Coiffeur hatte sein Werk vollendet; ihr dickgepudertes Haar war mit Hilfe von Einlagen kunstvoll aufgetürmt, über ihren Ohren in Löckchen gekraust und am Hinterkopf zu langen Korkenzieherlocken gedreht, die ihr über die Schultern fielen. Die meisterhafte Kreation wurde noch von scharlachroten und weißen Straußenfedern gekrönt, und an ihrem Hals funkelte bereits ein prachtvolles Brillantkollier. Der Duft eines schweren Parfums hing im Raum. Eine Unzahl bunter Bänder, Spitzen, Pantöffelchen und Handschuhe lag am Boden verstreut. Über einer Stuhllehne hing ein leuchtendroter Domino, während die Zofe auf dem Bett ihre Robe ausgebreitet hatte, eine schimmernde Wolke von weißem Satin und Brokat mit üppigen Rüschen an der Hüftpartie und ganzen Kaskaden schneeiger Spitze an Korsage und Ärmeln. Daneben lagen ihr Fächer, ihr winziger Ridikül, Maske und Spitzenhandschuhe.

Carstares setzte sich vorsichtig auf eine Stuhlkante und beobachtete, wie die Zofe noch ein wenig Rouge auf Lavinias bereits vollkommene Wangen tupfte.

«Nun, was meinst du? Werde ich heute abend ein paar Herzen brechen?» fragte sie fröhlich.

«Zweifellos», antwortete er kurz.

«Und du, Dicky?» Sie wandte sich um, um ihn zu betrachten. «Rostbraun . . . ich hätte zwar nicht gerade diese Farbe gewählt, aber sie steht dir recht gut. Oh, eine neue Perücke?»

«Ja.»

Eine Sekunde lang war sie verblüfft über seine Schroffheit, dann erinnerte sie sich plötzlich an den unerquicklichen Tagesbeginn. Aha, er spielte also den Beleidigten? Bitte! Monsieur würde schon sehen!

Es klopfte an die Tür, und die Zofe öffnete.

«Sir Douglas Faversham, Sir Gregory Markham, Moosso le Chevalier und Captain Lovelace sind unten, Mylady.»

Auf einmal stach Lavinia der Hafer. «Oh, la-la! So viele? Nun, alle kann ich auf keinen Fall empfangen, das steht fest. Bitte Sir Gregory und Captain Lovelace herein.»

Louisa gab die Weisung an den Lakaien weiter und schloß die Tür.

«Bist du sicher, daß ich nicht überflüssig bin?» fragte Richard mit beißendem Sarkasmus.

Lavinia warf ihr Déshabillé ab und stand auf.

«Oh, das tut nichts – Louisa, mein Kleid!»

Es klopfte neuerlich an die Tür, und diesmal erhob sich Carstares, um zu öffnen.

Als erster trat Markham über die Schwelle, ein Bild männlicher Stattlichkeit in Karmesinrot und Gold. Ihm folgte Lovelace als beinahe perfekter Gegensatz, leicht und elegant in allerzartestem Blaßblau und Silber. Wie gewöhnlich trug er seine lose wallende Perücke, in der diesmal drei Saphirnadeln funkelten.

«Madam, ich bin geblendet von Ihrer Schönheit», rief er zur Begrüßung und machte Mylady einen wunderbaren Kratzfuß.

Sir Gregory musterte Lavinias weiße Schuhe durch sein Monokel.

«Bei meiner Seele, Juwelen auf den Absätzen!»

Sie drehte eine graziöse Pirouette, wobei die Steine gleißend das Licht reflektierten.

«War das nicht ein guter Einfall? Aber ich darf keine Zeit verlieren – mein Kleid! So, meine Herren, nun können Sie gleich Ihre Neugierde stillen!»

Bis die Toilette schließlich vollendet war, bis man alle Verbesserungsvorschläge bezüglich Spitzen und Bändern und dem Anstecken einer Brosche gründlich diskutiert und Mylady sämtliche Armbänder und ihren feuerroten Domino angelegt hatte, war eine geschlagene Dreiviertelstunde vergangen, und Carstares wurde allmählich ungeduldig. Es lag nicht in seiner Art, es den beiden anderen an übertriebenen Komplimenten gleichzutun. Außerdem empfand er ihre Anwesenheit in dieser Situation als ausgesprochen störend. Er ärgerte sich maßlos darüber, daß Lavinia diese Indiskretion duldete, doch da es eben Mode war, blieb ihm, wie er sehr wohl wußte, nichts anderes übrig, als sich zu fügen.

Endlich war Mylady zum Aufbruch bereit. Ihre vergoldete Sänfte erwartete sie im Fackellicht vor der Tür, und nur unter den größten Schwierigkeiten schaffte sie es, darin Platz zu nehmen, wobei sie sich geradezu lächerliche Mühe gab, ihre Robe nicht zu zerknittern oder den nickenden Federputz ihres Haarturmes durch eine unachtsame Berührung mit dem Dach zu beschädigen. Dann entdeckte sie, daß sie ihren Fächer oben vergessen hatte, worauf sich zwischen Markham und Lovelace sofort ein Wortgefecht entspann, wer von ihnen beiden ihn holen dürfe. Während sie sich ungeheuer witzig und geistreich um die Ehre stritten, verschwand Richard unauffällig ins Innere des Hauses, um kurz darauf mit dem bemalten, aus der Haut ungeborener Lämmer gefertigten Requisit wieder zu erscheinen, gerade als Lovelace sich anschicken wollte, die Treppe hinaufzueilen. Nach dieser Verzögerung konnten die Träger nun endlich die Sänfte aufnehmen, und die kleine Prozession zog den langen Grosvenor Square hinunter. Lovelace schritt – ziemlich dicht – rechts, Richard und Markham links neben dem Tragstuhl. So marschierten sie über die holprigen Straßen, suchten sich mühsam ihren Weg durch die teilweise schmutzigen Abschnitte und ordneten sich dabei allmählich in einen Strom anderer Sänften und Fußgänger ein, die aus den verschiedenen Stadtvierteln der South Audley Street zustrebten. Die ganze Zeit über verhielt sich die kleine Gruppe bemerkenswert schweigsam: Markham aus gewohnheitsmäßiger Trägheit, Lovelace, weil er Richards feindselige Haltung ihm gegenüber spürte, und Carstares selbst auf Grund seiner äußerst schlechten Gemütsverfassung. Tatsächlich sprach, bis sie die Curzon Street erreichten, keiner ein Wort, und selbst dann bemerkte lediglich Markham mit einem Blick auf die geschlossenen Fensterläden des großen Eckhauses, daß Chesterfield sich anscheinend noch in Wells aufhielte. Carstares stimmte geistesabwesend zu, und damit versiegte die Konversation bereits wieder.

In der Clarges Street schloß sich ihnen Sir John Fortescue an, ein ernsthafter Patrizier und, obwohl einige Jahre älter, ein guter Freund Richards. Sie blieben einige Schritte hinter der Sänfte zurück, und Fortescue nahm Richards Arm, den dieser ihm anbot.

«Ich habe dich heute bei White vermißt, John.»

«Ja, ich mußte etwas mit meinem Anwalt erledigen. Vermutlich bist du nicht zufällig über meinen armen Bruder gestolpert?»

«Frank? Nein – aber warum nennst du ihn ‹arm›?»

Fortescue zuckte die Achseln.

«Ich glaube, der Bursche ist wahnsinnig», sagte er. «Er war gestern abend bei March zum Abendessen eingeladen, aber um vier Uhr erhielt er von weiß der Himmel wem eine Nachricht, die ihn offenbar völlig aus dem Häuschen brachte, denn er rannte einfach sang- und klanglos davon. Seither habe ich ihn nicht mehr gesehen. Von seinem Diener erfuhr ich, daß er einen Freund treffen wollte. Alles in allem eine höchst ungewöhnliche Aktion.»

«Ja, wirklich, sehr seltsam. Erwartest du, ihn heute abend zu sehen?»

«Hoffentlich—! Mein lieber Carstares, wer ist eigentlich der Mann, der neben Myladys Sänfte geht?»

«Markham?»

«Nein, der andere.»

«Lovelace.»

«Lovelace? Und wer zum Teufel ist das?»

«Kann ich nicht sagen – ich weiß nur, daß er Hauptmann der Garde ist.»

«Sogar das ist mir neu. Er fiel mir vor kurzem im Goosetree auf. Schmeckt ein bißchen nach Lebemann, bilde ich mir ein.»

«Den Eindruck habe ich auch. Mir ist er nicht sympathisch.»

Mittlerweile hatten sie die Tore von Devonshire House erreicht und mußten sich trennen, denn das Gedränge war so groß, daß es fast unmöglich war, zusammenzubleiben. Carstares hielt sich dicht an Lavinias Sänfte, die anderen verschwanden in der Menge. Tragstühle rempelten einander in dem Bestreben, zum Eingang gelangen, an, Stadtkaleschen fuhren vor und rollten, nachdem sie ihre schöne Last abgesetzt hatten, langsam durch die heranflutende Menschenschar davon.

Erst nach einer Viertelstunde hielt die Sänfte der Carstares vor dem Haus. Der Ballsaal, eine einzige Farbenpracht, war bereits überfüllt und Lavinia wurde fast von der Schwelle weg von einem verliebten Jüngling entführt, für den sie eine mütterliche Zuneigung hegte, die ihn, hätte er sie geahnt, sicher dazu gebracht hätte, sich verzweifelt die eleganten Lokken zu raufen.

Richard erkannte Lord Andrew Belmanoir in einem Kreise junger Gekken, die sich um die neueste Schönheit, Miss Gunning, versammelten, ein Mädchen, das gemeinsam mit seiner Schwester Elizabeth das fashionable London im Sturm erobert hatte. Andrew trug zwar eine Maske, war aber durch seine Körpergröße und lässig verwegene Erscheinung einfach unverkennbar.

Wilding winkte Richard von weitem zu und zog ihn, als dieser der Einladung folgte, in den Spielsalon, wo March und Selwyn sie zu einer Partie Lansquenet erwarteten.

Carstares traf den Earl bei bester Laune an, was, wie Selwyn bemerkte, auf den Umstand zurückzuführen war, daß er eine Opernsängerin entdeckt hatte, die ihre Vorgängerin an Reizen noch übertraf. Vom Lansquenet gingen sie schon bald mit anderen Herren, die inzwischen an den Tisch geschlendert waren, zu Würfeln und Wetten über. Nach einiger Zeit entschuldigte sich Carstares und ging in den Ballsaal zurück, wo sich ihm kurz darauf eine gewisse Isabella Fanshawe anschloß, eine muntere Witwe, die für ihren Witz und ihr blendendes Aussehen berühmt war. Carstares hatte sie vorher erst ein einziges Mal getroffen und war daher ziemlich erstaunt, als sie ihm nun bedeutete, ihr Gesellschaft zu leisten, indem sie mit ihrer reichberingten Hand einladend neben sich auf die Chaiselongue klopfte.

«Kommen Sie, setzen Sie sich zu mir, Mr. Carstares. Ich wollte mich schon lange mit Ihnen unterhalten.» Sie ließ ihre Maske sinken und musterte mit ihren lebhaften, humorvollen Augen scharf sein Gesicht.

«Madam, ich fühle mich über alle Maßen geschmeichelt», erwiderte Richard mit einer Verbeugung, doch sie schnitt ihm ungeniert das Wort ab.

«Mir ist nicht nach Komplimenten zumute, Sir, noch habe ich Lust, besonders kluge Reden zu hören, geschweige denn, selbst zu führen. Sie machen mir Sorgen.»

Richard nahm an ihrer Seite Platz. Diese aufrichtige kleine Frau fesselte ihn.

«Ich, Madam?»

«Ja, Sie, besser gesagt, Ihr Gesicht.» Als sie seine Überraschung sah, fügte sie lachend hinzu: «Oh, ich versichere Ihnen, es ist sehr anziehend! Nur – Sie haben eine so seltsame Ähnlichkeit mit einem – Freund von mir.» Sie begann sich Kühlung zuzufächeln.

Richard lächelte höflich und nahm ihr den Fächer ab.

«Tatsächlich, Madam?»

«Ja. Ich lernte – diesen anderen Herrn vor drei Jahren in Wien kennen. Vermutlich ist er etwas jünger als Sie, ja bestimmt sogar. Seine Augen waren blau, aber Ihren sehr ähnlich, die Nase glich der Ihren fast aufs Haar, aber der Mund – n-nein. Trotzdem, der ganze Ausdruck –» Sie hielt erschrocken inne, als ihr auffiel, daß Richard erbleichte. «Fühlen Sie sich nicht wohl, Sir?»

«O doch, Madam! Wie war der Name Ihres Freundes?»

«Ferndale», erwiderte sie. «Anthony Ferndale.»

Der Fächer erstarrte einen Moment mitten in der Bewegung.

«Ah!»

«Kennen Sie ihn?» fragte sie eifrig.

«Vor vielen Jahren, Madam, war ich – mit ihm bekannt. Können Sie mir sagen – ob er guter Dinge war, als Sie ihn zuletzt sahen?»

Sie spitzte nachdenklich die Lippen.

«Wenn Sie meinen, ob er fröhlich und geistreich war – ja. Doch manchmal dachte ich – sehen Sie, Mr. Carstares, wenn er schwieg, wirkten seine Augen so traurig –! Aber ich weiß wirklich nicht, warum ich Ihnen das erzähle.»

«Sie können sicher sein, Madam, daß ich Ihr Vertrauen zu würdigen weiß. Ich – schätzte diesen Herrn einmal sehr.» Er öffnete und schloß ihren Fächer, spielte nervös mit den schmalen Stäben. «Sie haben sich für ihn interessiert?»

«Ich glaube nicht, daß jemand seine Bekanntschaft machen kann, ohne von ihm gefesselt zu sein. Es war etwas an seinem Benehmen, seiner ganzen Persönlichkeit – ich kann es nicht beschreiben – was ihm jedermanns Sympathie eintrug. Außerdem – half er mir einmal, als ich mich in Schwierigkeiten befand.»

Richard erinnerte sich dunkel an allerlei Klatsch, der die Vergangenheit der Witwe betraf, und neigte lediglich den Kopf.

Sie starrte eine Zeitlang schweigend auf ihre Hände, blickte dann unvermutet lächelnd auf und griff nach ihrem Fächer.

«Es tut mir leid, aber ich kann einen Zappelphilipp nicht ertragen», sagte sie. «Außerdem kommt Lord Fotheringham auf uns zu. Ich habe ihm diesen Tanz versprochen.» Sie erhob sich, doch Richard hielt sie zurück.

«Mrs. Fanshawe, würden Sie mir erlauben, bei Ihnen vorzusprechen? Ich möchte gern mehr – von Ihrem Freund erfahren. Vielleicht wundert Sie das, aber –»

«Keineswegs», erwiderte sie. «Natürlich dürfen Sie mich besuchen. Ich wohne bei meiner Schwester in der Mount Street – Nr. 6.»

«Sie sind wirklich zu gütig, Madam –»

«Schon gut. Ich habe Ihnen ja bereits gesagt, ich möchte, daß ein Mann wie ein Mann spricht, und nicht wie ein alberner Backfisch. Es wird mir ein Vergnügen sein, Sie zu empfangen.»

Damit knickste sie und schritt am Arm des Vicomte davon.

Im selben Moment näselte hinter Richard eine Stimme:

«Nun, liegst du zu Füßen unserer temperamentvollen Witwe, mein guter Dick?»

Carstares wandte sich um und blickte in das Antlitz seines Schwagers, Colonel Belmanoir.

«Tut das nicht ganz London?» fragte er lächelnd.

«O nein! Nicht, seit die beiden bezaubernden Gunnings aufgetaucht sind. Aber ich muß zugeben, sie ist ein leckerer Happen. Und Lavinia? Ob ihr wohl das Herz darüber bricht?» Er unterdrückte ein Lachen, als er sah, wie Richards Augen aufflammten.

«Ich glaube nicht», antwortete Carstares. «Seid ihr heute abend alle hier?»

«Unser erlauchtes Oberhaupt glänzt, soviel ich weiß, durch Abwesenheit, Andrew flirtet mit der kleinen Fletcher im Blauen Salon, ich bin da, wie du siehst, und Lavinia amüsiert sich mit Lovelace. Apropos, Lovelace! Ich würde ein Auge auf die beiden haben!» Mit einem leisen, spöttischen Lachen ging er weiter und verbeugte sich vor Elizabeth Gunning, die am Arm ihres Partners, Seiner Gnaden von Hamilton, offenbar höchst *épris* vorbeischritt.

Soeben betraten zwei verspätete Gäste den Raum und bahnten sich ihren Weg zur Gastgeberin, die anscheinend entzückt war, sie zu begrüßen, besonders was den größeren der beiden betraf, dem sie aufgeräumt mit dem Fächer einen Klaps auf die Hand gab. Der kleinere Herr trug keine Maske, und der Colonel erkannte Frank Fortescue. Dann schweifte sein Blick zum anderen, der im Gegensatz zu den meisten Männern, die sich die Masken nur an einem Stäbchen vors Gesicht hielten, die seine richtig angelegt hatte, und seine Augen weiteten sich vor Überraschung, denn der nachlässig übergeworfene purpurne Domino enthüllte schwarzen Satin, Silberspitzen und Diamanten. Das ungepuderte Haar schimmerte rabenschwarz, die Nüstern waren schmal, die Lippen dünn.

«Teufel!» entschlüpfte es Robert, dann schlenderte er auf die Neuankömmlinge zu.

Fortescue suchte das Weite, als er sah, wer sich ihnen näherte, und der Herzog von Andover wandte sich gemächlich um.

«Ich dachte, du bist in Paris», äußerte der Colonel gähnend.

«Ich bedaure stets zutiefst, dich enttäuschen zu müssen», meinte Seine Gnaden, indem er sich verneigte.

«Aber keineswegs; ich bin außer mir vor Freude, dich wiederzusehen, und desgleichen Lavinia, wie mir scheint.»

Kaum hatte Lavinia Seine Gnaden bemerkt, als sie auch schon die Hand ihres Partners losließ und eilig auf ihn zustürzte.

«Tracy, du!» Sie umklammerte begeistert seinen Arm.

«Mein Gott, ist das rührend», sagte Robert mokant. «Nun fehlt nur noch Andrew, um die glückliche Vereinigung zu vervollständigen. Entschuldigt mich, bitte!»

«Mit Vergnügen», antwortete der Herzog freundlich und verbeugte sich wie vor einem Fremden.

«Er wird lästig», meinte er, sobald der Colonel außer Hörweite war.

«Ach, Bob – den beachte ich gar nicht! Aber, Tracy, wieso bist du heute gekommen? Ich dachte –»

«Meine liebe Lavinia, was soll daran verwunderlich sein? Du wußtest doch, daß ich Dolly Cavendish zugesagt hatte?»

«Ja, aber – oh, es ist ja auch egal. Ich bin so froh, daß du wieder da bist!»

«Du schmeichelst mir.»

«Und jetzt, wo du endlich zurückgekehrt bist, möchte ich erfahren, was dich damals zu deiner überraschenden Abreise bewog! Komm, gehen wir in das anschließende Zimmer hier, ich weiß, es ist leer.»

«Also gut, Kind, wie du willst.» Er hielt ihr den Vorhang auf und folgte ihr in das verlassene Gemach.

«Du willst also wissen, weshalb ich ins Ausland ging?» begann er, indem er an ihrer Seite Platz nahm. «Nun, meine Liebe, ich empfehle dir, dich an den Frühling zu erinnern – an Bath.»

«Deine Affäre! Natürlich! Demnach war dir das Mädchen nicht geneigt?»

«Nein. Aber ich habe die ganze Sache verpfuscht.»

«*Du?* Erzähl es mir – rasch!»

Seine Gnaden streckte ein Bein aus und betrachtete die Schnalle seines Schuhes mit schläfrigem Blick.

«Ich hatte alles arrangiert», sagte er, «und es wäre auch glatt gegangen, wenn sich nicht ein junger Grünschnabel eingemischt hätte, der zufällig des Weges kam und es für richtig fand, sich Madam Dianas Sache anzunehmen.» Er hielt inne. «Er setzte mich mit einem Trick außer Gefecht, und dann – *que veux-tu?*»

«Wer war es?»

«Woher soll ich das wissen? Zuerst kam er mir vertraut vor. Auf alle Fälle kannte *er* mich. Vielleicht ist er schon tot – hoffentlich.»

«Heilige Muttergottes! Hast du ihn verwundet?»

«Ich gab einen Schuß auf ihn ab, aber er war zu flink, deshalb traf ihn die Kugel in die Schulter. Die Verletzung kann aber ohne weiteres tödlich gewesen sein.»

«Und deshalb gingst du nach Paris?»

«Ja. Um sie zu vergessen.»

«Und? Hast du sie vergessen?»

«Nein. Ich denke ununterbrochen an sie. Und ich habe einen neuen Plan.»

Seine Schwester seufzte. «Ist sie denn schöner als die Pompadour?» fragte sie bedeutsam.

Tracy wandte erstaunt den Kopf.

«Die Pompadour?»

«Ja! Wir hörten, daß es dir gelang, dich bestens zu amüsieren!»

«In der Tat? Ich hatte keine Ahnung, daß die Leute sich so für meine Affären interessieren. Aber ‹amüsieren› ist das passende Wort.»

«Ah! Demzufolge warst du nicht *épris*?»

«Ich? In diese Kokotte aus niedrigem Stand? Meine liebe Lavinia!»

Sie lachte über seinen hochmütigen Tonfall.

«Du bist nicht immer so wählerisch gewesen, Tracy! Aber was ist nun mit deiner Diana? Wenn du so verliebt in sie bist, solltest du sie am besten heiraten.»

«Genau das denke ich auch.»

Lavinia schnappte nach Luft.

«Tracy! Das ist doch nicht dein Ernst? Du meine Güte, eine Heirat!»

«Warum nicht?»

«Oh, wenn ich mir dich als soliden Ehemann vorstelle –! Und wie lang wird die große Liebe dauern?»

«Du wirst sicher nicht erwarten, daß ich das voraussagen kann? Ich hoffe jedenfalls, für immer.»

«Und wegen dieses Kindes willst du dich für ewig binden?»

«Ich könnte mir ein schlimmeres Schicksal für einen Mann ausmalen.»

«So? Komm, erzähl mir mehr! Das ist wahnsinnig aufregend. Beabsichtigst du, um sie zu werben?»

«Nach allem, was vorgefallen ist? Das fände ich doch etwas taktlos, meinst du nicht? Ich muß sie entführen, doch diesmal muß ich noch vorsichtiger zu Werke gehen. Habe ich sie erst einmal in meiner Gewalt, gelingt es mir bestimmt, den verehrten Papa zu einer Zustimmung zu bewegen.»

«Tracy, das ist das Verrückteste, was ich je gehört habe! Was werden die anderen dazu sagen?»

«Glaubst du wirklich, daß ich mich darum kümmere?»

«Nein, eigentlich nicht. Oh, mein Gott, wird Bob wütend sein!»

«Es wäre beinah der Mühe wert – allein schon, um seine Pläne zu durchkreuzen. Er würde so gern den Titel erben. Aber das halte ich wirklich nicht für notwendig.» Er stützte den Ellbogen auf sein Knie, legte das Kinn in die Hand und fragte mit einem seltsamen Lächeln: «Kannst du dir vorstellen, wie er meine Herzogwürde übernimmt, Lavinia?»

«Ohne weiteres!» rief sie. «Oh, ja, ja, Tracy! Heirate das Mädchen!»

«Wenn sie will.»

«Oh, es sieht dir gar nicht ähnlich, deine Überredungskünste zu unterschätzen!»

Die feinen Nüstern Seiner Gnaden krausten sich zu einer komischen

Grimasse.

«Ich glaube, ich kann sie nicht gut vor den Altar schleifen», sagte er

«Wenn sie nicht ausgesprochen dumm ist, schlägt sie dich nicht aus.»

«Ihr Vater würde sich von meinem Titel blenden lassen, aber sie nicht. Nicht einmal, wenn sie davon wüßte.»

«Was, sie weiß es nicht?»

«Nein, für sie bin ich der einfache Mr. Everard.»

«Ah, das ist klug! Du brauchst also nichts zu fürchten?»

«Fürchten?» Er schnippte verächtlich mit den Fingern. «Ich?»

Der schwere Vorhang wurde lautlos beiseite geschoben, und Richard Carstares stand auf der Schwelle.

Tracy drehte sich um und musterte ihn träge. Dann hob er die Hand und nahm seine Maske ab.

«Ist es möglich, daß der Gatte Unrat witterte? Anscheinend bin ich heute abend dazu verdammt, jeden zu enttäuschen.»

Lavinia, eingedenk der ihr am Morgen widerfahrenen Kränkung, stieß ein grelles Lachen aus.

«Ich glaube eher, er hat mich mit jemand anderem verwechselt», sagte sie schnippisch.

Richard verbeugte sich, mit einer Hand den Vorhang haltend. Er hatte beim Anblick des Herzogs keineswegs überrascht gewirkt. «Da hast du völlig recht, meine Liebe. Ich hielt dich für Lady Charlwood! Entschuldigt mich, bitte.» Damit verschwand er ebenso plötzlich, wie er gekommen war.

Tracy legte kichernd seine Maske wieder an.

«Der ehrenwerte Dick wird merklich kühler, wie? Gott, war das eine Abfuhr, Lavinia!»

Ihre kleine Hand ballte sich zur Faust.

«Oh, wie kann er es nur wagen! Eine Unverschämtheit, mich so zu beleidigen!»

«Meine liebe Schwester, um ihm gerecht zu werden, mußt du zugeben, daß der Fall eher umgekehrt lag.»

«Oh, ich weiß – ich weiß! Aber er ist so unausstehlich! – so eifersüchtig! – so unvernünftig!»

«Eifersüchtig? Und warum?»

Sie zupfte ungeduldig an ihrem Unterrock und antwortete, ohne ihn anzusehen: «Ach, was weiß denn ich! Er hat ja selbst keine Ahnung! Führ mich in den Ballsaal zurück.»

«Gern.» Er erhob sich und reichte ihr den Arm. «Ich werde mir erlauben, dir – morgen meine Aufwartung zu machen.»

«Ja? Oh, das ist reizend! Komm zum Dinner, Tracy. Richard ist bei den Fortescues eingeladen.»

«In diesem Fall nehme ich deine Einladung mit dem größten Vergnügen an ... Wer, um Himmels willen, ist denn das?»

Lovelace steuerte eilig auf sie zu.

«Lavinia! Ich habe Sie schon überall gesucht! – ah – Ihr Diener, Sir!» Er verbeugte sich vor Seiner Hoheit und nahm Lavinias Hand.

«Oh – oh, Harold! Erinnern Sie sich an Tracy?» fragte sie nervös.

«Tracy! Ich habe Sie maskiert nicht erkannt. Das letzte Mal sah ich Sie in Paris.»

«Tatsächlich? Ich bedaure, Ihre Gegenwart nicht bemerkt zu haben. Es ist schon etliche Jahre her, seit ich die große Ehre hatte, Ihnen zu begegnen.»

«Fünf», nickte Lovelace, während er Lavinia lächelnd einen verliebten Blick zuwarf.

«Genau», bestätigte Seine Gnaden mit einer Verbeugung. «Wie ich sehe, haben Sie die Bekanntschaft mit meiner Schwester aufgefrischt.»

Als die beiden gegangen waren, streichelte er sich nachdenklich das Kinn.

«Lovelace ... und Richard ist so eifersüchtig, so unvernünftig. Ich kann nur inständig hoffen, daß Lavinia keine Dummheit begeht ... Ja, Frank, ich führte eben ein Selbstgespräch; eine schlechte Gewohnheit.»

Fortescue, der sich ihm von hinten genähert hatte, nahm seinen Arm.

«Ein Zeichen beginnenden Irrsinns, mein Lieber. Jim Cavendish verlangt nach dir.»

«So? Darf man fragen, warum?»

«Er ist im Spielsalon, und ich glaube, es ist eine Wette im Gange.»

«In diesem Fall werde ich dem Ruf Folge leisten müssen. Am besten, du begleitest mich, Frank.»

«Mit Vergnügen. Hast du Lady Lavinia gesehen?»

Hinter der Maske verengten sich die Augen Seiner Gnaden zu schmalen Schlitzen.

«Ja, ich bin ihr begegnet – und auch einem alten Freund namens Lovelace.»

«Dem Captain mit der Allongeperücke? Ein Freund, sagtest du?»

«Oh, nicht einer meiner Freunde. Um genauer zu sein, ein Freund meiner Schwester.»

«Tatsächlich? Ja, ich glaube, ich habe die beiden zusammen gesehen.»

Tracy lächelte rätselhaft.

«Das ist sehr wahrscheinlich.»

«Und was ist mit dir?»

«Nun? Was soll mit mir sein?»

«Du hast mir heute morgen erzählt, du hättest dich endlich verliebt. Ist es wahr? Bist du ernsthaft verliebt?»

«Ernsthaft? Woher soll ich das wissen? Ich weiß nur, daß mich diese Leidenschaft nun schon vier Monate lang quält, und statt nachzulassen, ist sie stärker denn je. Wenn das nicht Liebe ist?»

«Dann hoffe ich, so sie eine gute Frau ist, daß sie zustimmen wird, dich zu nehmen, wie du bist, um aus dir so viel zu machen, wie sie nur irgend kann!»

«Das hast du wirklich sehr hübsch gesagt, Frank. Ich gratuliere dir. Natürlich wird sie mich nehmen. Aber was den Rest betrifft – das halte ich für sehr unwahrscheinlich.»

«Donnerwetter noch mal, Tracy! Wenn das der Ton ist, den du ihr gegenüber anschlägst, wird sie schwerlich etwas von dir wissen wollen!»

«Bisher war ich damit stets äußerst erfolgreich.»

«Bei deinen gewöhnlichen Dirnen, vielleicht! Aber wenn deine Diana eine Dame ist, wird sie dir die Tür weisen. Mann, so mach ihr doch den Hof! Verzichte einmal auf deine verdammte Selbstüberheblichkeit, denn ich glaube, du wirst dich gewaltig erniedrigen müssen, wenn das alles wirklich zwischen euch beiden vorgefallen ist, was du mir erzählt hast.»

Sie waren vor der Tür zum Spielzimmer stehengeblieben. Ein Vorhang trennte es vom Ballsaal, und Tracy blickte nun, während er mit einer Hand bereits den schweren Stoff umfaßte, um ihn beiseite zu ziehen, ausgesprochen arrogant auf seinen Freund hinunter.

«Ich mich erniedrigen? Bei Gott, du bist wohl verrückt!»

«Wahrscheinlich; aber eines sage ich dir, Tracy: wenn das Gefühl, das du empfindest, wirklich Liebe ist, dann muß es eine sehr seltsame Art von Liebe sein, solange du an erster Stelle stehst. Ich würde keinen roten Heller dafür geben! Du willst dieses Mädchen haben, aber nicht, um sie glücklich zu machen, sondern lediglich für dein eigenes Vergnügen. Das ist nicht die Liebe, von der ich einmal gesagt habe, sie würde dich vor dir selbst retten, denn wenn *sie* kommt, wirst du keinen einzigen Gedanken an *dich* verschwenden. Dann wirst du erkennen, wie unwichtig du bist, und vor allem bereit sein, um der Geliebten willen jedes Opfer zu bringen, sogar, wenn du sie dabei verlierst!»

Tracys Lippen verzogen sich zu einem spöttischen Lächeln.

«Deine Beredsamkeit ist bewunderungswürdig», meinte er. «Seit meiner Abreise aus Paris habe ich mich nicht mehr so gut unterhalten.»

20
Der Herzog von Andover beteiligt sich am Spiel

Als Seine Gnaden am nächsten Tag in Wyncham House am Grosvenor Square zu Mittag speiste, gelang es ihm, auf wirklich geschickte Weise zu erreichen, daß seine Schwester sich entsetzlich unbehaglich fühlte. Er ließ freundliche kleine Bemerkungen bezüglich ihrer Freundschaft zu Captain Lovelace fallen, aus denen sie Mißbilligung und eine drohende Warnung las. Sie fürchtete ihn mehr als ihren Gatten, denn sollte er jemals die Tiefe ihrer Zuneigung zu ihrem alten Schwarm erraten, würde er ganz gewiß höchst wirksame Maßnahmen ergreifen, um sie an einem weiteren Umgang mit Lovelace zu hindern. Es war also einzig und allein seiner Rückkehr zuzuschreiben, daß sie Lovelace sagte, er dürfe seine Verehrung nicht so offen zeigen und sie auch nicht so häufig besuchen. Das diesbezügliche Gespräch fand eines Morgens in ihrem Boudoir statt, und Lavinia sah in ihrem lose fallenden Spitzennegligé und mit ihrem noch ungepuderten goldblonden Lockenhaar zweifellos über die Maßen reizend und verführerisch aus. Auf alle Fälle gab Lovelace seine bisherige Pose platonischen Schmachtens plötzlich auf, riß sie in seine Arme und erstickte sie fast mit wilden, leidenschaftlichen Liebkosungen.

Mylady sträubte sich mit einem schwachen Schrei und begann zu weinen. Da seine Küsse die Flut ihrer Tränen anscheinend nur noch heftiger fließen ließen, hob er sie auf und trug sie zu einem Stuhl, in den er sie behutsam setzte. Dann kniete er – nicht ohne zuvor den Boden mit seinem Taschentuch gesäubert zu haben – neben ihr nieder und nahm ihre Hände in seinen.

«Lavinia! Göttin! Ich bete dich an!»

Sie besann sich darauf, daß Tränen ihrem Teint nicht gerade zuträglich waren, und entzog ihm daher ihre Hände, um sich die Augen zu betupfen.

«Oh, Harold!» sagte sie vorwurfsvoll.

«Ich habe dich beleidigt! Ich erbärmlicher Schuft –»

«Oh, nein, nein!» Sie reichte ihm wieder ihr Händchen. «Aber es war sehr böse von dir, Harry! Du darfst das nie, nie wieder tun!»

Er schlang den Arm um ihre Taille.

«Aber ich liebe dich, mein Engel!»
«Oh! Oh! Denk an Dicky!»
Sofort gab er sie frei und sprang auf.
«Warum sollte ich an ihn denken! Ich denke nur an uns beide! Erst vor einer Woche hast du mir beteuert, wie lieblos er ist –»
«Es ist abscheulich von dir, mich daran zu erinnern! Wir haben uns gestritten – und dann tat es uns beiden leid. Ich habe den armen Dicky sehr gern.»
«Du hast ihn gern! Ja, das mag sein! Aber du liebst ihn nicht. Zumindest nicht so, wie eine Frau einen Mann eben liebt – oder?»
«Harold!»
«Natürlich nicht! Du hast mich geliebt – nein, schüttle nicht den Kopf, es ist wahr! Wenn Tracy nicht gewesen wäre, hättest du mich geheiratet.»
«Oh, Harry! Wie kannst du so etwas sagen! Was hat er damit zu tun?»
«Ja, was, in der Tat! Wer war denn schuld daran, daß mir immer wieder der Einlaß in Andover verwehrt wurde? Wer hat dich denn dazu überredet, Carstares zu heiraten?»
«Nicht Tracy! Es war mein eigener Wunsch!»
«Bestärkt durch seinen Einfluß!»
«O nein!»
«Du hast Carstares nie geliebt –»
«Doch, und ich liebe ihn nach wie vor!»
«Das bildest du dir ein, aber ich weiß es besser. Ihr paßt doch überhaupt nicht zusammen! Du bist dafür geschaffen, ein aufregendes, abwechslungsreiches Leben zu führen. Im Ballsaal und am Spieltisch – da fühlst du dich wohl! Bei mir hättest du das alles haben können, aber mit ihm –»
Sie war aufgestanden und mit funkelnden Augen näher an ihn herangetreten, doch jetzt hielt sie sich die Ohren zu und stampfte wütend mit dem Fuß auf.
«Ich will das nicht hören! Ich will nicht, verstehst du? Oh, du bist grausam, mich so zu quälen!»
Wieder nahm er sie in die Arme, zog ihr die Hände vom Gesicht und bedeckte es mit Küssen. Sie wehrte sich, versuchte, ihn von sich zu stoßen, aber er hielt sie fest umschlungen und hätte sie wohl kaum freigegeben, wäre es nicht zu einer unvorhergesehenen Störung gekommen.
Es klopfte an die Tür, und der Lakai meldete:
«Seine Gnaden, der Herzog von Andover, Mylady!»
Das schuldige Paar fuhr gerade zur rechten Zeit auseinander, sie feu-

errot, er blaß, aber gefaßt, als auch schon Seine Gnaden, das Monokel fragend erhoben, auf der Schwelle stand. Sein Blick flog blitzschnell von einem zum anderen, und seine Augen weiteten sich.

«Meine liebe Lavinia!» sagte er mit einer formvollendeten Verbeugung. «Captain Lovelace, Ihr sehr ergebener Diener!»

Lovelace erwiderte die Verbeugung mit großem Zeremoniell.

«Euer Gnaden!»

«Ach du lieber Himmel, Tracy!» rief Lavinia, indem sie auf ihn zutrat. «Was für ein unerwarteter Besuch!»

«Ich hoffe, ich bin nicht zu einem ungelegenen Zeitpunkt gekommen, meine Liebe?»

«Aber nein», versicherte sie ihm. «Ich freue mich sehr, dich zu sehen! Allerdings, zu so früher Stunde – ich muß gestehen, das erstaunt mich ein wenig.» Sie führte ihn zu einem Stuhl, und während sie munter drauflosplapperte, trug er eine so unschuldige Miene zur Schau und behandelte den Captain mit solcher Freundlichkeit, daß sie erleichtert glaubte, er hege keinen Verdacht und habe ihr Erröten gar nicht bemerkt.

Erst als Lovelace sich verabschiedet hatte, erkannte sie ihren Irrtum. Seine Gnaden begab sich zu einem ihr gegenüber stehenden Stuhl, und sie sah, daß er fast unmerklich die Stirn runzelte.

«Du – du bist verstimmt, Tracy?» fragte sie nervös.

Die Falten zwischen seinen Brauen wurden schärfer.

«N-nein. Ich bin nicht verstimmt. Ich habe nur so eine Ahnung, daß ich es unter Umständen werden könnte.»

«Ich – ich verstehe nicht. Was meinst du?»

«Nichts – im Augenblick.»

«Tracy, bitte, tu nicht so geheimnisvoll! Nimmst du an, daß du dich bald ärgern könntest?»

«Ich hoffe nicht.»

«Aber was irritiert dich dann?»

Statt zu antworten, fragte er:

«Hast du dich gestern abend gut amüsiert, teure Schwester?»

Lavinia errötete. Er bezog sich auf den Maskenball bei Lady Davenant, zu dem Lord Robert sie begleitet und auf dem sie den ganzen Abend fast ausschließlich mit Lovelace getanzt hatte, doch da sie beide maskiert gewesen waren, überraschte sie die Frage einigermaßen.

«Danke, ganz leidlich. Warst du auch dort?»

«Nein, Lavinia, ich war nicht dort.»

«Woher weißt du dann –» Sie hielt verwirrt inne und biß sich auf die Lippen. Für den Bruchteil einer Sekunde erhaschte sie einen Blick aus seinen Augen, die sie durchdringend und kalt musterten.

«Woher ich es weiß?» fragte Seine Gnaden sanft. «Oh, man hört so allerlei, Lavinia, und –» er sah sich im Raum um, «man sieht auch so allerlei.»

«Ich – ich verstehe dich nicht», stieß sie hervor. Ihre Finger spielten rastlos mit der Spitzenrüsche ihres Morgenmantels.

«Nein? Muß ich wirklich deutlicher werden?»

«Ja! Ja! Dafür wäre ich dir sehr verbunden!»

«Dann erlaube mir, die Bitte auszusprechen, holde Schwester, daß du dich zu keiner Dummheit hinreißen läßt.»

Ihre Wangen brannten.

«Du meinst –»

«Ich meine, daß du in bezug auf deine Freundschaft mit Harold Lovelace zu weit gegangen bist.»

«Nun, und wenn schon!»

Tracy hob erstaunt sein Monokel.

«Und wenn schon? Bitte überlege dir, was du sagst, Lavinia!»

«Es ist höchst unwahrscheinlich, daß *ich* diejenige sein werde, die Schande über unseren Namen bringt!»

«Das will ich aufrichtig hoffen. Ich gebe dir mein Wort, daß ich alles tun würde, was in meiner Macht steht, um dich vor irgendeiner überstürzten Handlung zu bewahren. Bitte vergiß das nicht.»

Sie nagte schweigend an ihrer Unterlippe.

«Mein liebes Kind, es ist nicht klug, mit dem Feuer zu spielen. Früher oder später verbrennt man sich dabei. Und denk gefälligst daran, daß dein galanter Kavalier nicht einmal die Hälfte von Richards Vermögen besitzt.»

Sie sprang auf und brachte mit einer jähen Bewegung ihre Röcke zum Schwingen – ein typisches Zeichen, daß sie zornig war.

«Geld! Geld! Immer nur Geld!» schrie sie. «Damit du es weißt, ich mache mir absolut nichts daraus! Außerdem ist Richard gar nicht reich!»

«Aber er wird es eines Tages sein», erwiderte Seine Gnaden kühl. «Auch wenn *du* gegen den Reiz des schnöden Mammons gefeit bist, meine Liebe, *ich* bin es nicht. Richard ist mir außerordentlich nützlich. Du wirst ihn doch nicht wegen eines wilden Lebemanns wie Lovelace verlassen, der dir vielleicht drei Monate treu sein würde – gewiß nicht länger!»

«Tracy, ich verbiete dir, so mit mir zu sprechen! Wie kannst du es wagen, mich derart zu beleidigen! Schließlich habe ich dir keinen Grund dazu gegeben. Ich erwähnte mit keinem Wort, daß ich das Verlangen habe, mit ihm wegzulaufen – und wenn, wäre er mir bestimmt treu! Immerhin hat er das all diese Jahre hindurch bewiesen!»

Tracy lächelte aufreizend.

«Aber, meine Liebe –!»

«Oh, ich weiß, es gab etliche Episoden – kleine Fehltritte. Glaubst du etwa, ich rechne ihm das schlecht an?»

«Offensichtlich nicht.»

«Er hat sich niemals ernsthaft in eine andere verliebt! Ach, ich hasse dich!»

«Du läßt deinen Gefühlen für meinen Geschmack viel zu freien Lauf. Also, du willst tatsächlich durchbrennen?»

«Nein, nein, nein! Was redest du für dummes Zeug! Ich *liebe* Dikky!»

«Du meine Güte!»

«Natürlich werde ich ihn nicht verlassen »

«Nun, dann bin ich ja beruhigt», antwortete er und erhob sich. «Ich werde dafür sorgen, daß Captain Lovelace nicht mehr so oft das Vergnügen deiner Gesellschaft genießt.» Er nahm Hut und Stock und blieb dicht vor ihr stehen. Seine leichenblasse Hand, an der ein großer Rubinsiegelring glühte, umschloß ihr spitzes kleines Kinn mit festem Griff und zwang sie, den Kopf zu heben, bis sie ihm in die Augen schauen mußte. Sein stechender Blick bohrte sich unerbittlich in den ihren. «Verstehst du mich?» fragte er streng.

Ihre Augen füllten sich mit Tränen, und die volle Unterlippe zitterte.

«Ja», flüsterte sie mit einem erstickten Schluchzen. «Oh, ja, Tracy!»

Seine drohende Miene wurde milder. Er ließ ihr Kinn los und tätschelte mit einem diesmal jeden Spotts entbehrenden Lächeln ihre Wange.

«Denk daran, Kindchen, daß ich fünfzehn Jahre älter bin als du und mehr Lebenserfahrung im kleinen Finger habe als du in deinem hübschen Kopf. Ich habe wirklich keine Lust, zu erleben, wie du dich ins Verderben stürzt.»

Jetzt kullerten die Tränen in dicken Tropfen über ihre Wangen, und sie griff dankbar nach dem kostbaren Spitzentaschentuch, das er ihr anbot, um sich damit über die Augen zu tupfen.

«Nicht wahr, du hast mich gern, Tracy?»

«Ja, ich glaube, in einem geheimen Winkel meines Herzens hege ich eine gewisse Zuneigung für dich», erwiderte er kühl, indem er vorsichtshalber sein Taschentuch wieder an sich nahm. «Ich pflegte dich mit deinen beklagenswerten Brüdern gleichzustellen, doch allmählich komme ich zu der Ansicht, daß ich dabei vielleicht einen Fehler beging.»

Sie stieß ein hysterisches Lachen aus.

«Wie kannst du nur so widerwärtig sein! Mein Gott, tut mir Diana leid, wenn sie dich tatsächlich heiraten sollte!»

Zu ihrer Überraschung überzog sich sein Gesicht mit einer leichten Röte.

«Wenn Diana mich heiratet, wird sie alles haben, was ihr Herz begehrt», antwortete er steif und empfahl sich.

Draußen auf der Straße hielt er nach einer Sänfte Ausschau, und als er weit und breit keine entdeckte, ging er zu Fuß in Richtung Audley Street. Dem raschen Schritt zufolge, den er einschlug, schien er es eilig zu haben, doch bald wurde er von zwei Damen aufgehalten, die ihm von ihren Tragstühlen aus zuwinkten, er möge sich an ihre Seite begeben. Nachdem er ihnen kurz darauf glücklich entronnen war, bog er in die Curzon Street ein, und von dieser in die Half Moon Street, wo er Tom Wilding buchstäblich in die Arme rannte, der sich bemüßigt fühlte, einen schier endlosen Kommentar über Marchs neueste Wette mit Edgecumbe abzugeben. Seine Gnaden heuchelte Interesse, lehnte höflich die angebotene Begleitung ab und eilte weiter zum Piccadilly und dann in östlicher Richtung zum St. James's Square und dem Stadthaus der Familie Andover. Das Schicksal wollte es, daß er neuerlich aufgehalten wurde, denn als er die Arlington Street hinunterging, befand sich Mr. Walpole gerade im Begriff, die Stufen von Nummer 5 herabzusteigen. Auch er hatte Seiner Gnaden viel zu sagen. Er hatte ja keine Ahnung gehabt, daß Belmanoir bereits aus Paris zurückgekehrt war – was, schon seit einer Woche sei er wieder hier? Nun, er, Walpole, war zur selben Zeit in Twickenham gewesen. Er hoffe übrigens, Belmanoir würde ihm die Ehre erweisen, zu dem kleinen Kartenabend zu kommen, den er am Donnerstag zu geben beabsichtigte. George und Dick Edgecumbe hätten bereits zugesagt; er habe auch March und Gilly Williams eingeladen, aber nur der Himmel wisse, ob die beiden geruhen würden, zu erscheinen! Ob Belmanoir schon von Gillys lächerlicher Eifersucht gehört habe? Wilding und Markham wurden ebenfalls erwartet; diverse andere Antworten waren noch ausständig.

Andover nahm die Einladung gnädig an und verabschiedete sich. Den Rest des Weges legte er in Frieden zurück und begab sich, kaum daß er sein Haus betreten hatte, unverzüglich in die Bibliothek, wo ein geschniegeltes, ungeheuer respektabel wirkendes Individuum in der Livree eines Kammerdieners saß. Bei seinem Eintritt erhob sich der Mann und begrüßte ihn mit einer tiefen Verbeugung.

Belmanoir nickte kurz und nahm an seinem Schreibtisch Platz.

«Ich habe Arbeit für dich, Harper.»

«Ja, Sir – Euer Gnaden, wollte ich sagen.»
«Kennst du Sussex?»
«Nun, Euer Gnaden, ich weiß nicht recht –»
«*Kennst* du Sussex?»
«Nein, Euer Gnaden – äh – ja, Euer Gnaden! Das heißt, nicht gut, Euer Gnaden!»
«Hast du schon von einem Ort namens Littledean gehört?»
«Nein, Sir – Euer Gnaden.»
«Midhurst?»
«O ja, Euer Gnaden.»
«Gut. Littledean liegt sieben Meilen westlich davon. Du wirst es schon finden – ebenso eine Herberge mit Namen The Pointing Finger. Dort nimmst du Quartier.»
«Gewiß, Euer Gnaden.»
«Nicht weit davon liegt ein Besitz – Horton House, wo ein gewisser Mr. Beauleigh mit seiner Schwester und seiner Tochter lebt. Du wirst diese Leute genau beobachten. Dann wirst du bei Mr. Beauleigh eine Stellung als Diener annehmen.»
«A-aber, Euer Gnaden!» wagte der erstaunte Harper zaghaft einzuwenden.
«Du wirst dich mit dem gegenwärtigen Diener anfreunden und ihm zu verstehen geben, daß ich, Andover, einen zweiten Kammerdiener brauche. Du sagst ihm, daß ich sehr großzügig entlohne – nenne die dreifache Summe dessen, was er von Mr. Beauleigh erhält. Wie ich die menschliche Natur kenne, wird er sich um den Posten bewerben. Dann springst du ein. Sollte Mr. Beauleigh nach einer Empfehlung fragen, verweist du ihn an Sir Hugh Grandison, White's Chocolate House, St. James's Street. Sobald du angestellt bist, erhältst du weitere Weisungen.»
Der Mann schnappte nach Luft, schluckte und schnappte wieder.
«Hast du alles begriffen?» fragte Belmanoir kühl.
«Äh – äh – ja, Euer Gnaden.»
«Gut, dann wiederhole, was ich gesagt habe.»
Harper führte den Befehl stotternd aus und legte seine Stirn dabei in bekümmerte Falten.
«Also schön. Außerdem zahle ich dir doppelt soviel wie Mr. Beauleigh, und zum Schluß, wenn ich mit dir zufrieden bin, bekommst du noch fünfzig Guineen. Nun, ist das ein Wort?»
«Ja, Euer Gnaden! Danke, Sir!» brachte Harper strahlend hervor.
Tracy legte zwanzig Guineen auf den Tisch
«Das ist für deine Auslagen. Und denk daran: je schneller die Angele-

genheit erledigt ist, desto sicherer ist dir deine Belohnung. So, das wäre alles. Hast du noch Fragen?»

Harper zerbrach sich sein immer noch wie betäubtes Hirn, und als ihm nichts einfiel, schüttelte er den Kopf.

«Nein, Euer Gnaden.»

«Dann kannst du gehen.»

Mit zahllosen Bücklingen schritt Harper, den Geldbeutel fest umklammernd, rücklings auf die Tür zu und verschwand. Er stand erst kurze Zeit in Tracys Diensten und war daher noch keineswegs an die blitzschnelle Art gewöhnt, mit der Andover seine Pläne in die Tat umzusetzen pflegte. Er hatte bisher auch keine Zeit gefunden, sich darüber klarzuwerden, ob er eigentlich damit einverstanden war. Aber fünfzig Guineen waren fünfzig Guineen.

21

Mrs. Fanshawe entfacht ein Feuer, und O'Hara schürt die Flammen

Richard Carstares machte schon sehr bald Gebrauch von Mrs. Fanshawes Erlaubnis, sie zu besuchen, und erschien zu angebrachter Zeit in der Mount Street Nr. 16, wo er ein wirklich geschmackvoll eingerichtetes Haus, eine nicht mehr ganz taufrische, aber dafür um so liebenswürdigere Schwester, und in der Witwe selbst eine vollendete Gastgeberin vorfand. Als er das erste Mal vorsprach, war er nicht der einzige Besucher; zwei ihm unbekannte Damen und ein junger Kusin saßen bereits im Salon, zu denen sich später noch ein flüchtiger Bekannter, ein Mr. Standish, gesellte. Als Richard sah, daß sich ihm keine Gelegenheit bieten würde, mit der Witwe über seinen Bruder zu sprechen, verabschiedete er sich schon ziemlich bald und versprach, sie in Kürze wieder aufzusuchen. Als er ihr drei Tage später seine Karte überreichen ließ, empfing sie ihn allein, und er hörte mit Genugtuung, wie sie dem Diener befahl, alle anderen Besucher abzuweisen.

Nachdem er ihr zur Begrüßung die Hand geküßt und seiner Hoffnung auf ihr Wohlbefinden Ausdruck gegeben hatte, zog sie ihn neben sich auf das Sofa.

«Danke, mir geht es ausgezeichnet, Mr. Carstares. Und Ihnen?»

«Mir ebenfalls», lächelte er, doch sein Aussehen strafte seine Worte Lügen.

Sie sagte ihm das lachend auf den Kopf zu, worauf er sich mit einer anstrengenden Woche entschuldigte.

«Nun, Sir, ich nehme an, Sie sind nicht gekommen, um mit mir über Ihre Gesundheit zu sprechen, sondern über meinen Freund – oder irre ich mich?»

«Ich versichere –»

«Denken Sie daran, keine abgedroschenen Komplimente!»

«Wenn Sie darauf bestehen, Madam – ja, das ist der Grund. Ich würde gern mehr über – Ferndale – hören, denn Sie müssen wissen, daß ich mich – gleich Ihnen – sehr für ihn interessierte.»

Sie warf ihm einen verschmitzten Blick zu und nickte.

«Natürlich. Ich werde Ihnen alles sagen, was ich weiß, obwohl es leider nicht allzu viel ist, und Sie unter Umständen enttäuscht sein werden. Doch ich stand ja nur die kurze Zeit, die wir uns beide in Wien aufhielten, mit ihm in Verbindung, und da war er nicht gerade besonders mitteilsam.»

«Ah! Er hat sich Ihnen nicht anvertraut, Madam?»

«Nein. Wenn man versuchte, näher in ihn zu dringen, verwandelte er sich im Handumdrehen in einen – zwar höflichen, aber unnahbaren – Eisberg.»

«Trotzdem, Madam – erzählen Sie mir bitte alles, was Sie wissen.»

«Das ist leider in wenigen Worten gesagt. Ich lernte ihn im Jahre 48 in Wien kennen, als ich mit meinem Mann – er war zur Erholung nach Wien gekommen – im Prater spazierenging. Als Sir Anthony an uns vorüberschlenderte, ließ ich zufällig mein Ridikül fallen. Er reichte es mir, und uns fiel sofort sein abscheuliches Deutsch auf.» Die Erinnerung zauberte ein leises Lächeln auf ihr Gesicht. «Mr. Fanshawe, der einen wahren Abscheu gegen alle Ausländer hegte, war nahezu außer sich vor Freude, als er den englischen Akzent vernahm, und bat Sir Anthony, den Spaziergang gemeinsam mit uns fortzusetzen. Danach besuchte er uns in unserem Logis. Ich glaube, auch er war froh, einen Landsmann getroffen zu haben, denn er kam oft, und einmal, als ich mich geraume Zeit mit ihm unterhalten hatte, legte er – wie soll ich sagen? – seine Zurückhaltung – seine Wachsamkeit – ab und erzählte mir, er hätte seine Muttersprache während der vergangenen vier Jahre kaum gesprochen. Gleich danach schien er diese Bemerkung zu bedauern und wechselte rasch das Thema.» Sie hielt inne und blickte auf, ob ihr Zuhörer ihrem Bericht folgte.

«Ja, ja?» drängte Richard. «Und dann?»

«Ich kann mich nicht mehr erinnern. Wie ich schon sagte, kam er oft, meist um sich mit meinem – schwerkranken – Mann zu unterhalten, manchmal aber auch, um mich zu besuchen. Er sprach kaum jemals von England – ich glaube, er wagte es nicht. Er erwähnte auch nie irgendwelche Verwandten oder Freunde in seiner Heimat, und wenn ich von zu Hause sprach, schwieg er beharrlich und wirkte schrecklich traurig. Ich sah, daß ihn dieses Thema aus irgendeinem Grund quälte, deshalb bemühte ich mich, es möglichst zu vermeiden.

Nebenbei bemerkt war er der amüsanteste Gesellschafter, den man sich nur vorstellen kann, und brachte mit seinen Geschichten meinen Gatten zum Lachen, wie ich ihn seit Monaten nicht mehr lachen gehört hatte. Er war sehr lebhaft, sehr witzig und beinahe übertrieben gut gekleidet, doch über seine Beschäftigung konnte ich eigentlich nichts in Erfahrung bringen. Er sagte, er sei ein passionierter Müßiggänger, aber ich hatte nicht den Eindruck, daß er wohlhabend war. Er verkehrte regelmäßig in sämtlichen Spielsalons. Zwangsläufig kamen mir Gerüchte über sein schier unglaubliches Glück zu Ohren, und als ich ihn eines Tages offen danach fragte, antwortete er lachend, er lebe davon – er meinte, von seinem Glück beim Würfeln. Doch ich erfuhr aus einem Gespräch mit seinem Diener, daß sein Portemonnaie keineswegs immer prall gefüllt war.»

«Wenn ich mich recht erinnere, sagten Sie doch, daß er Ihnen half, Mrs. Fanshawe. Wann war das?»

Sie errötete.

«Das war ein paar Monate, nachdem wir ihm das erste Mal begegneten. Ich ließ mich – auf eine Dummheit ein. Sehen Sie, meine Ehe war nicht sehr glücklich, und ich verliebte mich – oder vielmehr, ich bildete es mir ein – in einen österreichischen Adeligen, der – der – nun, Sir, es genügt wohl, wenn ich Ihnen sage, daß ich zustimmte, eines Abends mit ihm zu dinieren. Dabei mußte ich leider feststellen, daß ich mich sehr in ihm getäuscht hatte, als ich ihn für einen *galant homme* hielt, und ich weiß wirklich nicht, wie ich mir geholfen hätte, wenn nicht plötzlich Sir Anthony erschienen wäre.»

«Aber wie das?»

«Ja, das muß Ihnen in der Tat merkwürdig erscheinen. Aber ich hatte ihm von der Einladung dieses Österreichers erzählt, und er riet mir noch, sie abzulehnen. Allerdings – nun ja, ich war eben jung und dumm und wollte nicht auf ihn hören. Als er mich zu Hause nicht antraf, erriet er sofort, wohin ich gegangen war. Er folgte mir zum Haus des Grafen, gab dort einen österreichischen Namen an und wurde genau in dem Augenblick gemeldet, als der Graf versuchte – versuchte – mich zu küssen. Mein Gott, ich glaube, ich werde nie vergessen, wie erleichtert ich damals war! Er wirkte so beruhigend, so durch und durch englisch! Der Graf war natürlich wütend, und zuerst dachte ich schon, er würde Sir Anthony von seinen Lakaien hinauswerfen lassen, doch als er hörte, was Anthony ihm alles zu sagen hatte, sah er ein, daß es zwecklos war, mich zurückzuhalten – und man brachte mich heim. Anthony benahm sich sehr taktvoll – er schalt mich nicht, noch informierte er meinen Gatten. Zwei Tage später duellierte er sich mit dem Grafen, wobei er diesem einen Lungenstich zufügte. Das war alles. Aber Sie werden verstehen, daß ich mich ihm sehr zu Dank verpflichtet fühlte und von nun an noch größeren Anteil an seinem Leben nahm. Ein paar Wochen nach diesem Vorfall beschloß mein Mann, aus Wien abzureisen, und seither habe ich meinen *preux chevalier* nicht mehr gesehen.« Sie seufzte und blickte Carstares fest an. «Und Sie – Sie sind ihm so ähnlich!»

«Finden Sie, Madam?» war alles, was er darauf erwidern konnte.

«Ja, wirklich, Sir. Vor allem glaube ich etwas, und Sie werden es vielleicht für eine Unverschämtheit halten, wenn ich es ausspreche. Ist Anthony Ihr Bruder?»

Dieser plötzliche Angriff überraschte Carstares derart, daß er bis an die Haarwurzeln erbleichte.

«Madam!»

«Bitte fürchten Sie nicht, daß aus mir die typisch weibliche Neugierde spricht. Ich versichere Ihnen, ich kann meine Zunge im Zaum halten. Als ich Sie kürzlich zum erstenmal sah, fiel mir die Ähnlichkeit sofort auf, und ich erkundigte mich bei meinem Begleiter, Mr. Stapely, nach Ihnen. Seine Antwort war weit aufschlußreicher, als ich erwartet und gewollt hatte.»

«So kann man sich auf Will Stapely verlassen!» rief Richard, indem er im Geiste das freundliche Klatschmaul verfluchte.

«Unter anderem erzählte er mir auch von Ihrem älteren Bruder, der – der – ach, kurz gesagt, ich kenne die ganze Geschichte. Natürlich dachte ich sofort an meinen armen Sir Anthony, obwohl er dem Anschein nach jünger ist als Sie. Hatte ich recht?»

Richard stand auf, ging zum Fenster hinüber und blieb mit dem Rükken zu ihr stehen.

«Ja!»

«Ich wußte es», nickte sie. «Das also war der Grund, warum er nicht über England sprechen wollte! Der arme Junge!»

Richard traf ihr Mitleid wie ein Peitschenhieb.

«Er wird also für immer ein Ausgestoßener sein», fuhr sie fort. «Das bedeutet ein einsames, unglückliches Leben, ohne Freunde –»

«Nein!» schrie er, heftig herumfahrend. «Bei Gott, nein!»

«Glauben Sie denn, daß ihn die Gesellschaft – diese grausame, unbarmherzige Gesellschaft – wieder aufnimmt?» fragte sie.

«Ja – eines Tages – wird sie das tun, Mrs. Fanshawe. Sie werden sehen.»

«Ich sehne diesen Augenblick herbei», seufzte sie. «Ach, wenn ich ihm doch nur helfen könnte – um wenigstens einen Teil meiner Schuld zu begleichen.»

Carstares hob unvermutet den Kopf.

«Mein Bruder würde das nicht als Schuld auffassen, Madam, sondern als Ehre», sagte er stolz.

«Ja», lächelte sie, «Sie gleichen ihm sehr. Wenn ich Sie so sprechen höre, könnte ich fast glauben, er stünde vor mir.»

«Er ist tausendmal mehr wert als ich», antwortete Richard heftig und starrte dann dumpf vor sich hin.

«Wie heißt er eigentlich?» fragte sie sanft.

«John Anthony St. Ervine Delaney Carstares», antwortete er, «Earl of Wyncham.»

«Also ist der Name Anthony gar nicht erfunden! Oh, da bin ich aber froh, denn ich hätte mich niemals an einen anderen Namen gewöhnen können.»

Sie schwiegen beide eine Zeitlang, dann sagte sie zögernd:

«Ich fürchte, ich habe eine alte Wunde aufgerissen, Mr. Carstares. Wollen Sie nicht eine Tasse Bohea mit mir trinken, bevor Sie gehen? Und ich verspreche Ihnen, ich werde nicht mehr an dieses Thema rühren.»

«Sie sind sehr gütig, Madam. Ich danke Ihnen, daß Sie mir das alles erzählt haben. Würden Sie mir erlauben, Sie bald wieder zu besuchen?»

«Mit dem größten Vergnügen. Für meine Freunde bin ich fast immer zu sprechen.»

Kurz darauf betrat ihre Schwester den Raum und machte damit jeder vertraulichen Unterhaltung ein Ende.

In dieser Nacht lag Carstares lange wach. Draußen auf dem Platz schlug die Turmuhr Stunde um Stunde, und die Eulen schrien klagend in der Dunkelheit ... Seit Jahren hatte sein Gewissen keine Ruhe gefunden, und jetzt raubten ihm der Gedanke an John und vor allem Mrs. Fanshawes Worte über seine Zukunft den Schlaf. Einsam, unglücklich, ohne Freunde ... Wie oft hatte er sich schon die Frage gestellt: John oder Lavinia? ... Er grübelte darüber nach, wo sein Bruder sich jetzt wohl aufhalten mochte, ob er noch immer als Straßenräuber durch den südlichen Teil Englands streifte. Kein Mensch ahnte, wie er, Richard, bei der Meldung jeder neuen Festnahme durch das Militär zitterte, John könne sich unter den Gefangenen befinden. Seine Freunde hänselten ihn bereits wegen seiner häufigen Besuche in Newgate, und behaupteten, er teile Selwyns makabre Vorliebe, sich an schrecklichen Dingen zu ergötzen.

Er redete sich ein, das sei einzig und allein Johns Angelegenheit: wenn er in die Gesellschaft zurückkehren wollte, würde er schon Mittel und Wege dazu finden; doch im Innersten wußte er, daß dieses Argument sogar eines Menschen, der sich so tief erniedrigt hatte wie er, unwürdig war. Dann schweiften seine Gedanken zu Lavinia, die ihn abwechselnd so entzückte und dann wieder bis aufs Blut reizte. Erst vor einer Woche hatte sie ihm bezüglich ihrer Freundschaft zu Lovelace offen getrotzt, doch hatte sie sich nicht bald darauf entschuldigt und dem Captain seinetwegen den Laufpaß gegeben? Sie war so bezaubernd ungezogen, so kindisch und unvernünftig. Egoistisch? Ja, das schon, aber er liebte sie eben! Liebte sie so sehr, daß er jederzeit bereit war, für sie zu sterben. Aber John – John war sein Bruder, der heißverehrte ältere Bruder, und indem er Lavinias Wunsch befolgte, fügte er ihm unermeßliches Unrecht zu. Wenn sie ihm doch nur erlauben würde, endlich die Wahrheit zu sagen! Immer wieder lief alles auf diesen Punkt hinaus: ihre Einwilligung. Und die würde sie niemals geben. Sie vertrat die Ansicht, daß er, da er sie unter Vorspiegelung falscher Tatsachen geheiratet hatte, kein Recht habe, sie jetzt der Schande preiszugeben. Ihre Haltung war durchaus verständlich, aber trotzdem wünschte er, sie könnte *einmal* selbstlos sein.

Gegen Morgengrauen erlöste ihn endlich der Schlaf von seinen qualvollen Gedanken, und er wachte erst auf, als man ihm seine Schokolade brachte. John peinigte wenigstens kein schlechtes Gewissen, dachte er bitter. Er erwog bestimmt nicht vor dem Einschlafen verzweifelt die verschiedenen Für und Wider eines Problems, um am nächsten Morgen festzustellen, daß er einer Lösung um keinen Schritt nähergekommen war.

Da ihn sein Kopf unerträglich schmerzte, blieb er eine Zeitlang im Bett liegen und starrte in den grauen Vormittag hinaus. Nebel hing draußen über dem Platz, und die Bäume mit ihrem welken Herbstlaub standen wie düstere Schatten vor den Fenstern. Der Anblick hatte etwas unendlich Bedrückendes. Plötzlich hielt er die Untätigkeit nicht mehr aus, stand auf und läutete nach seinem Kammerdiener, um sich von ihm ankleiden zu lassen. Nachdem er seine Frau in ihrem Zimmer aufgesucht und ihre begeisterte Schilderung der am vergangenen Abend stattgefundenen Rout vernommen hatte, fühlte er sich etwas besser. Er verließ das Haus, winkte eine Sänfte herbei und befahl den Trägern, ihn zu White's zu bringen, wo er zwei Briefe zu schreiben beabsichtigte. Er brauchte heute eine andere Umgebung, mußte der Atmosphäre entfliehen, wo ihn alles so schmerzlich an John erinnerte.

White's war sogar zu dieser frühen Stunde bereits überfüllt, und als er eintrat, schien sich der dort herrschende Lärm wie eine dröhnende Glocke über seinen Kopf zu stülpen. Bekannte grüßten ihn von allen Seiten, man bot ihm Wetten an, jemand versuchte, ihm die neueste Skandalgeschichte zu erzählen; er fand keine Ruhe, und zuletzt konnten seine ohnehin bis zum Zerreißen gespannten Nerven die Belastung nicht mehr ertragen. Er suchte fluchtartig das Weite und begab sich in seinen zweiten Klub, den Cocoa-Tree, den er weniger überlaufen vorzufinden hoffte. Es waren zwar mehr Leute anwesend, als er erwartet hatte, doch die meisten Männer waren gleich ihm gekommen, um Briefe zu schreiben oder sich einer anderen stillen Beschäftigung hinzugeben. Bis jetzt wurde noch kaum gespielt.

Ungefähr eine Stunde lang schrieb Richard ununterbrochen, dann versiegelte er, schon im Aufbruch begriffen, seinen letzten Brief. Gerade als er die Siegelmarke anbrachte, wurde hinter ihm jemand mit lautem Hallo begrüßt.

«Wo zum Donnerwetter kommst denn du plötzlich her?»

«Lieber Himmel, dich hab ich ja schon eine Ewigkeit nicht mehr gesehen!»

Als er die sanfte irische Stimme hörte, fuhr er in seinem Sessel herum. Miles O'Hara stand in einem kleinen Kreis von Klubmitgliedern, die ihn freudig willkommen hießen, und erklärte den Grund seines Erscheinens.

«Ich hatte geschäftlich in der Stadt zu tun, und da dachte ich, ich sollte eigentlich dem Klub einen Besuch abstatten. Schließlich habe ich nicht oft Gelegenheit –»

Richard erhob sich, raffte seine Briefe zusammen und starrte sprachlos den Mann an, der einmal Jacks bester Freund gewesen war. Unbewußt machte er einen Schritt auf ihn zu. In diesem Moment drehte sich O'Hara um und erkannte ihn. Richard öffnete schon den Mund, um ihn anzusprechen, doch die Art, wie sich der Gesichtsausdruck des Iren plötzlich veränderte, ließ ihn verstummen. Der Blick, der ihn traf, war hart und verächtlich, die soeben noch lächelnden Lippen verzogen sich geringschätzig. Carstares blieb, eine Hand auf die Stuhllehne gestützt, unbeweglich stehen. Während er unverwandt in dieses Antlitz starrte, las er darin das ganze Ausmaß an Erbitterung und Vorwurf, das O'Hara ihm zu verstehen geben wollte. Dann kehrte ihm der Ire mit einem Hohnlächeln den Rücken zu und unterhielt sich weiter mit seinen Freunden.

Richard überkam ein Schwindel. O'Hara ignorierte ihn, wollte nicht mit ihm sprechen ... Das bedeutete, daß er die Wahrheit wußte! Er ging blindlings auf die Tür zu, tastete nach der Klinke ... O'Hara wußte Bescheid! Er tappte durch den Flur, die Eingangsstufen hinunter und hinaus auf die Straße ... O'Hara wußte Bescheid und hatte ihn angesehen, als ob – er schauderte, winkte hastig eine freie Sänfte heran und befahl den Trägern, ihn zum Grosvenor Square zu bringen ... O'Hara verachtete ihn! Beschuldigte ihn! Demnach war Jack in Schwierigkeiten? Er hatte ihn also gesehen und so die Wahrheit erfahren? Seine Gedanken rasten ...

22
Entwicklungen

Nach seiner Begegnung mit O'Hara verließ Richard auch das letzte Restchen Seelenfrieden. Er fand keine Sekunde Ruhe; den ganzen Tag und manchmal auch die ganze Nacht stellte er sich immer wieder von neuem stets die gleiche Frage: John oder Lavinia? Er war sich völlig darüber im klaren, daß er einen von den beiden opfern mußte. Die Idee, daß er unter Umständen seine Frau behalten und trotzdem die Wahrheit gestehen könnte, kam ihm gar nicht. Lavinia hatte ihm so oft versichert, er dürfe nicht erwarten, daß sie seine Schande teilen würde, daß er inzwischen fest daran glaubte. Er dachte, sie würde mit Lovelace entfliehen, den sie, wie er mittlerweile überzeugt war, wirklich liebte. Jeder Versuch, ein solches Vorhaben zu vereiteln, erschien ihm in seiner Niedergeschlagenheit als Höchstmaß an Selbstsucht. Natürlich war er in diesen Wochen weder er selbst, noch konnte sein Gehirn einen klaren oder vernünftigen Gedanken fassen. Im Grunde glich sein Zustand schon fast dem eines Geisteskranken, und wenn Lavinia sich nur ein einziges Mal die Mühe genommen hätte, ihn genauer zu betrachten, hätte sie unweigerlich die fiebrige Röte seiner Wangen und den unnatürlichen Glanz seiner dunkel umschatteten Augen bemerken müssen. Sein Aussehen war das eines körperlich und seelisch völlig zerrütteten Menschen, der knapp vor dem totalen Zusammenbruch steht. Als Mrs. Fanshawe ihr Entsetzen darüber äußerte, gestand er ihr seine Rastlosigkeit ein, und sie riet ihm, da sie den Ernst der Situation erfaßte, er möge einen Arzt zu Rate ziehen. Es überraschte sie nicht, daß er jeglichen Verdacht auf eine Krankheit verärgert zurückwies, dafür war sie um so bestürzter, als er als Antwort auf ihre drängenderen Bitten heftig ausrief: «Ich wäre glücklich, wenn ich sterben könnte!» Sie fragte sich, warum seiner Frau seine schlechte Verfassung nicht auffiel, und wünschte, sie könnte etwas tun, doch da sie mit Lady Lavinia nicht bekannt war, durfte sie sich eine so grobe Anmaßung, mit ihr über Richard zu sprechen, nicht erlauben. Wenn sie seine Krankheit für physischer Natur gehalten hätte, wäre ein solches Unterfangen im Rahmen des Möglichen gelegen, doch da sie merkte, daß es sich um ein seelisches Leiden handelte, konnte sie nur hoffen, daß die Zeit ihm helfen würde, diese Krise zu überwinden.

Lavinia hingegen führte unbeschwert ihr oberflächliches Dasein weiter und hatte nach wie vor nichts anderes im Sinn als ihr eigenes Vergnügen. Im großen und ganzen gelang ihr das sehr gut, doch manchmal konnte sie nicht umhin zu wünschen, Dicky solle doch ein wenig fröhlicher sein und mehr bereit, an ihren Lustbarkeiten teilzunehmen. In letzter Zeit fand sie ihn griesgrämiger denn je, und obwohl er ihr jede Bitte widerspruchslos erfüllte, wäre es ihr fast lieber gewesen, er hätte sich einmal geweigert und ein wenig Temperament gezeigt, als ihr in allem mit dieser gräßlichen Gleichgültigkeit nachzugeben.

Lovelace hielt sich eine Woche lang nicht in der Stadt auf, und sie war überrascht, wie wenig sie ihn vermißte. Freilich, es war sehr amüsant, mit dem Feuer zu spielen, doch wenn es sich nicht mehr in Reichweite befand, machte es nicht den geringsten Unterschied. Das einzige, was ihr fehlte, waren seine Schmeicheleien und sein leidenschaftliches Werben, denn sie gehörte zu jenen Frauen, die Bewunderung und ein bißchen Nervenkitzel einfach brauchen, doch seine Abwesenheit stimmte sie nicht unglücklich. Sie flatterte in Begleitung des einen oder anderen ihrer Brüder weiterhin munter von Fest zu Fest, und als Lovelace zurückkehrte, versetzte ihn ihr beiläufiger Willkomm in ziemliche Bestürzung. Trotzdem war sie unzweifelhaft erfreut, ihn wiederzusehen, und verfiel bald wieder seinem Zauber. Wenn Tracy nicht in der Nähe war, erlaubte sie ihm nur zu gern, sich an ihre Seite zu begeben und ihre Ohren mit seinen Komplimenten zu erfreuen.

Der Gerechtigkeit halber sei bemerkt, daß Captain Harold ernsthaft in sie verliebt war und jederzeit den Dienst quittiert hätte, um mit ihr durchzubrennen. Er verfügte über eigene Mittel und versprach, ihr jeden Wunsch von den Augen abzulesen, doch Lavinia schalt ihn nur und schüttelte den Kopf. Schließlich war Richard doch ihr Gemahl; auch er liebte sie, und sie hatte ihn sehr, sehr gern, obwohl sie ihn schrecklich quälte.

Lovelace versicherte ihr, Carstares liebe sie nicht annähernd so wie er, und als sie daraufhin ungläubig lächelte, verlor er die Beherrschung und schrie, die ganze Stadt wüßte bereits, daß ihr Mann Mrs. Fanshawe zu Füßen liege.

Lavinia richtete sich steif auf.

«Harold!»

«Ich muß sagen, ich bin überrascht, daß dir das bis jetzt entgangen ist», fuhr er fort. «Was glaubst du denn, wo er sich jeden Tag so lange aufhält? Bei White's vielleicht? Nein, in der Mount Street Nr. 16! Stapely machte zufällig einen Besuch dort und traf ihn an. Ein andermal sah ihn Lady Davenant in Mrs. Fanshawes Gesellschaft. Wilding ist ihm auch in ihrem Haus begegnet. Er verbringt beinahe jeden Nachmittag bei ihr!»

Lavinia hatte als echte Belmanoir den Stolz ihrer Familie geerbt. Sie erhob sich und raffte mit einer fast königlich anmutenden Geste ihren Umhang zusammen.

«Du vergißt dich, Harold», sagte sie eisig. «Wage es nie mehr, in diesem Ton von meinem Gemahl zu sprechen! Und jetzt bring mich sofort zu meinem Bruder.»

Daraufhin nahm er reuig seine Worte zurück und versuchte alles nur Erdenkliche, um sie zu besänftigen, brachte dabei jedoch seine Entschuldigung so geschickt vor, daß er ihr den giftigen Stachel nur noch tiefer ins Fleisch trieb. Sie verzieh ihm, ja, doch er durfte sie nie wieder so beleidigen.

Obwohl sie sich entrüstet geweigert hatte, die skandalöse Neuigkeit zu glauben, nagte der einmal geweckte Argwohn doch an ihr, und sie ertappte sich dabei, wie sie Richard eifersüchtig beobachtete. Plötzlich sah sie seine scheinbare Gleichgültigkeit ihr gegenüber und seine oftmalige Abwesenheit in einem ganz anderen Licht. Und dann kam der Tag, an dem sie sich in ihrer Sänfte die Mount Street hinuntertragen ließ, als Richard gerade aus der Tür von Nr. 16 trat.

Das genügte ihr. Also war er ihrer tatsächlich überdrüssig! Er liebte eine andere Frau! Irgendeine elende kleine Witwe! Zum erstenmal in ihrem Leben war sie wirklich unglücklich. Sie blieb den ganzen Abend zu Hause und wandte all ihre Künste an, um ihren Gatten zu fesseln. Aber Richard, der, wohin er sich auch wandte, immer nur das vorwurfsvolle, traurige Gesicht seines Bruders vor sich sah und sich den Kopf mit widerstreitenden Gedanken zermarterte, bemerkte sie kaum, und wenn er einmal höflich Notiz von ihr nahm, verließ er sie im nächsten Augenblick schon wieder, um rastlos in der Bibliothek auf- und abzugehen, wobei er verzweifelt versuchte, sich zu einem Entschluß durchzuringen.

Lavinia war außer sich vor Entsetzen. Sie hatte sich durch ihre Launen um seine Zuneigung gebracht, genau wie Tracy es vorausgesagt hatte! Er liebte sie nicht mehr! *Das* war der Grund, warum er sich dauernd entschuldigte, sie nicht begleiten zu können, wenn sie ausging! Jetzt erst wurden ihr die Tatsachen bewußt, und was sie sah, konsternierte sie. Wenn es nicht schon zu spät war, mußte sie versuchen, seine Liebe zurückzugewinnen, und wenn sie das erreichen wollte, mußte sie vor allem damit aufhören, ständig Geld zu fordern und ihn, kaum daß er ein wenig verstimmt war, anzufauchen. Nein, sie durfte ihn nicht verlieren! Bis zu dem Moment der bitteren Erkenntnis, daß er sie nicht mehr liebte, hatte sie keine Ahnung gehabt, wie sehr sie an ihm hing. Es war schrecklich, wie sicher sie sich seiner stets gewesen war! Was immer sie auch tat, wie sehr sie ihn auch ärgern mochte, er würde sie immer bewundern.

Mittlerweile hörte Richard, weit davon entfernt, Mrs. Fanshawe den Hof zu machen, von ihr immer neue Anekdoten über seinen Bruder, kleine Einzelheiten über sein Aussehen, Dinge, die John gesagt hatte. Er saugte sich mit diesen Informationen voll wie ein Schwamm und schnappte begierig jeden Brocken Klatsch auf, weil er vielleicht in irgendeiner Weise John betreffen konnte. Sein ganzes Denken drehte sich ausschließlich um dieses Thema. Niemals sah er, wenn Lavinia ihn anlächelte, noch schien er ihre schmeichelnden Reden zu hören. Wenn sie, wie sie es jetzt plötzlich tat, eine Bemerkung über seine Blässe wagte, wies er sie nahezu barsch zurecht und verließ den Raum. Einmal legte sie die Arme um ihn und küßte ihn auf den Mund, doch er schob sie, viel zu geistesabwesend, um ihre Zärtlichkeit zu erwidern, sanft beiseite, obwohl er ihr, ohne daß sie es ahnte, dafür dankbar war.

Als der Herzog von Andover seine Schwester in Ranelagh Gardens traf, fand er, daß ihre Züge verhärmt und ihre Augen traurig wirkten. Er fragte sie nach dem Grund, doch Lavinia wollte sich nicht einmal ihm anvertrauen und schützte Kopfschmerzen vor. Andover, der sie kannte, glaubte daraufhin, daß Richard ihr irgendeine Spielerei verweigert hatte, und verschwendete keinen Gedanken mehr daran.

Er selbst war sehr beschäftigt. Erst vor zwei Tagen war ein Bursche am St. James's Square erschienen, der ein Sendschreiben von Harper vorwies, das, zwar fast unleserlich und voller orthographischer Fehler, doch das Wesentlichste auszudrücken vermochte:

Euer gnaden!

Ich habe mir die Freiheid genomen, disen Mann, Douglas, in Ihren Namen in Dienst zu nemen. Ich hoffe es wird mir balt möglich sein den Rest vom Auftrag Euer Gnadens auszuführen und wünsche sehr mein Betragen findet Euer Gnadens Biligung.

Ihr sehr gehorsamer Diener
M. Harper

Tracy bestätigte die Einstellung und entsandte den Mann unverzüglich nach Andover, wo der Haushofmeister sicher Arbeit für ihn finden würde. Er amüsierte sich köstlich darüber, wie blindlings der Bedienstete in seine Falle getappt war, und grübelte zynisch über die Schwäche der menschlichen Natur nach, die doch immer wieder dem großen Gott Mammon folgte.

Keine drei Tage später kam ein weiterer Brief an Sir Hugh Grandison, White's Club, in dem sich Mr. Beauleigh nach Harpers Charakter erkundigte.

Seine Gnaden beantwortete die Anfrage in der Bibliothek seines Stadthauses und lächelte sarkastisch, als er Harper als einen «äußerst rechtschaffenen und vertrauenswürdigen Menschen» beschrieb.

Er war ungefähr bei der Hälfte des Briefes angelangt, als die Tür formlos aufflog und Andrew ins Zimmer schlenderte. Seine Gnaden blickte stirnrunzelnd auf, doch sein Bruder stieß, völlig unbeeindruckt von dem kühlen Empfang, die Tür mit dem Fuß zu und streckte seine langen Gliedmaßen in einem Stuhl aus.

«Darf ich fragen, was der Grund für diesen ehrenden Überfall ist?» fragte Tracy mit nichts Gutes verheißender Freundlichkeit.

«Richard», lautete die fröhliche Antwort. «Unser verehrter Schwager Richard.»

«Da ich weder an ihm noch an seinen Angelegenheiten interessiert bin –»

«Himmel, wie reizend du heute wieder bist! Aber bei dieser äußerst geheimnisvollen Sache wirst du bestimmt die Ohren spitzen.»

«So, glaubst du? Was ist los?»

«Genau das möchte ich gern wissen!»

Tracy seufzte gelangweilt.

«Bitte, komm zur Pointe, Andrew – falls es überhaupt eine gibt. Ich habe keine Zeit zu vergeuden.»

«Du meine Güte! Schwerbeschäftigt? Allmächtiger!» Der junge Lebemann streckte die Beine aus und betrachtete sie wohlgefällig. Plötzlich setzte er sich steif auf und starrte auf einen seiner weißbestrumpften Knöchel.

«Verflucht und zugenäht! Wo kommt denn das her?»

«Wo kommt *was* her?»

«Der große Schlammspritzer auf meinem Fuß. Heute morgen habe ich ein brandneues Paar Strümpfe angezogen und meine Nase kaum zur Tür hinausgesteckt. Verdammt noch mal! Ein brandneues –»

«Bein?»

«He? Was sagst du?»

«Nichts. Aber wenn du mit deiner Selbstbeweihräucherung fertig bist, hast du vielleicht die Güte, mir deine Botschaft zu bestellen?»

«Oh, ja, natürlich! Zwanzig Shilling haben sie gekostet, stell dir das bloß vor! . . . Nun, die Pointe – du siehst also, es gibt eine – ist die, daß Richard dich bitten läßt, ihm am Freitag in einer Woche Punkt drei Uhr nachmittags in Wyncham die Ehre zu geben. Zu diesem Behufe schickt er dir das hier.» Er warf einen Brief auf den Tisch. «Du wirst voraussichtlich das Vergnügen haben, mich ebenfalls dort anzutreffen.»

Tracy riß den Umschlag auf und breitete das einzelne Blatt vor sich aus. Er las es sehr sorgfältig durch, drehte es um, als erwarte er noch mehr, las es noch einmal, faltete es und ließ es in den neben ihm stehenden Papierkorb fallen. Dann nahm er seinen Federkiel wieder zur Hand und tauchte ihn in die Tinte.

«Was hältst du davon?» fragte Andrew ungeduldig.

«Wovon?»

«Na, von dem Brief natürlich! Da heißt es doch, er will uns etwas ‹von größter Bedeutung› mitteilen, oder nicht? Was meint er denn damit?»

«Ja, es fiel mir auf, daß er sich keiner besonders eleganten Formulierung bedient», bemerkte Tracy. «Ich habe nicht die leiseste Ahnung, was er mit dieser Einladung bezweckt.»

«Aber was ziehst du für Schlüsse daraus? Gott, Tracy, sei doch nicht so ein Frosch! Dick trommelt einen ganzen Haufen Leute zusammen.»

«Anscheinend genießt du sein Vertrauen, mein Lieber? Erlaube mir, dich zu beglückwünschen. Zweifellos werden wir – äh – am Freitag in einer Woche um drei Uhr mehr wissen.»

«Oh, demnach gehst du hin?»

«Leicht möglich.» Er schrieb gleichgültig weiter.

«Und du kannst dir wirklich nicht vorstellen, was das alles bedeuten soll? Dick ist in letzter Zeit so komisch. Er hört einem kaum zu und wirkt furchtbar nerv – Gott!»

«Ah!»

«Ich finde, er schaut krank aus, und bei meiner Seele, Lavvy nicht minder! Denkst du, daß mit den beiden etwas nicht in Ordnung ist?»

«Ehrlich, ich habe keine Ahnung. Bitte, laß dich nicht aufhalten.»

Andrew stemmte sich aus seinem Stuhl hoch.

«Keine Angst, ich gehe schon! . . . Ich nehme an, du kannst mir nicht mit – sagen wir – fünfzig Guineen aushelfen?»

«Ich handle nur ungern deinen Mutmaßungen zuwider», antwortete Seine Gnaden honigsüß.

«Also nein? Nun, eigentlich habe ich mir nichts anderes erwartet. Aber ich wünschte, du würdest es übers Herz bringen, mir das Geld zu geben, Tracy. Ich habe seit einiger Zeit schreckliches Pech, und der Himmel weiß, wie kurz du mich hältst! Und ich möchte mich nicht wieder an Dick wenden.»

«Gewiß, ich sollte nicht zulassen, daß das Spielchen eintönig wird», stimmte das Familienoberhaupt zu. «Fünfzig, hast du gesagt?»

«Fünfundvierzig würden genügen.»

«Gut, du sollst sie haben», meinte Seine Gnaden achselzuckend. «Brauchst du sie gleich?»

«Teufel auch, das ist aber verdammt nett von dir! Gleich würde es mir sehr gut passen.»

Der Herzog brachte einen Schlüssel aus seiner Westentasche zum Vorschein und sperrte eine Schreibtischlade auf, aus der er eine kleine Schatulle nahm. Er zählte fünfzig Guineen ab und legte noch eine dazu. Andrew starrte auf das Geldstück.

«Wofür ist das?»

«Für die Strümpfe», antwortete Tracy mit dem Anflug eines Lächelns.

Andrew lachte schallend auf.

«Nicht schlecht, meiner Treu! Manchmal bist du wirklich köstlich – Ehrenwort!» Damit steckte er das Geld ein, bedankte sich überschwenglich und verließ den Raum.

Draußen machte er seinem Erstaunen mit einem leisen Pfiff Luft. «Donnerwetter! Dem muß ja eine gewaltige Freude widerfahren sein!» murmelte er verwundert. «Ich kann mich einfach des Gefühles nicht erwehren, daß ich bald aufwachen werde!» Er kicherte unterdrückt vor sich hin, während er die Treppe hinunterging, aber auf seinem Gesicht malte sich noch immer ungläubiges Staunen.

Lovelace sprach beinahe jeden Tag in Wyncham House vor, doch da Lavinia es für klug hielt, ihn nicht zu empfangen, wurde er stets abgewiesen. Nach einiger Zeit jedoch ließ er sich um keinen Preis fortschicken und wurde in ihren Salon geführt. Er drückte einen langen, heißen Kuß auf ihre Hände, ohne sie anschließend freizugeben.

«Lavinia! Meine grausame Schöne!»

Nicht allzu erfreut über sein Eindringen entzog sie ihm ihre Finger.

«Wie dumm von dir, Harold! Ich kann nicht dulden, daß du dauernd um mich herumstreichst!»

Als sie ihm erlaubte, sich neben sie auf die Fensterbank zu setzen, griff er wieder nach ihren Händen. Ob sie ihn liebe? Sie hoffte, er beabsichtige nicht, albern zu sein – natürlich nicht. Er schenkte ihren Worten keinen Glauben und beschwor sie, mit ihm zu gehen. Vergebens bat ihn Lavinia, still sein; sie hatte ein Feuer entfacht, das sie nun zu verschlingen drohte. Er war so hartnäckig, daß sie aus Angst, es könne mit Richard, den sie jeden Augenblick zurückerwartete, eine Szene geben, versprach, ihm am nächsten Abend im Theater zu antworten. Auf diese Weise gelang es ihr, ihn loszuwerden, und mit einem erleichterten Seufzer sah sie ihm vom Fenster aus nach, wie er den Grosvenor Square hinunterging. Sie hatte den guten Harry zwar sehr gern, aber manchmal konnte er doch schrecklich lästig sein.

Nun zog sie ihren winzigen Taschenspiegel hervor, um sich kritisch darin zu betrachten. Während sie hier eine Locke weiter in die Stirn zupfte und dort eine zurückstrich, stellte sie bedrückt fest, daß sie heute abend ziemlich alt aussah, und hoffte, Richard würde diese Ansicht nicht teilen. Apropos Richard – sie warf einen Blick auf die Uhr und fragte sich, wo er so lange blieb. Dann rückte sie einen Stuhl einladend zurecht, stellte einen Schemel daneben und nahm gegenüber Platz. Seufzend überlegte sie, daß es etwas völlig Neues für sie war, sich zu bemühen, ihrem Gatten zu gefallen und ihn zu fesseln. Dabei fiel ihr ein, wie sehr er früher auf sie gewartet haben mußte. Wie oft war er wohl so dagesessen wie sie jetzt und hatte sich danach gesehnt, daß sie kam! Und allmählich begann es ihr zu dämmern, daß Dicks Leben an ihrer Seite vielleicht nicht immer gerade rosig gewesen war . . .

Die Tür öffnete sich, und Richard trat ein. Tiefe Falten furchten seine Stirn, und um seinen Mund lag ein überraschend entschlossener Zug. Er blickte traurig auf sie nieder und dachte, wie wunderschön sie doch war.

Lavinia nickte ihm lächelnd zu und deutete auf den Stuhl, den sie bereitgestellt hatte.

«Setz dich, Dicky! Ich bin so froh, daß du endlich da bist! Ich habe mich ganz trostlos und einsam ohne dich gefühlt!»

«So?» sagte er, während er mit ihrer Schere spielte. «Nein, danke, ich will mich nicht setzen. Ich muß dir etwas sagen, Lavinia.»

«Oh, wirklich?» fragte sie. «Etwas Nettes, Dicky?»

«Ich fürchte, kaum. Ich will ein Ende machen.»

«Oh – oh, tatsächlich? Und womit?»

«Mit diesem – diesem verlogenen Leben, das ich führe – geführt habe. Ich – ich – ich werde die Wahrheit gestehen.»

«Richard!»

Er ließ die Schere fallen und begann rastlos auf- und abzuschreiten.

«Ich – ich sage dir, Lavinia, ich kann es nicht mehr ertragen! Ich kann nicht! Ich kann nicht! Es macht mich verrückt, wenn ich daran denke, was John vielleicht ertragen muß! Ich *muß* einfach sprechen!»

«Un – möglich!» rief sie, nach Atem ringend. «Nach sieben Jahren! Dicky, um Himmels willen –!» Ihre Wangen wurden abwechselnd bleich und rot.

«Ich kann nicht mehr so weiterleben wie bisher – das ist mir immer mehr zu Bewußtsein gekommen, seit ich – seit ich Jack damals auf der Straße begegnet bin. Und jetzt – jetzt schaffe ich es nicht mehr. Wohin ich auch gehe – überall sehe ich ihn – wie er mich vorwurfsvoll anschaut! Du verstehst das nicht –»

Lavinia schleuderte ihre Handarbeit auf den Boden.

«Nein! Nein! Ich verstehe dich wirklich nicht! Das hättest du dir eben früher überlegen sollen, Dick!»

«Ich weiß. Es gibt keine Entschuldigung für meine Feigheit – meine Schwäche. Aber selbst jetzt ist es noch nicht zu spät, meine Schuld wieder gutzumachen. In einer Woche werden alle die Wahrheit wissen.»

«Was – was meinst du damit?»

«Ich habe alle, die die Angelegenheit betrifft, gebeten, sich am kommenden Freitag in Wyncham einzufinden.»

«Um Gottes willen! Dick, Dick, so denk doch darüber nach, was du tust!»

«Ich habe darüber nachgedacht! Mein Gott, und *wie* ich darüber nachgedacht habe!»

«Und was ist mit mir? Denk doch an deine Ehre – an Wyncham!»

«Meine Ehre bedeutet mir nichts – aber schon gar nichts. Einzig und allein *seine* zählt.»

Sie sprang auf, packte ihn am Arm und schüttelte ihn.

«Richard, du bist ja verrückt! Du darfst das nicht tun! Hörst du, du darfst nicht!»

«Ich flehe dich an, Lavinia, versuche nicht, mich umzustimmen. Es hat keinen Sinn. Nichts, was du sagen könntest, würde etwas an meinem Entschluß ändern.»

Blitzartig packte sie die Wut, und alle ihre guten Vorsätze waren vergessen.

«Du hast kein Recht, mich in diesen Skandal hineinzuziehen! Wenn du das wirklich tust, werde ich es dir niemals verzeihen! Dann – dann bleibe ich nicht bei dir –»

Damit hatte er gerechnet. Jetzt durfte er nicht klagen. Das war die Strafe.

«Ich weiß. Ich habe nichts anderes erwartet.»

Eine Sekunde lang war sie sprachlos. Er wußte es! Hatte es erwartet! Er hatte sie ernst genommen – war darauf vorbereitet, daß sie ihn verließ! Oh, er mußte tatsächlich genug von ihr haben und sich sogar wünschen, daß sie ging. Was sagte er da?

«Ich weiß, daß du Lovelace liebst. Ich – ich weiß es schon geraume Zeit.»

Lavinia sank in den nächsten Stuhl. In welchen Abgrund hatte ihre Torheit sie nur geführt!

«Natürlich werde ich deiner Flucht kein Hindernis in den Weg legen . . .»

Furchtbar! Sie vergrub ihr Gesicht in den Händen und brach in Tränen aus. Jetzt gab es endgültig keinen Zweifel mehr – er liebte diese Mrs. Fanshawe – und sie *sollte* entfliehen. Ihr Schluchzen wurde herzzerreißend, als ihr die volle Tragweite der Situation zu Bewußtsein kam . . .

Nur mit größter Mühe unterdrückte Richard das Verlangen, sie in die Arme zu nehmen. Wenn er sie jetzt küßte, würde sie versuchen, seine Entscheidung rückgängig zu machen – vielleicht mit Erfolg. Deshalb vermied er es krampfhaft, sie anzusehen, obwohl er es kaum ertragen konnte, sie weinen zu hören.

In ihrer Verzweiflung wäre Lavinia bereit gewesen, allem zuzustimmen, wenn er ihr nur durch das geringste Zeichen zu verstehen gegeben hätte, daß er sie liebte. Doch als er keine Anstalten machte, sich ihr zu nähern, kehrte ihr alter Stolz zurück. Sie fuhr sich mit dem Taschentuch über die Augen und stand auf.

«Du bist gemein! Gemein! Gemein! Mach, was du willst – aber ich versichere dir, dann werde ich dich wirklich verlassen!»

Nun würde er sicher etwas sagen – ihr widersprechen!

Richard beherrschte sich mit ungeheurer Anstrengung.

«Es – tut – mir leid, Lavinia», sagte er mit seltsam unnatürlich klingender Stimme.

Es half alles nichts. Sie hatte seine Liebe verloren, und er sehnte sich nur danach, sie loszuwerden. Sie ging zur Tür, wandte sich noch einmal um.

«Du liebst mich also nicht mehr», sagte sie mit tödlicher Ruhe. «Ich verstehe vollkommen.» Dann, als sie den Knauf herumdrehte, brach es plötzlich aus ihr heraus. «Ich hasse dich!» schrie sie, dann rannte sie mit raschelnden Röcken den Korridor hinunter. Gleich darauf schlug eine Tür heftig zu. Stille.

Carstares war reglos stehengeblieben und starrte auf ihre zerknüllte Stickerei hinunter. Als er sich bückte und sie aufhob, wehte ihm Lavinias zarter Veilchenduft entgegen, und er drückte die Stickerei leidenschaftlich an die Lippen.

Wenn Lavinia ihn in diesem Augenblick hätte sehen können, hätte sich schlagartig alles geändert. So aber schloß sie sich in ihrem Zimmer ein und weinte allein weiter. Als ihre Tränen versiegten, setzte sie sich auf und versuchte sich einzureden, daß sie ja eigentlich fliehen *wollte.* Harold würde bestimmt sehr, sehr gut zu ihr sein, und sie würde sicher ein aufregendes Leben führen – aber je mehr sie sich das vorstellte, desto weniger war ihr nach Flucht zumute. Dann erinnerte sie sich daran, daß Dicky – warum hatte sie nie bemerkt, wie sehr sie ihn liebte – in diese gräßliche Witwe vernarrt war und gar nicht wollte, daß sie bei ihm blieb. Sie in der Rolle der unerwünschten Ehefrau? Ein unerträglicher Gedanke! Ja, sie würde fortgehen, aber nicht mit Lovelace. Dicky sollte sie nicht dazu zwingen, mit einem anderen Mann durchzubrennen. Sie würde allein verreisen – oh, da fiel ihr ein, sie hatte ja kein Geld. Ihre Mitgift war seit Jahren verbraucht – sie war völlig von Richard abhängig. Das machte die Sache klar: sie mußte sich Harry anschließen!

«Oh, mein Gott, was für ein Teufelskreis!» schluchzte sie, als ihr Elend sie mit voller Wucht überkam. «Warum muß ich fortlaufen, wenn ich doch gar nicht will!»

23
Lady Lavinia geht ins Theater

Richard war den ganzen nächsten Tag nicht zu Hause, und seine Frau hatte Zeit in Hülle und Fülle, über ihre Lage nachzugrübeln. Sie war inzwischen zu dem Entschluß gelangt, daß sie mit Lovelace fliehen mußte, und wartete nur darauf, ihm ihre Entscheidung am Abend mitzuteilen. Nie, nie im Leben würde sie Richard bitten, ihr zu erlauben, bei ihm zu bleiben, jetzt, wo sie wußte, daß er eine andere liebte – in der Tat, eine äußerst mißliche Situation. Die Carstares wollten am Abend ins Drury Lane gehen, um Garrick in einer seiner erfolgreichsten Komödien zu sehen: *The Beaux' Stratagem.* Mit Sicherheit würde sich ein sehr vornehmes Publikum einfinden, um den unvergleichlichen Archer zu bewundern, vor allem, da die Besetzung noch Mrs. Clive als zusätzliche Attraktion aufwies, und unter normalen Umständen hätte Lavinia das glanzvolle Ereignis kaum erwarten können. Heute jedoch wäre sie wesentlich lieber zu Bett gegangen, um sich ihren Kummer von der Seele zu weinen, aber zum einen mußte sie Lovelace verständigen, und zum anderen war sie mit Verwandten, einem erst kürzlich aus Schottland eingetroffenen Ehepaar, verabredet, das sie nicht enttäuschen durfte.

So kam es, daß man sie an diesem Abend wie immer in wundervoller Aufmachung in ihrer Loge sitzen und prüfend das volle Haus mustern sah. Hinter ihr stand ihr Gemahl – wenn sie daran dachte, daß dies das letzte Mal war, daß sie mit ihm ins Theater ging, kostete es sie große Mühe, nicht vor allen Leuten in Tränen auszubrechen –, und in dem Fauteuil neben ihr thronte Mrs. Fleming, ihre Kusine. Mr. Fleming hatte die Hände auf dem Rücken verschränkt und gab hin und wieder ein halblautes «Oh!» oder «Ah!» von sich, während ihm sein junger Verwandter, Charles Holt, jeden Neuankömmling von Rang und Namen zeigte. Fleming war ein gedrungener kleiner Mann mit einem dicken Bauch, der in seinem mattbraunen Anzug mit den ordentlichen Manschetten und dem kleinen Halsbund Lavinias Meinung nach entschieden besser aufs Land als in die Stadt paßte. Sein biederer dunkler Rock stand in seltsamem Gegensatz zu Mr. Holts ziemlich auffallender Kombination von einer gelben Weste zu Apfelgrün und Rosa und Richards zwar dezenter, aber viel hübscheren Zusammenstellung von Aprikosenfarben und Silber. Auch die sein Haupt schmückende falsche Lockenpracht war ganz und gar unmodern – eine jener sogenannten Stützperücken, wie sie der Landadel bevorzugte. Seine Frau war alles andere als eine elegante Erscheinung, was sie allerdings nicht daran hinderte, Lavinias brokat- und spitzenstarrende Pracht gebührend zu bewundern.

Die gute Mrs. Fleming war eine in jeder Hinsicht unebenbürtige Verbindung eingegangen, und die Belmanoirs hatten ihr diese schockierende Mesalliance nie so recht verziehen. William Fleming blieb eben ein einfacher Schotte, daran gab es nichts zu rütteln, dessen Vater – sogar jetzt noch schauderte die Familie bei dem bloßen Gedanken – ein Bauer gewesen war!

Lavinia empfand daher über den Entschluß der beiden, London zu besuchen, keine allzu große Freude und noch weniger darüber, daß sie ausgerechnet Richard und ihr eine solche Zuneigung bekundeten.

«Nein, wirklich, Lavvy, ich finde es so lustig, hier zu sitzen und all die feinen Leute zu beobachten!» rief ihre Kusine nun wohl schon zum zwanzigsten Mal aus. «Ehrlich gesagt, dadurch, daß ich so lange auf dem Land gelebt habe, komme ich mir richtig altmodisch vor – ja, meine Liebe, ganz im Ernst! ... Diese riesigen Reifröcke, die man jetzt allgemein trägt, versetzen mich wahrhaft in Erstaunen! Ich bin sicher, meiner ist nicht halb so groß wie deiner, und der von der Dame dort unten in der Proszeniumsloge ist bestimmt noch größer!»

Lavinia blickte in die betreffende Richtung. Bei jeder anderen Gelegenheit hätte es sie geärgert, in der Betreffenden Lady Carlyle, ihre erbittertste Rivalin in allen Modefragen, zu erkennen, doch jetzt berührte es sie nicht im geringsten, und sie bemerkte lediglich, sie finde diese albernen Rosengirlanden als Aufputz für das Kleid geradezu grotesk.

Hinter ihr lenkte Holt Mr. Flemings Aufmerksamkeit auf eine Loge im rückwärtigen Teil des Hauses.

«Potztausend, William! Das ist die Herzogin von Queensbury und ihr

Sohn – March, weißt du? Ich versichere dir, ein liebenswürdigeres Wesen gibt es in der ganzen Stadt nicht! Als ich sie das letzte Mal besuchte –»

«Charles kennt fast jeden hier», meinte Mrs. Fleming treuherzig und wunderte sich, warum ihre Kusine lachte.

Als der Vorhang sich zum ersten Akt hob, konnte Lavinia Lovelace nirgends entdecken. Sie versuchte, sich auf das Stück zu konzentrieren, ein schwieriges Unterfangen, wenn die Gedanken unaufhörlich um etwas viel Wichtigeres kreisen. Doch sie war nicht die einzige unter den Anwesenden, an der Garricks Kunst, die Menschen zu erheitern, versagte. Auch Richard saß bedrückt weiter hinten im Dunkel der Loge und dachte, daß er schon in kurzer Zeit seine Frau nie wieder ins Theater führen und nie wieder an ihrer Seite sitzen und ihr wechselndes Mienenspiel beobachten würde.

In der ersten Pause war von Lovelace noch immer nichts zu sehen, aber inzwischen waren viele andere Bekannte eingetroffen und kamen die Carstares begrüßen. Markham, Wilding, Devereux, Sir John Fortescue – alle erschienen nacheinander in der Loge, brachten Lavinia ihre Huldigung dar, wurden Mrs. Fleming vorgestellt, witzelten lachend mit den Herren und verabschiedeten sich wieder.

Wie kam es nur, fragte sich Lavinia, daß sie nie zuvor bemerkt hatte, wie sehr sie ihr Leben genoß? Sie setzte sich bequem zurecht, um dem zweiten Akt zu lauschen, und diesmal gelang es Garrick, nicht nur ihr Interesse zu erwecken, sondern auch, sie zu fesseln. Einen Augenblick lang vergaß sie ihre Sorgen und klatschte ihm ebenso begeistert und mit dem gleichen fröhlichen Lachen wie die übrigen Beifall.

Im nächsten Moment war der Zauber verflogen, und sie versank neuerlich in tiefe Niedergeschlagenheit.

Aber Richard hatte ihr helles Gelächter vernommen, und das Herz war ihm dabei noch schwerer geworden. Es gab keinen Ausweg: Lavinia freute sich darauf, ihn zu verlassen.

Als sich der Vorhang senkte, fragte Mrs. Fleming plötzlich, ob der Herr dort in der gegenüberliegenden Loge nicht Tracy sei. Tatsächlich, stellte Lavinia fest, in einiger Entfernung hatte ihr Bruder allein und anscheinend ohne ihre Anwesenheit zu bemerken Platz genommen.

«Das ist doch Tracy?» beharrte Mrs. Fleming. «Ich kann mich genau an sein Gesicht erinnern.»

«Ja, natürlich», nickte Lavinia und winkte ihm zu.

Seine Gnaden stand auf, verneigte sich und verschwand, um ein paar Minuten später in der Loge der Carstares aufzutauchen.

Gerade, als er seiner Kusine die Hand küßte, entdeckte Lavinia Lovelace unten im Parkett. Er blickte zu ihr herauf, und da sie ihn gleich darauf aus den Augen verlor, nahm sie an, daß er sie sprechen wollte. Offensichtlich war ihm entgangen, daß knapp hinter ihr – allerdings etwas im Schatten – der Herzog stand.

Richard und Mr. Fleming hatten sich eben hinausbegeben, so daß nur Charles Holt und Mrs. Fleming zurückblieben, doch die beiden waren in ein angeregtes Gespräch vertieft. Wenn Tracy doch bloß Anstalten zum Aufbruch treffen würde! Wie sollte sie Lovelace jemals ihre Entscheidung mitteilen, wenn ihr Bruder so aufreizend gemütlich neben ihr saß?

Jetzt klopfte der Captain an die Tür. Sie forderte ihn nachlässig auf, einzutreten, und heuchelte bei seinem Anblick großes Erstaunen. Seine Gnaden beobachtete sie mit zusammengekniffenen Augen und schoß dann Lovelace einen blitzschnellen Blick zu. Der Captain war offensichtlich ob seiner Anwesenheit verwirrt. Obwohl Tracys leidenschaftslose Miene sich auch nicht die Spur veränderte, spürte Lavinia seine drohende Ausstrahlung, als erriete er ihre Wünsche und sei entschlossen, sie zu vereiteln. Nun lächelte er Lovelace sogar freundlich an und lud ihn ein, Platz zu nehmen. War es Zufall oder Absicht, daß er seinen Stuhl zwischen den ihren und den des Captains schob? Geschickt bezog er auch noch Mrs. Fleming in die Unterhaltung mit ein und führte vergnügt sozusagen auf seiner eigenen kleinen Bühne Regie.

Lavinia lauschte mit halben Ohr dem liebenswerten Mr. Holt, während sie aus den Augenwinkeln beobachtete, wie Lovelace ihrer Kusine zum Opfer fiel. Sie fand einfach keine Möglichkeit, ihn zu sprechen, und wagte nicht einmal, ihm ein Zeichen zu geben, so gewandt lenkte Seine Gnaden die Szene. Denn daß er sie lenkte, war ihr mittlerweile klar. Irgendwie hatte er erraten, daß sie heute abend mit Lovelace etwas vereinbaren wollte, und versuchte nun mit allen Mitteln, sie daran zu hindern. Wie er darauf gekommen war, konnte sie sich nicht vorstellen, aber sie kannte ihn viel zu gut, um sich darüber zu wundern. Er würde niemals erlauben, daß sie sich etwas zuschulden kommen ließ – das wußte sie. Gleichgültig, wie er sich auch benehmen mochte – das Verhalten seiner Schwester mußte über jeden Tadel erhaben sein; er würde einen Weg finden, sie von ihm fernzuhalten, bis es ihm gelang, Lovelace aus ihrer Umgebung zu verbannen. Sie hatte nicht die leiseste Ahnung, wie er das bewerkstelligen wollte, doch sie zweifelte keine Sekunde daran, daß er dazu imstande war. Das bedeutete, daß sie bei Richard bleiben mußte, bei Richard, der sie lossein wollte. Wenn Tracy doch nur gehen würde! Ah! Jetzt erhob er sich endlich!

Seine Gnaden bat Captain Lovelace, ihn zu seiner Loge zu begleiten – nein, er würde keine Weigerung dulden. Damit führte er seinen Gefangenen im Triumph davon.

Eine Minute später erschien Mr. Fleming. Der dritte Akt hatte gerade seinen Anfang genommen, als auch Richard wieder erschien und leise auf seinem Stuhl Platz nahm. Das Spiel ging weiter. Weder Tracy noch Lovelace ließen sich während der nächsten Pause blicken, und Lavinia sah, daß Andrew dem letzteren vorgestellt wurde. Oh, wie schlau Tracy den Captain mit Beschlag belegte ...

Lord Avon, der erst vor einer Woche aus Bath zurückgekehrt war, suchte sie auf, um ihr seine Ehrerbietung zu erweisen. Er wußte seiner lieben Lady Lavinia viel zu erzählen: Cholmondely und Falmouth hatten die Verwegenheit besessen, in Crescent Fields ein Duell auszutragen, und waren prompt verhaftet worden. Der Beau gebärdete sich zwar ungestüm, doch sein Alter machte sich langsam bemerkbar, und man flüsterte, seine Kräfte seien im Schwinden – all das hätte Mylady zu einem normalen Zeitpunkt außerordentlich interessiert, doch nun langweilte, ja störte es sie sogar.

Der nächste Akt begann. Scrub und Boniface ernteten ein ums andere Mal schallendes Gelächter. Alle außer Richard und seiner Frau waren bezaubert. Selbst die unvergleichliche Kitty brachte es nicht fertig, Lavinias Aufmerksamkeit zu fesseln. Würde es Lovelace gelingen, sie in der letzten Pause zu sprechen? Eine besorgte Frage von Mrs. Fleming schreckte sie aus ihren Gedanken – notgedrungen mußte sie lächeln, leichte Kopfschmerzen eingestehen und sich bemühen, Interesse an dem Stück zu zeigen. Wieder eine Pause: würde er kommen? Plötzlich fühlte sie eine Hand auf ihrer Schulter und hörte Richard höflich fragen:

«Du bist erhitzt, meine Liebe. Willst du nicht draußen ein wenig auf- und abgehen?»

Ein wahnsinniges Verlangen ergriff sie, sich an diese Hand zu klammern, doch sie unterdrückte es mit aller Kraft. Dann erhob sie sich zögernd. Mrs. Fleming nahm ihr die Entscheidung ab.

«Eine gute Idee! Wirklich, sehr rücksichtsvoll von Ihnen, Mr. Carstares! Ich würde mich schrecklich gern unter diese vielen Leute mischen. Oh, Charles bietet sich uns auch als Begleiter an! Was sagst du, Lavvy?»

«Ich – ich richte mich mit Vergnügen nach deinen Wünschen, liebste Kusine!»

«Dann gehen wir. Charles hat je einen Arm für uns beide frei, also gönnen wir unseren Männern einen kleinen Plausch.»

Sie begaben sich auf den breiten Gang hinaus und spazierten auf das Foyer zu. Hier erspähte Lord March Lavinia, für die er seit jeher eine besondere Vorliebe hegte. Als er ihr seinen Arm bot, nahm sie dankbar an – endlich eine Möglichkeit, Mr. Holts geistloser Konversation zu entrinnen. Sie ließ sich von Mylord zu seiner Mutter führen, an deren Seite Mr. Selwyn saß. Irgend jemand holte ihr ein Glas Ratafia, dann zog Montagu sie ins Gespräch.

Als Richard seine Loge verließ, lief er geradewegs dem Herzog von Andover in die Arme.

«Ah! Dick!»

Richard maß ihn kalt.

«Du möchtest mich sprechen?»

Tracy sah, daß Mr. Fleming sich näherte.

«Ich wollte dich nur fragen, ob ich dich anschließend zum Grosvenor Square begleiten darf. Ich habe dir etwas Wichtiges zu sagen.»

«Selbstverständlich», antwortete Richard mit einer Verbeugung und wandte sich zum Gehen.

Lovelace, dem es endlich gelungen war, den Klauen der Belmanoirs zu entrinnen, suchte inzwischen verzweifelt nach Lavinia. Als er sie in ihrer Loge nicht antraf, vermutete er, sie müsse sich im Foyer aufhalten, und eilte dorthin. Kaum sah sie ihn kommen, als sie ihr Glas abstellte und sich erhob.

«Oh, Captain Lovelace! Sie wollen mich sicher an meinen Platz zurückbringen? Ich habe Sie heute abend ja noch kaum zu Gesicht bekommen! Nein, Markham, bitte bemühen Sie sich nicht! Danke, Mylord, Sie auch nicht! Madam –» Sie machte der alten Herzogin einen tiefen Knicks und schritt an Harolds Arm davon.

Als sie einen Korridor hinter den Logen erreicht hatten, wandte er sich ihr ungestüm zu.

«Nun, mein Herz? Was ist?»

Lavinia verzog weinerlich die Mundwinkel.

«Ja», sagte sie, «ich muß deinen Vorschlag annehmen.»

Ihr Tonfall war, gelinde gesagt, keineswegs begeistert, doch er schien es nicht zu bemerken.

«Lavinia! Ist das dein Ernst?»

«Ja», bestätigte sie nur noch trostloser.

«Meine Schöne! Du kommst wirklich mit mir? Wann? Sofort?«

«So – oh, nein, nein!»

«Liebling, je früher, desto besser. Ich verstehe ja, daß du diesen entscheidenden Schritt reiflich überlegen willst, aber glaube mir, es wäre nicht gut, zuzuwarten. Kannst du dich für morgen bereit machen?»

Ihre großen Augen weiteten sich.

«Nein! Nein! Ich – oh, ich kann Dicky nicht so überstürzt verlassen!» Es klang wie ein Schluchzen.

«Aber Lavinia, Liebste! Du willst doch sicher nicht bei ihm *bleiben*?» rief er.

«Doch, das will ich!» antwortete sie. «Ich – ich will überhaupt nie von ihm fort!»

Diese vernichtende Eröffnung raubte ihm den Atem.

«Du – aber – großer Gott! Was sagst du da? Du liebst doch *mich*!»

«Nein!» widersprach sie ihm. «Aber du woll-wolltest es mir ja nie glauben! Ich liebe meinen Mann!»

«Du bist verrückt!» rief er. «Wenn du ihn liebst, warum stimmst du dann zu, mit mir zu fliehen?»

Sie blickte ihn vorwurfsvoll an.

«Weil ich niemand anderen habe», sagte sie kläglich.

«Allmächtiger! Was –»

«Ich muß mit jemand fliehen – weil – Dicky mich nicht – nicht mehr liebt – verstehst du. Des- deshalb gehe ich mit dir, und ich verspreche dir, ich werde sehr brav sein.»

Er küßte rasch ihre Hand.

«Mein süßer Schatz! . . . Ich glaube, du bist noch immer völlig außer dir. Morgen wirst du anders darüber denken – du bildest dir bestimmt nur ein, Carstares zu lieben.»

Sie preßte störrisch die Lippen zusammen und schüttelte hoheitsvoll den kleinen Kopf.

Er musterte sie besorgt.

«Wenn du ihn wirklich liebst, ist es ein Wahnsinn, mit mir zu fliehen.»

Ihre Finger krampften sich um sein Handgelenk.

«Aber ich muß! Du verstehst mich nicht, Harry! Du *mußt* mich mitnehmen! Oder willst du mich nicht?»

«Natürlich will ich dich, aber nicht, wenn du dich die ganze Zeit über sehnst, bei jemand anderem zu sein! Die ganze Sache erscheint mir einfach absurd!»

«Ach, es ist alles so schrecklich! So schrecklich! Noch nie in meinem Leben war ich so unglücklich! Ich – oh, ich wünschte, ich wäre nicht so sorglos und egoistisch gewesen!»

Sie standen jetzt vor ihrer Loge. Lovelace dachte einen Augenblick nach, dann öffnete er, als er sah, daß die Leute auf ihre Plätze zurückströmten, die Tür und führte sie hinein.

«Hör zu, Liebste! Das ist zwar der verrückteste Plan, den ich je gehört habe, aber wenn du so fest entschlossen bist, sollst du deinen Willen haben. Komm morgen abend in meine Wohnung! Bring so wenig Gepäck mit wie möglich. Ich werde alles vorbereiten, damit wir sofort nach

Dover aufbrechen können. Dann wirst du hoffentlich Richard mit der Zeit vergessen und dich allmählich ein bißchen in mich verlieben.»

«Ach, Harry, du bist so gut zu mir! Ja, ich werde alles tun, was du sagst – es tut mir furchtbar leid, daß ich dich so gekränkt habe! Ich bin eben nichts als eine Plage! Wenn ich doch bloß tot wäre! Du liebst mich nicht wirklich, und ich werde dir nur zur Last fallen!»

«Doch, mein Engel, ich liebe dich!» versicherte er ihr, konnte aber nicht umhin, sich insgeheim zu wünschen, er hätte sich nicht ganz so leidenschaftlich in sie verliebt. «Es ist wohl besser, wenn ich jetzt gehe, denn ich glaube, dein Gemahl wird jeden Moment zurückkehren.» Er küßte flüchtig ihre Hände. «*À demain*, meine Schönste!»

Wie sie den letzten Akt überstand, war Lavinia später ein Rätsel. Sie sehnte sich nur nach ihrem Zuhause – wie lange konnte sie das noch? – und nach Ruhe. In ihrem Kopf pochte der gleiche dumpfe Schmerz, wie er Richard wochenlang gequält hatte. Wie gern hätte sie sich an seine so verführerisch nahe Schulter gelehnt und sich in die Geborgenheit seiner Umarmung geflüchtet. Aber Dick liebte ja Isabella Fanshawe, und sie mußte unbeweglich und steif auf ihrem Stuhl sitzen und zum passenden Zeitpunkt lächeln.

Endlich war die Aufführung vorüber. Der Vorhang senkte sich nach den Verbeugungen Archers, und das Publikum bekundete stampfend und klatschend seinen Beifall. Der Vorhang ging noch einmal in die Höhe – was! Noch immer kein Ende? Ah, doch! Garrick führte nur Mrs. Clive an die Rampe. Hatten die denn nie genug?

Mrs. Fleming war bereits aufgestanden, das bedeutete wohl, daß sie nun aufbrachen. Sie erhob sich ebenfalls. Jemand legte ihr den Mantel um die Schultern – Richard – zum letztenmal. Mr. Holt führte sie zu ihrer Kutsche und war ihr und ihrer Kusine beim Einsteigen behilflich. Er und Mr. Fleming benützten Tragstühle, so daß nur Richard und Tracy die Damen begleiteten. Die Flemings wohnten bei Freunden in der Brook Street, ganz in der Nähe vom Grosvenor Square, so daß sie, nachdem sie Harriet abgesetzt hatten, nur mehr wenige Meter zurückzulegen brauchten.

Lavinia fragte sich vage, warum Tracy ihnen Gesellschaft leistete. Was wollte er? Dick vor ihrer beabsichtigten Flucht warnen? Wie wenig er doch vom wahren Stand der Dinge wußte!

Am Fuß der Treppe von Wyncham House wandte sie sich um, um gute Nacht zu wünschen.

Sie nickte Tracy lediglich kurz zu, Dick aber reichte sie die Hand. Als er sie küßte, fiel ihr auf, wie kalt seine Finger waren. Dafür spürte sie seine Lippen brennend heiß auf ihrer Haut. Dann gab er sie frei, und sie schritt langsam die Treppe zu ihrem Zimmer hinauf.

Seine Gnaden hob sein Monokel und blickte ihr nach. Als sie verschwunden war, kehrte er sich Richard zu und musterte ihn kritisch.

«Wenn das deine Art ist, eine Frau zu küssen, kann ich Lavinia nur bemitleiden», bemerkte er.

Richards Mund wurde hart. Er nahm einen Kerzenleuchter und führte Tracy in den Salon.

«Vermutlich hast du dir nicht die Mühe gemacht, uns zu begleiten, um mir das zu sagen?»

«Sehr richtig, mein lieber Richard. Ich bin gekommen, um dir die Augen zu öffnen.»

«Zu gütig.»

Seine Gnaden legte den Hut auf den Tisch und setzte sich auf die Armlehne eines Stuhls.

«Ja, vielleicht. Unter Umständen interessiert es dich, zu hören, daß Lavinia beabsichtigt, mit unserem galanten Freund Lovelace durchzubrennen.»

Richard verneigte sich.

«Das ist dir bekannt?»

«Selbstverständlich.»

Andover maß ihn von oben bis unten.

«Darf ich fragen, welche Maßnahmen du dagegen zu ergreifen gedenkst?»

«Keine.»

Tracys Gesichtsausdruck war unbeschreiblich. Eine Sekunde lang war er sprachlos, dann sagte er mit beißendem Sarkasmus: «Daß du mir um Gottes willen nicht versäumst, ihr den Wagenschlag aufzuhalten! Bei meiner Seele, du machst mich krank!»

«Ich bin untröstlich. Aber es gibt ja eine Medizin», antwortete Carstares vielsagend.

Tracy ignorierte den Vorschlag.

«Ich nehme an, es bedeutet dir nichts, sie zu verlieren? Nein. Es bedeutet dir auch nichts, daß sie ihren Namen entehrt? Oh, nein!»

«*Meinen* Namen, mit Verlaub.»

«Unseren! Kann sie deinen überhaupt entehren?»

Richard erbleichte, und seine Hand zuckte unwillkürlich zum Degengriff.

Tracy musterte ihn kalt.

«Glaubst du, ich würde meine Klinge an dir beschmutzen?» fragte er sehr sanft.

Richards Hand fiel schlaff herab. Seine Augen blickten forschend in

Andovers Gesicht.

«Du weißt Bescheid?» fragte er schließlich gelassen.

«Dummkopf», antwortete Seine Gnaden freundlich. «Denkst du denn, das wäre mir nicht von allem Anfang an klar gewesen?»

Richard lehnte sich an den Kaminsims.

«Du hast nie geglaubt, daß ich unschuldig bin? Schon an jenem Abend hast du es erraten?»

Der Herzog lächelte höhnisch.

«Da ich euch beide kannte, wie hätte ich nicht sofort dich verdächtigen sollen?» fragte er beleidigend.

«Oh, mein Gott!» schrie Carstares plötzlich. «Warum konntest du das nicht früher sagen?»

Seine Gnaden blickte ihn mit großen Augen an.

«Das hat dich fertig gemacht – wie? Ich wußte, es würde so kommen. Ich habe dich beobachtet.» Er kicherte unterdrückt. «Und diese Idioten haben das Spiel nie durchschaut! Ausnahmslos hielten sie John für einen Betrüger. Ausgerechnet John! Sie schluckten den schweren Brocken brav hinunter, ohne auch nur einen Schimmer von der Wahrheit zu ahnen!»

«Du zumindest hast dich nicht täuschen lassen?»

«Ich? Kaum! Da ich dich als schwachen und ihn als schwärmerischen Narren kannte, zog ich meine Schlußfolgerung fast zu voreilig.»

«Und versuchtest, ihm die Schuld zu geben! Wollte Gott, du hättest mich entlarvt!»

«Diesen Wunsch hast du bereits geäußert. Allerdings muß ich gestehen, daß mir diese heroische Haltung unbegreiflich ist. Warum sollte ich mich übrigens in etwas einmischen, was mich nichts anging? Was für einen Beweis hatte ich denn schon?»

«Weshalb hast du keine Einwendungen erhoben? Welches Motiv bewog dich zu schweigen?»

«Ich dachte eigentlich, es läge klar auf der Hand.»

Richard starrte ihn verwirrt an.

«Gott, Richard! Du bist wirklich einzigartig dumm. Wies ich nicht eben darauf hin, daß John ein schwärmerischer Narr war? Habe ich vielleicht behauptet, *er* sei ein Schwächling?»

«Du meinst – das heißt, du wolltest, daß Lavinia *mich* heiratet –, weil du dachtest, du könntest mich nach Belieben schröpfen?» fragte Carstares langsam.

Seine Gnaden rümpfte die feine Nase.

«Du drückst dich so vulgär aus», beschwerte er sich.

«Jacks Schmach kam dir nur gelegen? Du hast geglaubt, ich würde mir sein Geld aneignen, du – du –»

«Schuft? Aber du wirst zugeben, daß ich zumindest ein ehrlicher Schuft bin. Du dagegen bist ein – äh – unehrlicher Heiliger. Man fühlt sich, glaube ich, in meiner Haut wohler.»

«Ich weiß, daß ich das niederträchtigste Subjekt auf Gottes Erdboden bin!» antwortete Carstares heftig.

Seine Gnaden lachte ihm offen ins Gesicht.

«Sehr hübsch, Richard, aber ein bißchen spät, will mir scheinen.» Er hielt inne. Offensichtlich war ihm etwas eingefallen. «Aus diesem Grund willst du Lavinia also gehen lassen, oder irre ich mich? Du beabsichtigst, am Freitag die Wahrheit zu gestehen, wie?»

Dick senkte den Kopf.

«Ich habe kein Recht, sie zurückzuhalten. Sie – wählt ihren eigenen Weg.»

«Sie weiß es also?» fragte Tracy scharf.

«Sie hat es immer gewußt.»

«Dieses Frauenzimmer! Und ich habe es nie gemerkt!» Pause. «Ja, jetzt verstehe ich deinen Edelmut. Es tut mir leid, daß ich dir nicht Vorschub leisten kann, aber ich bin trotz alledem außerstande, meiner Schwester zu erlauben, sich zugrunde zu richten.»

«Sie würde sich genauso zugrunde richten, wenn sie bei mir bliebe!»

«Ach, Quatsch! Wer wird sich nach sieben Jahren noch groß darum kümmern, welcher von euch beiden damals geschwindelt hat? Zeig ihr endlich einmal den Herrn und verbiete ihr, dich zu verlassen!»

«Wenn ich dir sage, daß sie Lovelace *liebt*!»

«Na, und wenn schon! Davon wird sie sich erholen.»

«Nein, ich kann sie nicht bitten, bei mir zu bleiben – es wäre zu egoistisch.»

Seine Gnaden wirkte leicht verärgert.

«Himmel, du bist wirklich ein Dummkopf! Was heißt bitten? Daß ich nicht lache! *Zwingen* mußt du sie! Wirf Lovelace hinaus und hör um Gottes willen auf, den Helden zu spielen, ich flehe dich an!»

«Glaubst du vielleicht, ich *will* sie verlieren?» schrie Carstares. «Nur weil ich sie so liebe, möchte ich ihrem Glück nicht im Wege stehen!»

Der Herzog stand unvermutet auf und nahm seinen Hut.

«Ich bedaure, daß ich für deinen Edelmut kein Verständnis aufbringen kann. Anscheinend muß ich die Sache wie üblich selbst in die Hand nehmen. Eines aber laß dir gesagt sein, mein guter Dick: in all den Jahren hättest du es eigentlich lernen müssen, ihr Gehorsam beizubringen! Seit eurer Hochzeit führt sie dich munter an der Nase herum, dabei ist sie eine

Frau, die unbedingt einen Mann braucht, der sie fest in der Hand hat!» Er ging zur Tür hinüber und öffnete sie. «Ich werde dich morgen besuchen und hoffe, dich dann vernünftiger anzutreffen. Sie werden kaum versuchen, sich allzu früh aus dem Staub zu machen, da Lovelace um drei Uhr bei Mallaby erscheinen soll. Es bleibt also genug Zeit, um etwas zu unternehmen.»

«Ich werde mich nicht einmischen», wiederholte Richard.

Seine Gnaden lächelte spöttisch.

«Das habe ich bereits zur Kenntnis genommen. Daher bleibt die Angelegenheit mir überlassen. Gute Nacht.»

24
Richard zeigt, daß er ein Mann ist

Als Lady Lavinia am nächsten Morgen erwachte, entsprach ihre Gemütsverfassung kaum der einer Frau, die beabsichtigt, ihrem Gatten mit einem Liebhaber durchzubrennen; sie fühlte sich zutiefst niedergeschlagen, hoffnungslos und unglücklich. Das ging so weit, daß sie sich nicht einmal überwinden konnte, ihre Schokolade zu trinken, und da sie erkannte, daß untätiges Grübeln alles nur noch schlimmer machte, kroch sie sehr bald aus dem Bett und erlaubte ihrer Zofe, sie anzukleiden. Dann ging sie mit schleppenden Schritten in ihr Boudoir und dachte dabei an nichts anderes als an Richard. Wo war er, was tat er? Schließlich setzte sie sich ans Fenster und blickte auf den Platz hinaus, wobei sie in dem Bestreben, ihre Tränen zurückzuhalten, heftig an einer Ecke ihres Taschentuches kaute.

Richards Stimmung war keineswegs besser. Auch er rührte seine Schokolade nicht an, sondern begab sich sofort an den Frühstückstisch hinunter. Als er das rote Lendenstück auf seinem Teller betrachtete, erfaßte ihn eine plötzliche Übelkeit. Irgendwie würgte er eine Tasse Kaffee hinunter und verließ gleich darauf den Raum, um seine Frau in ihrem Boudoir aufzusuchen. Er schalt sich zwar ob dieser Anwandlung von Schwäche und redete sich ein, es wäre viel besser, ihr aus dem Weg zu gehen, doch dann gab er seinem Bedürfnis, sie zu sehen, nach und klopfte an die weiße Tür.

Lavinias Herz tat einen Sprung. Oh, wie gut sie dieses Pochen kannte!

«Herein!» rief sie und versuchte, eine möglichst ruhige Miene aufzusetzen.

Richard folgte der Aufforderung und zog die Tür hinter sich zu.

«Oh – oh – guten Morgen!» begrüßte sie ihn lächelnd. «Du – willst mich sprechen – Dick?»

«Ich – ja – das heißt – äh – hast du die Einladung von den Carlyles?»

Es war vielleicht keine besonders glückliche Ausrede. Lavinia wandte sich ab und kämpfte mit den Tränen.

«Ich – ich glaube – sie liegt in meinem – Schreibtisch», preßte sie mühsam hervor. «Ich werde sie dir heraussuchen.»

Sie erhob sich und trat, ihm den Rücken zukehrend, an den Sekretär, um eine Lade aufzusperren.

«Es ist nicht so wichtig», stammelte Carstares. «Ich – es war nur – ich konnte sie nicht finden. Bitte bemühe dich nicht.»

«Oh, das – das macht mir nichts aus», antwortete sie, während sie eine Handvoll Briefe vor sich ausbreitete. «Ja – da ist sie schon.» Sie streckte ihm das Schreiben hin.

Carstares blickte auf das goldblonde Haar hinunter, auf das kleine Gesicht mit den gesenkten Wimpern und dem traurigen Mund. Mein Gott, wie sollte er es ertragen, ohne sie zu leben! Mechanisch nahm er ihr den Brief aus der Hand.

Lavinia drehte sich um, und als sie einen Schritt von ihm fort machte, durchzuckte es Richard wie ein Blitz.

«Nein, ich will es nicht!» schrie er plötzlich und schleuderte die unglückliche Einladung auf den Boden.

Lavinia blieb stehen. «Was meinst du?» fragte sie zaghaft.

Auf einmal schien ihm alles so einfach – so unbeschreiblich klar. Mit zwei Schritten war er an ihrer Seite, packte sie an den Schultern und zwang sie, ihn anzusehen.

«Du sollst mich nicht verlassen! Verstehst du? Ich kann ohne dich nicht leben!»

Lavinia stieß einen leisen Schrei aus, in dem sich Erleichterung, Freude und Staunen mischten, und sank an seine Brust.

«Oh, bitte, bitte, verzeih mir und behalt mich bei dir!» rief sie und klammerte sich an seine Rockaufschläge.

Carstares riß sie geradezu vom Boden hoch, so heftig schloß er sie in die Arme, doch es war ihr gleichgültig, daß er dabei ihr Kleid verdarb. Seide und Brokat waren nicht mehr das Wichtigste in ihrem Leben. Leidenschaftlich erwiderte sie zwischen einzelnen kleinen Schluchzern seine Küsse.

Als Carstares endlich seine Liebe erschöpfend beteuert hatte und zu anderen Themen übergehen konnte, fragte er sie als erstes:

«Und du? Liebst du mich?»

«Aber natürlich!» gurrte sie. «Ich habe dich immer geliebt, immer! Nur war ich eben so schrecklich egoistisch und oberflächlich!»

Er trug sie zum Sofa und zog sie auf seine Knie.

«Du hast also diesen Gecken nie geliebt?» fragte er erstaunt und versuchte, ihr ins Gesicht zu sehen, doch sie schmiegte den Kopf fest an seine Schulter.

«Oh, nein, Dicky, nie!» Sie schlang den Arm um seinen Hals. «Und – und du – du bist auch nicht in diese gräßliche Mrs. Fanshawe verliebt, nicht wahr?»

«Mrs. Fanshawe? Ach, du meine Güte! Das hast du doch hoffentlich nie geglaubt!»

«Aber sicher, das mußte ich doch! Wo du sie dauernd besucht hast und noch dazu so kalt zu mir warst –»

«Ich war kalt zu dir? Mein Liebling, das kann nicht dein Ernst sein!»

«Doch – du warst richtig eisig – und ich war so todunglücklich – ich – ich dachte, du liebst mich nicht mehr, weil ich mich so unvernünftig und ekelhaft benommen habe – und ich wußte nicht, was ich tun soll. Und – und dann sagtest du, du würdest alles – alles gestehen – und da verlor ich die Beherrschung und sagte eben, ich würde nicht bei dir bleiben. Aber das hab ich doch nie so gemeint – und als du dann anscheinend wolltest, daß ich gehe – wußte ich wieder nicht aus noch ein!»

Er tätschelte tröstend ihre Schulter.

«Liebste, komm, hör auf zu weinen! Von all dem hatte ich ja keine Ahnung – ich war überzeugt, du bist in Lovelace verliebt – es wäre mir nicht im Traum eingefallen, daran zu zweifeln! Warum um alles in der Welt hast du mir denn nicht die Wahrheit gesagt?»

Sie setzte sich auf und blickte ihn verdutzt an.

«Oh, du stellst dir das so einfach vor! Schließlich war ich ganz sicher, daß du Isabella Fanshawe liebst. Ich fühlte, daß ich fort mußte, aber allein konnte ich es nicht schaffen – deshalb – nun, was blieb mir denn anderes übrig, als mich entführen zu lassen? Gestern abend sagte ich Harold, ich würde mit ihm gehen – und ich fürchte, er war nicht recht begeistert, als er hörte, daß ich dich liebe. Oh, Dicky, Liebling, nicht wahr, du bringst das mit ihm in Ordnung, damit er nicht umsonst auf mich wartet?»

Er lachte hellauf.

«Ja, ich werde mich darum kümmern. Ist das nicht ein Witz? Irgendwie tut er mir tatsächlich auch noch leid!»

«Oh, er wird bestimmt nicht allzu lange leiden», sagte sie einsichtig. «Ich glaube, er nimmt die Liebe nicht so tragisch. Aber willst du mir nicht endlich verraten, warum du so oft zu Mrs. Fanshawe gegangen bist?»

Sofort wurde sein Gesicht ernst.

«Sie lernte Jack vor Jahren in Wien kennen, und ich wollte, daß sie mir alles über ihn erzählt – ich konnte an nichts anderes mehr denken.»

«Oh, Dicky! Wie entsetzlich dumm ich doch gewesen bin! Das war der Grund, weshalb du so abweisend warst – und ich dachte – oh, Liebling!»

Er zog ihren Kopf wieder an seine Schulter.

«Mein armer Schatz! Sie ist zwar die reizendste Dame, die du dir vorstellen kannst, aber mich in sie verlieben –!» Er küßte andächtig ihre Hand. «Ich habe seit jeher eine Schwäche für jemand ganz anderen – für ein ungezogenes, eigensinniges, bezauberndes kleines Persönchen, das –»

Lavinia umarmte ihn stürmisch.

«Ach, wenn du das sagst, komme ich mir ganz elend vor! Ich war wirklich völlig unmöglich – ich –»

«Und du wirst es noch so manches Mal sein», unterbrach er sie lachend.

«Nein, nein! Von jetzt an bin ich brav wie ein Engel!»

«Das ist gar nicht notwendig!» beteuerte Richard. «Ich liebe dich so wie du bist!» ... Lavinia löste sich mit einem zufriedenen kleinen Seufzer aus seinen Armen und stand auf.

«Ach, ist das schön, wenn man wieder glücklich sein kann!» meinte sie unschuldig. «Wenn ich daran denke, daß ich mir erst vor einer halben Stunde wünschte, ich wäre tot!» Sie ging zum Spiegel hinüber, um ihr Haar zu ordnen.

Er warf ihr einen besorgten Blick zu.

«Lavinia – du – du bist dir doch klar darüber, daß ich am nächsten Freitag meinen Entschluß auf jeden Fall ausführe?»

«Ja, natürlich – ich finde es zwar ausgesprochen gemein von dir, aber das wird vermutlich nichts ändern. Ich hoffe nur, die Leute werden uns trotzdem nicht schneiden.»

«Kein Mensch würde *dich* jemals ignorieren, mein Herz.»

«Glaubst du wirklich?» fragte sie strahlend. «Nun, vielleicht wird es letzten Endes doch nicht *so* schrecklich sein. Und – und du wirst es genießen, Jack wieder zu haben, nicht wahr? Ja – das dachte ich mir. Und wenn erst ein bißchen Gras darüber gewachsen ist, können wir bestimmt wieder ein recht behagliches Leben führen!»

Der Herzog von Andover stand früh auf und verließ sein Haus zu ungewohnter Stunde. Er winkte einer Sänfte und ließ sich zu einer Adresse am Strand bringen, wo ein gewisser Colonel Shepherd wohnte. Er verbrachte eine halbe Stunde bei diesem Herrn, und als er schließlich wieder aus dem Haus trat, kräuselte ein zufriedenes Schmunzeln seine Lippen. Er verzichtete darauf, sich gleich wieder in einen Tragstuhl zu setzen, sondern schlenderte zu Fuß in Richtung St. James's weiter. Den Park betrat er in Gesellschaft eines Mannes namens Dare, desselben, der vor sieben Jahren jenen denkwürdigen Kartenabend gegeben hatte.

Dare amüsierte sich königlich über Richards neueste Marotte. «Haben Sie eine Ahnung, was dahintersteckt, Belmanoir?» fragte er. «Hat er Sie ebenfalls eingeladen?»

«Ich kann mich dunkel erinnern, eine Nachricht von Carstares erhalten zu haben – ja, doch, Andrew überbrachte sie mir.»

«Und was halten Sie davon? Fortescue und Davenant hat er auch gebeten. Ich finde das alles reichlich mysteriös.»

«Mein lieber Dare, leider gehöre ich nicht zu Richards Vertrauten. Zweifellos werden wir zur festgesetzten Zeit alles Wissenswerte erfahren. Geheimnisse interessieren mich nicht. Aber es wird sicher eine nette Zusammenkunft ... Fortescue und Davenant, sagen Sie? Seltsam! Ich habe gehört, daß Evans und Milward ebenfalls eine Auffor – eine Einladung erhalten haben. Es sollte eigentlich höchst unterhaltsam werden.»

«Trotzdem – ich finde es in der Tat merkwürdig. Keiner kann sich einen Reim darauf machen!»

«Ah?» Tracys dünne Lippen zuckten.

Am Nachmittag begab er sich nach Wyncham House und wurde sogleich in die Bibliothek geführt.

Seine Gnaden war überrascht, daß Carstares so glücklich wirkte.

«Du machst einen recht fröhlichen Eindruck, Richard!»

«Scharf beobachtet», lächelte sein Schwager.

«So? Nun, das erleichtert mich sehr. Übrigens – ich habe Shepherd besucht.»

«Shepherd?»

«Lovelaces Vorgesetzten, mein guter Dick. Du kannst damit rechnen, daß Captain Harold in – sagen wir – achtundvierzig Stunden in wichtiger Mission die Stadt verläßt.»

«Verlaß dich darauf, daß er das schon wesentlich früher tun wird, Tracy», sagte Carstares augenzwinkernd.

Der Herzog fuhr auf wie von der Tarantel gestochen.

«Sie ist fort?» zischte er.

«Fort? Nein! Sie ist mit ihm im Salon.»

«Mit Lovelace! Und du erlaubst es? Du stehst da und siehst ruhig zu, wie ein anderer Mann –»

«Sich von meiner Frau verabschiedet. Aufs Zuschauen verzichte ich allerdings, wie du meiner Anwesenheit hier entnehmen kannst.»

Das zornige Funkeln in den Augen Seiner Gnaden erlosch.

«Er verabschiedet sich? Soll das heißen, daß du endlich zur Vernunft gekommen bist?»

«Wir haben festgestellt, daß wir uns beide in einem Irrtum befanden», antwortete Carstares freundlich.

«Ich bin entzückt, das zu hören. Hoffentlich wirst du Lavinia in Zukunft härter an die Kandare nehmen.»

«So, das hoffst du?»

«Ja, wirklich, ich werde meine Übereinkunft mit Shepherd nicht rückgängig machen. Vielleicht ist es besser, wenn Lovelace eine Zeitlang von der Bildfläche verschwindet.»

«Dagegen habe ich nichts einzuwenden», meinte Richard mit einer Verbeugung.

Der Herzog nickte kurz und griff nach seinem Hut.

«Demnach ist die Angelegenheit erledigt.» Er schoß Carstares einen stechenden Blick zu. «Sie hat ihn nicht geliebt?»

Richard seufzte glücklich.

«Sie liebt *mich.*»

Die schweren Lider senkten sich über die grünen Katzenaugen. «Das freut mich unbeschreiblich. Wenn sie dich wirklich liebt, ist sie sicher aufgehoben. Ich dachte, sie hätte nicht das Zeug dazu. Bitte sei so freundlich und bestelle ihr meine Grüße.» Seine Hand drehte bereits den Türknauf, als ihm noch etwas einfiel.

«Gehe ich richtig in der Annahme, daß meine Anwesenheit am Freitag in Wyncham nicht unbedingt erforderlich ist?» fragte er zynisch.

Richard errötete.

«Nein, das ist wohl kaum notwendig.»

«Dann wirst du mir bestimmt verzeihen, wenn ich nicht erscheine. Ich habe andere, weit wichtigere Dinge zu erledigen . . . obwohl ich zugebe, daß ich das Schauspiel nur ungern versäume», fügte er nachdenklich hinzu und kicherte leise. «*Au revoir*, mein guter Richard.»

Carstares verbeugte sich tief und voller Dankbarkeit, ihn loszusein.

Bald darauf hörte man, wie die Eingangstür geöffnet und wieder geschlossen wurde, und Richard sah vom Fenster aus, daß Captain Lovelace sich entfernte.

Nun erwartete er Mr. Warburton, den er vor einigen Tagen gebeten hatte, nach John zu suchen. Eigentlich sollte er bereits hier sein, dachte er ungeduldig, aber vielleicht war er aufgehalten worden. Richard verlangte schmerzlich danach, Neuigkeiten von seinem Bruder zu hören, und sehnte von ganzem Herzen ein Wiedersehen herbei; zur gleichen Zeit aber fürchtete er sich vor der Zusammenkunft, vor dem Moment, wo er in Jacks kalte, sogar verächtliche Augen blicken mußte. Er konnte sich unmöglich vorstellen, daß Jack keinen Groll gegen ihn hegte . . .

«Mr. Warburton, Sir.»

Carstares eilte seinem Besucher hastig entgegen.

«Nun? Haben Sie ihn gefunden?»

Mr. Warburton breitete entschuldigend die Arme aus.

«Leider, Mr. Carstares.»

Richard packte ihn an der Schulter.

«Was soll das heißen? Er ist doch nicht – tot?»

«Ich weiß es nicht, Sir.»

«Sie konnten ihn nicht finden? Rasch! Erzählen Sie!»

«Leider hatte ich bei meinen Bemühungen kein Glück, Sir.»

«Aber das ‹Chequers› – er sagte doch – Sicher haben Sie dort etwas erfahren?»

«Nichts, Mr. Carstares.» Warburton zückte seine Schnupftabaksdose. Mit äußerster Bedächtigkeit nahm er eine Prise und schnippte die Tabakkrümel von den Fingerspitzen. «Der Wirt, ein gewisser Chadber – ein anständiger, allerdings ziemlich humorloser Mensch –, erklärte, er habe Mylord seit ungefähr sechs Monaten nicht mehr gesehen. Also seit dem Zeitpunkt, als ich Mylord vom Tod seines Vaters unterrichtete.»

«Aber, Warburton, er kann doch nicht weit sein? Er ist nicht tot! Nicht wahr, Sie sind auch überzeugt davon?»

«Natürlich, Master Dick», beschwichtigte ihn der Anwalt. «In diesem Fall hätte man sicher davon gehört. Ich fürchte, er ist wieder ins Ausland gegangen. Allem Anschein nach hat er oft davon gesprochen.»

«Ins Ausland! O Gott, laß mich ihn nicht wieder verlieren!» Er sank in einen Stuhl und vergrub den Kopf in den Händen.

«Unsinn! Mr. Carstares, ich flehe Sie an! Warum wollen Sie jetzt schon verzweifeln! Es gibt keinen Beweis, daß er das Land bereits verlassen hat. Ich wage sogar zu behaupten, daß wir ihn sehr bald finden werden. Chadber meint, daß er die Herberge in Kürze wieder aufsuchen wird. Beruhigen Sie sich, Master Dick!» Er legte ihm begütigend die Hand auf die zuckende Schulter. «Keine Angst, wir werden ihn finden! Bitte, fassen Sie sich – ich weiß, es würde ihn betrüben, Sie so außer sich zu sehen – Master Dick, bitte!»

«Wenn ich mein Unrecht doch nur gutmachen könnte!» stöhnte Richard.

«Aber, Sir, Sie sind doch im Begriff, das zu tun! Er wollte sicher nicht, daß Sie sich so quälen! Wo er Sie so sehr liebte! Sir, bitte –!»

Carstares erhob sich unsicher und ging zum Fenster hinüber.

«Verzeihen Sie, Mr. Warburton – Sie müssen Nachsicht mit mir haben –, aber diese letzte Woche war die Hölle für mich.»

Warburton trat an seine Seite.

«Master Dick – ich – Sie wissen, daß ich Sie nie so gern hatte wie – wie –»

«Wie ihn.»

«Äh – ja, Sir, so ist es! Und in den letzten Jahren mag ich Sie vielleicht recht hart beurteilt haben. Ich möchte mich – äh – für jeden ungerechten Gedanken, den ich Ihnen gegenüber gehegt habe, entschuldigen. Ich – ich – vielleicht habe ich das alles nie ganz verstanden.»

Er schneuzte sich heftig, und dann fand seine Hand die Richards und drückte sie fest.

Den Rest der Woche hatte Richard Carstares eine Menge zu tun. Es galt, die nötigen Vorkehrungen zu treffen, ein Haus für Lavinia zu erwerben, Wyncham House gründlich zu putzen und in Ordnung zu bringen und alles für den Einzug seines rechtmäßigen Besitzers vorzubereiten. Da Lavinia sich inzwischen mit dem Unvermeidlichen abgefunden hatte, genoß sie diese aufregende Geschäftigkeit sogar bis zu einem gewissen Grad. Sie fand das neue Haus in der Great Jermyn Street bezaubernd und machte sich sofort daran, sehr teure Möbel dafür zu kaufen und sämtliche Änderungen mit Argusaugen zu beaufsichtigen. In ihrer gegenwärtigen reuigen Stimmung wollte sie ihren Gemahl sogar am Montag nach Wyncham begleiten, um ihm an dem schicksalhaften Freitag beizustehen, aber er bestand darauf, daß sie bis zu seiner Rückkehr in der Stadt blieb, und so flatterte sie eben, eigentlich recht glücklich und zufrieden, zwischen Grosvenor Square und Jermyn Street hin und her.

Carstares wollte wie gesagt am Montag nach Wyncham reisen, wo er am darauffolgenden Abend anzukommen gedachte. Andrew sollte ihn bis Andover begleiten. Seine Lordschaft hatte sich kürzlich in beträchtlich benebeltem Zustand in einen Streit über eine Dame eingelassen und hielt es nun auf Grund des anschließenden Duells in Barn Elms und der beinah überwältigenden Last seiner Schulden für klug, eine Weile in der Versenkung zu verschwinden. Gegen Mitte der Woche verließ Tracy die Stadt, ohne daß jemand wußte, wohin er sich begab, doch wurde allgemein vermutet, er sei auf einen Besuch nach Schottland gefahren.

Endlich dämmerte ein schöner und verheißungsvoller Montagmorgen herauf. Nach einem sehr zärtlichen Abschied von seiner Frau, wobei er ihr eigenhändig mit dem Taschentuch die feuchten Augen trocknete, stiegen Richard und sein Schwager knapp nach Mittag in die große Reisekutsche. Andrew hatte sich von seiner bisher recht gedämpften Stimmung bereits erholt und zog einen Würfelbecher aus der einen und ein Paket Karten aus der anderen Tasche, um sich auf diese Weise die langweilige Fahrt zu verkürzen.

25
Der Herzog von Andover nimmt die Königin gefangen

Diana stand, die Reitpeitsche in der Hand, einen Teil der Fülle ihres weiten Rockes in Falten über den Arm gerafft, in der eichengetäfelten Vorhalle, und Miss Betty betrachtete sie wohlgefällig und voll heimlichem Stolz.

Die Augen ihrer Nichte wirkten trauriger denn je, und um den Mund lag ein unverkennbar wehmütiger Zug. Die alte Dame wußte, daß ihr Liebling, um ihren eigenen Ausdruck zu gebrauchen, «wegen dieses Mr. Carr ganz schrecklich Trübsal blies». So sehr sie sich auch bemühte, Diana auf fröhlichere Gedanken zu bringen, gelang es ihr doch nie, auch das letzte Restchen Niedergeschlagenheit aus den schönen Zügen zu vertreiben. Auch wenn das Mädchen sich manchmal von der Heiterkeit seiner Tante anstecken ließ, war der Zustand nie von langer Dauer und wurde unweigerlich von brütendem Schweigen abgelöst, ein Grund mehr, weshalb Miss Betty den abwesenden John oft von Herzen verwünschte.

Plötzlich seufzte Diana leise und blickte lächelnd auf ihre Tante hinunter. «Du wärst überrascht, wie großartig Harper mit den Pferden umgehen kann», sagte sie. «Er ist wirklich ein wahrer Segen – und so viel netter als der dumme William.»

«Ja, da hast du recht», stimmte Miss Betty zu. «Schließlich darfst du nicht vergessen, meine Liebe, daß er bei Sir Hugh Grandison angestellt war. Ich sah den Brief, den Sir Hugh deinem Papa schrieb – übrigens ein bemerkenswert gewählter Stil, das kannst du mir glauben.»

Diana nickte und sah dem neuen Reitburschen entgegen, der, ihr eigenes Pferd am Zügel führend, heranritt. Dann sprang er aus dem Sattel, tippte mit dem Finger an den Hut und erwartete die Befehle seiner Herrin.

Diana trat zu ihrem Hengst und tätschelte seinen schimmernden Hals.

«Wir reiten heute in Richtung Ashley, Tantchen», sagte sie. «Ich möchte so gern ein paar Beeren finden, und Harper sagt, er kennt eine Stelle nicht weit von hier, wo sie im Überfluß wachsen.»

«Daß du dir nur nicht zu viel zumutest, mein Schatz – außerdem wird es sicher bald regnen, und dann holst du dir womöglich noch den Tod!»

Diana lachte sie aus.

«Aber, Tantchen! Es ist fast keine Wolke am Himmel! Ich verspreche dir, wir bleiben nicht lange aus. Nur bis Crossdown Woods und wieder zurück.»

Gerade als sie ihren Fuß in die verschränkten Hände des Dieners setzte, trat Mr. Beauleigh aus dem Haus.

«Wahrhaftig, meine Liebe, ich muß morgen mit dir ausreiten! Es ist ja schon eine Ewigkeit her, seit wir das letzte Mal gemeinsam unterwegs waren.»

«Oh, Papa, warum willst du mich nicht gleich heute nachmittag begleiten? Ich würde mich so freuen!»

Es fiel ihrer Tante auf, daß Harper die Antwort auf diese Frage mit offensichtlicher Spannung erwartete. Sie musterte ihn verwundert. Doch als Mr. Beauleigh ablehnte, blieb seine Miene völlig unverändert, so daß sie zu dem Schluß kam, sie müsse sich geirrt haben.

Diana winkte ihnen zum Abschied zu und gab ihrem Pferd die Sporen. Harper folgte ihr in respektvollem Abstand, und Miss Betty blickte den beiden mit leisem Unbehagen nach. Eine unerklärliche böse Ahnung stieg in ihr auf, und als die Reiter um eine Straßenbiegung verschwanden, empfand sie plötzlich das verrückte Verlangen, hinterherzulaufen und ihre Nichte zurückzurufen, doch dann gab sie sich innerlich einen kleinen Ruck und versuchte sich einzureden, sie sei nichts als eine närrische, überängstliche alte Schachtel.

Trotzdem legte sie ihrem Bruder die Hand auf den Arm, als er sich wieder ins Haus begeben wollte.

«Warte einen Moment, Horace! Du – du wirst von nun an öfter mit Di ausreiten, nicht wahr?»

«Bist du besorgt, Betty?» fragte er überrascht.

«Oh – besorgt –! Nun ja, ein bißchen. Ich fühle mich nicht ganz wohl dabei, wenn sie sich nur in Gesellschaft eines Reitknechts befindet, und außerdem – wir kennen diesen Mann doch gar nicht!»

«Aber, meine Liebe! Er hat die allerbesten Referenzen von Sir Hugh Grandison, der bestimmt niemand Unzuverlässigen empfehlen würde. Du hast den Brief doch selbst gesehen!»

«Ja, ja, natürlich. Es ist sicher dumm von mir. Aber von heute an wirst du sie begleiten, ja?»

«Selbstverständlich werde ich meine Tochter begleiten, wenn ich die Zeit dazu erübrigen kann», erwiderte er würdevoll, und damit mußte sie sich zufriedengeben.

Diana ritt gemächlich auf der von hohen Bäumen und Hecken gesäumten Straße dahin. Die ganze Pracht des Herbstes leuchtete ihr entgegen – das Laub mattgold und tiefrot, dann wieder in sattem Braun und flammendem Orange, und dort, wo vereinzelt Blutbuchen standen, schien es, als loderten Fackeln in den Himmel. Es war ein märchenhaftes, fast unwirklich schönes Bild. Die Baumkronen verflochten sich zu einem majestätischen Baldachin, der die Sonnenstrahlen so abschirmte, daß die staubige Straße über und über mit goldenen Kringeln bedeckt war.

Die Hecken prangten noch in sommerlichem Grün, und wo sie einen Spalt freiließen, sah man die dahinter liegenden weiten Felder. Plötzlich entdeckte Diana am anderen Ufer des kleinen Flusses, der sich neben der Straße entlangschlängelte, in den Büschen eine Menge roter und schwarzer Beeren. Sie zügelte ihr Pferd und drehte sich nach dem Diener um.

«Schauen Sie, Harper – dort! Wir brauchen nicht mehr weiterzureiten!» Damit nahm sie die Zügel in die rechte Hand und machte Anstalten, abzuspringen.

«Der Platz, den ich meine, ist nur ein paar Minuten von hier entfernt», erklärte Harper, ohne sich aus dem Sattel zu rühren.

Sie überlegte eine Sekunde.

«Aber warum? Tun es die hier nicht genauso?»

«Wie Sie wünschen, Miss. Aber die anderen sind viel schöner. Es wäre direkt eine Sünde, sich nicht welche zu holen.»

Diana blickte zweifelnd die Straße entlang.

«Ist es wirklich nicht weit?»

«Nein, Miss. Nur noch eine Viertelmeile, und dann ein kleines Stück am Waldrand weiter.»

Noch immer zögerte sie.

«Ich möchte nicht zu lange ausbleiben . . .»

«Natürlich, Miss. Ich dachte nur, wir könnten über Chorly Fields zurückreiten.»

«An der Mühle vorbei? Hm . . .»

«Ja, Miss. Gleich danach ist eine ganz freie Strecke fast bis zum Haus.»

Ihre Augen funkelten auf.

«Ein Galopp? Also gut! Aber beeilen wir uns.»

Sie ritt in flottem Trab voran, und bald ließen sie das Blättergewölbe hinter sich und kamen auf die offene Straße, neben der sich links und rechts unter strahlend blauem Himmel sanftes Weideland dehnte. Nach einer kleinen Weile sah man bereits den Wald, und gleich darauf bogen sie in einen schmalen Pfad ein, der im rechten Winkel von der Straße abzweigte. Harper folgte Diana auf den Fersen, wobei sich der Abstand zwischen ihnen ständig verringerte. Halb unbewußt trieb sie ihr Tier etwas an. Weit und breit war keine Menschenseele zu erblicken.

Bei der nächsten Biegung holte Harper sie ein.

Diana unterdrückte eine jähe, lächerliche Angst und hielt an.

«Ich sehe keine Beeren», sagte sie leichthin.

«Nein, Miss», lautete die prompte Antwort. «Dazu müssen wir ein paar Schritte in den Wald hineingehen. Wenn Sie hier absteigen wollen, kann ich sie Ihnen zeigen.»

Harpers Ton hätte nicht respektvoller sein können. Diana schüttelte ihre Nervosität ab und glitt aus dem Sattel. Harper nahm die Zügel und band beide Pferde an einen Baum.

Dann raffte sie ihre Röcke und suchte sich mühsam einen Weg durch das Gestrüpp, auf das er gedeutet hatte.

Als die Brombeerranken, die er für sie zur Seite bog, sich wieder hinter ihnen schlossen, glichen sie einem dichten Paravent, der sie vollkommen gegen die Straße hin verbarg. Nirgends gab es Beeren.

Dianas Herz pochte heftig, und ihr früherer Argwohn wurde schlagartig wach, doch sie befahl Harper mit ruhiger, fester Stimme, nochmals die Ranken für sie zu halten, damit sie zurückgehen könne.

«Wie Sie selbst sehen, haben Sie sich geirrt.»

Sie kehrte ihm den Rücken und schritt gelassen auf die Büsche zu.

Dann geschah alles so schnell, daß sie sich später nicht mehr genau an den Hergang erinnern konnte. Plötzlich wurde sie von hinten gepackt, ein Seidentuch flog ihr über den Kopf und legte sich straff über ihren Mund, um sie am Schreien zu hindern, während ein Arm sie mit eisernem Griff umklammerte und unerbittlich festhielt.

Sie wehrte sich verzweifelt, bekam auch tatsächlich eine Hand frei und schlug sofort mit ihrer dünnen Reitgerte wütend um sich, doch nach einem kurzen Kampf wurde ihr diese entwunden, und gleich darauf zog man ihr, obwohl sie sich erbittert sträubte, die Arme auf den Rücken und fesselte sie an den Handgelenken.

Sie mochte sich krümmen und winden, soviel sie wollte, es half nichts. Ihr Bezwinger hob sie auf, warf sie sich wie einen Sack über die Schulter und schritt schweigend mit seiner Last durch den Wald davon.

Diana verhielt sich nun ganz ruhig, um ihre Kräfte für einen – vielleicht – günstigen Augenblick zu sparen, doch über dem Knebel flammten ihre Augen vor Zorn, in den sich auch zu einem guten Teil Schrecken und Angst mischten. Sie sah, daß der Mann sie nicht weiter in das Dikkicht hinein, sondern am Waldrand entlang trug, und war keineswegs überrascht, als sie schließlich an jener Stelle anlangten, wo die Straße eine Biegung machte.

Mit einem Gefühl leiser Übelkeit stellte sie entsetzt fest, daß eine Kutsche sie erwartete, und ahnte sogleich, welches Schicksal ihr bevorstand. Wie durch einen Nebel erkannte sie die Gestalt eines Mannes neben der Tür, dann stieß man sie hinein und drückte sie in die weichen Kissen nieder. Mit ihrer ganzen Energie versuchte sie der Schwäche Herr zu werden, die sie zu überkommen drohte, und als ihr das allmählich gelang, spitzte sie die Ohren, um etwas von dem draußen geführten Gespräch aufzuschnappen.

Eine vertraute, schmeichelnde Stimme sagte gerade: «Laß sie los, aber binde vorher das an den Sattelknopf.» Dann folgte Schweigen.

Plötzlich hörte sie, wie sich wieder Schritte näherten, ein unverständliches Gemurmel von Harper, und dann öffnete sich der Schlag, um den Herzog von Andover einzulassen. Mit einem Ruck setzte sich der Wagen in Bewegung und rumpelte dahin.

Tracy blickte mit einem fast unmerklichen Lächeln in die goldgefleckten Augen, die ihn so entrüstet anfunkelten.

«Ich bitte tausendmal um Entschuldigung, Miss Beauleigh! Erlauben Sie mir, diesen Schal zu entfernen.»

Er zog an dem Knoten, und das Seidentuch, das ihr Gesicht halb verhüllt hatte, fiel zu Boden.

Einen Moment lang rang sie nach Worten, um ihrer Empörung Luft zu machen. Dann öffneten sich die roten Lippen und zeigten zwei Reihen kleiner, fest zusammengebissener weißer Zähne.

«Sie Schuft!» keuchte sie. «Oh, Sie Schuft! Elender Feigling! Nehmen Sie mir sofort die Fesseln ab!»

«Mit Vergnügen.» Er beugte sich vor und machte sich an dem fest verknüpften Strick zu schaffen.

«Ich bin wirklich untröstlich, Sie derart inkommodiert zu haben. Doch ich bin sicher, Sie werden die Notwendigkeit meiner Handlungsweise einsehen.»

«Oh, wenn nur ein *Mann* hier wäre, um mich zu rächen!» stieß sie empört hervor.

Seine Gnaden zerrte an dem widerspenstigen Knoten.

«Draußen sind drei», antwortete er sanft. «Aber ich bezweifle, ob Ihnen einer den Gefallen tun würde.»

Er streifte ihr die Fesseln ab, lehnte sich in seine Ecke zurück und betrachtete sie in Ruhe und voll amüsierter Bewunderung. Da fiel sein

Blick auf ihre mißhandelten Handgelenke. Sofort verfinsterte sich seine Miene, und er beugte sich vor.

«Glauben Sie mir, das wollte ich nicht», versicherte er, indem er ihre Finger berührte.

Sie stieß ihn zurück.

«Rühren Sie mich nicht an!»

«Verzeihung, meine Liebe.» Er lehnte sich nonchalant wieder in die Kissen.

«Wohin bringen Sie mich?» Sie hoffte, daß ihrer Stimme keine Spur von Angst anzumerken war.

«Nach Hause.»

«Nach Hause?» Ungläubig und hoffnungsvoll wandte sie sich ihm zu.

«Ja, in *unser* Haus.»

Der Hoffnungsschimmer in ihren Augen erlosch.

«Sie sind lächerlich, Sir.»

«Das, meine Liebe, ist eine Kunst, die zu beherrschen sehr viel Mühe kostet.»

«Sir – Mr. Everard – wer immer Sie auch sein mögen – wenn Sie auch nur einen Funken Anstand und Ritterlichkeit im Leib haben, wenn ich Ihnen nicht völlig gleichgültig bin – dann geben Sie mich unverzüglich frei!»

Nie war sie ihm schöner und begehrenswerter erschienen. Über ihren samtdunklen, leuchtenden Augen lag ein Schimmer ungeweinter Tränen, der herbe Mund zuckte, versuchte sogar ein flehendes Lächeln.

«Anscheinend trifft keines dieser Attribute auf mich zu», murmelte Seine Gnaden und überlegte, ob sie weinen würde. Weinende Frauen waren ihm ein Greuel.

Aber Diana war stolz. Sie erkannte, daß Tränen und Bitten ihr nichts nützen würden, und war entschlossen, nicht zusammenzubrechen – zumindest nicht in seiner Gegenwart. Überrascht sah Tracy, daß sie gelassen ihre Röcke zurechtzupfte und sich dann so gleichgültig wie möglich in die Kissen zurücklehnte.

«Nun, da Sie so ungalant sind, Sir, haben Sie vielleicht die Güte, mir zu sagen, was Sie mit mir vorhaben?» Ihr Tonfall war sorglos, sogar herausfordernd, doch mit seinem außergewöhnlichen Scharfsinn fühlte er die unbeschreibliche Angst, die sich dahinter verbarg.

«Ganz einfach, meine Liebe – ich beabsichtige, Sie zu heiraten», antwortete er mit einer Verbeugung.

Die Knöchel traten weiß an ihrer verkrampften Hand hervor.

«Und wenn ich mich weigere?»

«Ich glaube nicht, daß Sie das tun werden, Teuerste.»

Sie konnte ein Schaudern nicht unterdrücken.

«Ich weigere mich aber ganz entschieden!» rief sie heftig.

Das Lächeln, mit dem er diesen Ausbruch hinnahm, ließ ihr das Blut in den Adern gefrieren.

«Ich würde an Ihrer Stelle nichts übereilen. Vielleicht werden Sie am Ende noch froh sein, mich heiraten zu *dürfen.*»

In ihre großen Augen trat ein gehetzter, verzweifelter Ausdruck, und ihr Gesicht war sehr bleich. Dann sagte sie mit trockenen Lippen: «Ich glaube – das wird Ihnen noch sehr leid tun – wenn – mein Vater kommt.»

Sein nachsichtig spöttisches Grinsen trieb ihr das Blut in die Wangen zurück.

«Und er kommt bestimmt!»

Seine Gnaden zeigte höfliches Interesse.

«Tatsächlich? Das will ich ja keineswegs bezweifeln, Diana, wenn er nur wüßte, wohin er kommen soll.»

«Keine Sorge, er wird den Weg schon finden!»

Sie lachte mit einer Zuversicht, die sie keineswegs empfand.

«Ich fürchte seinen Besuch nicht im geringsten – im Gegenteil, es wird mir ein Vergnügen sein, ihn zu empfangen», versprach Seine Gnaden. «Ich nehme nicht an, daß er mich lange um seine Zustimmung bitten läßt.»

«Was Sie nicht sagen!» Auch Diana verfügte über eine gute Portion Sarkasmus.

«Ich bin überzeugt davon, meine Liebe. Zumindest nicht – wenn ich ein bißchen nachhelfe.»

«Wer sind Sie?» fragte sie ihn scharf.

Seine Schultern zuckten in dem ihm eigenen lautlosen Lachen. «Ich vereine in mir mehrere Personen, mein Kind.»

«Das ist mir inzwischen klargeworden», erwiderte sie honigsüß. «Befindet sich darunter auch ein gewisser Sir Hugh Grandison?»

«Ah, das haben Sie erraten?»

«Es springt einem doch geradezu ins Auge, Sir.» Sie ahmte seinen zynischen Tonfall fast perfekt nach.

«Ja, in der Tat. Trotzdem schmeichle ich mir, daß der Plan sehr geschickt eingefädelt war.»

«Zweifellos – eine hervorragende Leistung.»

Sie gefiel ihm, wie kaum eine Frau je zuvor. Andere hätten geschluchzt und gefleht, gezetert und getobt. Niemals noch war ihm ein Mädchen begegnet, das ihm kein Wort, keine Antwort schuldig blieb und ihn mit seinen eigenen Waffen bekämpfte.

«Und wer haben Sie noch die Ehre zu sein?» fragte sie mit einem unterdrückten Gähnen.

«Ich bin Mr. Everard, Kindchen, und ganz nebenbei der Herzog von Andover.»

Sie musterte ihn mit glitzernden Augen.

«Ich habe von Ihnen gehört, Sir.» Es klang völlig gleichmütig.

«Und Sie werden noch mehr von mir hören, meine Liebe.»

«Mag sein, Euer Gnaden.»

Jetzt verstand sie, was die mit Juwelen eingelegte Krone auf dem kunstvollen Griff des geheimnisvollen Degens bedeutete. Sie fragte sich, ob Jack, wo immer er nun auch sein mochte, die Waffe noch besaß. Wenn ihn doch bloß eine wunderbare Vorsehung schicken würde! Kein Mensch war da, der auch nur einen Finger für sie krümmte! Sie war restlos diesem unbarmherzigen Wüstling ausgeliefert, dessen Ruf sie sehr wohl kannte und dessen Gegenwart sie mit Grauen und maßlosem Ekel erfüllte. Ob ihr Vater sie finden würde? Kaum anzunehmen! Wenn nur Jack in England wäre! Er würde ihr helfen, das wußte sie genau.

Seine Gnaden lehnte sich vor und legte eine schmale weiße Hand auf ihr Knie.

«Seien Sie vernünftig, Kleine. Letzten Endes machen Sie mit mir keine so schlechte Partie.»

Die Zärtlichkeit, die in seiner Stimme schwang, erfüllte sie mit Entsetzen. Sie zuckte zurück wie vor einer giftigen Natter und befahl ihm, während ihr das Herz bis zum Halse schlug, so eisig sie nur konnte: «Nehmen Sie Ihre Hand weg! Und wagen Sie nicht, mich noch einmal zu berühren!» Als sie sein leises Lachen hörte, unterdrückte sie die aufsteigende Panik und verfiel wieder in ihren früheren spöttischen Tonfall. «Was? Noch immer ungalant, Euer Gnaden? Bewahren Sie Abstand, wenn ich bitten darf!»

Ihr Blick fiel auf den Pistolenhalfter, der neben ihr an der Wand hing. Sie schaute sofort weg und hoffte, ihre Entdeckung sei ihm entgangen, doch Seine Gnaden hatte Augen wie ein Luchs.

«Ich bin zutiefst betrübt, Sie enttäuschen zu müssen, meine Liebe. Er ist leer.»

Sie überzeugte sich von der Richtigkeit seiner Behauptung.

«Das hier? Oh, ich hatte nichts anderes erwartet, Euer Gnaden.»

Ihre Schlagfertigkeit imponierte ihm immer mehr. Wahrhaftig, es gab keine Frau, die sich mit ihr messen konnte!

«Ich heiße Tracy», bemerkte er.

Sie neigte den Kopf zur Seite und überlegte einen Moment.

«Ihr Name gefällt mir nicht, Sir.»

«Als ich getauft wurde, hatte man wohl kaum die Absicht, Ihrem Geschmack zu entsprechen», meinte er lässig.

«Schwerlich», antwortete sie. «Schließlich könnten Sie mein Vater sein.»

Es war ein meisterhafter Streich, und eine Sekunde lang zogen sich seine Brauen zusammen. Dann lachte er hellauf.

«*Merci du compliment, mademoiselle!* Ich bewundere Ihren Witz.»

«Zu gütig. Darf ich fragen, wann wir unser Ziel erreichen werden?»

«Wir sollten kurz nach acht in Andover ankommen, meine Liebe.»

Also brachte er sie an einen ziemlich entfernten Ort?

«Ich nehme an, Sie waren so klug, an Reiseproviant zu denken?» gähnte sie. «Es wäre Ihnen doch bestimmt nicht angenehm, mich in einer Herberge zu zeigen?»

Er bewunderte ihren ungebrochenen Mut.

«Natürlich werden wir unterwegs halten, damit Ihnen mein Diener eine Erfrischung bringen kann. Sie müssen sich noch ungefähr eine Stunde gedulden.»

«So lange?» fragte sie stirnrunzelnd. «Dann gestatten Sie mir bitte, ein wenig zu schlafen. Ich fürchte, ich finde die Reise doch etwas ermüdend.»

Sie rückte in ihre Ecke, lehnte den Kopf in die Kissen und schloß die Augen.

Seine Gnaden war überlistet. Wie sollte man auch einem Mädchen gegenüber Leidenschaft zeigen, das gelassen Schlaf vortäuscht, statt verzweifelt um seine Freiheit zu kämpfen? Es blieb Tracy – der, was immer ihm auch sonst fehlen mochte, einen ausgeprägten Sinn für Humor besaß – also nichts anderes übrig, als es sich ebenfalls in seiner Ecke bequem zu machen und ihrem Beispiel zu folgen. So rumpelten sie dahin . . .

Endlich verlangsamte die Kutsche ihre Fahrt und hielt an einer Herberge. Diana brachte vor Schlaftrunkenheit anscheinend kaum die Augen auf.

«Schon?» gähnte sie verwundert.

«Ich hoffe, Sie haben gut geschlafen», sagte Seine Gnaden höflich.

«Danke, ausgezeichnet», log sie schamlos.

«Das erleichtert mich grenzenlos, Teuerste. Ich dachte nämlich schon, es sei Ihnen nicht gelungen – da Sie doch die ganze Zeit über den Mund so bewundernswert geschlossen hatten. Es hat wohl jahrelange Übung gekostet, im Sitzen zu schlafen, ohne das Kinn hängen zu lassen? Ich wünschte, ich könnte mir diese Fertigkeit ebenfalls aneignen.»

Unverhüllter Triumph schwang in seiner Stimme.

Als sie schwieg, erhob er sich.

«Wenn Sie gestatten, werde ich Ihnen jetzt eine Erfrischung holen, Kindchen. Ich hoffe, Sie verzeihen mir, wenn ich Sie daran erinnere, daß vor jeder Tür ein Diener steht.»

«Vielen Dank für die Aufmerksamkeit», lächelte sie, doch das Herz war ihr schwer.

Er verschwand und brachte ihr bald darauf ein Glas Wein und ein paar kleine Kuchen.

«Ich bedaure, Ihnen nur eine so kärgliche Mahlzeit anbieten zu können, aber ich will keine Zeit verlieren. In Andover wird man Sie entschieden besser bewirten.»

In kleinen Schlucken trank Diana dankbar den Wein, der ihr neue Kraft einzuflößen schien. Der Gedanke, etwas zu essen, verursachte ihr beinahe einen Brechreiz, doch um nichts in der Welt wollte sie sich eine Schwäche oder Nervosität anmerken lassen. Deshalb brach sie einen Kuchen auseinander und begann, tapfer daran zu kauen. Jede Minute, die sie damit gewann, vergrößerte die Chance für ihren Vater, sie einzuholen, bevor es zu spät war. Dann gab sie vor, der Kuchen schmecke ihr nicht, und verlangte ziemlich mürrisch einen Käsekuchen, den man „‹Ehrenjungfer› nannte.

«Ich fürchte, damit kann ich Ihnen jetzt nicht dienen, meine Liebe», sagte Tracy mit funkelnden Augen. «Wenn wir verheiratet sind, können Sie nach Richmond fahren und dort ganze Berge von ‹Ehrenjungfern› essen.» Sprach's und nahm ihr das Glas aus den zitternden Händen.

Der Rest ihrer Reise glich einem entsetzlichen Albtraum. Sie wagte es nicht mehr, so zu tun, als ob sie schliefe, weil sie sich viel zu sehr davor fürchtete, was er unter Umständen tun könnte, sondern hielt ihn sich mit ihrer Schlagfertigkeit und ihrem Mutterwitz vom Leibe; eine Anstrengung, die sie sich hätte sparen können, denn Seine Gnaden war beherrscht und beabsichtigte keineswegs, sich von seiner Leidenschaft übermannen zu lassen. Doch als die Stunden verstrichen und es langsam dunkel wurde, verwandelte sich Diana immer mehr von der selbstbewußten Frau, die sie gespielt hatte, in ein verängstigtes Kind. Als die Kutsche endlich in den Hof von Andover rollte, und Seine Gnaden ihr beim Aussteigen half, wollten ihre Beine sie kaum über die Stufen zu dem großen, eisenbeschlagenen Tor hinauftragen. Als er ihre Hand ergriff, überlief sie wieder ein Schauder.

Auf der Schwelle blieb er stehen und machte ihr eine tiefe Verbeugung. «Willkommen im zukünftigen Heim, meine Königin», murmelte er. Dann führte er sie an einer Reihe von Lakaien, die mit steinerner

Miene über sie hinwegstarrten, vorbei in seine Privatgemächer, wo sie bereits ein für zwei Personen gedeckter Tisch erwartete. Jetzt wollte er sie in die Arme nehmen, doch sie entzog sich ihm und ließ sich müde in einen Stuhl sinken. «Glauben Sie mir», preßte sie mühsam hervor, «glauben Sie mir, ich bin ganz schwach vor Hunger.» Andover blickte auf ihre blassen Lippen, dann nahm er ihr gegenüber Platz.

Zwei Diener erschienen, um ihnen vorzulegen, und obwohl es Diana entsetzlich peinlich war, daß die beiden sie hier sahen, empfand sie doch unendliche Dankbarkeit für ihre Gegenwart, die Tracy daran hinderte, seinen Gefühlen freien Lauf zu lassen.

26
Mylord macht sich auf, um die Pläne Seiner Gnaden zu durchkreuzen

Mylord gähnte ausgiebig und ließ den *Spectator* fallen. Sein Blick schweifte zur Uhr. Verdrossen stellte er fest, daß die Zeiger erst auf halb fünf standen, seufzte und griff nach dem *Rambler*.

Seine Gastgeber waren fortgefahren, um einen Besuch zu machen, von dem sie mit Sicherheit erst zu später Stunde zurückkehren würden. Demnach hatte Mylord einen langen, trübsinnigen Abend vor sich, eine Aussicht, an der er nicht den geringsten Gefallen fand. Lady O'Hara hatte zwar versucht, ihn zu überreden, er möge sie begleiten, wobei sie ihm beteuerte, er würde niemand treffen, den er kannte, doch diesmal hatte seine Vorsicht ihn dazu bewogen, sich standhaft zu weigern. Mylady schmollte daraufhin gekränkt und behauptete, er sei bei weitem der eigensinnigste und unliebenswürdigste Mann, der ihr jemals über den Weg gelaufen sei—abgesehen von ihrem Gemahl, der sich heute den ganzen Tag eines höchst ärgerlichen Wesens befleißigt hatte. Dann jedoch lenkte sie ein und erklärte, sie verstünde ihn vollkommen. Sie bot ihm sogar an, ihn als Entschädigung für ihre furchtbar schlechte Laune zu küssen. Jack zierte sich nicht lange, winkte ihr vom Portal zum Abschied zu und kehrte in den verlassenen Salon zurück, um sich mit zwei Nummern des *Spectator* und seinen eigenen Gedanken die Zeit bis zum Dinner zu vertreiben, das heute etwas später als sonst serviert werden sollte, da den Koch aus heiterem Himmel ein Anfall von Melancholie heimgesucht hatte.

Mylords Gedanken waren zu unerfreulich, um ihnen noch länger nachzuhängen; in seinem Leben schien wirklich alles schiefgegangen zu sein. So beschäftigte er sich eben mit einer – wie er fand – besonders uninteressanten Nummer des *Spectator*. Die Sonne war bereits im Untergehen, und bald wurde es zu dunkel, um noch zu lesen. Da man es bis jetzt verabsäumt hatte, Kerzen zu bringen, schlief Mylord auf äußerst unromantische Weise in seinem Sessel ein. Ob er dabei schnarchte, ist nicht bekannt, denn kaum eine Viertelstunde später weckte ihn der Butler mit den einer Zauberformel gleichkommenden Worten:

«Es ist serviert, Sir.»

Carstares wandte träge den Kopf.

«Was sagst du da, James?»

«Es ist serviert, Sir», wiederholte der dienstbare Geist, indem er einladend die Tür aufhielt.

«Na, Gott sei Dank! Ist das eine frohe Botschaft!»

Mylord erhob sich gemächlich und rückte mit peinlicher Genauigkeit seine Krawatte zurecht. Obwohl er allein speisen sollte, zupfte er noch hier und dort an seinem Rock und wedelte mit seinem eleganten Spitzentaschentuch ein Staubflöckchen von einer seiner pompösen Manschetten.

Dann schlenderte er durch die ehrwürdige, getäfelte Vorhalle ins Speisezimmer und setzte sich zu Tisch.

Die Vorhänge wurden zugezogen. Wahre Bündel von Kerzen in anmutigen Silberleuchtern warfen ihr warmes Licht auf den weißen Damast und die schimmernden Gedecke. Der Lakai erschien mit einem Fisch, und Mylord erlaubte ihm, ein paar Happen davon auf seinen Teller zu legen. Der Butler verlangte untertänigst zu wissen, ob Mr. Carr Bordeaux, Burgunder oder Ale zu trinken wünsche? Mr. Carr wünschte Bordeaux. Als nächstes präsentierte man ihm ein Lendenstück, das erheblich kleiner wieder in die Küche wanderte. Dann stellte man vor Seiner Lordschaft eine Reihe von Schüsseln auf – zuerst Rebhühner, dann eine Pastete, dann eine Creme, zwei Hühnchen, eine Ente und einen Schinken von beeindruckendem Ausmaß.

Mylord aß sich in Ruhe durch.

Wollte Mr. Carr nun vielleicht ein Glas Burgunder trinken? Der Butler präsentierte eine staubige Flasche. Mylord musterte sie prüfend durch sein Monokel und entschied sich zu ihren Gunsten. Er nippte nachdenklich an seinem Kelch und winkte, man möge den Schinken abservieren.

Nun trug man Konfekt und eine Suppe auf. Daneben enthüllte ein abgenommener Deckel fette Täubchen, von denen eines geschickt auf seinen Teller gelegt wurde. Gerade als er ihm mit Messer und Gabel zu Leibe rücken wollte, erhob sich draußen großer Lärm und aufgeregtes Stimmengewirr, das von dem atemlosen, beharrlichen Ruf nach Mr. Carr oder Sir Miles übertönt wurde. Mylord legte das Besteck nieder und stand auf.

«Anscheinend verlangt man nach mir», sagte er und ging zur Tür, die ein Lakai augenblicklich für ihn aufriß. In der Halle traf er auf Mr. Beauleigh, der soeben versuchte, an dem jüngeren Bediensteten vorbeizukommen, der ihm hartnäckig den Zutritt verweigerte. Bei Carstares' Anblick zog er sich respektvoll zurück, während sich Mr. Beauleigh – erhitzt, atemlos und erregt wie er war – erleichtert auf Mylord stürzte.

«Gott sei Dank, daß Sie da sind, Sir!»

Carstares musterte ihn mit gelindem Erstaunen, denn schließlich war ihr letztes Beisammensein einigermaßen frostig verlaufen.

«Ich freue mich, Ihnen zu Diensten zu stehen», sagte er mit einer Verbeugung. «Bitte, verfügen Sie über mich.»

«Wir sind in furchtbarer Sorge!» Es klang beinahe wie ein Stöhnen. «Betty hat mich gebeten, Sie aufzusuchen, oder falls ich Sie nicht finden könnte, mich an Sir Miles zu wenden, denn niemand anderer kann uns helfen!»

Mylord musterte ihn mit einem scharfen Blick.

«Sie sind in Sorge? Doch nicht – aber ich vergesse meine gute Erziehung – hier drinnen unterhalten wir uns wesentlich bequemer.» Er führte den Besucher ins Frühstückszimmer. Beauleigh drückte ihm ein Blatt Papier in die Hand.

«Diana ritt heute nachmittag aus, und nur ihr Pferd kam zurück – das da war am Sattelknauf befestigt! Lesen Sie, Sir! Lesen Sie!»

«Diana!» Carstares eilte zu einem Leuchter hinüber und verschlang die Zeilen auf dem einzelnen Blatt förmlich mit den Augen.

Die Nachricht war nicht lang, dafür aber um so aufschlußreicher:

Mr. Beauleigh wird sich vielleicht an Bath und einen gewissen ‹Mr. Everard› erinnern, dessen Werbung um Miss Beauleigh so grausam zurückgewiesen wurde. Er bedauert, die Angelegenheit nun selbst in die Hände nehmen zu müssen, und hofft, mit Mr. Beauleigh zu einem späteren Zeitpunkt näher bekannt zu werden, wenn Miss Beauleigh, wie er zuversichtlich annimmt, bereits ‹Mrs. Everard› geworden ist.

Jack zerknüllte den Brief wütend und stieß einen schaurigen Fluch aus.

«– unverschämter Schuft!»

«Ja, ja, Sir! Aber was hilft das meiner Tochter? Ich bin sofort zu Ihnen gekommen, weil meine Schwester überzeugt ist, daß Sie diesen Everard kennen und demnach wissen, wo man nach Diana suchen muß!»

Carstares klopfte ihm beruhigend auf die Schulter.

«Keine Angst, Mr. Beauleigh! Ich gebe Ihnen mein Wort, daß wir sie noch in dieser Nacht finden!»

«Oh – Sie wissen, wohin er sie gebracht hat? Wirklich? Sind Sie sicher?»

«Ja, auf sein Gut, darauf wette ich mein Leben – das war schon immer seine Gewohnheit.» Er ging mit langen Schritten zur Tür, riß sie auf und rief dem Lakaien ein paar klare, knappe Befehle zu. «Sorge dafür, daß meine Stute in zehn Minuten gesattelt ist, und laß Blue Devil vor das Karriol deines Herrn spannen! Hör auf, lang zu glotzen – geh! Und schick Salter zu mir!»

Der Mann machte auf dem Absatz kehrt, besann sich aber im nächsten Augenblick und drehte sich noch einmal um, da ihm eingefallen war, daß Salter sich außer Haus befand.

Carstares entsann sich, daß er Jim freigegeben hatte, damit er seine Mary in Fittering besuchen konnte, und nahm die Tatsache mit einem weiteren saftigen Fluch zur Kenntnis. Dann rannte er die Treppe hinauf, während ihm Mr. Beauleigh atemlos auf dem Fuße folgte.

In seinem Zimmer angelangt, quälte er sich mühsam in seine Stiefel und stellte dabei dem verzweifelten Vater etliche Fragen.

Mr. Beauleigh erzählte ihm die ganze Geschichte, wobei er sich düster über die ausgezeichneten Referenzen verbreitete, die er von Sir Hugh Grandison über Harper erhalten hatte.

Jack zerrte an seinem zweiten Stiefel.

«Das war natürlich kein anderer als Tracy selbst!» wütete er und schnallte sich die Sporen an.

«Ich frage Sie, Mr. Carr, wer ist dieser Schurke? Ist es wahr, daß Sie ihn kennen?»

«Andover», antwortete Jack aus den Tiefen seines Kleiderschrankes. «Verdammter Kerl, wo hat er nur meinen Mantel hingetan?» Das galt dem abwesenden Jim, nicht dem Herzog.

«Andover! Doch nicht Seine Gnaden, der –!»

«Ich kenne keinen anderen! Na, endlich!»

Er tauchte wieder auf und warf einen schweren, mit zahlreichen Schulterkragen versehenen Umhang aufs Bett.

«So – wenn Sie mir jetzt einen Moment Ihre besondere Aufmerksamkeit schenken wollen, Sir.» Er schnallte sich, Beauleigh den Rücken zukehrend, den Degen um.

«Tracy hat Di – Miss Beauleigh höchstwahrscheinlich nach Andover Court gebracht – sieben Meilen südwestlich von Wyncham. Ich nehme nicht an, daß Ihr Pferd noch frisch ist» (schließlich kannte er das Tier). «Ich habe das Karriol für Sie bereitstellen lassen. Ich reite sofort los und werde versuchen, möglichst viele Abkürzungen zu benützen, denn man darf keine Sekunde verlieren –»

«Der Herzog von Andover!» unterbrach ihn Mr. Beauleigh.

«Der Herzog von Andover! Glauben Sie tatsächlich, daß er beabsichtigt, meine Tochter zu heiraten?»

Jack lachte wütend auf.

«O ja! Genauso wie er all die anderen geheiratet hat!»

Mr. Beauleigh zuckte zusammen.

«Sir! Ich verstehe Sie nicht!»

«Offensichtlich sind Sie über Seine Gnaden nicht informiert. Haben Sie vielleicht schon von Devil Belmanoir gehört?»

Jetzt erbleichte der kleine Mann.

«Um Gottes willen, Mr. Carr, das ist doch nicht ein und dieselbe Person?»

Carstares griff nach Hut und Reitgerte.

«Doch, mein Lieber, so ist es. Sie werden mir so schnell wie möglich folgen?»

«Ja, ja, aber lassen Sie sich nicht aufhalten! Können Sie Andover – rechtzeitig erreichen?»

«Noch heute nacht», sagte Jack grimmig. «Und Sie, Sir? Kennen Sie den Weg?»

«Ich werde mich schon zurechtfinden. Ich bitte Sie, gehen Sie, Mr. Carr! Verlieren Sie keine Zeit, ich flehe Sie an!»

Mylord warf sich den Reitmantel um die Schultern, stülpte den Hut auf den Kopf, klemmte Tracys Degen unter den Arm und rannte, drei, vier Stufen auf einmal nehmend, die Treppe hinunter. Vor dem Haus wartete der Stallbursche bereits mit Jenny. Carstares warf einen hastigen Blick auf den Sattelgurt und sprang auf. Die Stute tänzelte ungeduldig, wurde aber mit eiserner Hand zurückgehalten, während ihr Herr das Wort an den Diener richtete.

«Du mußt Mr. Beauleigh so rasch wie möglich nach Andover bringen. Es geht um Leben und Tod. Kennst du den Weg?»

Der verdatterte Mann kratzte mit Mühe seine fünf Sinne zusammen.

«Ungefähr, Sir.»

«Das genügt – alles Weitere sagt dir Mr. Beauleigh. Fahr wie der Teufel – Sir Miles hat nichts dagegen. Verstehst du?»

Jacks Wort war in O'Haras Haus Gesetz.

Der Diener stand stramm. «Jawohl, Sir!»

Im nächsten Augenblick schoß die Stute davon, und Roß und Reiter verschwanden in der Dunkelheit.

«Mich laust der Affe», murmelte der Bursche und ging kopfschüttelnd zum Karriol.

Den Streifen Moorland legte Jenny im Galopp zurück. Sie flog geradezu dahin, als fühlte sie die Erregung ihres Herrn. Jack duckte sich tief über ihren Hals. Mit einer Hand hielt er den quer über seinem Sattelbogen liegenden Degen des Herzogs fest, mit der anderen hielt er die Zügel. So rasten sie ungefähr drei Meilen dahin, dann zwang er Jenny, in Trab zu fallen, um ihre Kräfte für die lange Strecke, die noch vor ihnen lag, zu schonen. Sie war in großartiger Verfassung – das hatte er schon daran erkannt, mit welcher Lust sie galoppiert war, und auch jetzt zeigte ihm das nervöse Zucken ihrer Ohren, wie sehr sie sich danach sehnte, ein schnelleres Tempo einzuschlagen. Er sprach beruhigend auf sie ein und lenkte sie auf dieselbe Straße, über die Diana am Nachmittag gefahren war. Jenny fiel nun in einen langgestreckten, leichten Galopp, der den Boden buchstäblich zu fressen schien. Nun bogen sie ab, ritten quer über ein Feld, um eine andere, nach Westen führende Straße zu erreichen. Eine Hecke versperrte ihnen den Weg, doch die Stute setzte mit spielerischer Anmut darüber hinweg, und schon ging es weiter.

Sie spitzte fröhlich die Ohren, als er sie lobte. Dann zog er sanft die Zügel an.

«Ruhig, Jenny, nicht so schnell!»

Obwohl sie vor Erregung zitterte, fügte sie sich seinem Willen und trabte ungefähr eine halbe Stunde langsam dahin.

Carstares wiegte sich rhythmisch im Sattel und achtete darauf, nicht mit den Sporen ihre Flanken zu berühren. Er schätzte, daß es ungefähr sieben Uhr sein mußte, und runzelte besorgt die Stirn. Jenny war zwar ausdauernd und schnell wie der Wind, aber würde sie es schaffen? Er hatte ihre Kraft noch nie auf eine so harte Probe gestellt. Dabei wagte er nicht, ihr entsprechende Atempausen zu gönnen. Wenn er Andover erreichen wollte, bevor es zu spät war, durfte er keine Minute verlieren.

Er nahm an, Tracy habe Diana gegen vier Uhr überfallen, und rechnete aus, daß eine schwere Kutsche etwa vier Stunden bis Andover brauchte, während Jenny die Strecke in zweieinhalb bewältigen konnte, wenn man die Abkürzungen berücksichtigte. In diesem Fall mußte er fast zur selben Zeit dort ankommen.

Der Gedanke, daß Diana einem Mann wie Tracy ausgeliefert war, machte ihn halb wahnsinnig. Als er sich ihr Entsetzen, ihre Verzweiflung vorstellte, preßte er unwillkürlich seine Knie in Jennys weiche Flanken, so daß sie wieder weit ausgriff. Es war ein traumwandlerisch sicheres, müheloses Gleiten, bei dem Carstares sie in keiner Weise behinderte, sondern die Zügel nur vorsichtig gebrauchte, um sie behutsam zu lenken und ein wenig in ihrem Überschwang zu dämpfen. So flogen sie über hekkengesäumte Wege, dann wieder über Felder und holprige Pfade. Nicht umsonst war Mylord zwei Jahre lang durch dieses Land gestreift – nun kannte er es wie seine Westentasche. Kein einziges Mal bog er in eine falsche Abzweigung ein, keine Sekunde lang mußte er zögern oder überlegen. Immer weiter ging der Ritt, vorbei an schlafenden Dörfern und einsamen Gehöften, an nachtschwarzen Wäldern, über Berg und Tal. Nur wenn er nach einem verborgenen Seitenweg Ausschau hielt, hob er den Blick von der vor ihm liegenden Straße. Nach der ersten Stunde erinnerte ihn ein dumpfer Schmerz in der Schulter an seine nicht ganz verheilte Wunde, aber er biß die Zähne zusammen und beschleunigte nur noch das Tempo.

Die Stute trat auf einen losen Stein und stolperte. Mit eisernem Griff bewahrte er sie davor, zu stürzen, und trieb sie wieder an, indem er ermutigend auf sie einsprach. Diesmal begehrte sie nicht auf, als er ihren Schritt zügelte. Er schob den Degen in die linke Hand und strich ihr mit der rechten zärtlich über den dampfenden Hals, wobei er sie leise lobte.

Sie antwortete mit einem leisen, freudigen Wiehern, obwohl sie nicht verstehen konnte, warum er wollte, daß sie weiter durch dieses drohende Dunkel voll unbekannter Gefahren galoppieren sollte – sie wußte nur, daß er es so wünschte, und auch, daß er mit ihr zufrieden war. Jetzt zwang er sie vielleicht fünf Minuten lang, wieder im Schritt zu gehen, bis sie zu einer ihm wohlbekannten Allmende kamen. Es wurde schon spät, und er forderte sie mit einem leichten Schenkeldruck auf, ihr Bestes zu geben. Dabei lehnte er sich weit im Sattel vor, um in der Dunkelheit besser sehen zu können. Der klobige Schatten eines Stechginsterbusches tauchte vor ihnen auf. Jenny scheute und schoß in langen Sätzen dahin.

Nach ein paar Minuten gelang es ihm, sie zu beruhigen, und sie trug ihn in gleichmäßigem Galopp weiter. Er schätzte, daß es mittlerweile halb neun sein mußte. Das bedeutete, daß ihm für das letzte Stück nur mehr eine Stunde blieb. Vielleicht hatte die Kutsche jetzt ihr Ziel schon erreicht – weiter wagte er nicht zu denken.

Wieder verstrich quälend langsam eine halbe Stunde. Allmählich begann die Stute kurz und stoßweise zu atmen. Als er das merkte, ließ er sie kantern. Das Moor lag nun hinter ihnen. Sie ritten über eine ihm vertraute Straße . . . Keine zehn Meilen entfernt lag Wyncham. Noch fünf Meilen Luftlinie . . . Er wußte, daß er Jenny eine Rast gönnen mußte, und hielt an. Dann schwang er sich aus dem Sattel und ging zu ihr nach vorn.

Ihre Beine zitterten, und der Schweiß rann in Strömen über ihr seidiges

Fell. Sie rieb schnaubend ihre Nüstern an seiner Hand, während er ihr die Ohren streichelte und den schlanken Hals tätschelte. Ihr Maul berührte zärtlich seine Wange – nun atmete sie schon leichter.

Er stieg wieder auf, der dumpfe Trommelwirbel ihrer Hufe setzte von neuem ein . . .

Indem er Wyncham zu seiner Rechten ließ, bog Carstares zuerst nach Westen, dann nach Nordwesten ab und ritt auf der Hauptstraße weiter, die nach Andover führte. Nur noch zwei Meilen . . .

Wieder stolperte Jenny und verfiel in langsamen Schritt, doch auf sein ermunterndes Zureden setzte sie sich erneut in schnellen Trab.

Sie war der totalen Erschöpfung nahe, das wußte er. Trotzdem mußte er sie antreiben. Sie reagierte gehorsam auf den leisesten Druck der Zügel, obwohl ihr Atem rasselte und ihre großen, sanften Augen blutunterlaufen vor Anstrengung waren.

Endlich kamen die großen, fest verschlossenen Eisentore in Sicht. Er ließ Jenny im Schritt weitergehen, um nach einer Stelle in der Hecke zu suchen, wo sie durchschlüpfen konnte.

27
Mylord klettert durchs Fenster

Der Herzog von Andover gab den Lakaien einen Wink, und Diana sah mit sinkendem Mut, daß sie den Raum verließen und diskret die Tür hinter sich zuzogen. Sofort griff sie nach einem Pfirsich und begann ihn mit steifen, ungeschickten Fingern zu schälen. Tracy lehnte sich in seinen Stuhl zurück und betrachtete gelassen unter halb geschlossenen Lidern, wie sie langsam die Frucht verzehrte und sich dann erhob. Eine Hand auf die hohe Lehne des geschnitzten Stuhles gestützt, wandte sie sich ihm mit betont unbekümmerter Miene zu.

«So, Sir – nun habe ich gegessen und muß gestehen, rechtschaffen müde zu sein.» Ihre Stimme klang nervös. «Bitte haben Sie jetzt die Güte, mich zu Ihrer Haushälterin zu führen.»

«Nichts lieber als das, meine Liebe», näselte er, «gesetzt den Fall, daß ich eine hätte.»

Sie zog arrogant die Brauen hoch.

«Ich nehme an, Sie verfügen wenigstens über ein Dienstmädchen? Wenn ich schon hierbleiben soll, würde ich mich jetzt gern zurückziehen.»

«Natürlich, Kindchen, natürlich – alles zu seiner Zeit. Sie können mich doch nicht schon so bald Ihrer bezaubernden Gesellschaft berauben.» Er war aufgestanden und nahm sie an der Hand, um sie zu einem niedrigen Sofa am anderen Ende des großen Zimmers zu führen.

«Falls Sie mir etwas zu sagen haben, Euer Gnaden, bitte ich Sie, sich damit bis morgen zu gedulden. Ich bin heute abend nicht in Stimmung.»

Er lachte spöttisch.

«Noch immer so kalt, *ma petite?*»

«Das wird sich nicht ändern, Sir.»

«Glauben Sie?» fragte er mit glitzernden Augen. «Ich werde Ihnen beweisen, daß Sie unrecht haben, meine Liebe. Ob Sie mich verabscheuen oder lieben – auf jeden Fall werden Sie etwas von Ihrer eisigen Gleichgültigkeit ablegen, denke ich. Erlauben Sie mir, Sie darauf aufmerksam zu machen, daß hinter Ihnen ein Sofa steht.»

«Das sehe ich, Sir.»

«Dann nehmen Sie Platz.»

«Oh, das ist kaum der Mühe wert – ich habe nicht die Absicht zu bleiben.»

Er trat einen Schritt auf sie zu, und als sie seinen Gesichtsausdruck sah, sank sie hastig auf das Sofa.

Er nickte lächelnd.

«Sie sind ein kluges Mädchen, Diana.»

«Was soll dieser vertrauliche Ton, Sir?» Sie war ganz eisige Liebenswürdigkeit.

Tracy lümmelte sich neben sie und legte die Arme über die Lehne. Die Fingerspitzen seiner herabhängenden Hand berührten ihre Schulter, und es kostete sie ihre ganze Beherrschung, nicht laut aufzuschreien. Sie fühlte sich wie ein hilfloses, gefangenes Tier und war am Ende ihrer Kraft.

«Nein, meine Süße! Genug jetzt mit dieser Sophisterei! Seien Sie vernünftig – glauben Sie im Ernst, es lohnt sich, mich zu ärgern?»

Sie saß steif und stumm da.

«Ich liebe Sie – oh, Sie schaudern! Auch das wird sich eines Tages ändern.»

«Das nennen Sie Liebe, Euer Gnaden?» rief sie halb zornig, halb verzweifelt. «Dann stehe Ihnen Gott bei!» Unwillkürlich überlief sie ein Zittern, als sie an John dachte, dessen Liebe von so ganz anderer Art gewesen war.

«Keine Sorge, das wird er schon tun», erwiderte er vergnügt. «Doch wir schweifen vom Thema ab. Also: Sie können sofort auf Ihr Zimmer gehen – äh – samt Schlüssel – wenn Sie mir schwören, mich morgen zu heiraten.»

Leichenblaß wollte sie sich erheben, aber die schlanken Finger umschlossen ihre Schulter und zwangen sie nieder.

«Nein, meine Liebe. Behalten Sie Platz.»

Plötzlich verlor sie die Beherrschung und versuchte wie eine Rasende, sich von dieser verhaßten Hand zu befreien.

«Oh, Sie Bestie! Sie elende Bestie! Lassen Sie mich los!»

«Erst will ich eine Antwort hören.»

«Sie lautet nein!» schrie sie. «Tausendmal nein!»

«Ich würde mir das an Ihrer Stelle gut überlegen . . .»

«Da gibt es nichts zu überlegen! Ich würde lieber sterben, als Sie zu heiraten!»

«Leicht möglich. Aber der Tod wird nicht Ihr Schicksal sein, meine Schöne», schnurrte ihr die unheimliche Stimme ins Ohr. «Denken Sie noch einmal sorgfältig nach: wäre es nicht besser, in allen Ehren meine Frau zu werden, als –»

«Sie Teufel!» keuchte sie und blickte sich wild nach einer Fluchtmöglichkeit um. Das große Flügelfenster stand offen, denn der Vorhang bauschte sich im Luftzug, aber der Herzog versperrte ihr den Weg dorthin.

«Sie beginnen sich eines Besseren zu besinnen, mein Kind? Denken Sie daran – morgen ist es zu spät. Jetzt, nur jetzt haben Sie Ihre Chance. Ehrlich gesagt», er nahm eine Prise Schnupftabak, «ehrlich gesagt, mir spielt es keine Rolle, ob ich Sie mit oder ohne Altar . . .»

Mit einer jähen Bewegung riß sie sich los und stürzte auf das Fenster zu. Wie der Blitz war er auf den Beinen und fing sie wieder ein, gerade als sie es erreichte.

«Nicht so hastig, Verehrteste. So entkommen Sie mir nicht!»

Er schlang einen Arm um ihre Taille und preßte sie fest an sich. Außer sich vor Angst versuchte sie auf das Gesicht, das sich so nah über sie beugte, einzuschlagen.

«Lassen Sie mich! Wie können Sie es wagen, mich derart zu beleidigen! Um Gottes willen, lassen Sie mich!»

Aber er zog ihr mit einer Hand die Arme auf den Rücken und hielt sie fest, mit der anderen drehte er unerbittlich ihren Kopf zu sich herum. «Um meinetwillen werde ich dich behalten», lächelte er und schaute gierig in ihr schönes, gequältes Antlitz mit den herrlichen Augen, die ihn so flehend anblickten, und dem zitternden, empfindsamen Mund. Einen Herzschlag lang betrachtete er sie so, dann beugte er sich rasch nieder und drückte seine Lippen auf die ihren.

Sie konnte sich weder wehren noch schreien. Eine ohnmächtige

Schwäche überkam sie, und sie konnte kaum noch atmen.

«Bei Gott, nun ist es zu spät!» keuchte er. «Gib nach, meine Süße, jetzt kann dich nichts mehr retten!»

Und da geschah das Unerwartete. Gerade als sie in ihrer letzten, verzweifelten Anstrengung, sich zu befreien, den Namen des Mannes stöhnte, den sie Hunderte von Meilen entfernt glaubte, sagte direkt hinter ihnen eine schneidende Stimme bebend vor Wut:

«Sie täuschen sich, Belmanoir!»

Mit einem Fluch ließ Tracy das Mädchen los und fuhr zu dem Eindringling herum.

Vor dem dunklen Vorhang stand Mylord mit gezücktem Degen, und in seinen blauen Augen funkelte die blanke Mordlust.

Während Tracy ihn sprachlos anstarrte, begann sich auf seinem Gesicht allmählich ungläubiges Staunen zu malen.

Diana, die kaum ihren Augen trauen konnte, stolperte völlig benommen auf ihren Retter zu und schluchzte: «Gott sei Dank! Gott sei Dank! Oh, Jack!»

Er fing sie in seinen Armen auf und zog sie sanft zum Sofa.

«Mein Herz, hast du jemals daran gezweifelt, daß ich kommen würde?»

«Ich – ich dachte, du bist in Frankreich!» stammelte sie unter Tränen und sank in die Kissen zurück.

Tracy hatte sich inzwischen von seinem ersten Schock erholt und musterte Carstares durch sein Monokel.

«Das ist allerdings ein unerwartetes Vergnügen, Mylord», sagte er in lässig unverschämtem Ton.

Diana stutzte bei dieser Anrede und blickte verwirrt zu John auf.

«In der Ecke hinter Ihnen sehe ich Ihren Degen, Euer Gnaden», sagte dieser eisig. Mit ein paar raschen Schritten war er an der Tür, drehte den Schlüssel um und ließ ihn in die Tasche seiner Reithose gleiten.

Für Diana war er wie ein Fremder – ohne ein Lächeln in den strahlend blauen Augen und ohne seine sonstige, beinahe übertriebene Höflichkeit. Sein blasses Gesicht hatte einen harten Zug, die Lippen waren zu einem scharfen Strich zusammengepreßt, die Nasenlöcher leicht geweitet.

Seine Gnaden zuckte lässig die Achseln.

«Mein lieber Carstares, weshalb sollte ich mich mit Ihnen schlagen?» fragte er, anscheinend nicht im mindesten über die Störung verärgert.

«Diese Antwort habe ich vorausgesehen, Euer Gnaden. Daher brachte ich das hier mit.»

Jack stieß den Degen in den Holzboden, wo er zitternd steckenblieb.

Gelassen streckte Tracy die Hand danach aus und warf einen Blick auf den Griff.

Als er die Waffe erkannte, verkrampften sich seine Finger, und er schoß Jack einen stechenden Blick zu.

«Ich stehe ganz zu Ihrer Verfügung», sagte er sehr sanft, während er den Degen auf den Tisch legte.

Um Mylords Mund spielte ein kleines triumphierendes Lächeln. Rasch legte er seinen eleganten Samtrock, Weste und die Scheide seines Degens ab und entledigte sich seiner schweren, über und über mit Schlamm bespritzten Reitstiefel; dann zupfte er die Spitzenrüschen seiner Manschetten zurecht und wartete, bis Seine Gnaden so weit war.

Wie im Traum sah Diana, wie der Tisch zurückgeschoben wurde, sah die beiden die Schritte ausmessen und hörte gleich darauf den durchdringenden Klang, mit dem sich die Klingen zum erstenmal kreuzten.

Nach ein paar Sekunden vorsichtigen Kreisens griff Mylord an und zog sich blitzschnell wieder zurück, gerade als der Herzog zum Gegenschlag ausholte und eine meisterhafte *riposte en quinte* ausführte. Mylord parierte mit einer anmutigen Terz und lachte dabei leise in sich hinein.

Mit offenem Mund und weitaufgerissenen Augen verfolgte Diana vom Sofa aus jeden neuen Ausfall. Ein dutzendmal hatte es den Anschein, als müßte Carstares im nächsten Moment durchbohrt werden, aber jedesmal gelang es ihm wie durch ein Wunder, der drohenden Gefahr auszuweichen, und die Klinge des Herzogs traf klirrend auf Stahl.

Da – in einer *quarte* zuckte Tracys zu hoch gezielte Degenspitze an Jacks Deckung vorbei und schlitzte den Ärmel seines Batisthemdes auf. Mylord sprang gewandt zurück, parierte und schlug eine *riposte*, bevor der Herzog wieder in Stellung gehen konnte. Mit grellem Klang trafen die Klingen aufeinander, und Mylord machte einen geraden Ausfall auf die Brust seines Gegners.

Diana schloß die Augen und erwartete den dumpfen Aufprall von Tracys Körper auf dem Boden. Aber statt dessen hörte sie wildes Stampfen und metallisches Klirren, und als sie aufblickte, sah sie, wie der Herzog sich geschickt Mylords Angriff entzog, indem er versuchte, ihn zu täuschen, ein Manöver, das jedoch mit unerhörter Eleganz und Leichtigkeit pariert wurde.

Carstares wußte, daß seine Kräfte nachließen. Von der Anstrengung des Rittes schmerzte ihn seine Schulter unerträglich, und auch sein Handgelenk schien etwas von seiner Geschmeidigkeit eingebüßt zu haben. Vergeblich versuchte er, ein Summen in seinem schmerzenden

Kopf zu ignorieren. In seinen Augen aber glühten kalte Wut und Mordlust.

Der Herzog focht mit beinahe übermenschlicher Geschicklichkeit. Er bewegte sich langsam und bedächtig, schien dabei aber unermüdlich zu sein.

Carstares dagegen wirkte leicht und geschmeidig wie ein Panther. Jede Faser seines schlanken Körpers schien gespannt.

Plötzlich machte er eine Finte, indem er eine Terz vortäuschte. Seine Hoheit sprang einen Schritt zurück und parierte mit einer *quarte*, und als John mit einer raschen Drehung ebenfalls auf die *quarte* wechselte und die Klingen sich kreuzten, stieß Tracy mit ausgestrecktem Arm zu, und schon klaffte an Mylords Schulter eine tiefe Wunde.

Diana stieß einen erstickten Schrei aus, da sie wußte, daß der Herzog ihn an seiner alten Verletzung getroffen hatte.

«Sind Sie nun – zufrieden?» fragte Tracy ein wenig atemlos, aber völlig kalt, indem er sich auf seinen Degen stützte.

Mylord taumelte leicht, fing sich aber sofort wieder und strich sich mit der linken Hand über die Augen.

«*En garde!*» war alles, was er erwiderte, ohne auf Dianas flehentliche Bitten zu hören.

Tracy zuckte die Achseln, und der Kampf ging weiter. Die schweren Lider verbargen seine Augen, so daß es aussah, als wären sie fast geschlossen, das Kinn ragte grimmig vor, während seine Zähne sich in die dünne Unterlippe gruben.

Zu ihrem Entsetzen sah Diana, daß Carstares' Gesicht eine aschgraue Farbe angenommen hatte und sein Atem in schweren Stößen ging. Es war eine Qual für sie, so hilflos dazusitzen, doch sie war bereit, ihn im Notfall mit ihrem Körper zu schützen. Plötzlich machte Mylord eine doppelte Finte, und seine Klinge schlitzte den Ärmel des Herzogs auf. Sofort quoll Blut aus der Wunde und rieselte unaufhaltsam zu Boden.

Tracy beachtete es nicht, sondern parierte so geschickt, daß Johns Klinge schwankte und er taumelnd zurückwich. Einen Augenblick schien es, als sei dies das Ende, aber irgendwie gelang es ihm, das Gleichgewicht wiederzuerlangen und sich zu decken.

Diana war aufgesprungen und preßte nun, ebenso bleich wie ihr Liebster, die Hände auf die Brust. Es entging ihr nicht, daß John den Degen immer unsicherer führte, daß das Lächeln von seinem Gesicht verschwunden war und die Lippen vor Erschöpfung leicht offenstanden, während eine tiefe Falte auf seiner Stirn erschien.

In diesem Moment schlug unten am Tor heftig die Glocke an und dröhnte durch die Stille des großen Hauses.

Carstares' weiße Lippen bewegten sich tonlos. Diana vermutete sofort, daß endlich ihr Vater gekommen war, und glitt an der Wand entlang auf die Tür zu.

Sekunden später näherten sich Schritte durch den Korridor. Man hörte deutlich eine fröhliche, laute Stimme, gleich darauf eine tiefere, ernstere.

Tracys Augen funkelten teuflisch, aber Carstares schenkte weder seiner höhnischen Grimasse noch den Geräuschen im Flur draußen Beachtung, im Gegenteil, er kämpfte so verbissen, daß er den Herzog sogar zurücktrieb. Nun hatten die beiden Männer draußen die Tür erreicht und verlangten ungestüm zu wissen, was in dem versperrten Zimmer vor sich ging. Diana wußte, daß Mylord fast am Ende war, und hämmerte mit den Fäusten verzweifelt gegen die starke Holztäfelung.

«Schnell, schnell!» schrie sie. «Um Gottes willen, brechen Sie die Tür auf, wer immer Sie auch sein mögen! Schnell!»

«Lieber Himmel! Da ist ja eine Frau drin!» rief jemand erstaunt. «Hör doch, Dick! Oh – da wird gekämpft!»

«Oh, bitte, beeilen Sie sich!» flehte Diana.

Die tiefere Stimme befahl: «Treten Sie zur Seite, Madam!»

Sie gehorchte hastig und wandte ihre Aufmerksamkeit wieder den beiden Kämpfenden zu, während Andrew sich von außen gegen die massive Türfüllung warf. Beim dritten Versuch gab das Schloß nach, die Tür flog weit auf, und Lord Andrew stürzte stolpernd ins Zimmer.

Doch die beiden fochten unbeirrt weiter.

«Na, da soll mich doch gleich der Teufel holen», sagte Andrew und trat interessiert näher. Da sah er für den Bruchteil einer Sekunde Jacks Gesicht. Verblüfft starrte er genauer hin, dann rief er Richard zu: «Allmächtiger! Dick, komm her! Komm her! Das ist doch – wer ist denn dieser Mensch?»

Diana sah, wie der schlanke Herr, der Mylord so unglaublich ähnlich war, an die Seite des jungen Mannes trat. Alles Weitere geschah blitzschnell. Sie hörte einen lauten Aufschrei, und bevor sie überhaupt begriff, was er tat, hatte Richard vom Leder gezogen und mit seinem Degen die beiden Klingen pariert. Als Jack seinen Bruder erkannte, keuchte er wütend: «Hol dich – der Teufel – Dick! Geh aus – dem Weg!»

Tracy stützte sich schwer atmend auf seine Waffe, doch noch immer lag ein zynisches Lächeln auf seinem Gesicht.

Als Richard merkte, daß Mylord sich wieder auf den Herzog stürzen wollte, packte er ihn und wand ihm schließlich das Rapier aus der schlaffen Hand.

«John, du Narr! Laß los! Laß los, sage ich!»

Er schleuderte den Degen weit von sich. In diesem Augenblick brach Mylord lautlos zusammen.

28
Die Tragödie wird zur Komödie

Mit einem erstickten Schrei stürzte Diana zu dem Häufchen Elend, das da am Boden lag, doch Richard kam ihr zuvor. Er kniete neben der leblosen Gestalt Mylords nieder und untersuchte die Wunde.

Diana blickte ihn an.

«Es ist wieder seine Schulter, Sir—an derselben Stelle war er schon einmal verletzt. Oh, er ist doch — er *kann* doch nicht tot sein?»

Richard schüttelte stumm den Kopf und streifte vorsichtig das Batisthemd zurück. Die Wunde blutete nur leicht, und gemeinsam legten sie mit Taschentüchern und einer Serviette, die man rasch vom Tisch holte, einen Verband an.

«Ich glaube, er ist einfach total erschöpft», meinte Richard stirnrunzelnd, indem er Jack die Hand vor die blassen Lippen hielt. «Er atmet noch.»

«Würde einer der Herren vielleicht Wasser und Cognac holen», rief Diana über die Schulter.

«Sofort, Madam», antwortete Andrew und eilte davon.

Sie beugte sich wieder über Mylord und blickte ihm ängstlich ins Gesicht.

«Sind Sie—ganz sicher, daß er überleben wird? Er—er muß von Maltby direkt hierher geritten sein — meinetwegen!» Aufschluchzend preßte sie die eiskalten Finger Mylords an ihre Lippen.

«Ihretwegen, Madam?» Richard sah sie fragend an.

«Ja — er — wir — ich —» stammelte sie errötend.

«Ich verstehe», sagte Richard ernst.

«Ja», nickte sie, «und — und der Herzog — hat mich entführt und hierhergebracht — und — und dann kam *er*, um mich zu retten!»

Ein Luftzug, der vom Fenster hereinwehte, brachte die Rüschen von Mylords Hemd zum Flattern und blies ihr eine dunkle Locke in die Stirn. Sie strich sie zurück und starrte Richard dabei verwirrt an.

«Verzeihen Sie, Sir — aber — Sie sind ihm so ähnlich!»

«Ich bin sein Bruder», antwortete Richard kurz.

Ihre Augen weiteten sich vor Erstaunen.

«Sein *Bruder*, Sir? Ich wußte gar nicht, daß Mr. Carr einen Bruder hat!»

«Mr. – wie?»

«Carr. So heißt er doch, oder? Ich hörte zwar, wie der Herzog ihn Carstares nannte – und – Mylord.»

«Er ist der Earl von Wyncham», sagte Richard, indem er die Hand ausstreckte, um Andrew den Krug Wasser abzunehmen, den er gebracht hatte.

«Allmächtiger – Himmel!» Diana war fassungslos. «A-aber er sagte, er sei ein Straßenräuber.»

«Sehr richtig, Madam.»

«Was? Mein Gott, wie – lächerlich! Aber das sieht ihm ähnlich!»

Sie tauchte ein Taschentuch ins Wasser und legte es Mylord auf die Stirn.

«Er gibt überhaupt kein Lebenszeichen von sich», sagte sie unruhig. «Sind Sie wirklich sicher, daß er – daß er nicht –»

«Hundertprozentig. Er kommt bestimmt gleich zu sich. Sie glauben, daß er weit geritten ist?»

«Ganz gewiß, Sir – ach, wenn er doch nur nicht so blaß wäre – er wohnte bei den O'Haras in Maltby.»

«Bei Miles!»

«Ja – er muß die ganze Strecke auf einmal zurückgelegt haben – und das mit der kaum verheilten Wunde!» Wieder küßte sie die schlaffe Hand.

Drüben beim Fenster war Seine Gnaden inzwischen wieder zu Atem gekommen und musterte Andrew durch sein Monokel.

«Darf ich fragen, welchem Umstand ich deinen werten Besuch zu verdanken habe?» fragte er honigsüß. «Und was dich dazu bewogen hat, den braven Richard mitzubringen?»

«Ich kam her, weil es mir gerade so paßte. Ich habe nicht im Traum vermutet, dich hier anzutreffen!»

«Wo hast du denn gedacht, daß ich mich aufhalte?»

«Ich habe mir überhaupt nicht den Kopf über dich zerbrochen, mein Guter. Bin ich dein Kindermädchen?»

«Warum ist Richard da?»

«Du lieber Himmel, ist das eine Fragerei! Er ist da, weil er mich auf seiner Fahrt nach Wyncham mitgenommen hat. Was dagegen?»

«Was würde mir das nützen», meinte Tracy achselzuckend. «Hab ich diesen jungen Hitzkopf umgebracht?»

Andrew maß ihn angeekelt von oben bis unten.

«Nein, das ist dir Gott sei Dank nicht gelungen. Er hat nur einen kleinen Kratzer abgekriegt.»

«Du meine Güte! Woher diese plötzliche Sympathie?»

Andrew machte auf dem Absatz kehrt und bemerkte dabei bissig über die Schulter: «Von mir aus mag er ein Betrüger sein, aber er ist trotzdem ein verdammt feiner Kerl. Potzblitz! Als ich durch die Tür flog, hat er dich beinahe aufgespießt!» Unwillkürlich kicherte er bei dem Gedanken an diesen glorreichen Augenblick.

«Er war ungefähr ein dutzendmal nahe daran», antwortete Tracy, während er den Verband an seinem Arm fester zog. «Fechten kann er nicht nur wie ein, sondern wie zehn Teufel. Aber er war müde.»

Er folgte Andrew durchs Zimmer und blieb neben seinem bewußtlosen Gegner stehen.

Diana erhob sich herausfordernd.

«Treten Sie zurück, Euer Gnaden! Sie haben hier nichts mehr zu suchen!»

Er zog seine Schnupftabaksdose hervor und nahm eine Prise. «Aha, so ist das also, meine Liebe. Das konnte ich allerdings nicht ahnen.»

«Wollen Sie damit vielleicht andeuten, daß das in bezug auf Ihr Benehmen mir gegenüber eine Rolle gespielt hätte?»

«Nicht die geringste, mein Kind», antwortete er und ließ den Deckel der Dose zuschnappen. «Es war für mich lediglich eine gelinde Überraschung. Anscheinend hat er diese Runde gewonnen.» Als er sich zum Gehen wandte, schlug die Glocke am Eingangstor von neuem heftig an.

Andrew, der gerade aus einer Flasche Cognac in ein Glas goß, hielt mitten in der Bewegung inne.

«Donner und Doria! Langsam versammelt sich da eine ganze Gesellschaft! Wer mag denn das nun wieder sein?» Er stellte das Glas hin und schlenderte mit der Flasche in der Hand aus dem Raum. Sie hörten, wie er einen erstaunten Ruf von sich gab und dann in schallendes Gelächter ausbrach. Im nächsten Augenblick stürzte O'Hara gestiefelt und gespornt und in einen schweren Überrock gehüllt herein, eilte zu der kleinen Gruppe, die sich um Mylord geschart hatte und kniete neben ihm nieder. Mit einem Blick überflog er die ganze Runde, dann fragte er Richard:

«Lebt er?»

Richard nickte mit abgewandtem Gesicht.

O'Hara beugte sich über seinen Freund.

«Ist er verwundet?»

«Nur leicht, Sir Miles», antwortete diesmal Diana. «Aber wieder an der Schulter. Der Ritt hat ihn zu sehr angestrengt – Mr. Carstares glaubt, er sei vor Erschöpfung ohnmächtig geworden.»

O'Hara schob behutsam einen Arm unter Mylords Nacken und den anderen unter seine Knie. Dann hob er ihn auf, als wäre er ein Kind, und trug ihn zum Sofa hinüber, wo Diana bereits die Kissen für ihn aufschüttelte.

«Hier hat er es bequemer», sagte er und fügte mit einem besorgten Blick hinzu: «Ihnen ist nichts zugestoßen, Kindchen?»

«Nein – nein – er kam gerade rechtzeitig – und hat für mich gekämpft.» Sie betupfte sich die Augen. «Ich – ich liebe ihn so, Sir Miles – und jetzt höre ich, daß er ein Earl ist!» seufzte sie.

«Nun, Kindchen, ich glaube nicht, daß sich dadurch etwas ändert. Hoffentlich macht er Sie glücklich.»

Unter Tränen lächelte sie ihn zuversichtlich an.

O'Hara drehte sich um und betrachtete Richard, der ein wenig im Hintergrund stand und den Blick nicht vom Antlitz seines Bruders wandte, mit eisiger Verachtung. Statt sich zurückzuziehen, fragte Carstares herausfordernd: «Nun?»

«Nichts», erwiderte der Ire schneidend und ging zu Lord Andrew hinüber, der in ein hitziges Wortgefecht mit seinem Bruder verwickelt war.

Carstares trat wieder neben Mylord und blickte schweigend auf ihn nieder.

Plötzlich stieß Diana einen leisen Freudenschrei aus.

«Er kommt zu sich! Er hat sich bewegt! Oh, Jack, mein Liebster, schau mich an!» Sie beugte sich zärtlich über ihn.

Mylords Lider zuckten, dann öffnete er die Augen. Einen Moment starrte er sie an.

«Oh – Diana!»

Sie nahm seinen Kopf zwischen beide Hände und küßte ihn auf den Mund. Dann beugte sie sich ein wenig zurück und betrachtete ihn liebevoll.

Mylord schlang den Arm um sie und drückte sie fest an sich. Gleich darauf machte sie sich von ihm los und stand auf. Jetzt fiel Jacks noch immer leicht verwirrter Blick auf seinen Bruder. Er stützte sich mühsam auf den Ellbogen.

«Träume ich? Dick!» Seine Stimme klang hell vor Freude.

Richard trat rasch zu ihm und versuchte, ihn wieder in die Kissen zu drücken. «Jack, mein Lieber – nein, nein – du mußt jetzt ganz stilliegen!»

«Was?» rief Mylord, indem er die Beine auf den Boden schwang. «Fällt mir gar nicht ein! Mir geht es prächtig, ich bin nur ein bißchen benommen. Wie, zum Donnerwetter, kommst denn du daher? Sicher warst du derjenige, der mich früher beim Fechten behindert hat? Ja? Überall muß der Bengel sich einmischen! Reich mir doch ganz kurz deinen Arm!»

«Aber warum willst du denn unbedingt aufstehen?» flüsterte ihm eine sanfte Stimme flehend ins Ohr.

«Deshalb, mein Engel», antwortete er und umschlang sie.

Dann schweifte sein Blick durch den Raum und blieb an der aufgeregt zankenden Gruppe neben dem Tisch hängen. Andrew machte soeben lautstark seiner Entrüstung Luft, Tracy war wie immer ganz kühler Sarkasmus und O'Hara schlicht und einfach wütend.

«Du liebe Zeit!» rief Mylord. «Wo sind denn die alle hergekommen?»

«Keine Ahnung!» lachte Diana. «Sir Miles erschien vor ein paar Minuten – der andere Herr kam mit Mr. Carstares.»

«Ah ja, ich erinnere mich an ihn – es ist Andrew, nicht wahr, Dick? Teufel, ist das Bürschchen groß geworden! Aber worüber, um alles in der Welt, alterieren sie sich denn so? Miles! Miles, so hör doch!»

O'Hara fuhr überrascht herum.

«Oho! Was sind denn das für Mätzchen?» Er kam rasch auf ihn zu. «Wirst du dich wohl wieder hinsetzen?»

«Da ihr alle so darauf besteht – bitte. Wieso bist du denn eigentlich hier?»

O'Hara trat hinter das Sofa, um ein Kissen unter die verletzte Schulter zu schieben. Dann stützte er die Arme auf die Lehne und blickte lachend auf seinen Freund hinunter.

«Meiner Treu, ich bin eben hergeritten!»

«Aber woher wußtest du denn Bescheid? Wo –»

«An allem ist nur dieser kleine Spitzbube David schuld», sagte er. «Molly sprach während der ganzen Fahrt zu den Frasers von nichts anderem, als daß das arme Kind bestimmt vernachlässigt würde und was nicht noch alles. Wir sitzen also noch keine Stunde dort, da springt sie auch schon auf und behauptet, daheim sei ganz sicher etwas passiert. Was bleibt mir armem Kerl anderes übrig, als sie umgehend nach Hause zu bringen. Wir kamen gerade an, als Beauleigh fort wollte. Er erzählte uns die ganze Geschichte, und natürlich ließ ich in Windeseile Blue Peter satteln und ritt dir nach. Aber da ich mich leider Gottes ein paarmal im Weg irrte und mein Pferd schließlich kein geölter Blitz ist, konnte ich nicht früher kommen.»

«Du kannst nicht so weit hinter mir gewesen sein», sagte Jack, «denn ich habe eine volle halbe Stunde damit vertan, eine Lücke in der Hecke zu finden, durch die ich mit Jenny durchkonnte. Sie steht jetzt in einem Schuppen am Rand des Rasens. Ich habe sie mit meinem Mantel zugedeckt. Und durstig ist sie bestimmt auch.»

«Ich werde mich um sie kümmern», versprach O'Hara.

Nun trat Andrew näher, verbeugte sich verlegen vor Mylord und setzte stotternd zu einer Begrüßung an. Carstares streckte ihm die Hand entgegen.

«Du lieber Himmel, Andy! Ich erkenne dich ja kaum wieder!»

Andrew zögerte einen Moment, dann ergriff er lachend die ausgestreckte Hand. Aber Mylord war das Zögern nicht entgangen, wenn es auch nur den Bruchteil einer Sekunde gewährt hatte.

«Ich – entschuldige bitte. Ich vergaß ganz», sagte er steif.

Andrew nahm mit ziemlich roten Ohren neben ihm Platz.

«Ach, Unsinn, Jack! Ich bin ein Elefant im Porzellanladen, aber ich hab's nicht böse gemeint!»

Richard trat ins helle Kerzenlicht.

«Wenn ihr mir einen Augenblick zuhören wollt, wäre ich euch sehr verbunden», sagte er ruhig.

Lord John fuhr auf. «Dick!» rief er warnend und wollte sich erheben, doch O'Hara hielt ihn zurück.

«Ach, sei still», knurrte er. «Laß ihn sagen, was er zu sagen hat.»

«Halt den Mund, O'Hara! Dick, warte einen Augenblick! Ich will mit dir sprechen!»

Richard beachtete ihn nicht.

«Ich möchte etwas bekanntgeben, was ich schon vor sieben Jahren hätte tun sollen –»

«Ein für allemal, ich verbiete es dir!» schrie Mylord, indem er versuchte, sich aus O'Haras Griff zu befreien.

Miles beugte sich über ihn.

«Hör zu, mein Junge! Wenn du nicht sofort die Klappe hältst, werde ich dich eigenhändig knebeln, also –»

Mylord unterbrach ihn mit einem Fluch.

«Bitte, John», sagte Diana und legte ihm sanft die Hand auf den Arm. «Bitte, sei still! Warum sollte Mr. Carstares nicht sprechen?»

«Du weißt ja nicht, was er sagen will», brauste Jack auf.

«Ich sehe, daß Miss Beauleigh, Sir Miles und Andrew völlig im dunkeln tappen», näselte der Herzog. «Soll *ich* die Geschichte erzählen, Richard?»

«Danke, ich kann auf deine Hilfe verzichten», lautete die kalte Antwort. «Aber ich muß dich bitten, Ruhe zu geben, John.»

«Was nicht noch alles! Du darfst n –»

«Das reicht», entschied O'Hara und hielt ihm unerbittlich den Mund zu. «Sprechen Sie weiter, Carstares!»

«Miss Beauleigh zuliebe will ich Ihnen sagen, daß mein Bruder und ich vor sieben Jahren zu einem Kartenabend gingen. Ich spielte falsch, aber er nahm die Schuld auf sich und hat sie bis jetzt getragen, weil ich zu feig war, die Wahrheit zu gestehen. Das ist alles.»

«Deshalb wollten Sie mich am Freitag sehen?» entschlüpfte es O'Hara.

Richard nickte düster.

«Ja, da wollte ich reinen Tisch machen.»

«Hm! Ich freue mich, daß Sie sich aufgerafft haben, diesmal Ihren Mann zu stehen!»

Mit einem wütenden Fluch rang Jack sich los und fuhr seinen Freund an: «Du nimmst dir entschieden zuviel heraus, O'Hara!»

Er erhob sich schwankend und ging zu Richard hinüber.

«Dick hat euch viel gesagt, aber nicht alles. Keiner von euch kennt die Gründe, warum wir so handelten. Ich denke, ihr kennt ihn gut genug, um mir zu glauben, daß es eines sehr starken Motivs bedurfte, damit er mir erlaubte, die Schuld auf mich zu nehmen. Falls jemand zu der Angelegenheit etwas zu bemerken hat, wäre ich dankbar, wenn er es mir sagen würde – auf der Stelle!» Sein Blick schweifte drohend von einem zum anderen und verweilte eine Sekunde auf O'Haras steinerner Miene. Dann streckte er seinem Bruder mit dem ihm eigenen wehmütigen Lächeln die Hand hin.

«Bringst du es denn übers Herz, mit mir zu sprechen?» fragte Richard mit abgewandtem Gesicht.

«Mein Gott, Dick, mach dich nicht lächerlich!» Er ergriff die widerstrebende Hand. «Du hättest für mich das gleiche getan!»

Andrew drängte sich vor.

«Also, ich sehe keinen Sinn darin, alte Geschichten aufzuwärmen! Schließlich und endlich, was spielt es denn schon für eine Rolle? Wir wollen es vergessen, und damit Schluß! Da hast du meine Hand darauf, Dick! Gott im Himmel! Ich kann doch nicht gut dem Mann den Rücken kehren, auf dessen Kosten ich jahrelang gelebt habe!» Mit einem herzlichen, ansteckenden Lachen schüttelte er Richard die Hand.

Mylord blickte O'Hara flehend an. Zögernd trat der Ire auf ihn zu.

«Ich kann nicht umhin, dir zu sagen, Richard, daß ich mit Andrew nicht ganz übereinstimme. Allerdings will ich nicht leugnen, daß ich jetzt doch eine wesentlich bessere Meinung von dir habe, als – vor sieben Jahren.»

Richard blickte rasch auf.

«Du hast nie an seine Schuld geglaubt?»

O'Hara lachte.

«Kaum!»

«Du hast gewußt, daß ich es war?»

«Oh, ich hatte so meine Vermutungen.»

«Ich wünschte – oh, ich wünschte wirklich, du hättest sie damals ausgesprochen!»

O'Hara zog erstaunt die Brauen hoch, und plötzlich entstand ein kurzes Schweigen. Da trat der Herzog von Andover auf seine unnachahmliche Weise vor und blickte ostentativ von einem zum anderen.

«Eins, zwei, drei – vier, fünf –» zählte er. «Andrew, gib in der Küche Bescheid, man soll im Speisezimmer für fünf Personen decken.»

«Bleibst du nicht?» fragte sein Bruder überrascht.

«Ich habe bereits zu Abend gegessen», antwortete Tracy kühl.

O'Haras Mund zuckte verdächtig, dann brach er in schallendes Gelächter aus. Alle blickten ihn fragend an.

«Meiner Treu!» keuchte er. «Ich will verdammt sein, wenn ich jemals einem amüsanteren Schurken begegnet bin! ‹Man soll für fünf Personen decken!› Ach, es ist nicht zu fassen!»

«Oder hätte ich sechs sagen sollen?» fuhr Seine Gnaden unerschütterlich fort. «Irre ich mich, oder wird uns nicht auch noch Mr. Beauleigh die Ehre geben?»

O'Hara zügelte seine Heiterkeit.

«O ja, ganz recht! Das hätte ich beinah vergessen – er war froh, die Sache mir überlassen zu können, und fuhr nach Littledean zurück.»

«Das tut mir aufrichtig leid», sagte Seine Gnaden mit einer Verbeugung. Dann wandte er sich an Mylord, der ihn, einen Arm um Dianas Mitte geschlungen, arrogant musterte.

«Ich sehe schon, wie der Hase läuft», bemerkte er. «Ich gratuliere Ihnen, John. Ehrlich gesagt kann ich nicht umhin zu bedauern, daß ich Ihnen damals auf offener Straße nicht den Rest gegeben habe. Erlauben Sie mir noch hinzuzufügen, daß ich Ihre Fechtkunst recht beachtlich finde.»

Mylord verbeugte sich steif.

«Natürlich», fuhr Seine Gnaden liebenswürdig fort, «wünschen auch Sie, Sie hätten sich meiner entledigt – das kann ich Ihnen durchaus nachfühlen. Aber so sehr Sie mich auch innerlich verachten und verabscheuen mögen, Sie können es nicht zeigen – außer Sie wollen uns beide zum Stadtgespräch machen – Mistress Diana nicht zu vergessen. Nebenbei bemerkt habe ich für schlechte Tragödien nichts übrig. Ich hoffe daher, Sie werden heute nacht als mein Gast hierbleiben – äh, Andrew, vergiß bitte nicht anzuordnen, man möge die entsprechenden Schlafzimmer vorbereiten –. Danach brauchen Sie mir nie wieder in die Nähe zu kommen

– in der Tat hoffe ich, daß Sie kein Bedürfnis danach verspüren werden.»

Mylord konnte ein leises Lächeln nicht unterdrücken.

«Ich danke Euer Gnaden für die Gastfreundschaft, die wir, wie ich fürchte –» er blickte auf Dianas müdes Gesicht hinunter – «wohl zwangsläufig annehmen müssen. Was das Übrige betrifft, bin ich ganz Ihrer Meinung. Ich kann mich ebenfalls nicht für schlechte Tragödien begeistern.»

Diana lachte kurz auf.

«Ihr seid alle so förmlich!» sagte sie. «*Ich* gehe gern zu Bett!»

«Dann führe ich dich zur Treppe», sagte Jack prompt und reichte ihr den Arm.

Als sie an Seiner Gnaden vorüberkamen, blieb sie stehen und blickte ihn an.

Tracy verbeugte sich tief.

«Gute Nacht, Madam. Carstares wird Ihnen zeigen, welchen Raum ich für Sie vorbereiten ließ. Sie werden dort auch eine Zofe vorfinden.»

«Danke», sagte sie ruhig. «Ich will versuchen, die Ereignisse des heutigen Tages zu vergessen, Euer Gnaden. Ich sehe ein, daß Sie recht haben – wir dürfen uns nicht anmerken lassen, daß wir Feinde sind, wenn wir uns nicht dem Klatsch aussetzen wollen. Und dann, das will ich offen gestehen, fällt es mir auch leichter, Ihnen all Ihre Beleidigungen zu verzeihen, da Sie mir auf diese Weise – wenn auch unfreiwillig – Jack zurückgebracht haben. Hätte ich mich nicht in so schrecklicher Bedrängnis befunden, hätte ich ihn wahrscheinlich nie wiedergesehen.»

«Im Grunde genommen», erwiderte Seine Gnaden mit einer Verneigung, «ist alles nur zum Besten gewesen.»

«Das möchte ich nicht behaupten, Sir», antwortete sie und ging aus dem Zimmer.

Einen Moment herrschte Schweigen. Keiner wußte, was er sagen sollte. Wie gewöhnlich war es Tracy, der der peinlichen Stille ein Ende machte.

«Ich schlage vor, wir begeben uns ins Speisezimmer», sagte er. «Vermutlich müssen wir eine Weile warten, bis Seine Lordschaft wieder erscheint. O'Hara, bitte nach Ihnen!»

«Einen Augenblick», sagte Miles. «Jacks Stute steht irgendwo in einem Schuppen. Ich habe versprochen, mich um sie zu kümmern.»

«Andrew!» rief Seine Gnaden. «Wenn du alles Nötige bezüglich des Abendessens veranlaßt hast, sieh zu, daß auch Carstares' Stute versorgt wird!»

Man hörte ein flüchtiges «Ja, ja!» draußen im Korridor, und gleich darauf brüllte Lord Andrew jemandem, der sich offensichtlich in einiger Entfernung befand, die entsprechenden Befehle zu.

Im großen und ganzen verlief das Dinner recht gemütlich. Seine Gnaden befleißigte sich einer verbindlichen Liebenswürdigkeit, Andrew war wie immer laut und guter Dinge und O'Hara tat sein Bestes, um die Konversation in Gang zu halten. Richard gab sich ziemlich schweigsam, doch Mylord, der vor Glück bereits im siebenten Himmel schwebte, legte bald seine frostige Zurückhaltung ab und beteiligte sich am Gespräch, da er verständlicherweise ganz erpicht darauf war, zu erfahren, was sich in den vergangenen sechs Jahren an Wissenswertem in der Stadt ereignet hatte.

O'Hara hatte ein paarmal die größte Mühe, nicht laut herauszulachen, denn er fand die Situation geradezu umwerfend komisch. Es erheiterte ihn maßlos, daß sich diese beiden Männer nach dem erbitterten Kampf, den sie sich geliefert hatten, und nach allem, was geschehen war, nunmehr in aller Ruhe gemeinsam an einen Tisch setzten. Eigentlich war er überzeugt davon gewesen, Mylord würde sich mit einer pathetischen Geste weigern, auch nur eine Sekunde länger als notwendig im Hause des Herzogs zu verweilen.

Es war bereits nach Mitternacht, als die Tafelrunde aufgehoben wurde und die beiden Brüder allein im Speisezimmer zurückblieben. Es war ganz still, und der lange Tisch mit den Resten des Mahles bot ein Bild der Verwüstung. Mylord rührte geistesabwesend mit dem langstieligen Punschlöffel in der großen, fast leeren Terrine. Das Kerzenlicht fiel voll auf sein Gesicht, und endlich hatte Richard, der gegenüber im Schatten stand, ausgiebig Gelegenheit, ihn genau zu betrachten.

Er konnte sich an diesem Antlitz nicht sattsehen. Unbewußt saugte sich sein Blick förmlich an jeder Einzelheit der geliebten Züge fest, verfolgte jede Bewegung der schlanken Hand. Ja, John wirkte unmerklich verändert, doch was diesen fast nur zu ahnenden Unterschied ausmachte, konnte er nicht sagen. Er war kaum gealtert und besaß nach wie vor diesen Hauch fröhlicher Unbekümmertheit, der ihm stets eigen gewesen war, und trotzdem war da noch etwas anderes, Unerklärliches. O'Hara hatte es auch gefühlt: eine gewisse Unergründlichkeit und Zurückhaltung.

Schließlich brach Mylord das ein wenig peinliche Schweigen. Als er den Blick seines Bruders spürte, schaute er mit seinem seltsamen, so gewinnenden Lächeln auf.

«Hol's der Teufel, Dick, wir sind ja schüchtern wie die Schuljungen!»

Als Richard todernst blieb, trat Mylord an seine Seite.

«Wir beide brauchen keine großen Worte zu machen, Dick. Das wäre völlig überflüssig. Wir haben uns doch immer aus der Patsche geholfen.»

Er legte ihm die Hand auf die Schulter. Richard blieb reglos stehen, dann wandte er sich um.

«Was mußt du von mir denken! Mein Gott, wenn ich mir vorstelle –»

«Ich weiß. Glaub mir, Dick, ich weiß genau, was in dir vorgegangen ist. Aber bitte, vergiß es! Es ist jetzt vorbei und damit begraben.»

Wieder folgte ein langes Schweigen. Schließlich zog Lord John seine Hand zurück und setzte sich auf die Tischkante.

«Da fällt mir ein, du bist ja schon ein würdiger Papa!» lächelte er. «Ein Sohn?»

«Ja – er heißt John – nach dir.»

«Ich fühle mich außerordentlich geschmeichelt. Gott, da hat sich der Grünschnabel doch tatsächlich schon einen eigenen Sprößling zugelegt!» Er wirbelte lachend sein Monokel um den Finger.

Endlich erhellte sich auch Richards Miene.

«Und sich erlaubt, seinen werten Bruder hiermit zum Onkel zu machen!» erwiderte er, und plötzlich war der Bann gebrochen.

Am nächsten Morgen fuhr Richard nach Wyncham weiter, während Diana, Jack und O'Hara nach Sussex zurückreisten. Jack wollte noch nicht nach Hause. Er erklärte, er ziehe es vor, zuerst zu heiraten und dann erst seine «Frau Gräfin» heimzubringen. Vorher äußerte er seinem Bruder gegenüber allerdings noch etliche Wünsche, was die Vorbereitungen für seine Ankunft betraf. Als letztes bat er Richard, er möge einen gewissen Kaufherrn namens Fudby aufsuchen, um dessen Sekretär, Mr. Chilter, aus seinen Klauen zu befreien und nach Wyncham mitzunehmen. All das rief er noch knapp vor der Abreise aus dem Kutschenfenster.

Richard lenkte Jenny, auf der er heimreiten sollte, neben den Schlag und rief, nicht eben begeistert:

«Aber zum Donnerwetter, was soll ich denn mit dem Menschen anfangen?»

«Schenk ihn dem braven Warburton», riet Jack ihm leichthin. «Ich weiß, er braucht seit Jahren einen Schreiber!»

«Aber vielleicht hat er gar keine Lust, mich zu begleiten –»

«Tu, was ich dir sage!» lachte sein Bruder. «Ich erwarte auf jeden Fall, ihn in Wyncham begrüßen zu können! *Au revoir!*» Er zog den Kopf ein, und die Kutsche setzte sich holpernd in Bewegung.

29
Lady O'Hara triumphiert

Nach einer äußerst unruhig verbrachten Nacht – sie war stundenlang wachgelegen und hatte dem zermürbenden Ticken der Uhr gelauscht, und wenn sie eingenickt war, dann nur, um beim geringsten Geräusch wieder aufzuschrecken – erhob sich Lady O'Hara keineswegs erfrischt und mit einem wesentlich unbehaglicheren Gefühl als am Abend zuvor.

Während sie im Bett lag, hatte sie Zeit genug gehabt, sich alle möglichen grauenhaften Dinge auszumalen, die ihrem Gemahl zugestoßen sein mochten, und wenn auch nun das beruhigende Tageslicht diese Albträume bis zu einem gewissen Grad zerstreute, so bereitete ihr doch die Erinnerung daran einen ausgesprochen unangenehmen Morgen, den sie größtenteils dazu verwandte, zwischen Eingangstor und dem riesigen Fenster in der Vorhalle auf- und abzuschreiten.

Jim Salter ging es nicht besser. Als er am vergangenen Abend ziemlich spät aus Fittering zurückgekehrt war, mußte er feststellen, daß sein Herr und Sir Miles verschwunden waren, während sich Lady O'Hara in einem Zustand ängstlicher Bestürzung und das Haus in einem wilden Durcheinander befand. Sie wußte nur, daß sie bei ihrer Ankunft Mr. Beauleigh inmitten einer Schar aufgeregter Diener vorgefunden hatten, in die sich ihr Gemahl sogleich unter reichlichem Gebrauch seiner Ellbogen drängte, worauf man beobachten konnte, wie sich Mr. Beauleigh auf die Zehenspitzen stellte, um ihm sein Leid ins Ohr zu klagen. Kaum war das geschehen, als auch bereits Sir Miles völlig durchzudrehen schien und sie mit der hastigen Erklärung, Jack sei hinter Devil her, weil dieser Diana entführt habe, und er müsse ihm sofort zu Hilfe eilen, ins Haus scheuchte. Zehn Minuten später sah sie entsetzt, wie er mit umgeschnalltem Degen und drohend aus den Sattelhalftern ragenden Pistolengriffen die Auffahrt hinuntergaloppierte. Sie sandte ihm einen flehentlichen Schrei nach, den sie allerdings, kaum daß er ihren Lippen entschlüpft war, hinter der vorgehaltenen Hand erstickte, wobei sie von ganzem Herzen hoffte, O'Hara habe ihn nicht gehört.

Keine halbe Stunde später erschien dann Salter, und seine Gefühle, als er hörte, sein geliebter Herr und Meister sei einem Kampf auf Leben und Tod entgegengeritten, bleiben wohl besser der Phantasie als der Feder überlassen. Er wollte unverzüglich ebenfalls auf und davon, wogegen Mylady jedoch entschlossen Einspruch erhob und erklärte, Sir Miles genüge vollauf, um mit der Sache fertigzuwerden, und sie habe keine Lust, hier völlig hilf- und schutzlos zurückzubleiben. Salter war viel zu respektvoll, um darauf hinzuweisen, daß sich außer ihm noch fünf kräftige Männer im Haus befanden, aber da sein Herr ihm keine Anweisungen hinterlassen hatte, fügte er sich in sein Schicksal.

Am nächsten Tag gelang es ihm dann mit großem Geschick, Mylady alles andere als den ersehnten Trost zu spenden, denn als sie die pessimistische Vermutung äußerte, daß sowohl Carstares *als* auch ihr Gemah unzweifelhaft verletzt seien, machte er keinerlei Anstalten, sie, wie si eigentlich erhofft hatte, vom Gegenteil zu überzeugen, sondern nickt nur bekräftigend und mit wahrer Leichenbittermiene. Mit einem empörten Blick kehrte sie ihm den Rücken.

Um vier Uhr nachmittags standen beide in der Vorhalle und starrte auf die Auffahrt hinaus.

«Jetzt ist es aber wirklich schon sehr spät», bemerkte Molly besorgt

«Ja, Mylady.»

«Wenn – wenn nicht etwas schiefgegangen ist, müßten sie doch scho da sein, oder?»

«Ganz recht, Mylady.»

Lady O'Hara stampfte mit dem Fuß auf.

«So widersprich mir doch!» schrie sie.

Jim war verwirrt.

«Ich bitte um Verzeihung, Mylady?»

«Du sollst mir nicht dauernd zustimmen! Schließlich und endlich können sie weiß Gott wie weit geritten sein, und – äh – vielleicht ruhen si sich jetzt irgendwo aus! Jenny kann lahmen, oder – oder es ist sons irgendwas in dieser Art passiert!»

«Ganz recht, My- ich meine, das ist natürlich möglich, Mylady.»

«Im Grunde wäre ich gar nicht überrascht, wenn sie überhaupt nich verletzt wären!»

Er schüttelte zweifelnd den Kopf, was ihr aber zum Glück entging.

«Immerhin hat mir mein Mann oft genug erzählt», fuhr sie beton sorglos fort, «was für ein ausgezeichneter Fechter Mr. Carstares ist, und –»

«Mylady vergessen seine Verwundung.»

Wer weiß, welche Antwort ihm diese Bemerkung eingetragen hätte, wäre nicht in diesem Augenblick das knirschende Geräusch von Wagenrädern auf dem Kies zu ihnen heraufgedrungen. Wie auf ein Kommand stürzten die beiden zur Tür und rissen sie gemeinsam auf, gerade als ein elegante Reisekutsche, mit dem Wappen von Wyncham versehen un flankiert von Lakaien in schwarz-goldener Livree, vor dem Haus vorfuhr.

In Windeseile flog Mylady die Treppe hinunter und erreichte de

Wagen, noch bevor einer der Diener den Schlag geöffnet hatte und Mylord den Arm bieten konnte. Carstares sprang leichtfüßig heraus, gefolgt von O'Hara, dem diese körperliche Betätigung ebenfalls keinerlei Schwierigkeiten zu bereiten schien.

Ohne auf die Anwesenheit der Dienerschaft zu achten, warf sich Molly ihrem Gemahl in die Arme, um ihn zärtlich zu begrüßen.

Jim Salter rannte zu Mylord.

«Sie sind nicht verletzt, Sir?» schrie er.

Carstares reichte ihm Hut und Mantel.

«Nicht der Rede wert, Jim. Trotzdem hätte mich ‹Everard› heute nacht beinah erledigt!» Er lachte über Salters entsetztes Gesicht und wandte sich Molly zu, die, nachdem sie sich überzeugt hatte, daß ihrem Mann kein Haar gekrümmt worden war und daß er sich auch kein einziges Mal in Lebensgefahr befunden hatte, nun besorgt auf ihn zukam.

«Ach, mein armer Jack! Miles sagt mir eben, du wärest schon wieder an der Schulter verwundet! Und was habt ihr diesbezüglich unternommen? Ich möchte schwören, keiner von euch großen Helden hat daran gedacht, einen Arzt zu holen, dabei wäre das unbedingt notwendig gewesen, weil –»

«Still, Schätzchen!» beschwor ihr Gemahl sie. «Es ist nichts als ein sauberer kleiner Kratzer. Geh mit ihm hinein und gib ihm etwas zu trinken! Ich wette, das braucht er am meisten!»

Mylady zog einen Schmollmund, gab dann aber lachend nach.

Bei einem Krug Bier erzählte Jack die ganze Eskapade bis zu dem Augenblick, als er sich in Littledean von Diana verabschiedet hatte. Hier unterbrach ihn O'Hara mit einem entzückten Kichern.

«Ich kann dir sagen, Molly, das Gesicht, das der arme alte Beauleigh machte, als seine Tochter ihm Jacks richtigen Namen sagte, war einfach unbeschreiblich! Meiner Treu, er wußte vor Aufregung nicht aus noch ein! Und ich dachte schon, Miss Betty würde vor Freude den Verstand verlieren, so schwirrte sie zwischen Jack und Diana hin und her!»

Molly, die der Schilderung bisher mit weitaufgerissenen Augen gelauscht hatte, holte nun vor Begeisterung tief Luft. Dann begann sie ausgelassen im Zimmer herumzutanzen, klatschte in die Hände und rief, sie habe doch noch recht behalten!

«Was meinst du, Schatz?» fragte O'Hara.

«Aber Liebling, habe ich nicht immer wieder gesagt, wenn ich Jack überreden könnte, bei uns zu bleiben, würde alles eitel Sonnenschein werden? Aber, Miles, das weißt du doch!»

«Ich erinnere mich, daß du einmal etwas Ähnliches behauptet hast», gab ihr Gemahl zu.

«Ha, was heißt *einmal*! Ich war mir meiner Sache immer ganz sicher. Und nicht wahr, ich habe dich doch dazu gebracht, zu bleiben, Jack?» schmeichelte sie.

«Ja, allerdings», antwortete er. «Du hast mir beteuert, falls ich die Unverfrorenheit besäße, euch zu verlassen, würde Miles langsam dahinsiechen und an gebrochenem Herzen sterben!»

Sie überhörte geflissentlich den respektlosen Kommentar ihres Gemahls.

«Siehst du, dann hast du es also nur mir zu verdanken, daß –» sie sprach den Satz nicht zu Ende, sondern packte O'Hara, um ihn kräftig zu schütteln, und alles Weitere ging in hellem Gelächter unter.

Als Carstares ins obere Stockwerk ging, um sich umzuziehen, erwartete Jim ihn bereits in seinem Zimmer. Mylord begrüßte ihn fröhlich und setzte sich an den Toilettentisch.

«Für heute abend brauche ich etwas sehr Festliches, Jim. Ich denke an – hm – rosa Samt und cremefarbenen Brokat.»

«Sehr wohl, Euer Lordschaft», lautete die förmliche Antwort.

Jack drehte sich um.

«Was soll das?»

«Ich habe erfahren, daß Eure Lordschaft ein Earl ist», sagte der arme Jim.

«Wer war denn der taktlose Idiot, der dir das verraten hat? Ich wollte dir die Neuigkeit selbst sagen. Ich nehme an, du kennst jetzt meine – Geschichte?»

«Ja, Sir – Mylord. Wahrscheinlich werden Sie nun auf meine – meine Dienste verzichten?»

«Um Himmels willen, warum denn? Willst du mich im Stich lassen?»

«Ob ich –! Nein, Sir – Mylord – ich – ich dachte, würden sich jetzt vielleicht 'nen eleganteren Diener nehmen – nicht – nicht mich.»

Mylord wandte sich wieder dem Spiegel zu und zog die Nadel aus seiner Krawatte.

«Sei kein Idiot.»

Diese rätselvolle Bemerkung schien Jim unerhört zu beruhigen.

«Ist das Ihr Ernst, Sir?»

«Natürlich. Ich wäre doch völlig hilflos ohne dich – nach all den Jahren. Heirate dieses nette Mädchen, das du da in Fittering hast, dann kann sie als Zofe zu Mylady kommen. Denn ich werde keinen Tag länger als nötig Junggeselle bleiben!»

«Ja, S – Mylord! Ich bin wirklich schrecklich froh, Sir – Mylord. Rosa, Sir? Mit Silberspitze?»

«Ja, versuchen wir's mal. Und eine creme – ganz zart cremefarbene Weste, rosa bestickt. Es muß eine da sein.»

«Ja, Sir – Eure Lordschaft.»

Mylord schaute ihn verzagt an.

«Äh – Jim!»

«Ja – Eure Lordschaft?»

«Es tut mir leid, aber das kann ich einfach nicht aushalten.»

«Verzeihung, Mylord?»

«Ich ertrage es nicht, daß du nach jedem zweiten Wort ‹Eure Lordschaft› zu mir sagst – wirklich nicht!»

«Aber, Sir – darf ich Sie denn jetzt noch ‹Sir› nennen wie früher?»

«Das wäre mir bei weitem lieber.»

«Ah, Sir – danke.»

Als er gerade dabei war, die Schleife an der Perücke seines Herrn zu binden, ließ Jim plötzlich die Hände sinken, und Jack sah im Spiegel, wie sein Gesicht plötzlich lang wurde.

«Was ist denn nun wieder los? Und wo hast du meine Pflästerchen hingetan?»

«In die kleine Schachtel, Sir – ja, in diese hier. Ich dachte nur eben – da ist die Hasenpfote, Sir – daß ich jetzt nicht mehr erleben werde, wie Sie eine Kutsche überfallen!»

Mylord, der in diesem Moment im Begriff war, das Pfästerchen an genau der richtigen Stelle in seinem Mundwinkel anzubringen, versuchte krampfhaft, seine Züge unter Kontrolle zu halten, was ihm aber jämmerlich mißlang. Sein schallendes Gelächter drang bis zu O'Hara im gegenüberliegenden Zimmer, worauf dieser seinerseits in ein entzücktes Grinsen ausbrach, denn dieses Lachen hatte er schon eine Ewigkeit nicht mehr gehört.

Epilog

Der Herzog von Andover saß am Fenster eines Palazzo in Venedig, in dem er Unterkunft genommen hatte, und blickte auf einen Brief hinunter, den er ungeöffnet in der Hand hielt; das Schreiben war von seiner Schwester. Nach kurzem Zögern holte er tief Luft und brach das Siegel. Dann breitete er die Blätter auf dem breiten Sims vor sich aus.

Mein herzallerliebster Tracy,

Ich finde es gar nicht nett von Dir, daß Du einfach verschwunden bist, ohne Deiner armen Schwester Lebewohl zu sagen. Ich habe mich wirklich sehr darüber gekränkt, aber andererseits verstehe ich Deine Beweggründe. Sobald ich Diana sah, erriet ich sofort die Wahrheit und erkannte in ihr Deine dunkle Schöne. Ich bin Deinetwegen außerordentlich betrübt. Ich habe sie ja selbst sehr ins Herz geschlossen, obwohl sie eine geradezu impertinent reizende Erscheinung ist, aber da sie ein ganz anderer Typ ist als ich, werden wir uns vielleicht nicht ins Gehege kommen – blond oder brünett, das ist schließlich Geschmackssache, nicht?

Die Heimkehr war ungeheuer aufregend. Andrew war da, dann natürlich Dicky und ich. Dann noch Mrs. Fanshawe – sie kennt Jack aus dem Ausland – und ein schrecklich komischer alter Mann, den es anscheinend richtig überwältigte, Jack wiederzusehen. Und dann kamen noch Sir Miles und seine Frau (sehr nette Leute), und Dianas Vater und ihre Tante – ich finde sie zwar ziemlich *bourgeois*, aber im großen und ganzen präsentabel.

Alle Leute wissen jetzt Bescheid, aber die meisten waren sehr, sehr nett, und ich spüre kaum einen Unterschied gegen früher. Mein liebster Dicky ist fröhlicher denn je und so entzückend, daß ich es fast genieße, eine gesellschaftliche Außenseiterin zu sein.

Wenn Diana erst entsprechend eingekleidet ist, das heißt, wie es ihrem Rang zukommt (leider Gottes hat sie eine Vorliebe für schlichte Kleidung) wird sie eine ungemein elegante Gräfin abgeben. Ich habe versprochen, sie zu meiner eigenen Schneiderin mitzunehmen – Du wirst mir sicher zustimmen, daß das ein echtes Opfer ist. Ich weiß, ganz London wird ihretwegen Kopf stehen – diejenigen, die sie schon gesehen haben, nämlich Avon und Falmouth, sind ohnehin schon total verrückt. Zweifellos wird das nicht eben angenehm für mich sein, aber ich glaube, ich muß mich damit abfinden.

Jack und sie sind wahnsinnig glücklich; es klingt zwar lächerlich altmodisch, aber Dick und ich sind es ebenfalls, und so bilden wir eine hervorragende Clique.

Mein lieber Tracy, bitte komm bald zurück, Du kannst Dir nicht vorstellen, wie sehr ich Dich vermisse. Ich war überrascht, daß Du mit Mr. Fortescue abgereist bist, ich hatte keine Ahnung, daß Ihr so befreundet seid.

Mit den allerherzlichsten Grüßen,
Deine Schwester

Lavinia

P. S. Es wird Dich interessieren, daß Miss Gunning bald Coventry heiraten wird. Die ganze Stadt spricht in dieser Woche von nichts anderem.

Langsam schob Seine Gnaden die Blätter zusammen und reichte sie Fortescue, der soeben ins Zimmer trat.

«Da, ein Brief von meiner Schwester. Vielleicht interessiert es dich, was sie schreibt.»

Fortescue las den Brief, faltete ihn dann zusammen und gab ihn schweigend zurück. Tracy legte ihn neben sich auf den Tisch.

«Ich habe – die Sache falsch angepackt», sagte er.

«Ja», nickte sein Freund. «Sie war nicht – diese Art Mädchen.»

«Aber da der Karren von vornherein verfahren war, konnte ich nicht mehr zurück.

«Im Gegenteil, du hast alles nur noch schlimmer gemacht», sagte Fortescue sanft.

«Ich hätte sie in allen Ehren geheiratet –»

«Auf deine eigene, arrogante Weise, Tracy.»

«Sehr richtig – auf meine eigene, arrogante Weise. Wenn ich die Zeit um ein Jahr zurückdrehen könnte – aber was hat das für einen Sinn? Ich will mich nicht beklagen. Ich werde bald nach England fahren, um – der Gräfin von Wyncham meine Aufwartung zu machen. Vielleicht spüre ich dabei nicht einmal einen Stich von Eifersucht. Wer weiß? Auf jeden Fall – werde ich sie besuchen.»

«So?» Frank blickte ihn scharf an. «Sonst hast du nichts vor, Tracy? Du willst doch nicht etwa –»

«Nein, sonst nichts. Siehst du, Frank – ich liebe sie eben.»

«Entschuldige. Ja – obwohl sie dich abwies, hat sie dich, glaube ich, verändert. Erinnerst du dich, wie ich zu dir sagte, wenn du wirklich liebst, wirst du nur mehr an ihr Glück denken – nicht mehr an dich?»

Seine Gnaden schwieg einen Augenblick, dann spielte wieder das alte Lächeln um seine Lippen – zwar noch immer zynisch, aber ohne seinen früheren, verletzenden Hohn.

«Was für eine Freude muß es doch sein, mein lieber Frank, wenn man feststellen kann, daß sich die Prophezeiungen, die man einmal gemacht hat, auf so wunderbare Weise erfüllt haben», schnurrte er. «Erlaube mir, dich zu beglückwünschen!»

DOROTHY EDEN

Yarrabee

Roman einer Familie. Nach kurzem Glück wird die Ehe zwischen der zarten Eugenia und einem robusten Siedler für beide zu einem Martyrium. Doch der Kampf um das bedrohte Lebenswerk ihres Mannes führt Eugenia schließlich helfend und verstehend an seine Seite zurück.
rororo 1725

Die vollen Tage des Lebens

Jung, schön und extravagant, wird die rothaarige Maud Lucie im London der Jahrhundertwende zur Favoritin des Königs. Aber ihre Suche nach dem wahren Glück wird jäh von düsteren Zeitereignissen und dem Schmerz schicksalshafter Liebeserlebnisse überschattet.
rororo 1834

Sing mir das Lied noch einmal

Roman. London um die Jahrhundertwende: Die wohlhabende Beatrice Bonnington verliebt sich in den charmanten Sohn einer vornehmen Familie. Sie weiß, daß der verarmte William Overton sie nur ihres Geldes wegen heiratet . . .
rororo 1970

Christabel

Ein fesselnder Frauenroman über das Schicksal einer ungewöhnlichen amerikanischen Millionärserbin.
rororo 4153

Die Trommel von Salamanca

Ein Frauenschicksal

In diesem psychologisch großartigen Portrait spiegelt sich zugleich Größe, Verfall und Neubeginn der englischen Nation von der viktorianischen Ära bis zur Gegenwart wider.
rororo 4551

860/4

Elizabeth Goudge

Der Rosmarinbaum
(1866)

Der Vogel im Baum
(4035)

Das Gasthaus am Fluß
(4085)

Das Herz der Familie
(4147)

Inselzauber
(4228)

Das Mädchen vom Meer
(4296)

Der grüne Delphin
(4472)

ro
ro
ro

989/1